Stralend schoon

Vertaald door Daniëlle Stensen-Alders

Seth Greenland

STRALEND SCHOON

Overleven als een pooier in L.A.

TM TRADEMARK

TM TRADEMARK

Oorspronkelijke titel: *Shining City*
Oorspronkelijke uitgave © 2008 by Seth Greenland
Nederlandse vertaling © 2008 Daniëlle Stensen-Alders en
TM Trademark / Foreign Media Books bv, Amsterdam

TM Trademark *is een imprint van Foreign Media Books bv,*
onderdeel van Foreign Media Group

Omslagontwerp: DPS Design
Foto voorzijde omslag: Getty Images / Erik Dreyer
Typografie en zetwerk: CeevanWee, Amsterdam

ISBN 978 90 499 0060 1
NUR 302

www.tmpublishers.nl
www.fmbuitgevers.nl

Nogmaals voor Susan

'Want we moeten bedenken dat wij als een stad
op een heuvel zullen zijn.
Ieders ogen zijn op ons gericht.'
John Winthrop

PROLOOG

Julian Ripps was eigenlijk te dik om tussen twee naakte vrouwen in een jacuzzi achterover te leunen, tenzij hij rijk was of zij prostituees. Dat was hij niet, maar zij waren het wel. En ze werkten voor hem, dus het was net een kantoorfeestje, alleen dan met groepsseks. De drie pretmakers hadden zojuist in Julians achtertuin boven op een heuvel een positie uit de *Kama Sutra* in het water uitgevoerd, en nu rustten ze uit onder een sterrenhemel. Het was een warme septemberavond en de San Fernando Valley lag in de verte, uitgespreid als een lijk bezaaid met feestelijke lichtjes. In tegenstelling tot Julian, die de veertig wel heel dicht naderde, waren zijn metgezellen jong en lenig. De ene was Braziliaanse, het product van een wereldeconomie die vlees naar noord en zuid stuwde, een rondborstig handelsartikel. Haar natte lange donkere haar plakte aan haar rug, haar implantaten deinden op het woelige water, twee bolvormige boten met tepels als voorstevens. Het andere meisje kwam uit een of andere staat uit het Midden-Westen, waar hij de moeite niet voor deed om die te onthouden. Illinois? Misschien was het Iowa, maar wat maakte het uit, in het wuivende graan was het allemaal hetzelfde. Geblondeerd haar, in pieken geknipt en te veel piercings naar zijn smaak: oren, neus, schaamlippen.

De jacuzzi lag gelijk met het terras van stapstenen en het water dat eroverheen stroomde spoelde weg in een spleet in het metselwerk en in het ernaast liggende landschapszwembad, waarvan de onderwaterverlichting een spookachtig blauwe gloed verspreidde. Julian leunde achterover en legde zijn armen over de schouders van de vrouwen, in een nogal willekeurige uiting van postcoïtale saamhorigheid, maar hij was rusteloos, ergens anders met zijn gedachten. Hij pakte zijn aansteker en stak een Montecristo op, waarna hij zijn donkere ogen samenkneep tegen de rook. Ondanks Julians mollige naaktheid was er niets zachts aan zijn gezichtsuitdrukking, en de vrouwen keken hem behoedzaam aan.

Julian keek naar zijn huis, een doos van glas en metaal, gebouwd in de heldere opflakkering van zijn eerste succes, en vroeg zich af of hij het zou moeten verkopen. Hij had zijn geld witgewassen, maar het was niet schoon genoeg. Nu zat de belastingdienst hem achter de broek, en hij was door zijn advocaat gewaarschuwd dat er elke ochtend, samen met zijn koffie, een tenlastelegging kon arriveren.

'Ik moet weg,' zei het meisje met de piercings. En daarna: 'Heb je nog wat coke?' Julian hield van de manier waarop ze praatte: 'heb je', niet 'hebbie'. Hij vond het prettig als iemand een poging deed om beschaafd te klinken, nu het leven tegenwoordig zo verworden was.

'Op de eetbar in de keuken,' zei Julian tegen haar. 'Maak het niet allemaal op.'

Toen ze uit het bubbelbad oprees en zich begon af te drogen, vatte de latina – beroepsnaam: Tabitha – dat op als een aansporing en zij ging er ook uit.

'Moeten jullie allebei weg?' vroeg hij, terwijl de eenzaamheid uit het niets verscheen.

'Je hebt me uitgeput,' loog de latina, terwijl ze de badstof ochtendjas waar Julian voor had gezorgd om zich heen sloeg. Haar collega liep nu naar het huis, met de handdoek in haar handen, nog steeds naakt. De latina blies hem een kus toe en toen hij zich omdraaide om te kijken hoe ze wegliep, zag hij de blauwe gloed van de plasmatelevisie in de verder donkere woonkamer. Het plaatselijke nieuws zond beelden uit van een achtervolging op de snelweg. Julian was dol op die achtervolgingen, die het grootste deel uitmaakten van het plaatselijke televisienieuws in het Southland. Hij keek ernaar om zich te ontspannen, net zoals sommige mensen naar een aquarium staarden. Hij telde net het aantal politieauto's toen hij iets in zijn borst voelde verkrampen.

Julian ging weer in het water zitten en bewoog zijn schouders, in

8

een poging de spieren in zijn bovenrug los te maken. Zijn borst verkrampte weer, daarna niets. Hij keek naar zijn mannelijkheid, maar kon hem niet zien, doordat zijn buik een kritiek punt had bereikt, een niveau van zwaarlijvigheid dat voorspelde dat er crash-diëten of een operatie aan te pas moest komen. Dit was onder alle omstandigheden al castrerend, maar zeker voor een man met zijn baan. Julian wist dat hij nu echt iets aan zijn conditie moest doen. Hij voelde de twee kaasburgers die hij als avondeten had gehad tegen zijn maagwand stuiteren; ze deden radslagen, flikflaks achterover, het was een stelletje acrobaten. En hoeveel coke had hij genomen voordat hij in de jacuzzi was gegaan? Er glinsterden nu druppels vocht op zijn glibberige voorhoofd. Volgens hem transpireerde hij meer dan normaal. Dat maakte niet uit, hij ging er toch zo uit.

Door de glazen muren van het huis zag hij de meisjes in de woonkamer rondlopen; de een was aan het bellen met haar gsm, de ander was cola light aan het drinken. Hij merkte plotseling dat hij hoopte dat ze zouden weggaan. Hij moest even alleen zijn om te bedenken hoe hij zijn geldproblemen moest oplossen.

Hij kon natuurlijk drugs gaan dealen. Die markt raakte nooit verzadigd en hij had het al eerder gedaan. Hij had een paar contacten in die wereld, klanten aan wier behoeften hij had voldaan en die hem misschien wilden laten meedoen. Maar er was maar een kleine foutenmarge in die business en als er iets verkeerd ging, ging het vaak spectaculair mis, en dan kon je er donder op zeggen dat je in een kogelregen of in de gevangenis zou belanden.

Julian merkte dat hij een beetje misselijk was. Hij dacht dat als hij een biertje zou nemen zijn maag misschien tot rust zou komen. De meisjes waren zich nu aan het aankleden zodat ze weg konden. Hij wilde hen roepen, maar kon zich hun namen niet herinneren. Degene met het piekerige haar trok net een stonewashed spijker-jackje aan over een minuscuul tanktopje toen zijn recalcitrante hersenen plotseling over de brug kwamen. 'Manna!' schreeuwde hij, maar ze hoorde hem niet. Ze was nu met Tabitha aan het praten, die klaar was met bellen. Julian probeerde het nog een keer. 'Manna!' Zijn stem was iets zwakker deze keer; hij kwam adem tekort. Het leek net alsof het water warmer werd. In de verte jankte een coyote, zijn klaaglijke roep weergalmde zwak tegen de maanverlichte heuvel. Normaal gesproken zou Julian zich hebben opgetrokken en zonder kleren aan naar de keuken zijn gelopen, maar het uitdijen van zijn forse middel had invloed op zijn gewoonlijk betrouwbare zelfvertrouwen. Hij wilde niet rondparaderen terwijl hij zich afvroeg of die dunne stokjes hem een dikkerdje vonden, een kort en dik vat vol bijna middelbaar vet. Bijna? Hou toch op. Hij wás van middelbare leeftijd.

'Manna!' Deze keer kon hij zichzelf amper horen, terwijl hij naar het glazen huis keek, dat zich voor hem terugtrok. Hij probeerde adem te halen, maar kon alleen maar oppervlakkig ademen; de dubbele pomp in zijn borstholte had duidelijk voor die nacht uitgeklokt. De pijn die door zijn linkerarm straalde was eerst alleen maar een afleiding van het feit dat hij plotseling zijn met nicotine bevlekte en overbelaste longen niet meer kon vullen. Toen werd hij als door een kogel met een holle punt getroffen en hij voelde zijn borst exploderen, negenendertig jaar, heel jong voor een hartinfarct, dus hij wist amper wat er gebeurde, hoewel hij wel enige indicatie had gehad als hij onlangs nog bij een dokter was geweest. Aderverkalking is niet heel moeilijk vast te stellen, en bij Julian was dat al vanaf een luchtfoto te zien. Hij wist dat als hij zijn leven wilde redden, ja, zijn leven, want het drong uiteindelijk tot hem door dat hier iets ergs aan de hand was, hij nu uit het wervelende water moest klimmen, poedelnaakt, niet aan de liefdeshandvatten en zijn ingetrokken pik moest denken, naar het huis moest gaan en een van die meisjes een ambulance moest laten bellen en tegen de telefonist laten zeggen dat Julian Ripps doodging, doodging, ja! En of ze alsjeblieft iemand naar zijn huis wilden sturen, net achter Mullholland, aan de kant van de Valley, met nitroglycerine en paddels om met een elektrische schok zijn hart weer op te starten voordat het doek definitief viel.

Julian legde zijn handen aan de zijkanten van het borrelende vat en duwde, met armen zonder enige spiervorming, zo hard als hij kon. En toen ging hij een rijk van pijn binnen dat extremer was dan wat hij ooit had gevoeld. Julian besefte wat er op het spel stond en met een niet eerder vertoonde wilskracht wurmde hij grommend en hijgend zijn enorme lijf op de veranda. Op zijn zij liggend als een aangespoeld zeewezen bezag hij zijn huis. Hij zag Tabitha de keuken vol chroom en marmer uit zweven. Manna was al weg.

Het lukte Julian om één been onder zich te krijgen en toen hij een spoortje kracht boven in zijn dij vond, drukte hij zijn voet op de natte stenen. Druipend en vergaand van de pijn, maar aangespoord door een benijdenswaardig overlevingsinstinct, was hij vast van plan het huis te bereiken, de telefoon, en het lange louche leven waarvan hij overtuigd was dat het hem wachtte.

De warme wind bleef maar vanuit de woestijn blazen. Hij hoorde de coyote weer janken, dichterbij nu. De hemel leek lager, de sterren steeds dichterbij terwijl zijn bewustzijn naar de schaduwen toe sloop. Zijn mond hing open en hij wilde nogmaals om hulp roepen, maar er kwam niets, behalve een mokerslag tegen zijn borst, waardoor hij op zijn zij viel en achterover de jacuzzi in tuimelde, waar hij de volgende ochtend door een Salvadoriaanse zwembadschoonmaker werd ontdekt. Door de aanblik hiervan raakte de arme, netten hanterende illegaal zo overstuur dat hij de middag vrij nam om in Our Lady of the Freeways te gaan bidden.

De april ervoor was Julians jongere broer aanwezig bij een bar mitswa in een balzaal in het Beverly Hills Hotel. Marcus Ripps was van bescheiden grootte, zag er netjes uit en had zo'n conventioneel aangenaam uiterlijk dat je hem een misdaad zou kunnen zien plegen en hem daarna niet zou kunnen identificeren. Hij had bruin, licht golvend haar in een kortgeknipt kapsel, donkere ogen en een bedachtzaam voorhoofd, dat de laatste tijd gefronst was door de opeenstapeling van de complicaties van een doorsneeleven. Zijn lippen waren vaak in een boosaardig spottende glimlach gekruld en ze werden omringd door gladgeschoren wangen, waarop als hij zich niet schoor in een mum van tijd een weelderige baard groeide. Marcus was niet echt knap, maar hij straalde een niet te omschrijven goedheid uit en door zijn open gezichtsuitdrukking en makkelijke manier van doen vond iedereen hem aardig.

Terwijl hij door de enorme ruimte keek, merkte hij een grootse trap op, die vanaf twee prachtige vergulde nepdeuren naar beneden leidde. Hij verwonderde zich erover dat mensen zoveel aandacht konden verspillen aan iets wat geen waarneembare functie had. Door die trappen werd de zaal net een toneelschikking, wat Marcus goed uitkwam, want hij speelde iemand die zich vermaakte. Om hem heen zweefden een paar honderd duur geklede feestvierders tussen tafels door die waren volgeladen met kreeft, braadstukken, gekraakte krab, kaviaar, champagne en een schaalmodel van het Staples Center, gebouwd van sushi. Er spoten twee chocoladefonteinen in de richting van het ornamentenplafond. De gefilterde lucht geurde zoet door de overdadige bloemstukken die uit Japan waren ingevlogen. In een hoek deelde een beroemde beroepsworstelaar handtekeningen uit aan de jongere gasten. In een andere hoek nam een fotograaf van *Vanity Fair* foto's van de gasten en er struinde een cameraploeg rond die het gebeuren voor het nageslacht vastlegde.

Marcus gaf niet veel om dit soort bar mitswa's. Hij geloofde dat de oorspronkelijke intentie was uitgehold door een combinatie van een maatschappij die de meeste spirituele rituelen van betekenis had ontdaan en het feit dat het feestvarken graag geld wilde krijgen en iets te vieren had. Naar zijn mening was het een nietszeggend gebeuren, een gelegenheid voor de gastheren om voor 250 van hun beste vrienden een feest ter grootte van een bruiloft te organiseren. De gasten trokken hun beste kleren aan, aten heerlijk voedsel en gedroegen zich alsof ze bij een geldinzamelingsactie waren voor een modieuze ziekte, waar toevallig klezmer werd gespeeld. Dat Marcus aan een sappig lamskoteletje als hors d'oeuvre knabbelde dat door een wannabe pornoster wier ogen met kohl waren omrand werd geserveerd op een zilveren dienblad, deed niets af aan die gedachte.

Die weerzin tegen deze gebeurtenissen had hij niet al zijn hele leven. Omdat Marcus was opgegroeid in een huis waar geen formele godsdienst werd beoefend, was hij jaloers geweest op de Joden vanwege hun bar mitswa's, op de katholieken vanwege hun communie en op de Maya's vanwege hun mensenoffers. Iedereen die de diepten van het universum op een rituele manier wilde peilen, kon zijn goedkeuring wegdragen. Marcus was een deontoloog, hij geloofde in onbuigzame regels. Godsdienst had regels, dus was godsdienst iets goeds. Helaas maakte het feit dat het verplicht was om in God te geloven het ingewikkelder voor hem. Maar Marcus dacht op dit moment niet na over eschatologie. Waar hij wel aan dacht, terwijl hij naar een dompteur keek in een harembroek van goudlamé en een met juwelen getooide tulband die kinderen op een olifantje liet rijden, was: van het geld dat hieraan wordt uitgegeven, zou de Mississippi kunnen worden omgeleid.

Hij keek uit over de menigte en bevoelde opgelaten de revers van zijn zes jaar oude blauwe pak, waarvan de linkermouw een zichtbare beschadiging had.

'Ik wil vragen wie ze hebben ingehuurd als cateraar, niet dat we ons die kunnen veroorloven.' Dat was zijn vrouw Jan, die op een lamsbout knaagde waar geen resten van dierenvlees meer op zaten. Ze droeg een gebreide blazer, die uit ontelbare variaties op de kleur rood bestond, met daaronder een getailleerde witte blouse. Een zwart wollen plooirokje tot op de knie liet welgevormde kuiten zien, die in zwarte pumps welfden. Jan was mede-eigenaresse van een plaatselijke boetiek en ze was een wandelende reclame voor de kleren die ze er verkocht: trendy, maar niet té, fashionista met een beperkt budget. Ze had grote, lichtbruine ogen, die geraffineerd waren opgemaakt, een romige teint, enigszins gebruind op de manier van alle Zuid-Californiërs die de zon doorgaans niet mijden, een neus van gemiddelde grootte, die ze nooit had willen laten verbouwen (hetgeen ook niet nodig was) en lippen die ze zelf iets te smal vond, maar die in werkelijkheid juist in harmonie waren met de rest van haar gezicht, zodat er een beeld van in het oog springende, zo niet overweldigende, aantrekkelijkheid ontstond. Ze bleef in vorm door te sporten bij de plaatselijke vestiging van een betaalbare fitnessketen en Marcus dacht vaak dat als ze op straat langs hem zou lopen, hij zich zou omdraaien om nog een blik op haar te werpen. Ondanks dit hadden ze al meer dan een maand niet gevrijd, voor hem een bron van toenemende ontzetting.

Samen met de honderden feestvierders wachtten Marcus en Jan geduldig op de entree van de jongen die zijn bar mitswa vierde, Takeshi Primus. Hoewel Marcus was opgegroeid met Takeshi's vader Roon, was hij hier nu omdat hij voor hem werkte, niet omdat Roon veel oude vrienden had uitgenodigd. Roon Primus was groot geworden door nieuwe soorten speelgoed te produceren, een succes dat hij had uitgebreid naar andere, niet aan speelgoed gerelateerde activiteiten, wat had geleid tot kruiperige profielen in zakentijdschriften en een vorstelijk huis in Bel Air, ver boven hun armzalige afkomst. Marcus, die productiemanager was bij de enige fabriek van Roon die nog steeds in de Verenigde Staten stond, was dat niet gelukt. Dus zo waren er allerlei gemengde gevoelens ontstaan voor een oude vriend. Marcus was afwisselend dankbaar dat hij de begunstigde van Roons loyaliteit was en, wanneer hij luisterde naar de fluistering van duisterder stemmen, wrokkig dat hij dit door zijn situatie wel moest zijn. Hoewel hij het nooit zou toegeven, was hij vanbinnen beschaamd dat hij zelf niet iets was begonnen en een succesvol ondernemer was geworden, zoals zijn vader had gewild, die een schoenenwinkel in Seal Beach had gehad.

Marcus was een betere leerling geweest dan Roon, die school alleen beschouwde als een tussenstation op weg naar zijn platina bestemming. Nadat ze waren geslaagd voor hun eindexamen was Roon naar de staatsuniversiteit van Californië in Fullerton gegaan, waar hij een onaanzienlijke graad in een businessstudie had behaald. Marcus was afgestudeerd in de filosofie aan Berkeley. Hij werkte op het radiostation van de universiteit en een tijdje dacht hij erover een carrière als diskjockey op te bouwen en een van die nachtelijke bewoners van de lagefrequentiewereld te worden die muziek draait van bands waar niemand van heeft gehoord en erover zeurt hoe de *corporatocracy* de wereld heeft overgenomen. Dit plan sneuvelde toen hij ontdekte dat die baan vaak onbetaald was.

Toen Marcus was afgestudeerd (BA, cum laude) had hij ontdekt dat hij een talent had om aangenomen te worden, alleen was dat niet voor zulke goede banen – dat wil zeggen: ze boden niet echt vooruitzicht op meer. Dus toen hij als zaalhulp in een ziekenhuis werkte en vijftig sollicitatiebrieven had verstuurd, belandde hij in de glamoureuze communicatiebranche en verkocht hij in Oost-Los Angeles van deur tot deur abonnementen op de kabeltelevisie. Hij las plichtsgetrouw elke dag de vacatures in de krant en nadat hij vier maanden door de Spaanse wijk had gesjouwd om voordeelpakketten uit te venten aan knorrige Mexicanen, van wie er veel dachten dat hij voor de Immigratie- en Naturalisatiedienst werkte, lukte het hem een baan te krijgen in de verkoop bij een klein radiostation dat top 40-hits draaide in de nadagen van dat format. Marcus was na zijn studie weer thuis gaan wonen en was elke dag anderhalf uur onderweg van San Pedro naar het kantoor in Glendale en weer terug. Hij vond zijn werk niet leuk, maar had geen idee wat hij anders moest doen. In tegenstelling tot Roon had hij geen groots plan, geen visie. Alles wat hij deed was tijdelijk, omdat hij niet wist wat hij wilde gaan doen, en terwijl hij naarstig zocht naar zijn volgende kans pleegde hij een verkooptelefoontje naar een kledingwinkel die Changes heette, op Colorado Boulevard in Pasadena, en sprak met de manager, Jan Griesbach. Hoewel de winkel het budget niet had om op het radiostation reclame te maken, was Jan gecharmeerd van zijn verkoopspelletje waarbij hij zichzelf omlaag haalde en toen hij haar mee uit vroeg zei ze snel ja. Met de komst van Jan was zijn privéleven op orde, maar hij was nog steeds ontevreden over zijn werk. Terwijl hij tussen de telefonische verkoopgesprekken door ongelukkig naar een oplossing zocht, werd hij gebeld door Roon, die een productiemanager nodig had voor een fabriek in het noordelijke deel van de San Fernando Valley. Roon wilde iemand die hij kon vertrouwen. Nu werkte Marcus al bijna vijftien jaar voor zijn vriend en hoewel hij graag iets opwindenders had gedaan dan speelgoed maken, wist hij dat het ongemanierd zou zijn om te klagen.

'Hé, pa, moet je dit zien!' Marcus keek naar beneden en zag zijn zoon Nathan, die een hennatatoeage van een glimlachende jonge vrouw in bikini op zijn onderarm liet zien. Boven haar hoofd stonden de woorden HÉ DAAR, ZEEMAN. Nathan was een onderdeurtje van elf, klein voor zijn leeftijd, en zijn opvallendste gelaatstrek was zijn brede mond, met een blauwe beugel die uit genoeg metaal bestond om een kleine hangbrug van te maken.

Jan keek reikhalzend naar beneden om de tatoeage te zien en begon te lachen.

'Kan die tatoeëerder ook op mijn bar mitswa komen?' vroeg Nathan. Hoewel Marcus niet Joods was, was zijn vrouw dat wel. Evenals haar man was Jan niet godsdienstig, maar Nathan had gevraagd of hij een bar mitswa kon krijgen en zijn ouders hadden na veel overleg – voornamelijk over de vraag of ze dat feest wel konden betalen – besloten om zijn verzoek in te willigen.

Nathan wees en Marcus keek naar een hoek van de zaal. Iemand met een baard, die wel 150 kilo woog en lid van een motorbende leek te zijn, was op de blote schouder van een tienjarig meisje, naast het spaghettibandje van haar topje, met een sjabloon een tatoeage aan het schilderen van een slang die zich om een appel heen kronkelde.

'Zullen we die kerel inhuren?' vroeg Nathan. Marcus glimlachte en schudde zijn hoofd alsof hij de vraag leuk vond, maar gaf geen antwoord. Nathan, wiens receptoren pulseerden in afwachting van zijn eigen bacchanaal, rende weg voordat Marcus de kans kreeg om te antwoorden.

Marcus had al heel veel verhalen over plaatselijke bar mitswa's gehoord: de Laker Girls die rondwervelden op 'Hava Nagila'; een jongen die de circustent waar het feest werd gehouden in een versierde wagen werd binnengereden door vier van steroïden vergeven Nubiërs in zilverkleurige strings, wier opbollende spieren glinsterden onder de verlichting die tienduizend dollar had gekost; een trotse vader, met een octrooi op materiaal dat op klittenband leek, die een balzaal in het Four Seasons Hotel liet aanpassen, onder water liet lopen en bevriezen, iedereen als cadeautje schaatsen gaf en als een koning heerste over een spectaculaire wintershow. Dit waren niet de kringen waarin de Ripps zich bewogen, de wereld van het grootse gebaar waarin geld geen rol speelt. Ze hadden over deze evenementen gehoord en hadden verwacht dat Roon iets zou doen wat even overvloedig en maf was. Maar Marcus en Jan waren verbaasd, misschien zelfs een beetje teleurgesteld, toen bleek dat hij een gastheer met meer smaak bleek te zijn dan ze hadden verwacht, ondanks de halfnaakte vrouw op de schriele onderarm van hun zoon en het jonge olifantje.

Roon legde nu een grote hand op zijn schouder en kuste Jan op de wang terwijl hij hen bedankte voor hun komst.

'Ik vond dat je een mooie toespraak hield,' zei Marcus tegen Roon, die tijdens de dienst die ochtend een sentimenteel praatje had gehouden over zijn zoon en bijna in tranen leek te zijn terwijl hij dat deed.

'Een van de communicatiekerels in mijn bedrijf heeft het geschreven. Hij heeft verduidelijkt hoe ik me voelde.' En toen fluisterde hij in Marcus' oor: 'Denk maar niet dat ik niet weet dat al dit gedoe onzin is. Maar je moet de mensen geven wat ze willen, en er dan nog iets aan over zien te houden. Jullie geven toch ook een bar mitswa?'

'Je staat op de gastenlijst.' Roon negeerde grootmoedig de sociale gelijkwaardigheid die in Marcus' mededeling verborgen zat.

'Kyoko ziet er prachtig uit,' zei Jan. Kyoko was Roons lange, slanke en elegante Japans-Amerikaanse vrouw, die ze op dat ogenblik naast een levensgroot ijsstandbeeld van haar zoon zagen poseren voor de fotograaf van *Vanity Fair*.

Roon bedankte Jan met een afwezige knik. Hij was een grote man, meer dan 1 meter 80, en woog bijna honderd kilo. Zijn echte naam was Ronald, wat hij pretentieus en ouderwets vond. Hij werd een keer op school Roon genoemd door een vriend die zo stoned was dat zijn hersens niet meer goed werkten, waardoor er in plaats van Ron Roon van zijn tong was gerold. Marcus was niet verbaasd door het feit dat Ron Primus zijn naam zo makkelijk losliet en dat hij iedereen aanmoedigde hem Roon te noemen, zelfs zijn leraren. Roon wist hoe hij dingen moest loslaten, verder moest gaan, zoals zijn vorige vrouw volmondig zou kunnen beamen.

Roons hand drukte zwaar op Marcus' schouder, waar hij hem iets langer had laten liggen dan Marcus prettig vond. Toen was hij plotseling weg. Roon begroette een lange, elegant geklede man met een glimlach als een kassalade. Het duurde een ogenblik voordat Marcus besefte dat het de gouverneur van Californië was. Marcus luisterde even naar hun gesprek, waarin ze herinneringen ophaalden aan een congres in Davos, en even later, toen het duidelijk was dat hij nu onzichtbaar was, richtte hij zijn aandacht weer op Jan. Ze schudde haar hoofd om de grofheid van de politicus, maar voordat ze kon zeggen wat ze dacht, werden de lichten op een teken van een onzichtbare en goedbetaalde toneelmeester gedimd en werd er een spotlicht gericht op een dj die midden op de dansvloer stond. Het was een vrij jonge, grijnzende blanke man met dik krullend haar en een tandpastaglimlach, in een wit pak, zwart overhemd en zwart-witte schoenen. Stuiterend van nerveuze energie zwaaide hij met zijn hand alsof hij een staf vasthad en hij liet de vrolijke menigte uiteengaan.

Toen de dj dreunde: 'We gaan er weer ouderwets tegenaan!' maakte de bijna onhoorbare muziek plaats voor de maar al te bekende bonkende bas-en-drum van de hiphopgeneratie, die zich nu had uitgebreid tot bijna ieder blank kind in Amerika. De opgenomen stem van een rapper, wiens slimste carrièrezet het was geweest om neergeschoten te worden, begon uitvoerig te verhalen over zijn balzak, met bijbehorende geluidseffecten. De dj met de vele tanden had de menigte overgehaald om met het – toegegeven – aanstekelijke nummer mee te klappen toen een ander spotje de nepdeuren boven aan de trap verlichtte en ze helemaal niet nep bleken te zijn. Felle lampen weerkaatsten tegen het gouden vernis van de deuren, die openzwaaiden. Daar stond de dertienjarige, amper 1 meter 50 lange Takeshi Primus als een idioot te grijnzen. Maar Takeshi was niet alleen. Aan elke arm had hij een danseres, een professioneel 'we gaan er een feest van maken'-meisje, wier enige taak het was motorisch gestoorde gasten de dansvloer op te slepen, waar ze poogden om door hun bekken vooruit te stoten, hun kruis tegen de mannen aan te wrijven en ze op te hitsen de energie van het gebeuren tot het gewenste hysterische niveau op te zwepen. Deze vrouwen, gekleed in strakke catsuits van lycra, hielden ieder een arm van de Ameraziatische jongen vast en onder bewonderende kreten van de verzamelde gasten leidden ze hem samen de grootse trap af, de kolkende muil van zijn feest in.

Marcus bekeek het spektakel vol verbluft ongeloof. Hij keek naar zijn vrouw, die niet terugkeek, omdat ze te verwonderd was door de aanblik van de jonge Takeshi, die tussen de volwassen vrouwen paradeerde. Terwijl de menigte bleef klappen werd de muziek harder. Takeshi en zijn begeleidsters bereikten de vloer en het trio danste even samen, waarbij de jongen lichtelijk spastisch de danspassen die hij in clips had gezien door elkaar gooide. De vrouwen deden hem enthousiast na, waarna ze de opdringende massa aanmoedigden om zich bij hen op de dansvloer te voegen.

Intussen was de rapper bij het refrein van zijn nummer aangekomen, dus terwijl de vrolijke feestgangers tegen elkaar aan botsten, dreunden de volgende bezwerende woorden uit de speakers: *'She a ho, she a ho, she a mothafuckin' ho, ho-ohhh...'*

2

Niemand wilde graag in Van Nuys wonen. In een ranzig hoekje van de San Fernando Valley is dit een marginale buurt vol kleine winkeltjes, fastfoodtenten en goedkope motels waar je kamers per uur kunt huren. De lucht was vergeven van de rondvliegende stukjes afval en in de zomer kwam het kwik tot bijna 50 graden. De mensen die hier woonden waren voornamelijk hardwerkende latino's die een beter leven voor hun gezin wilden, het liefst ergens waar minder werd geschoten. Maar aan de westelijke kant bevond zich een enclave van een paar straten waar de gazons groter waren, de huizen ruimer en de bewoners ietsje welvarender. Niemand hier was lid van een golfclub, maar ze hoefden ook niet bang te zijn dat er beslag zou worden gelegd op hun pick-uptruck. Hier woonde de familie Ripps, aan Magdalene Lane 112, in een huis van twee verdiepingen met drie slaapkamers.

Het was na elven die avond en vanuit de woestijn blies een koel windje. Ze waren een uur eerder thuisgekomen van het feest en Marcus was in de badkamer, waar hij zich uitgebreider dan gewoonlijk klaarmaakte om naar bed te gaan. Normaal gesproken voerde hij zijn wasritueel 's ochtends uit, maar hij was van plan zijn vrouw te verleiden en hij wilde niet dat ze het feit dat hij niet had gedoucht of dat hij een stoppelbaard had als excuus kon aanvoeren. Toen Nathan was geboren, volgde er een periode waarin hun seksualiteit, net als bij veel stellen met jonge kinderen, zich gedroeg als een grizzlybeer in januari en dus in winterslaap ging. Deze trieste situatie werd verergerd doordat Nathan regelmatig nachtelijke bezoekjes aan hun bed bracht. Maar toen hun zoon ouder werd en beter kon doorslapen zonder dat hij met zijn ouders kwam overleggen, gingen ze weer regelmatiger vrijen en in de loop der jaren consummeerden ze hun huwelijk één, of als ze heel ontspannen waren, twee keer per week. Nu zou Marcus zelfs genoegen hebben genomen met zo af en toe seks, maar Jan leek er geen belangstelling meer voor te hebben. Financiële zorgen, Nathans leerproblemen, de onzekere toekomst van de boetiek waar ze mede-eigenaresse van was, door dit alles gedroeg ze zich alsof fysieke intimiteit niet alleen niet meer op de agenda stond, maar ook helemaal uit haar bewustzijn was verdwenen. Ze had tegen Marcus gezegd dat het maar tijdelijk was, dat ze het vuurtje wel weer zouden opstoken en dat ze zich heus wel weer zouden gaan gedragen als eerder. Maar daar twijfelde hij ernstig aan. Dit keer was hij van plan krachtig op te treden. Op een redelijke manier, natuurlijk, want Marcus was niet het soort man dat geweld zou gebruiken.

Fris onder de warme douche vandaan glom er toen hij klaar was met scheren een dun laagje transpiratie op zijn lichaam. Hij veegde een paar dotjes scheercrème weg die zijn gezicht bespikkelden en keek naar zijn spiegelbeeld. Marcus zag er relatief goed uit. Zijn wangen waren glad en de huid van zijn gezicht was strak. Hij had nog bijna al zijn haar en in tegenstelling tot veel mannen van zijn leeftijd hoefde hij zijn buik niet in te trekken wanneer hij naakt voor zijn vrouw stond. Hij zag dat er een neushaar uit zijn rechterneusgat stak. Met een pincet trok hij hem er snel uit. Toen pakte hij een fles Listerine uit het medicijnkastje, nam een teug van de sterk smakende vloeistof, spoelde ermee en spuugde hem uit in de wasbak.

Marcus zette zijn borst op, als een pauw die zijn veren laat zien. Toen hij de gehoopte mate van subtiele opzwelling had bereikt, die inhield: ik heb geen volledige erectie onder deze handdoek om mijn middel, maar als de omstandigheden gunstig zijn, kan die zo komen, ging hij de slaapkamer in, waar hij zijn schoonmoeder aantrof, die op het bed zat. Lenore Griesbach, met haar turkooizen joggingpak aan, was een elfachtige vrouw met kort, grijzend haar. Ze had een grote bril op met een zwaar montuur, waardoor haar melkachtige ogen eruitzagen alsof ze uitpuilden. Jan zat naast haar.

'Mam is vandaag ontslagen,' zei ze. Lenore was twee maanden geleden bij hen in huis komen wonen, nadat ze een jaar eerder weduwe was geworden. Ze wilde iets bijdragen aan het huishouden, dus ze was gaan werken in een nabijgelegen megashop die Jack-Mart heette en elke dag maakte ze haar lunch klaar en ging ze met de bus naar haar werk. Ze zag er terneergeslagen uit.

'Als ik er nog twee weken had gewerkt, had ik een ziektekosten-verzekering gehad,' zei ze tegen hem. Marcus voelde zich belache-lijk in zijn handdoek, want de aanblik van zijn schoonmoeder had zijn hartstocht aanzienlijk getemperd. 'Jullie zijn zo aardig voor me geweest. Ik wilde jullie bedanken, dus ik was schuimpjes met pindakaas aan het maken. Maar goed, ik wilde vragen of iemand wilde meekomen om het etiket op de pindakaas te lezen. Ik wil er zeker van zijn dat er geen transvetten in zitten.' Hoewel Lenore in Brooklyn was opgegroeid, was er geen spoor van een accent te be-kennen.

'Wil jij met haar meegaan, Marcus?' Er was een glimpje bemin-nelijkheid te zien in Jans vermoeidheid. Marcus trok een ochtend-jas aan over zijn handdoek en vergezelde zijn schoonmoeder plichtsgetrouw naar beneden.

Het huis was gebouwd in de naoorlogse bouwexplosie van de ja-ren vijftig en de originele keuken was er meer dan dertig jaar gele-den uitgebroken en vervangen in een stijl die alleen maar betreu-renswaardig kon worden genoemd. De aanrechten, oven, het fornuis en de koelkast waren allemaal olijfgroen, maar tot verschil-lende tinten vervaagd. Daardoor was het net alsof je je in een avo-cado bevond. Het gebarsten linoleum, eens vrolijk felgeel, had nu de kleur van vieze tanden. De planken in de kastjes van spaanplaat waren bedekt met omkrullend kastpapier, waar beschadigd servies op stond. Het werd allemaal netjes gehouden, dus het armoedige aspect werd genegeerd. Ze hadden toch het geld niet om er iets aan te doen. Bertrand Russell, hun tien jaar oude terriër, lag uitgestrekt in zijn Schots geruite mand en kauwde op een plastic stok toen Marcus en Lenore binnenkwamen. De hond was naar de schrijver van *Geschiedenis van de Westerse filosofie* genoemd en kefte en beet niet, de eigenschappen waardoor kleine rassen zo irritant kunnen zijn. Hij liet zijn stok vallen en kuierde naar Marcus toe, die voorover boog en hem op zijn kop kriebelde.

Marcus keek naar de pot pindakaas en met een kalme stem die zijn irritatie verborg zei hij tegen Lenore dat er geen gevaarlijke ingrediënten in zaten. Marcus stoorde zich in het algemeen niet aan Lenores aanwezigheid. Hij hield van zijn schoonmoeder zoals hij van kamerplanten of donderwolken hield, dingen die niet veel aandacht vereisten, maar waar je van kon genieten als je er tijd voor had. Ze was echter van plan voor onbepaalde tijd te blijven, dus het was belangrijk dat hij zoveel mogelijk onafhankelijkheid stimuleerde. Toen hij op het punt stond weg te gaan, raakte ze zachtjes zijn arm aan, tuurde door haar bril en zei: 'Ik wil mijn steentje bijdragen, Marcus, dus als je iets in of rond het huis voor me te doen hebt...'

Hij zei tegen haar dat ze de hond kon uitlaten als ze dat wilde. 'En misschien kun je sterkere brillenglazen nemen.' Daarna hees hij zijn handdoek op en ging weer naar boven.

De doorzichtige gele gordijnen golfden in de slaapkamer waar Jan tegen de kussens geleund medische literatuur zat te lezen die ze van internet had gedownload.

'Ik ben niet echt in de stemming,' zei ze.

Marcus lag poedelnaakt naast zijn vrouw, want hij had de handdoek op de vloer laten vallen toen hij in bed klom, en wreef met zijn hand over haar borst. Hij was dol op de borsten van zijn vrouw en begon er normaal gesproken zijn voorspel mee. Ze waren middelgroot, niet te groot en niet te klein, en hun aangename symmetrie was niet aangetast door de licht zuidwaartse trek die een jaar of twee eerder was begonnen. En dit keer werd zijn passie niet ingeperkt door het feit dat ze werden bedekt door de voorstedelijke boerka van een flanellen nachthemd met ruches. Zijn semi-erectie lag tegen haar been aan, maar door de manier waarop ze reageerde zou je denken dat hij langs de bedstijl wreef. 'Kun je in de stemming kómen?' vroeg hij zachtjes. Hij wist dat dit een uitdaging zou worden en hij had zich voorgenomen zijn stem zo verleidelijk mogelijk te houden en geen frustratie te laten horen, hoe weerspannig ze ook reageerde. Toen Jan niet antwoordde, ondanks de voortdurende ronddraaiende bewegingen van zijn handpalm over haar tepel (die weigerde te reageren op enige zichtbare manier), voelde hij dat die strategie niet werkte en altijd optimistisch liet hij zijn hand tussen de dijen van zijn vrouw glijden en probeerde ze uit elkaar te duwen. Het was net alsof hij een kluis open wilde breken waarvan hij de combinatie niet kende.

'Niet doen, Marcus,' zei ze, terwijl ze zijn hand wegduwde. Hij wreef met zijn neus langs haar hals en liet zijn lippen er zachtjes langs gaan.

'Kom op, schat,' en Marcus ging nogmaals in de aanval en liet zijn hand naar haar warme vagina glijden. Ondanks haar gebrek aan belangstelling bleef Jan de natuurlijke warmte van een zoogdier uitstralen en Marcus verwarde deze warmte met verlangen, dus toen hij weer begon te wrijven, duwde ze zijn hand met aanzienlijk meer kracht weg.

'Ik zei nee! Stop!'

Dit bevel was even onmiskenbaar als een rots die op zijn hoofd viel. Marcus ging op zijn rug liggen en onderdrukte de aandrang om onmiddellijk de kamer te verlaten en zijn vertrek te benadrukken door theatraal met de deur te slaan, waardoor ze precies zou weten hoe hij zich voelde. Maar hij staarde gewoon naar het plafond en wachtte even voordat hij haar aankeek en zei: 'Jan, ik wil je iets vragen, en ik wil je echt niet van streek maken...'

'Wat is er?'

'Gaan we ooit weer vrijen?'

'Natuurlijk wel.'

'Heb je enig idee wanneer?'

'Ik maak me zorgen om mijn moeders ogen, Marcus. Ze is bang dat ze blind wordt.'

Nu sloeg hij zijn armen over elkaar, ademde uit en staarde weer naar het plafond. Er zat daar een scheur in. Het huis moest geverfd worden, maar dat kwam wel. Hoe moest een normale man op zoiets reageren? vroeg hij zich redelijkerwijs af. Welke strategie moet een getrouwde man toepassen wanneer zijn seksleven is gekaapt door de gezondheid van zijn schoonmoeder? Deze week was het slecht zicht, volgende week zou het een gebroken heup kunnen zijn. Zodra het lichaam het begon op te geven, was het gewoon een ratjetoe aan verval, het ene na het andere in een morbide optocht van ontbinding die jarenlang kon voortduren.

'Ze is er echt ondersteboven van dat ze is ontslagen.' Het was net alsof Jan bewust elke kans op een seksuele betrekking tussen hen de grond in wilde stampen. Ze zou het net zo goed over etnische zuivering kunnen hebben.

Marcus dacht na over zijn toekomst en kreunde hoorbaar. Als zijn vrouw van plan was haar moeders gezondheid en hun seksleven aan elkaar te koppelen, dan moest hij de afschuwelijke mogelijkheid onder ogen zien dat ze nooit meer zouden vrijen. Hij wierp een blik op Jan, die, bevrijd van het ongemak van zijn avances, de medische literatuur weer doorlas. Ze zag er niet echt aantrekkelijk uit. Ze werd verzwolgen door haar nachtkleding en Marcus besefte dat dit effect best weleens bewust gepland kon zijn. Jan sliep de laatste tijd niet goed en nu ze geen make-up meer op haar gezicht had, waren de donkere wallen onder haar ogen duidelijker te zien.

Marcus was niet het soort man dat zijn vrouw bedroog. Het was niet zo dat hij niet naar andere vrouwen verlangde als hij een relatie had. Dat deed hij wel. Maar het schuldgevoel, het bedrog, het doen alsof hij achter de meisjes aanzat kon hij niet aan, omdat hij in wezen een aardig mens was. Hij werd al zenuwachtig als hij er alleen maar aan dacht.

Hij was met minder dan tien vrouwen naar bed geweest voordat hij Jan ontmoette, en zes daarvan waren tijdens zijn studie (vier daarvan waren op dat moment dronken, dus hij wist niet goed of ze echt telden). Hij was geen man die de score bijhield. Hij was eerder een van die mannen die degene met wie hij naar bed gaat echt leuk wil vinden, of er in elk geval van overtuigd moet zijn dat hij dat vindt, en dit beperkte zijn avontuurtjes toen hij single was. En echtscheiding kwam niet in zijn boekje voor. Om te beginnen had je Nathan, van wie Marcus hield op een manier die hij moeilijk kon omschrijven. Hij kon zich niet voorstellen dat hij de jongen elke woensdag en om het weekend zou zien. Nee, Marcus bleef. Hij zou zijn libido niet de algehele staat van zijn leven laten bepalen. Zijn gedachten dwaalden af naar de Guatemalaanse vrouw die bij het tacotentje werkte waar hij af en toe lunchte. Ze was slank en droeg verwassen spijkerbroeken boven versleten laarzen en witte getailleerde blouses waartegen haar glanzende bruine huid gloeiend afstak. Een keer had ze, toen hij in de rij stond, langs hem heen gemoeten en toen had ze een zacht kneepje in zijn bovenarm gegeven. Hij had geprobeerd zijn spieren aan te spannen voordat haar vingertoppen weer weg waren. Nu hij zwijgend naast zijn tobbende vrouw lag, was zijn hand afwezig naar zijn kruis gedwaald en zonder dat hij het besefte was hij zichzelf aan het strelen.

'Wat ben jij nou aan het doen?' Jan had opgekeken van een stukje over de verwijdering van oogvocht, omdat haar blik werd getrokken door de subtiele bewegingen die naast haar plaatsvonden.

Marcus haalde snel zijn aanstootgevende hand weg en flapte er, misschien een beetje verdedigend, uit: 'Niets!'

'Als je met jezelf wilt spelen, ga dan maar naar de badkamer of zo. Sjezus, Marcus... en trek iets aan. Stel nou dat Nathan binnenkomt... of mijn moeder? Zit de deur überhaupt op slot?'

Marcus stond op en liep naar de commode. Hij deed een van zijn laden open en pakte een katoenen pyjamabroek. Marcus vond het niet prettig om voor de ogen van zijn vrouw in een pyjama te stappen. Hij vond het er raar uitzien. Maar nu, nu zijn seksleven duidelijk diep in slaap verzonken was, zo niet dood, maakte het hem niet uit.

'Marcus...?' De plotselinge honingzachte klank van haar stem golfde als zachte muziek door hem heen. Was ze van gedachten veranderd? Had ze de wanhoop in haar mans stem gehoord? Was door de aanblik van zijn kwetsbaarheid toen hij naakt in zijn pyjama stapte, het lichte verlies van evenwicht dat hij onderging toen hij zijn voet door de broekspijp van zijn pyjama stak terwijl hij als een flamingo op de andere stond, haar liefde op een of andere manier opnieuw opgevlamd, om fysiek tot uiting te worden gebracht? 'Mag ik je een vraag stellen?'

Toen hij zijn pyjama had opgehesen, draaide hij zich om en keek haar glimlachend aan. 'Ja hoor. Wat is er?'

'Denk je dat je mijn moeder op jouw ziektekostenverzekering kunt meeverzekeren?' Die vraag betekende het einde van de avond. Hij zei tegen haar dat hij het zou proberen. Toen dwong hij zichzelf om in slaap te vallen, maar dat lukte hem pas toen hij besefte dat hij eerst zijn tot vuisten gebalde handen moest ontspannen.

3

Marcus had een ochtendritueel. Hij stond rond halfzeven op, over het algemeen een halfuur voordat de rest opstond, en zette koffie. Dan pakte hij de *Los Angeles Times* van het uit meerdere tinten groen bestaande gazon, maakte een granenontbijt met veel vezels klaar waaraan hij een in stukjes gesneden banaan toevoegde en dan las hij aan de keukentafel de krant.

Maandagochtend vroeg zat Marcus in de keuken op zijn koffie te wachten. Hij was halverwege een artikel over het onderhoud van de prostaat toen Lenore binnenkwam. Ze had een turkooizen joggingpak en sportschoenen aan.

'Ik ga een andere baan zoeken,' zei ze, een gesprek over koetjes en kalfjes overslaand.

'Lenore, je hoeft geen baan te zoeken.'

Ze begon rekoefeningen te doen, waarbij ze vanuit haar middel naar voren boog en haar tenen aanraakte. Hoewel Marcus wist dat Lenore in haar vroege jaren een carrière als danseres had geambieerd en in redelijk goede vorm was, hoopte hij toch dat ze geen spier zou verrekken. 'Zal ik een omelet voor je maken?' vroeg ze, met haar neus bijna op haar knieën. Marcus sloeg haar aanbod beleefd af. Hij vond het fijn dat Lenore wilde meehelpen. Ze stond erop mee te betalen aan de boodschappen, dus dat ze haar baan bij JackMart kwijt was, was heel vervelend voor haar. 'Misschien heeft Jan een baantje voor me in de boetiek,' zei Lenore, die nu naar het plafond reikte, eerst met de ene hand, daarna met de andere.

'Volgens mij verdient ze niet genoeg met de winkel om iemand aan te nemen,' zei Marcus. Jans boetiek was een teer punt voor hem geworden. Na twee jaar bevond de winkel zich nog steeds in de rode cijfers. Lenore nam afscheid voor haar ochtendlijke rondje snelwandelen met Bertrand Russell. Marcus maakte zich zorgen om haar ogen, maar wilde niets zeggen. Hij hoopte dat ze niet in een gat in de weg zou vallen.

Omdat Jan graag uitsliep maakte Marcus normaal gesproken Nathan wakker, gaf hem zijn ontbijt, maakte zijn lunch en bracht hem naar school. Ze zaten nog geen minuut in hun tien jaar oude, kastanjebruine Honda Civic toen Nathan zei: 'Pap, nog even over mijn bar mitswa. Ik weet dat we niet zoveel geld hebben en zo?' Dit was geformuleerd als vraag, bijna alsof hij hoopte dat Marcus hem zou tegenspreken en zou zeggen: 'Nee hoor, we zijn hartstikke rijk!' Toen Marcus geen antwoord gaf, maar alleen onderzoekend een wenkbrauw optrok, ging Nathan verder: 'Dus... eh... ik wil dat jullie weten, dat wat jullie ook doen? Het is in orde. Ik bedoel, ik wil wel graag een groot feest en zo, maar... je weet wel... als we dat niet kunnen betalen?'

'Maak je maar geen zorgen, Nato. We kunnen wel een feest betalen.'

Nathan was een lieve jongen die hard werkte op school en probeerde zijn ouders te behagen. Op zijn achtste was de diagnose ADD bij hem gesteld en hij had van de dokter medicijnen gekregen om dat in de hand te houden. Met tegenzin nam hij elke ochtend een pil, waarna hij twaalf uur niets kon eten. Toen hij zes maanden lang niet was aangekomen, wilden zijn ouders het hem zonder medicijnen laten proberen. Dat lukte hem door een uiterste inspanning te leveren en zichzelf te dwingen op te letten. Toen hij echter naar groep zeven ging, kreeg hij een terugval. Hij staarde tijdens de les uit het raam, haalde onvoldoendes voor proefwerken waar hij een voldoende voor had kunnen halen. De school raadde hem aan naar een remedial teacher te gaan, iemand die tot taak had een kind te leren hoe het moest leren, en nu kreeg hij in elk vak bijles. Uiteindelijk vroeg hij of hij weer medicijnen kon gaan slikken, een teken van volwassenheid waarvan zijn ouders heel erg van onder de indruk waren. Hoewel Nathan geen makkelijke tijd had gehad, deed hij zo hard mogelijk zijn best en zijn vader bewonderde hem des te meer om zijn inspanningen.

Maar nu dacht Marcus: mijn niet-bestaande god! Hoe had het joch het idee gekregen dat we geen feestje konden betalen? Hij vroeg zich af of hij zijn eigen financiële angst meer liet zien dan hij dacht. En als dat zo was, wat had zijn zoon dan nog meer van zijn innerlijke leven bespeurd?

'We zijn niet arm, oké? Ik wil niet dat je denkt dat we arm zijn.'

'Ik weet dat we niet arm zijn. Lenore is arm.' Nathans oma stond erop dat hij haar bij de voornaam noemde, omdat ze vond dat het leek alsof ze met pensioen was als ze met welke aanduiding van grootmoeder ook werd aangesproken en dat men daardoor niet zou zien dat ze in zo'n goede conditie was, alsof niemand haar dreigende blindheid zou zien.

'Heeft Lenore tegen je gezegd dat ze arm was?'

'Ze wil een baan als gastvrouw bij Applebee's zoeken.'

'We kunnen best voor haar zorgen, Nate. Ze hoeft niet bij Applebee's te werken.'

Marcus reed door de imposante stenen poort van Winthrop Hall, over de weg die over de boomrijke campus kronkelde. Naar plaatselijke normen was de school oxfordiaans, en hij was gesticht in de jaren dertig. Gebouwen in quasitudorstijl wekten de indruk van verstreken eeuwen. Als je je ogen sloot, kon je je zo Rupert Brooke voorstellen, met een dichtbundel onder zijn dunne arm, die loom onder de takken door slenterde, op korte afstand van de plek waar een kind uit groep acht ritalin verkocht aan een tweedeklasser. De campus was een voormalige golfclub (natuurlijk niet toegankelijk voor leden van een minderheidsgroepering) en wasemde een geur van oud geld uit die de heersende klasse kon opsnuiven door het jaarlijkse schoolgeld van 25.000 dollar te betalen. Dit steeg aanzienlijk boven de financiële middelen van de familie Ripps uit, dus het was geen verrassing dat Nathan een beurs kreeg. Dat maakte hem niet uit, omdat jongens zich meestal niet druk maakten om dat soort dingen, maar het maakte het moeilijk voor zijn ouders als ze tijdens schoolevenementen in contact kwamen met de ouders van zijn klasgenoten. De ouderraad van Winthrop

Hall was een broeikas vol ambitie, streberigheid en grote beleggingsportefeuilles; Marcus en Jan Ripps behoorden niet tot die klasse. Maar Roon Primus zat in de raad van bestuur en toen hij tegen Marcus zei dat hij wel een beurs voor Nathan zou kunnen regelen, waren Jan en Marcus dolblij dat ze hun zoon uit de disfunctionele schadelijke atmosfeer van de openbare school in Californië konden halen en hem een opleiding met een gouden randje konden geven.

Toen Nathan uitstapte, zei Marcus: 'Nato, maak je maar geen zorgen om je feest, oké?'

Door de liefde in de glimlach van de jongen toen hij 'Oké' tegen zijn vader zei, voelde Marcus even dat hij niet voor niets met van alles worstelde. Nathan stak zijn hand in de auto om zijn rugzak en klarinetkoffer te pakken. Op dat ogenblik zag Marcus een vrouw die laarzen met naaldhakken droeg, gescheurde netkousen, een minirok die maar net haar vulva bedekte en een ribshirt dat als vloeibaar polymeer aan haar borsten plakte. Toen op haar gezicht, net opgemaakt met cosmetica die ze bij Bloomingdale's in Century City had gekocht, een glimlach doorbrak, zag hij haar beugel. Ze was twaalf.

Marcus reed weg en vroeg zich af hoe het Nathan op zijn jonge leeftijd lukte om tussen deze mengeling van rijkdom en hormonen door te laveren.

De Wazoo-speelgoedfabriek bevond zich in een industriegebied in Noord-Hollywood. De fabriek bevond zich in een oud bakstenen gebouw omgeven door een hek van harmonicagaas en werd geflankeerd door een autosloperij waar oude auto's werden gedemonteerd en de onderdelen aan een reparatiewerkplaats werden verkocht en een biergroothandel.

Hoewel Wazoo in de loop der jaren een heleboel soorten speelgoed had gemaakt, waren de presidentiële actiepoppen het succesvolst. Hoewel ze oorspronkelijk Speelpresidenten werden genoemd, had de altijd vooruitziende Roon al in de toekomst gekeken. Nu waren ze opnieuw vormgegeven en heetten ze Biddende presidenten, die werden geleverd in godsdienstige poses en een knopje op hun schouder hadden. Als je daarop drukte citeerden ze uit de Bijbel. Het model Franklin Delano Roosevelt (met rolstoel, zonder meerprijs) zei met een keurig accent, dat vandaag de dag elitair zou worden genoemd: 'Want Ik weet de gedachten, die Ik over u denk, spreekt de HEERE, gedachten des vredes, en niet des kwaads, dat Ik u geve het einde en de verwachting.' De Abraham Lincoln-pop droeg voor: 'Want zij hebben wind gezaaid, en zullen een wervelwind maaien,' met een stem die verdacht veel leek op die van een zwarte man. Jimmy Carter (de slechtstverkopende van alle poppen) zei met een lijzige, zuidelijke intonatie: 'Alle dingen zijn mogelijk dengene, die gelooft.' De pop van John F. Kennedy raadde je aan, met zijn onmiskenbare doordringende stemgeluid van New England: 'Wees niet al te rechtvaardig.' Maar het model dat alle voormalige presidenten met gemak versloeg was de Ronald Reagan-pop, die heel optimistisch zei: 'Des avonds vernacht het geween, maar des morgens is er gejuich.'

Marcus reed naar de fabriek toe en parkeerde op zijn gereserveerde parkeerplaats dicht bij de hoofdingang. Het was een van zijn weinige extraatjes, waar hij erg van genoot, omdat je op de fabriek nergens anders indruk mee kon maken. Zijn kantoor was op de eerste, tevens bovenste, verdieping van het gebouw en keek uit over de fabriekshal waar 42 Centraal-Amerikaanse arbeidskrachten de presidentiële poppen maakten. Marcus ging aan zijn metalen bureau zitten en zette zijn computer aan. Terwijl het scherm zoemend tot leven kwam, staarde hij door het binnenraam en zag hoe de arbeiders vlijtig hun werk deden. Iedere biddende president werd met de hand gemaakt, met dezelfde zorg die de voorouders van deze ambachtslieden hadden tentoongespreid in het wazige verleden vóór syfilis en het christendom, toen deze volken, die er geen benul van hadden dat hun traditionele manier van leven in de maalstroom van de vooruitgang zou worden gezogen, hun lange, tropische dagen doorbrachten met het maken van religieuze objecten uit inheemse materialen. Marcus was onder de indruk van de zorg die ze aan iedere president van polyurethaan besteedden,

34

en de ironie van het feit dat deze ambachtslui hun oeroude vaardigheden gebruikten, overgeleverd via de handige vingers van talloze generaties, om de idolen van hun onderdrukkers te maken, ontging hem niet. Maar Roon betaalde het minimumloon en daardoor konden de werknemers voor hun gezin zorgen – mits hun man of vrouw ook een baan had – dus, tenzij hij in een slechte bui was en op de hele wereld afgaf, maakte Marcus zich niet langer zorgen over de historische en politieke implicaties van de manier waarop Roon Wazoo Toys runde.

Marcus nam een slok koffie uit een groene aardewerken beker waarop in een kinderlijk handschrift PAPA was geschilderd en bekeek de twee ingelijste foto's op zijn bureau. Een ervan was van Nathan toen hij ongeveer vijf was. Hij droeg zijn eerste honkbaloutfit en glimlachte naar de camera. Marcus was dat jaar een van de coaches geweest. De spelers hadden voor hun team de naam Vuurdraken gekozen. Verscheidenen van hen, onder wie Nathan, renden naar het derde honk wanneer ze de bal hadden geslagen, maar Marcus, die niet goed wist waar de tussenliggende zes jaar waren gebleven, had het heel erg leuk gevonden. Zijn zoon zou in een oogwenk het huis uit gaan. Marcus hield er niet van na te denken over hoe snel de tijd ging, omdat hij er daardoor helaas aan moest denken hoe weinig hij met zijn leven had gedaan.

De andere foto op zijn bureau was er een van Jan, genomen op een vakantie in de Sierra Nevada. Ze waren net teruggekomen van een lange wandeltocht in de ijle herfstlucht en ze had blosjes op haar wangen. Er lag een verdwaalde kastanjebruine haarlok tegen haar wang en haar glimlach was uitgeput maar opgewekt. Marcus keek niet vaak naar de foto's. Ze waren zo bekend dat hij ze normaal gesproken, net als het meubilair, niet zag. Maar deze ochtend moest hij er op een of andere manier naar kijken, en daardoor besefte hij twee dingen: hoe oud Nathan al was geworden, dat hij niet meer het kleine jongetje op de foto was, en dat hij die uitdrukking op het gezicht van zijn vrouw, die je bijna tevreden kon noemen, al heel lang niet meer had gezien.

Terwijl hij orders checkte, afleveringen gesmeerd liet lopen, ervoor zorgde dat de grondstoffen in de juiste hoeveelheden werden ingekocht en controleerde hoe het stond met zijn onderhandelingen met een maker van golfkartonnen dozen, waarbij hij op gunstigere voorwaarden hoopte, dacht hij erover na hoe hij Roon het beste kon benaderen met de vraag of Lenore bij hem op de verzekering kon.

Er lagen een paar boeken in Marcus' bureau, en zo af en toe bladerde hij erin, om zijn geest alert te houden en om zichzelf eraan te herinneren dat hij hersens had. Hij had een exemplaar van de *Ethica Nicomachea* van Aristoteles, *Meditaties* van Marcus Aurelius en *De Vorst* van Macchiavelli, en voor bijzonder moeilijke omstandigheden lag er een beduimeld exemplaar van Friedrich Nietzsches *Aldus sprak Zarathustra*, een boek dat hij al sinds zijn eerste jaar op de universiteit koesterde, hoewel hij nooit de moed had gehad om naar die gewaagde voorschriften te leven. Zo af en toe, wanneer hij met een moeilijke zakelijke situatie zat, dook hij in een van die teksten, niet om antwoorden te krijgen, maar om zijn geest te scherpen.

Nu pakte hij Aristoteles en bladerde hij door de pagina's met ezelsoren. Hij zag dat hij de volgende passage had onderstreept: 'De edelmoedige man moet, aangezien hij het meest verdient, heel goed zijn; want de betere man verdient altijd meer en de beste man het meest. Derhalve moet de waarlijk edelmoedige man goed zijn.' Marcus vroeg zich af of Roon goed of edelmoedig was, toen hij Clara Ortiz in de deuropening zag staan. Ze was een forse vrouw van in de vijftig en was de cheffin van de fabriekshal.

'Sorry dat ik u stoor, meneer Ripps. Mijn kleinzoon is ziek en mijn dochter kan hem niet van school afhalen omdat ze in Riverside werkt. Is het goed als ik hem ophaal?'

Het was niet zo'n beste dag om vroeg weg te gaan, omdat er twee nieuwe werknemers werden ingewerkt en Marcus wilde dat Clara er was voor het geval er problemen rezen. Maar hij zei tegen haar dat het kon. Hij was een populaire baas omdat hij dit soort dingen toestond. Hij controleerde of alles in orde was en ging daarna lunchen bij het tacotentje net achter Ventura Boulevard, waar hij twee enchilada's at en fantaseerde over de Guatamalaanse vrouw met de donkere huid die achter de toonbank werkte.

De boetiek waar Jan mede-eigenaresse van was heette Ripcord. Hij zat aan de westkant van Van Nuys Boulevard, een brede straat die door de San Fernando Valley liep. Hoe noordelijker, richting de bergen, hoe meer Zuid-Amerikanen er woonden en in dat gedeelte was Ripcord gevestigd. Omdat de onroerendgoedmarkt van Los Angeles heel onstabiel was, hoopten positief ingestelde mensen dat het gebied een tweede Silver Lake zou worden, een buurt waar koffietentjes, muziekclubs en andere indicatoren voor een bohemien levensstijl floreerden. Op dit moment werd Ripcord geflankeerd door een *papuseria* aan de ene kant en een zaakje waar je cheques kon inwisselen aan de andere. De verbetering waarop Jan en haar vennoot Plum Le Fevre hadden gerekend, voltrok zich echter in een kwellend traag tempo.

De vrouwen hadden elkaar begin jaren negentig ontmoet op de Los Angeles School of Visual Studies, waar Plum de kunstopleiding volgde en Jan haar vaardigheden als modeontwerpster aanscherpte. Plums carrière als schilder taande na een paar groepstentoonstellingen in galerieën in Oost-Los Angeles en Jans droom om ontwerpster te worden werd uiteindelijk zoals zoveel dromen vermorzeld als tule onder de hak van een zachtleren laars. Ripcord was net een reddingsvlot, een plek waar ze hun esthetische belangstelling op een commercieel levensvatbare manier konden inzetten. Het was de bedoeling dat de winkel een combinatie van galerie en verkoopplek zou worden en daarom werden er verschillende schilderijen van Plum (abstracte vegen, geïnspireerd door Mark Rothko) tentoongesteld. De winkel was nu twee jaar open en Plum was nog steeds de enige kunstenaar die ze hadden tentoongesteld. Toen het duidelijk werd dat niemand haar werk kocht, kwamen ze stilzwijgend overeen dat de schilderijen onderdeel van de permanente inrichting zouden worden.

De vrouwen vonden het prettig om aan de westkant van de straat te zitten. Bijna de hele dag stroomde er zonlicht door het spiegelglas, zodat de winkel was gevuld met warm licht en je makkelijker optimistisch kon zijn over de toekomst. Op deze slaperige maandag was Jan de etalage opnieuw aan het inrichten, terwijl Plum achter de toonbank een reep met fruit en noten zat te eten, die gezond zou zijn als het niet al haar vierde van die dag was geweest, en op haar laptop de Art Forum-website bestudeerde. Plum had naakt geposeerd voor de tekenlessen op de kunstacademie en was terecht trots op haar lichaam geweest, dat niet slank maar wel soepel was. Maar nu was ze door haar trek in zoetigheid en een lichte depressie een Cézanne-peer geworden. Geen van de modieuze diëten en sporadische sportlessen waarvoor ze zich uit gewoonte opgaf, kon haar lichaam weer in vorm krijgen, omdat ze de wilskracht niet had om die dingen langer dan een paar uur vol te houden. Ze zei altijd tegen zichzelf – en Jan – dat ze best zou kunnen afvallen als het moest. 'Ik heb wel wilskracht,' zei ze dan, 'ik heb alleen geen zin hem in te zetten.'

Wanneer Jan aan de etalage werkte, kon ze Plum negeren én iets doen wat ze echt leuk vond. De mannequins aankleden en ze op oogstrelende manieren neerzetten waren de enige professionele uitlaatkleppen die ze had voor haar grote creatieve drang. Vandaag zette Jan de twee vrouwelijke mannequins, die allebei een trui en broek met vage militaire inslag droegen, in de gepaste oorlogsposes. De ene stond rechtop en richtte een groot waterpistool op een verborgen doel in de Vietnamese nagelsalon aan de overkant. De andere zat geknield door een verrekijker te turen, naar een vijandelijk kamp in een nabijgelegen bandenzaak.

'Hoe heeft dat kreng in vredesnaam een tentoonstelling kunnen krijgen in een grote New Yorkse galerie?' Plum keek naar een computerafbeelding van een levensgrote Tyrannosaurus Rex, die een jonge Schotse kunstenares van blikjes zalm had gemaakt. Iedereen met een tentoonstelling in een galerie vormde een persoonlijke belediging. Kunstenaars die succesvol waren dreven de spot met het feit dat zij er niet in slaagde de aandacht van de gevestigde kunstorde te trekken. 'Soms denk ik dat ik het gewoon moet opgeven. Moet je dat meisje zien, dat modeldinosaurussen maakt van dingen uit haar afvalbak en...' Plum kon haar zin niet afmaken.

'De kunstwereld is net als de rest van de wereld. Het gaat erom waar de mensen voor willen betalen,' zei Jan, terwijl ze het pistool in de hand van de mannequin iets verdraaide. 'Dode haaien, drijvende basketballen in vissenkommen en gouden Michael Jacksons, het is allemaal kitsch. Het draait om geld, net als al het andere.'

'Dat is behoorlijk cynisch.'

'Ik ben niet cynisch, Plum. Zo is het gewoon.'

'Ik heb over een videoproject zitten denken.'

'O ja?' Jan bleef bezig met de hoek van het pistool. Als Plum over haar ideeën ging praten, dan dwaalde Jans aandacht normaal gesproken af. Het was net als luisteren naar iemand die gedetailleerd haar dromen beschrijft. Dat deed je ook alleen maar als iemand je driehonderd dollar per uur betaalde in ruil waarvoor je alleen maar een receptje hoefde uit te schrijven.

'Maar daarvoor moet ik een baby krijgen.'

'Wat?'

'Ik denk dat ik een baby wil.'

Jan had geen idee waarom Plum een kind zou willen. Ze was helemaal niet moederlijk. Ze vond andermans kinderen niet echt leuk. Sinds haar scheiding was ze met diverse mannen uit geweest, van wie er geen een toekomstige vader zou kunnen zijn, behalve in strikt biologische zin. De meest recente was een cosmetische tandarts die haar een gratis porseleinen laagje op haar tanden had beloofd als ze zou meedoen aan een triootje. Zijn werk was van hoge kwaliteit, dus Plum ging bijna overstag, maar ze wist dat de relatie toch op niets zou uitlopen en ze wilde niet elke keer aan de heer Pradip Singh, tandarts, denken als ze haar glimlach zag. Het leek heel onlogisch om in haar huidige leven een kind te nemen.

'Wie zou de vader zijn?'

'Waarom moet er een vader zijn?'

'Oké, je hóéft er natuurlijk geen kerel bij te hebben, maar toch. Wil je een baby krijgen voor een videoproject?'

'Zou dat niet een ongelooflijk onderwerp zijn? Ik kan elk ogenblik van het proces filmen en er iets geweldigs van maken.'

'Plum, volgens mij heten die dingen homevideo's.'

'De context bepaalt alles,' zei Plum terwijl ze over de website scrolde. Jan richtte haar aandacht weer op de etalage en vroeg zich af hoe Plums geest werkte. Ze had doorlopend creatieve impulsen die Jan bewonderde. Het maakte niet uit hoe vaak Plum werd afgewezen door de kunstwereld, haar verlangen om kunst te maken, hoe misplaatst ook, werd niet minder. Jan voelde het niet langer zo. Nadat ze was afgestudeerd wilde ze graag kleding ontwerpen, maar dat gevoel was afgenomen toen ze in de twintig was. Ripcord, waar ze voortdurend commercieel moest zijn, was niet de creatieve uitlaatklep waar ze behoefte aan had. Jan wist dat ze praktischer ingesteld was dan Plum. Ze vond het nu minder belangrijk om haar eigen onconventionele oprispingen te uiten dan om haar gezin te helpen de rekeningen te betalen. Jan had net een MPV gekocht. Een nieuwe, praktischer carrière zou een logische stap zijn. Ze keek naar Plum, bij wie de stoom uit haar oren kwam terwijl ze online de tentoonstelling bekeek waar ze zo kwaad om was. Er kwam verkeer langs over Van Nuys Boulevard. Stofdeeltjes zweefden in het bleke ochtendlicht. Er kwam niemand de winkel binnen.

Roon was verlaat door de vergadering van de raad van bestuur van een textielbedrijf in Mexico dat hij net had gekocht en zijn Gulfstream was pas vijfenveertig minuten eerder geland. Marcus en hij zaten in het kleine kantoor dat Roon in de Wazoo-fabriek aanhield voor zijn korte *droit de seigneur*-bezoekjes. Hoewel dit zijn eerste echte zakelijke kantoor was, waren de kaalheid van zijn muren en de functionele eenvoud van het meubilair, dat afgezien van het bureau en de metalen stoel waarin Marcus zat slechts bestond uit een bruin bankje dat wel uit een kringloopwinkel leek te komen, het bewijs van de uiterst utilitaristische lens waardoorheen Roon Primus de zetel van zijn keizerrijk bezag.

De mannen waren vrienden geworden tijdens het basketballen op de middelbare school in San Pedro, een stadje aan de South Bay waarvan de kronkelige oerkustlijn de westelijke grens vormde van de geasfalteerde, rook uitbrakende haven van Los Angeles.

Roons vader, een drankdistributeur die zijn product zelf niet gebruikte, stuurde zijn zoon naar een congres van de non-profitor-
ganisatie Jong Ondernemen, waar de sprekers, die de nieuwe economie belichaamden, het bedrijfsleven 'een verheven roeping'
noemden. Roon hoorde het goede nieuws aan. Marcus luisterde
's avonds in het weekend naar het geratel van zijn vriend, als ze
niets anders te doen hadden dan een sixpack bier halen en naar de
rotsen met uitzicht op de Grote Oceaan gaan. Op een avond trok
Roon een blikje bier open en zei tegen Marcus dat een spreker op
het Jong Ondernemen-congres het volgende advies had gegeven:
als je merkt dat je in de hel bent, moet je blijven lopen. Roon zei
dat dat zijn lijfspreuk zou worden. Marcus was onder de indruk
dat zijn vriend iemand was die volgens een lijfspreuk leefde. Hij
verwachtte niet dat hij ooit een lijfspreuk zou hebben, omdat hij
niet zulke vaste overtuigingen had. Zelfs in zijn bierwaas wist
Marcus dat Roon voor iets groots bestemd was en hij stelde zich
een toekomst voor waarin ze samen in zaken zouden gaan. Dat
Roon nu de hoge piet was en Marcus de smekeling vond hij een
perverse wending.
    'Dat was me nog eens een gebeurtenis zaterdag,' zei Marcus,
verwijzend naar de Caligulaanse bar mitswa. Hij vond het afschuwelijk om zo openlijk hielen te likken. Roon knikte en wachtte tot
hij verderging. 'Ik moet ergens met je over praten,' begon hij, zonder al te veel zelfvertrouwen. Nu Roon daadwerkelijk aanwezig
was, was de zelfverzekerdheid die Marcus vijf minuten eerder nog
voelde iets afgenomen. 'Ik heb een beetje een probleem met Jans
moeder, die bij ons woont.' Hier klakte Roon meelevend met zijn
tong, maar hij zei verder niets. Zijn subtiel minzame blik zei alles:
arme sukkel. 'Nou goed, ze heeft iets aan haar ogen, dus ik vroeg
me af of ze bij mij op de ziektekostenverzekering kon,' zei Marcus
gehaast, en zijn geratel gaf duidelijk aan dat hij graag wilde dat het
voorbij was. Roon glimlachte en knikte, zijn houding was niet
meer minzaam, maar geamuseerd verdraagzaam. Marcus veerde
op. Misschien zou hij geluk hebben.
    'Spreekt ze Chinees?'

'Chinees?' Waar sloeg dit nou op? Nam Roon hem in het ootje? 'Hoezo?'

'Omdat we de fabriek hier in Noord-Hollywood sluiten en overbrengen naar China.' Roon sprak deze woorden uit met het medelijden waarvan hij vond dat zijn oude, door dit nieuws voor het blok gezette vriend het verdiende. Marcus reageerde erop door hoorbaar in te ademen, alsof Roon hem met een tas vol kantoorspullen tegen zijn borst had gemept. Wazoo Toys ging verhuizen naar China? Hoezo? Marcus reed al bijna vijftien jaar door de poort, parkeerde op zijn plekje en liep naar zijn bescheiden kantoor. Naïef genoeg had hij aangenomen dat dit zo zou blijven zolang het hem uitkwam. Nu vocht hij tegen de aandrang om zijn hoofd in zijn handen te leggen en hij dacht onmiddellijk aan zijn vader, de onfortuinlijke Joe Ripps.

Roon bleef praten, maar Marcus luisterde niet meer. In tegenstelling tot Primus senior, die zijn zoon zo bedreven had gestuurd, had het geluk Marcus' vader niet toegelachen. Ondanks het afvloeien van personeel, frequente uitverkopen en een naamsverandering van Joe's Shoes in het trendyer Sole Man, bloedde zijn winkel aan Seal Beach langzaam dood, het slachtoffer van de opkomende koopjeskolossen. Joe had het niet zien aankomen, hij hield vast aan de overtuiging dat mensen traditie belangrijk vonden. Toen de winkel uiteindelijk failliet ging, moest de familie Ripps hun bescheiden huis verkopen en in een huurhuis gaan wonen. Marcus' moeder, lerares Engels op de middelbare school, nam het haar man kwalijk dat hij deze ramp niet had voorkomen en hierdoor was er in hun huwelijk altijd een ondertoon van wrijving. Nu treurde Marcus erom dat hij het slachtoffer werd van precies dezelfde zakelijke bijziendheid waardoor zijn vader op de Nieuwe Economische Snelweg was overreden.

Toen hij bijkwam uit zijn korte absence, viel hem op wat Roon droeg: om zijn grote lijf spande een trui met ronde hals die van dure wol leek te zijn gemaakt. Zijn broek, gekreukt en met omslag, was van hetzelfde luxueuze materiaal gemaakt. En dan had je nog zijn schoenen: loafers met de kleur van ossenbloed, waaraan vrolijk kwastjes bungelden. En zijn sokken hadden waarschijnlijk vijftig dollar gekost.

Toen Roon weer scherp in beeld kwam, kon Marcus ook weer woorden onderscheiden. '... een reden waarom de Amerikaanse productiebasis verdwijnt. Je moet het bezien als het regenwoud in de Amazone of de ijskappen. Dingen veranderen. Wat doe je wanneer de ozonlaag is verdwenen? Dan pas je je aan. Je smeert je in met zonnebrandcrème.'

'Dat is wel wat anders,' zei Marcus halfhartig.

'Helemaal niet! China is de toekomst, Marcus. Heb je enig idee wat daar allemaal gebeurt? Er zijn daar hele steden – hele steden! – waar ze alleen maar sportschoenen maken! Steden waar ze broeken maken! Golfshirts! Ondergoed! Eén hele stad in China maakt alleen maar ondergoed, met één enkel doel, en weet jij wat dat doel is? Wereldoverheersing! En raad eens? Die mensen worden onze meesters en daarvoor hebben ze geen tanks en geweren nodig. Alles wat daarvoor nodig is, zijn hielloze sokken! Miljoenen hielloze sokken.' Roon was onverbiddelijk, net als het weer, en Marcus kon er niets tegen doen. Hij keek uit het raam naar de parkeerplaats, het hek van harmonicagaas, de onbestendige hemel, die op deze gedenkwaardige dag een ongezonde kleur grijs had. 'Wat vind je ervan? Wil je ernaartoe verhuizen? Je zou je kunnen opgeven voor een talencursus, dan heb je een goede uitgangspositie. Om eerlijk te zijn weet ik niet eens of ze in dat deel van China gewoon Chinees spreken. Ze hebben daar heel veel dialecten.'

Marcus dacht aan de nog steeds geldende opmerking van Sun Tzu: 'Als je lang genoeg op een heuvel boven de rivier zit, zie je uiteindelijk het lijk van je vijand voorbijdrijven.' Op dit moment stelde hij zich Roons opgeblazen lijk voor dat loom voorbijdreef, terwijl vissen aan het ontbindende vlees knabbelden. Marcus stelde zich voor dat hij tegen Jan zei dat ze vierduizend kilometer zouden verhuizen, naar een land waarvan niemand van hen de taal sprak zodat hij zijn baan kon behouden, een baan die hem geen geluk of voldoening had geschonken, en die hij niet echt leuk meer vond. Terwijl Nathans bar mitswa eraan kwam. En dan was er nog Leno-

43

res gezondheidstoestand, een situatie die alleen nog maar slechter zou worden. Maar zo gingen de dingen eigenlijk altijd, toch? Ze werden erger. Hoe werden mensen met glaucoom trouwens in China behandeld? Waarschijnlijk werden ze doodgeschoten, zodat ze hun organen konden oogsten. Hij wist dat het daar economisch beter ging, maar China was nog steeds wereldmeester in het onderdrukken van de bevolking. Hij had over het Plein van de Hemelse Vrede gelezen. Het Chinese leger had niet geschroomd zijn kameraden van luchtgaatjes te voorzien met salvo's heet lood, geproduceerd door de steeds ondernemender mijnindustrie van het land. Toegegeven, het was aan het eind van de vorige eeuw geweest, maar er bleek niet echt een koesterende instelling uit. En hij had van vrienden die er geweest waren gehoord dat het voedsel er niet te eten was, dat het niet leek op het Chinese voedsel dat ze bij Tung Sing Hunan aan Ventura Boulevard aten. Marcus was vooral dol op de kleine loempiaatjes en de meu gai-krab, en hij had nooit gedacht dat hij zich nog een keer zou moeten afvragen of hij wilde overstappen op een volledig Chinees dieet.

De enchilada's die hij als lunch had gegeten begonnen zich te misdragen. Hij slikte een boer in en moest zijn hand voor zijn mond slaan toen de gore zoete smaak van het goedkope vlees uit zijn ingewanden opsteeg. Hij voelde zich alsof hij moest overgeven, maar wilde niet dat Roon zou denken dat dit door zijn nieuws kwam. Hij slikte en haalde diep adem.

'Ga jij Chinees leren?'

'Dat hoeft niet, ik huur wel een tolk in. Maar jij... als jij de man in Guodong wordt...'

'Wat is Guodong?'

'Daar komt de fabriek te staan. Dan moet je wel de taal spreken. Wil je wat tijd om erover na te denken?' Toen Roon zag dat Marcus nog over de vraag nadacht, begon hij te vertellen hoe hij de klap voor de werknemers zou verzachten. 'Ik heb T-shirts laten maken en die geef ik aan iedereen, met twee maanden salaris.' Toen stak hij een hand in de tas op de grond en plotseling zag Marcus een kledingstuk naar zich toe vliegen. Hij ving het in een reflex, hield het omhoog en zag dat het een T-shirt was waarop met grote zwarte reliëfletters op een witte achtergrond stond: WAZOO BE-DANKT JE!

Marcus wist dat dit luchtige gebaar de werknemers die op het punt stonden hun middelen van bestaan kwijt te raken niet zou sussen, maar hij wilde geen discussie aangaan over Roons armzalige poging tot omgang met werknemers. Wat hij wel zei was: 'Wanneer gaat de fabriek dicht?'

'Vandaag.'

'Vandaag?' Marcus' verontrusting was tastbaar.

'Ik weet dat het nogal een schok is, dus neem even een paar dagen de tijd en laat het me dan weten. Want als jij het niet doet, moet ik iemand anders zoeken die het wel doet. Ik wil een Amerikaan aan de leiding. Beloof me dat je erover zult nadenken.'

Marcus voelde dat hij de vloer in sijpelde, tot onder het beton, de harde aarde in, waar hij zich aangenaam onstoffelijk zag worden, en ophield te bestaan in zijn huidige vorm als een man met problemen die hij volgens hem niet kon oplossen. 'Ik zal erover nadenken,' zei hij.

'Het wordt een groot avontuur! Ik liep daar een café in een of ander stadje in waarvan ik de naam niet eens kan uitspreken en bestelde een cola light en moet je horen: dat hadden ze! Ik zeg het je, China is het helemaal. Intussen moet je je bureau leegruimen. Ik heb de fabriek verkocht en er komt woensdag een handelaar in apparatuur die de hele boel opkoopt.' Door de daadwerkelijke dag waarop de fabriek niet meer zou bestaan uit te spreken, had Roon een uitroepteken gezet aan het eind van dit hoofdstuk van Marcus' leven. Het plofte op de bladzijde neer en de trillingen van de landing weerklonken door zijn wezen, dat hem steeds denkbeeldiger begon voor te komen.

Toen Marcus erin slaagde iets te zeggen, was alles wat eruit kwam: 'Woensdag?'

'Overmorgen,' zei Roon behulpzaam.

'Krijg ik niet eens een gouden horloge?' Het was een grap, voorbeeldig onder de omstandigheden.

'Een gouden horloge? Marcus, ik geef je een nieuw leven.'

'In China.'

'Er is in dat stadje al een Amerikaanse school waar je zoon naartoe kan. Marcus, we zijn de laatste Amerikaanse fabriek die daar niet zit. Ik probeer een bedrijf te leiden.'

'Alles is aan het verdwijnen, hè?' Marcus vond het jammer dat hij zoiets afgezaagds zei, maar op het ogenblik kon hij niets beters verzinnen.

'En de bank zal je heus niet matsen als je je hypotheek niet meer kunt opbrengen. Wees niet bang om risico's te nemen. Je broer Julian... weet je nog die keer dat hij ons een keer een lift gaf naar die Dodgerswedstrijd, en wel 180 reed op de 405?' Marcus knikte. Daar dacht hij niet graag aan terug. 'Hij sneed die kerel in die Corvette, die achtervolgde ons tot aan de afrit en toen dachten dat we er geweest waren.' Roon glimlachte nu, hij koesterde de herinnering, zijn verspilde jeugd. 'En toen stapte je broer al zwaaiend met een speelgoedpistool uit de auto. Ik dacht dat die kerel in de Corvette in zijn broek zou pissen! Julian nam risico's. Hoe gaat het trouwens met hem?'

'We hebben niet echt contact met elkaar.' Marcus wilde niet over zijn broer praten.

'Wat jammer. Het was een geweldige vent.' Roon stond op, waarmee hij aangaf dat de bespreking voorbij was. 'Ik wil dat je dit begrijpt, Marcus. De wereld bestaat uit meesters en slaven. Ik zeg niet dat het verkeerd is om slaaf te zijn, de meeste mensen zijn slaaf. Ik zeg niet dat het niet gemakkelijk is als er iemand boven je uit torent met een zweep en tegen je zegt wat je verdomme moet doen. Maar je zult moeten kiezen. Je kunt een meester zijn of een hielenlikker.'

Hoewel Marcus door Roon was overvallen, en zich gedesoriënteerd voelde, had hij nog genoeg besef om te weten dat hij zijn opties open wilde houden. 'En de verzekering?'

'Als je naar China gaat, zet ik je schoonmoeder op je polis.'

4

Marcus trok zich terug, de gedachten raasden door zijn hoofd; een giftige combinatie van woede en verbijstering, vermengd met een gevoel van verraad waarvan hij al wist dat het niet gerechtvaardigd was. Want waar was vastgelegd dat de status quo gehandhaafd moet worden? Voor alles is een tijd: er is een tijd om uit te breiden, een tijd om in te krimpen en een tijd om een hele onderneming naar het Verre Oosten te verplaatsen. Terwijl hij zijn best deed zijn emoties in de hand te krijgen, deed Marcus een la van zijn bureau open en pakte, omdat de situatie alarmfase 2 had bereikt, het boek van Nietzsche. Het was bijna twintig jaar oud en Marcus had zoveel passages onderstreept dat hij moeilijk kon vinden wat hij zocht. Na een paar minuten doelloos lezen stuitte hij op het volgende: 'Een levend wezen verlangt bovenal zijn kracht te uiten, het leven als zodanig is de zucht naar macht.'

In die steeds minder vaak voorkomende ogenblikken van reflectie, wanneer hij bedacht wat hij met zijn leven had gedaan, wist Marcus dat hij alleen maar een zucht naar middelmatigheid had geuit. Ja, hij had zijn gezin onderhouden. Ja, hij had zijn belastingen betaald. En hij was veilig in de middenklasse genesteld, zonder hoop hogerop te komen. Filosofie was voor Marcus altijd iets academisch geweest: je las erover, debatteerde erover, dacht erover na, maar leefde er niet naar. Als hem zou zijn gevraagd hoe hij zijn eigen geloof zou omschrijven, zou hij hebben gezegd dat hij toevallig een stoïcijn was geworden, een verspreider van het evangelie van het uithoudingsvermogen, iemand die blij was als hij het gewoon redde. Dit was allemaal prachtig in theorie, toen hij elke twee weken zijn salaris kreeg en op het bekende terrein van Van

47

Nuys woonde. Maar hij had het zenuwslopende gevoel dat de *Brieven van Seneca* (of elke andere orthodox stoïcijnse tekst) een schrale troost zou zijn als hij in het Chinees zou moeten functioneren.

Aan het eind van de werkdag ging hij de fabriekshal in en vertelde het nieuws aan de stomverbaasde werknemers. Hij deelde hun mee dat ze een beroep konden doen op een werkloosheidsuitkering en raadde hun aan daar onmiddellijk een aanvraag voor in te dienen. Daarna bedankte hij hen voor de jaren van dienstverlening aan het bedrijf en wenste hun veel succes. De werknemers waren uiterst bezorgd en Marcus moest na de bijeenkomst enorm veel vragen beantwoorden. Hij begreep wat ze voelden en wist wat voor onzekere toekomst ze tegemoet gingen. Hij leefde met hen mee. Hij kon er alleen niets aan doen.

Marcus reed naar huis door de schemering van de vroege lente en probeerde niet in paniek te raken. In een poging de situatie in perspectief te krijgen, om haar te concretiseren en de omvang ervan te voelen, ging hij naar Tung Sing en haalde Chinees. Nu zaten Jan, Nathan, Lenore en Marcus in de keuken loempia's te eten, varkensvlees lo mein, kip met sinaasappel en moo goo gai pan. Terwijl Marcus met zijn stokjes een stuk kip met sinaasappel oppakte, vroeg hij aan zijn zoon: 'Wat vind je het lekkerste eten?'

Nathan, met een mondvol lo mein, zweeg even en zei: 'Focaccia,' waaruit bleek dat hij de vraag niet helemaal had begrepen.

'Focaccia? Echt waar?' vroeg Marcus verbijsterd. Hij had het woord 'focaccia' pas op zijn dertigste gehoord en hier rolde het even makkelijk van zijn zoons tong als 'lolly'. 'Ik dacht dat je van Chinees hield,' zei hij, in de hoop dat het feit dat Nathan al zijn hele leven van loempia's hield hem een opening zou bieden om het onderwerp aan te snijden van een eventuele verhuizing naar de plaats waar de loempia's vandaan kwamen.

'Ik ben dol op Chinees,' kwetterde Lenore. Marcus voelde dat ze dacht dat hij ergens uit gered moest worden.

'Ik vind het een beetje vet,' zei Jan. 'Ik was verbaasd toen je belde en zei dat je Chinees zou halen.'

'Er is iets gebeurd op het werk en toen had ik er enorme zin in.'

'Daar ben ik blij om,' zei Lenore, terwijl ze tegen Marcus knipoogde en knikte. Hij vond het sympathiek dat ze er altijd voor probeerde te zorgen dat hij zich prettig voelde, om zo het schuldgevoel te verzachten dat ze had omdat ze van zijn gastvrijheid profiteerde. Marcus hoopte dat Jan zou vragen wat er was gebeurd, maar ze deed het niet, en er volgde een stilte van een aantal seconden.

'Mag ik van tafel?' vroeg Nathan. 'Ik moet nog klarinet oefenen.'

Nathan mocht weg en nadat hij Lenores aanbod om te helpen had afgeslagen, ruimden Marcus en Jan af. Toen Lenore naar haar kamer was, zei Jan: 'De glaucoom is erger geworden. Volgens de dokter moet ze misschien wel worden geopereerd.'

Marcus schraapte voedselresten van een bord in de afvalbak; hij wilde het nu niet over Lenores gezondheid hebben. 'Hoe loopt de winkel volgens jou?'

'Geweldig.'

Hij merkte dat ze niet eens nadacht voordat ze antwoord gaf. Haar antwoord was net een reflex. 'Gewéldig?' Zijn stem werd schril doordat hij zich inspande om niet te zeggen wat hij eigenlijk wilde zeggen, namelijk: wanneer hoeven we niet meer net te doen alsof die bodemloze put succesvol zal zijn?

'Nou ja, niet geweldig als in "geweldig en we openen nog een filiaal", maar niet slecht.'

Marcus had het eten van de borden geschraapt en ze afgewassen. Hij pakte een droogdoek van een rek boven het aanrecht en begon ze af te drogen. 'Is er enig zicht op dat je het hele gezin kunt gaan onderhouden van wat je verdient?' Het kostte hem grote moeite om het niet treiterig te zeggen.

'Dat was de opzet niet,' zei ze. 'We hebben nooit...' Hij verstijfde toen hij het woord 'we' hoorde, dat ze altijd gebruikte wanneer ze het over de winkel had. Het was altijd 'we' en nooit 'ik'. Hij wist dat ze dacht dat hij zich daardoor medeplichtig zou voelen en dus volgens haar minder geneigd zou zijn te vragen hoe het met Ripcord ging. 'We hebben het er nooit over gehad dat ik met de winkel het gezin moest onderhouden. De opzet was dat ik een bijdrage zou leveren, toch?'

'Precies.' Marcus begreep dat hij niet goed had nagedacht voordat hij Jans idee om een kledingboetiek te openen steunde. Als hij haar had aangemoedigd een praktischer onderneming te beginnen, dan zouden ze dit gesprek nu niet voeren. 'Maar er zijn wat...'

Omdat hij nog geen plan had hoe hij deze informatie moest meedelen, aarzelde hij.

'Wat zijn er?'

'Wat zou je ervan vinden om naar China te verhuizen?'

'Pardon?'

Door de manier waarop ze naar hem keek, dacht Marcus dat hij haar net zo goed had kunnen vragen of ze een seance wilde houden, of een tochtje met een heteluchtballon wilde maken. Toen besefte hij dat zijn vraag, een onmiskenbaar verstrekkend voorstel dat slechts was ingeleid door een Chinese afhaalmaaltijd, inderdaad uit de lucht was komen vallen. 'Roon verplaatst de productie van Wazoo Toys daarheen en hij vroeg me of ik die onderneming wilde leiden.'

'In China?' Ze keek hem verbijsterd aan.

'Ik heb tegen hem gezegd dat ik het met jou moest overleggen.'

Hij keek naar haar en wachtte op een antwoord, maar een aantal ogenblikken lang zei ze niets. Marcus was blij dat Jan niet het type vrouw was dat hysterisch werd. Hij herinnerde zich de keer dat Nathan van de trap was gevallen, hij was toen twee, en dat er een tand door zijn lip was gegaan. Ze waren snel met hem naar het ziekenhuis gegaan, waar hij in een soort minidwangbuis was gehesen, was vastgebonden aan een brancard en gehecht door een gretige vrouwelijke trauma-arts uit Poona, India. Jan was de hele tijd bij hun zoon gebleven, had voortdurend oogcontact met hem gehouden en hem getroost, maar Marcus was bijna flauwgevallen en was enorm opgelucht geweest toen een van de verpleegkundigen hem een kalmerend middel had gegeven en tegen hem had gezegd dat hij maar op een bed moest gaan liggen.

Nu pakte ze een kan ijsthee uit de oude koelkast, schonk zichzelf een glas in, nam een slok en keek Marcus bedaard aan. 'Wil jij er-naartoe verhuizen?'

Hij haalde diep adem en zei: 'Dat weet ik niet.'

Ze reageerde niet onmiddellijk. In plaats daarvan knikte ze lang-zaam, alsof ze deze informatie verwerkte. 'Je wéét het niet? Echt niet? Dus misschien wil je wel naar China?'

'Ja. Misschien wel. Ik zeg niet dat ik het zéker weet. Ik zie mezelf graag als iemand die zoiets, nou ja, gewoon doet. Ik speel een beet-je met het idee.' Hij bewoog zijn hand in de lucht, alsof hij met iets speelde.

Plotseling ontplofte Jan. 'Ben je helemaal gek geworden, Mar-cus? China? Wat moet ik in vredesnaam doen in China? En Na-than? En mijn moeder? En de hond? Wat gaan wij in China doen?'

'Roon heeft aangeboden ons te verhuizen. Er is een Amerikaan-se school en hij zei dat hij je moeder bij mij op de verzekering zou zetten.' Hij gaf dit laatste beetje informatie triomfantelijk, alsof hij wilde zeggen: zie je wel? Ik ben niet helemaal geschift.

'En als je niet wilt gaan?'

'Dan ben ik mijn baan kwijt.'

'Roon heeft heel veel bedrijven. Heeft hij je niets anders aange-boden?'

'Nee.'

'Zo behandelt hij je dus, na vijftien jaar? Wat een klootzak! Hoe kan hij ons dit aandoen? Ik dacht dat je zijn vriend was!' Marcus probeerde haar te kalmeren, maar ze kon alleen maar zeggen: 'De klootzak.' Er volgde een minuut volledige stilte, waarin ze haar glas ijsthee in één lange teug naar binnen goot. 'Ik zou willen dat wij samen een bedrijf zouden beginnen.'

'Jij en ik?'

'Zou dat niet geweldig zijn? Ik krijg een beetje genoeg van Plum. Ze heeft het erover dat ze een baby wil.'

'Met wie?'

'Met een grote spuit. Als onderdeel van een kunstproject. Het is zo idioot dat ik er niet eens over kan praten.'

Voor Marcus was het idee dat Plum een kind zou krijgen bijna even absurd als het idee dat zij naar China zouden verhuizen. Hij was blij dat dat niet zijn probleem was. Er zweefde een klarinetmelodie naar beneden. Nathan probeerde het melodietje te spelen van een nummer dat ze op de radio hadden gehoord toen ze die ochtend naar school reden. Elke derde noot piepte en het klonk afgrijselijk. Marcus luisterde er even naar. Hij wist hoezeer hij dat geluid uiteindelijk zou missen.

'Verhuizen naar China, Marcus... dat gaat niet gebeuren. Je kunt best een andere baan krijgen.' Toen gaf ze hem een kus op zijn wang en liet hem alleen achter in de keuken.

Plum en haar ex-man Atlas Boot hadden samengewoond in de buurt Reseda, in het westen van de San Fernando Valley, tot de dag waarop ze een van zijn privé-e-mails las en erachter kwam dat hij met een voetmodel neukte dat hij in een chatroom had ontmoet. Nu woonde ze er alleen. Het was rustig in Reseda, rondom de bescheiden huizen lagen nette, groene gazons en er reden kinderen op hun fiets door de zonverwarmde straten. Plum vond het vreselijk. Ze wilde ergens wonen waar het kunstzinniger was, lichter ontvlambaar, maar ze hadden het huis voor weinig gekocht en het was bij de scheiding aan haar toegewezen.

Plum had de helft van de garage omgebouwd tot atelier en daar zat ze bijna elke avond. Net voor negen uur op maandagavond streek ze met haar handen over haar wijdvallende zwarte broek en keek de ruimte rond. Hoewel Plum een opleiding tot kunstschilder had gevolgd, zag ze nu dat al het bezielde in de kunstwereld niet op een schildersezel gebeurde. Dat deze opvatting vijftig jaar geleden al achterhaald was, maakte haar niet uit. Het enige wat telde was perceptie, en de grote bonzen in de kunstwereld die hun esthetische fiat verleenden – Magritte is voorbij! Schwitters is in! – hadden verordend dat het afgelopen was met de schilderkunst. Dus zette Plum haar koers uit: conceptualisme of barst. Helaas was het Plum niet gegeven om provocerende 'installaties' te maken, hoewel ze redelijk talentvol was als schilder. Het was één ding om iets te maken van een combinatie van oude wieldoppen en mobieltjes.

Het was heel iets anders om er ook nog betekenis aan te geven. Nu werd ze omringd door een verzameling rotzooi die ze tijdens haar tochten in de stad had verzameld: verschillende defecte klokradio's en broodroosters, een deur van een diepvries, een fietswiel, een groot plastic poppenhuis, vijf poppen, drie paspoppen, een vogelkooi, flessen in verschillende maten en vormen, een oud bordspelletje, een haveloos sportjack, een elandenkop met één geweitak die ze ergens tweedehands op de kop had getikt en twee zakken cement. De laatste paar maanden was ze in het wilde weg bezig geweest om iets meeslepends te toveren uit de prullen die ze had verzameld, maar wat moest ze maken? Ze had gespeeld met de metafoor van het poppenhuis en had een paar dagen lang onderdelen uit huishoudelijke apparaten bevestigd op het poppenhuis dat ze had gered, waarna ze er oude Barbies in wilde stoppen. Maar uiteindelijk vond ze het afgezaagd en vond ze het hele idee om Ibsen te vermengen met elektronica een cliché. Ze had bedacht om veren op mannelijke en vrouwelijke paspoppen te plakken en ze dan op stokjes te zetten in een speciaal gemaakte vogelkooi. Dat stuk was gevorderd tot het stadium waarin de veren waren vastgeplakt, maar wat Plum ook deed, het lukte haar niet ervoor te zorgen dat de gevederde poppen op stokjes bleven zitten. Voordat ze dit technische probleem had opgelost, was ze uit het veld geslagen door het besef dat de vogelkooi niet origineler was dan het poppenhuis. Helaas zweefde er een goed omlijnde metafoor net buiten haar bereik. Niet uit het veld geslagen dreutelde Plum in haar vrije tijd rond in haar atelier, waar ze Engelse thee dronk en over haar artistieke voorlopers nadacht. Edvard Munch had zich beroerd gevoeld, en toch was hij erin geslaagd uit de donkerste diepten van een Scandinavische depressie een onsterfelijk werk te wrochten. Ze vond zichzelf minstens even ongelukkig als Munch, misschien iets minder getalenteerd, en ze wilde dat ze haar fysieke omgeving de schuld kon geven van deze impasse. Plum geloofde graag dat als ze in het land van de fjorden zou worden losgelaten, in plaats van hier in Reseda vast te roesten, zij ook iets mysterieus en hartbrekends zou maken. Maar diep vanbinnen wist ze dat dat niet alles was. Plum was doodsbang dat haar inspiratie was opgedroogd. De dingen die ze had verzameld waren niet de componenten voor een grote artistieke sprong vooruit, maar rotzooi in een garage in de San Fernando Valley. Ze zag haar beduimelde dichtbundel van Paul Verlaine op een boekenplank liggen, waar hij naast een stapel oude kunsttijdschriften stof lag te verzamelen. Ze pakte hem op, sloeg hem open en las:

Droeve tonen
van violen
die in 't najaar klinken
laten mijn hart
in verlangende smart
verzinken.

Ze deed onmiddellijk het boek dicht. In haar jeugd werd Plum aangetrokken tot kunstenaars die hun emotionele pijn uitventten. Toen ze hier als jongvolwassene mee in aanraking kwam, leek het lijden dat ze uitwasemden op een romantische afstand te gebeuren. Toen ze er een paar jaar later weer mee in contact kwam, door een waas van teleurstelling en spijt, werd het te echt voor haar. 'Droeve tonen van violen' was mooi wanneer je in je kamer op de campus paddo's at en naar Patti Smith luisterde. Maar als je het twintig jaar later in Reseda ervoer, was het iets heel anders. Plum dacht erover na of ze zich beter zou voelen als ze wel of niet een baby kreeg. Ze wilde wanhopig iets nieuws proberen. Het idee dat ze een heel andere weg zou inslaan was heel aantrekkelijk en ze wist dat een baby alles op zijn kop zou zetten. Maar nu was het gewoon wéér een idee dat om ruimte vocht met diverse andere, en geen ervan werd substantieel. Plum was zich ervan bewust dat als ze in deze geestestoestand werk gedaan wilde krijgen, ze zich alleen maar rotter zou voelen, dus ze ging het huis weer in.

Ze leunde tegen de deurstijl die de keuken van de woonkamer scheidde, luisterde naar het gezoem van de vaatwasser en streek met haar vinger over de zachte leren riem die ze omhad. Toen ze besefte wat ze aan het doen was, moest ze denken aan de heer Pradip Singh, tandarts, die haar had gevraagd of ze hem ermee wilde slaan. Hij hield ervan op zijn blote billen te worden geslagen en Plum vond het merkwaardig prikkelend om milde lichamelijke bestraffingen uit te delen. Een keer, toen ze hem een beetje te hard sloeg, werd ze zo meegesleept dat er een bloeduitstorting was verschenen voordat ze besefte dat hij 'warenhuis' riep, hun afgesproken veilige woord. Afgezien van hun voorkeur voor seksspelletjes hadden ze niet veel gemeen. Ze miste de amoureuze tandarts niet. Plum wilde gewoon iemand slaan.

Marcus zat aan zijn bureau in de omgebouwde garage en doorstond de steeds moeilijker taak om de maandelijkse rekeningen te betalen. Zijn inkomen van 60.000 dollar was niet meer genoeg om de uitgaven te dekken. De hypotheek was 1800 per maand, hij moest twee leningen voor auto's afbetalen en bij alle andere rekeningen kwamen nog Nathans slagorde aan bijlesleraren, de remedial teacher en zijn privéleraar voor klarinetles (ieder kind in het Winthrop Hall-orkest moest privélessen nemen). Ze hadden twee jaar eerder de hypotheek met 50.000 dollar verhoogd. Dat kostte vijfhonderd per maand en de hoofdsom was bijna op. Marcus was zich heel goed bewust van de val waarin ze zaten, die stond op het punt dicht te slaan. Hij keek op van de factuur voor het nieuwe dak, 4000 dollar, toen hij zijn vrouw hoorde vragen of hij zo naar bed kwam. Jan stond bij de kantoor- annex garagedeur, met een vriendelijke blik in haar zachte bruine ogen. Ze liep naar hem toe en masseerde zijn schouders. 'Er zit hier heel veel spanning, je zou eens een massage moeten nemen.' Het was verrassend om dat van Jan te horen. Het idee dat je iemand zou betalen om met geoefende handen je lichaam te behandelen was niet op zijn plaats in hun wereld. Massages waren een uitspatting waarvoor je een beschikbaar inkomen moest hebben dat zij niet hadden.

Marcus wierp een blik op de stapel rekeningen, die op magische wijze leek te zijn gegroeid sinds hij er voor de laatste keer naar had gekeken en hij besefte dat hij het afgelopen uur niets had uitgevoerd. En hij had een stijve nek. Hij wilde heel graag gemasseerd worden. Hij draaide zich om en keek op naar zijn vrouw. 'Hé, waarom geef jij me geen massage?'

'Morgenavond, dat beloof ik.' Hij probeerde zijn teleurstelling te verbergen. Hij had niet verwacht dat ze hem zou masseren – wat had hij tenslotte gedaan om dat te verdienen? – maar hij had het wel gehoopt. 'Ik wil ergens met je over praten,' zei ze, terwijl ze haar blik even afwendde. Marcus vroeg zich af hoe erg het zou zijn. 'Ik wil met je praten' betekende namelijk bijna nooit iets goeds. 'Het spijt me van de winkel.'

Dat was een verrassing. 'Hoe bedoel je?'

'Misschien was het wel een slecht idee. Er gebeurt helemaal niets op Van Nuys Boulevard. Op dit moment zijn wij, Plum en ik, de verbetering...' Ze aarzelde weer. Marcus hoopte niet dat ze erop rekende dat hij er geld in zou pompen. 'Wat vind je ervan? We doen het nu al twee jaar...'

'Denk je dat Plum jou zou uitkopen?'

'Dat betwijfel ik.'

Marcus was verrast door Jans onthulling. Blijkbaar was ze door de optie China echt over de zaken gaan nadenken. Hoewel hij altijd het gevoel had gehad dat ze zichzelf ervan had overtuigd dat ze het idee van een winkel hartstikke leuk vond, had ze haar twijfels over wat ze had gedaan tot op heden nooit uitgesproken. Er was 20.000 dollar van de hypotheekverhoging naar Ripcord gegaan, en het leek erop dat dat geld verdwenen was.

'Wat wil je dan?'

'Ik kan er niet zomaar mee ophouden.'

'Nee, dat kan niet.' Hij stond op en gaf haar een kus op haar wang, terwijl hij haar naar zich toe trok. 'We hoeven het niet nu meteen op te lossen.'

'Ik wil echt niet naar China verhuizen,' zei ze.

Marcus sliep die nacht niet goed, hij wentelde de beslissing die hij moest nemen om en om in gedachten, hield haar tegen het licht en bekeek haar van alle kanten. Als hij zijn baan echt tot in het buitenland achterna wilde gaan, dacht hij dat hij Jan wel kon overhalen. Als dat niet lukte, kon hij alleen gaan, als de walvisvaarders uit New England die in de negentiende eeuw hun gezin jarenlang achterlieten en tyfoons, scheurbuik en de verleiding van naakte Polynesische vrouwen doorstonden. En het zou een avontuur zijn. Dat gedeelte vond hij leuk. Hoe zeg je 'ja' in het Chinees?

De dageraad gloorde over de openbare golfbaan Woodley Lakes toen Marcus zijn bal bij het eerste hole op de tee legde. Het was een woensdagochtend, twee dagen nadat hij met Roon had gesproken, en hij was er samen met Atlas Wood. De naam Atlas had hij gekregen van zijn ouders, met de prozaïsche namen John en Mary Boot uit Cleveland, Ohio. Ze hadden gehoopt dat hun enige zoon door deze mythische benaming zou worden geïnspireerd, maar zijn sloffende, in wezen zachtaardige fysieke voorkomen weersprak dat ten enenmale.

Marcus had Atlas ontmoet toen die nog met Plum was getrouwd, en na de echtscheiding waren ze vrienden gebleven. Ze speelden elke maand, altijd negen holes, vroeg in de ochtend, zodat ze allebei genoeg tijd hadden om te klagen over wat er mis was met hun leven en toch nog op tijd op hun werk konden zijn. Nu liep Marcus twee meter achter de bal, hij ging op zijn hurken zitten en tuurde over de fairway terwijl hij oplijnde voor de swing. Hoewel hij niet goed kon golfen, vond hij het prettig dat hij op het moment dat hij speelde niet nadacht over de dingen waar hij van zichzelf eigenlijk over moest nadenken. Vanochtend waren dat Roon, China en de toekomst van zijn gezin. Gelukkig namen al deze dingen geen ruimte in zijn hoofd in terwijl hij visualiseerde hoe de bal een rechte baan van 250 meter beschreef. Hij probeerde helemaal kalm te worden, stond op en ging naast de bal staan. Hij keek ernaar en haalde diep adem. Links bevond zich een waterhindernis, waar een zwerm ganzen hun ochtendritueel uitvoerden, zich niet bewust van de dreigende aanval. Aan de overkant was een moerassig plekje met bomen. Marcus nam dit allemaal in zich op, draaide zijn hoofd naar de grond en keek weer naar de bal. Nog één keer diep ademhalen. Hij bracht de club langzaam naar achteren, dacht eraan dat hij zijn armen moest strekken en zijn pols in de juiste hoek moest houden, en zette zijn downswing in. Hij draaide met zijn heupen en sloeg door de bal heen. De bal schoot naar links in de richting van de ganzen, die niet genoeg onder de indruk waren om te bewegen of zelfs maar in zijn richting te kijken en viel toen in de vijver. Marcus keek naar Atlas, die dit debacle op eerbiedige afstand bekeek.

'Wat zeg je me daarvan?' vroeg Marcus en hij probeerde te lachen.

'Indrukwekkend.' Atlas was niet beter in golf dan Marcus en ze hadden een onuitgesproken pact dat wanneer iemand slecht sloeg, wat vaak gebeurde, diegene er als eerste een geintje over zou maken. Zo werd er niemand vernederd. 'Weet je zeker dat je niet voor vijf dollar per hole wilt spelen? Ik geef je tien slagen voorsprong.'

'Nee, bedankt.'

Dit was een vriendschappelijk potje waarbij niet om geld werd gespeeld, hoewel Atlas het elke keer voorstelde. Hij zei tegen Marcus dat hij de slag over mocht doen.

Met die slag, hoewel hij niet erg best was omdat hij flauw naar rechts afboog, kon hij tenminste verder. Opgelucht ging hij een eindje verderop staan zodat hij Atlas' eerste slag van die dag kon bekijken. Zoals bij veel mannen die een tikje te zwaar en uit vorm zijn, waren de kleren van Atlas iets te groot. Achter op zijn hoofd stond een verschoten blauwe pet, en hij had zijn groene golfshirt niet in zijn broek gestopt. Hierdoor werd een geniaal ontspannen effect gecreëerd.

Atlas haalde uit en raakte de bal vol. Hij vloog van de tee af, naar het midden van de fairway, stuiterde op het korte gras en rolde verder totdat hij op 220 meter afstand van de tee tot stilstand kwam. Marcus complimenteerde hem met de slag en ging toen zijn eerste bal uit de ondiepe vijver halen. Atlas wachtte beleefd op hem en toen Marcus zijn afgedwaalde bal had weten te redden, liepen ze de fairway op, terwijl de zon boven de bergen in het oosten uit piepte en de horizon van roze naar blauwe verkleurde.

Toen ze de eerste hole hadden gespeeld, vertelde Marcus zijn vriend dat hij de mogelijkheid had om naar China te gaan. Atlas verknoeide de put waardoor hij een bogey zou hebben gehaald en weet dit aan de schok van het nieuws.

'Als je advocaat raad ik je aan te gaan,' zei Atlas, hoewel hij niet Marcus' advocaat was. Hij had de zinsnede 'als je advocaat' in een film gehoord. 'Ik zou zo naar China gaan,' zei hij, terwijl hij met een potloodstompje een 6 op zijn scorekaart krabbelde.

'Echt waar?'

Marcus was verbaasd dat Atlas zich zo snel een mening vormde. Zoals zoveel advocaten was Atlas behoedzaam en Marcus had verwacht dat hij meer tijd zou nemen om de subtiele aspecten van de situatie te onderzoeken.

'Ik zou hier zo snel weg zijn dat je niet eens zou merken dat ik was vertrokken.'

Ze liepen naar de afslag voor de tweede hole, een par vier. Atlas stopte de scorekaart weer in de zak van zijn vrijetijdsbroek terwijl Marcus naar de green staarde. Terwijl Atlas twee golfballen bekeek en probeerde te beslissen welke hij zou gebruiken, vroeg Marcus hem waarom hij zo snel naar China zou gaan.

'De Chinezen zijn dol op kaartspelletjes, wist je dat? Ik zou in de zevende hemel zijn. Ik ben al een paar avonden per week in Gardenia, om te pokeren. Je moet eens een keer meegaan.'

'Ik ben geen gokker.'

'Dat meen je niet.'

'Wat bedoel je daar nou weer mee?'

'Marcus, moet je jezelf eens zien. Je bent al – hoe lang, vijftien jaar? – met dezelfde vrouw getrouwd. Je hebt altijd dezelfde baan gehad, al bijna sinds je bent afgestudeerd. Ik zeg niet dat dat erg is... maar je zou er wel over moeten nadenken om naar China te gaan.'

'Dat doe ik ook.'

'Je wilt niet. Ik hoor het al.' Hoe hoorde hij dat? vroeg Marcus zich af. Was het zo pijnlijk duidelijk? Hij wilde het niet vragen. 'Zou je je gezin meenemen?'

'Absoluut,' zei Marcus.

'Ik zou wel ergens willen zijn waar Plum me niet om geld kon vragen.' Atlas zette zijn backswing in. Hij bereikte het hoogste punt, de club zwaaide weer naar beneden en – *pats!* – de bal vloog van de tee af, hoog en een heel eind van waar de mannen stonden. Marcus verlegde zijn aandacht van de vlucht van de bal naar Atlas, die raadselachtig glimlachte. Marcus wist niet of zijn vriend over zijn slag nadacht of genoot van het idee om naar een plek op 8000 kilometer van zijn ex-vrouw te verhuizen.

Atlas had het de rest van hun negen holes niet meer over Plum, hoewel hij wel verschillende keren over China begon en Marcus stimuleerde om minstens een jaar te gaan. Oké, er was geen burgerlijke vrijheid, hun houding jegens meisjesbaby's was laakbaar en wat ze Tibet hadden aangedaan gewetenloos, maar ze hadden de meest dynamische economie ter wereld en wat was er nou zo geweldig aan Van Nuys? Marcus zei dat hij erover zou nadenken, wat hij altijd zei als Atlas een toespraak begon met de zinsnede 'als je advocaat'. Na een zeldzaam goede slag bij de zesde hole begon Marcus over Ripcord en hij vroeg Atlas hoe lang de winkel het volgens hem nog kon uitzingen. Terwijl Atlas zijn tas om zijn schouder hing om terug naar de fairway te lopen, zuchtte hij hoorbaar. Hij zei tegen Marcus dat hij geen idee had, maar dat hij hoopte dat het einde snel zou komen.

'Vorige week vroeg Plum me of ik er meer geld in wilde stoppen. Ik zei: "Natuurlijk niet. Ik ben verdomme je ex-man en de zaken gaan slecht."' Atlas hees zijn broek op. 'Weet je wat op dit moment mijn grootste zaak is? Ik verdedig een dranklustige tweedejaarsstudent die tijdens de ontgroening voor het corps een goudvis uit de vijver op de campus heeft gedood. Hij heeft er een pin doorheen gestoken en hem gebarbecued.' Atlas schudde verbijsterd zijn hoofd, niet zozeer om het lot van de vis als wel om zijn eigen situatie. Hij had halverwege de jaren negentig zijn sporen als advocaat verdiend toen hij met succes een stewardess had verdedigd, Cricket Bulger, die met een veel oudere man was getrouwd die bijna veertig miljoen dollar had. Toen de man overleed, had zijn zoon een bezoekje aan Cricket gebracht, in een poging haar te ontraden de erfenis te aanvaarden. Ze schoot hem neer met haar pistool met gouden handgreep dat ze, heel attent, van haar man had gekregen voordat hij overleed. Ze nam Atlas in de arm, die de jury ervan overtuigde dat de stiefzoon haar had willen verkrachten. De minder mooie aard van de misdaad, samen met het grote geldbedrag dat erbij betrokken was, zorgde voor een storm aan media-aandacht en toen de schietgrage stewardess Atlas inhuurde, schoot zijn ster omhoog. Het feit dat de overledene geen geschiedenis van geweld of aanranding had maakte zijn overwinning des te opmerkelijker en heel even was Atlas een van de bekendste leden van de balie van Los Angeles. Op dat moment was hij halverwege de dertig en hij verwachtte dat hij na de zaak-Cricket Bulger een grote carrière zou opbouwen, maar dat gebeurde niet. Als dat wel zo was geweest, bedacht Marcus soms, dan zou zijn vriend met de grote meneren op de Bel Air Country Club hebben vertoefd in plaats van op een openbare golfbaan in de Valley.

Marcus keek toe hoe Atlas oplijnde voor een lange put naar de negende hole. Hij wilde verder praten over zijn mogelijkheden in China en de angst die hij probeerde te overwinnen om ze te grijpen. Hij was bang voor de reactie van Jan, mocht hij beslissen om dit door te drukken, en hij was bang om zijn gezin naar een onbekende plaats te verhuizen, laat staan een ander land. Maar zijn angst werd overvleugeld door zijn gêne: het was té verwijfd om toe te geven dat hij hier bang voor was. Dus hij keek toe hoe Atlas de put miste en de bal ongeveer dertig centimeter langs de hole rolde. Atlas tikte de bal erin en zijn ronde was voorbij. Marcus moest proberen vanaf vijf meter te putten. Hij voerde twee oefenslagen uit met zijn putter en hield zichzelf voor dat hij zijn schouders ontspannen moest houden en zijn knieën gebogen. Toen sloeg hij de bal. Hij rolde naar de hole, maar had niet genoeg vaart en kwam op vijftig centimeter afstand tot stilstand.

'Je moet de bal sláán,' zei Atlas.

Ze waren om negen uur klaar met spelen. Omdat het geen zin had om naar de fabriek te gaan, reed Marcus naar huis en overdacht zijn toekomst in het langzaam rijdende ochtendverkeer.

Met Bertrand Russell in de keuken aan zijn voeten genesteld, draaide hij het nummer van het hoofdkantoor en vroeg naar meneer Primus. Roon nam op.

'*Ni hao.*'

'Wat?'

'Dat is "hallo" in het Chinees. We gaan als een trein hier. Wat is er aan de hand? Ik zit in een vergadering.'

'Ik ga niet.'

Na een ongemakkelijke stilte zei Roon: 'Jeetje, Marcus, ik weet niet zeker of je de beste beslissing neemt voor je gezin.' Marcus wist dat er onder de bezorgdheid die hij in Roons stem hoorde minder altruïstische motieven zaten. Nu moest deze zakenbons iemand anders zoeken om de fabriek in Guodong te leiden. 'Weet je het zeker? Het is een geweldige kans.'

'Dat weet ik, dat weet ik. Het is alleen...'

'China, Marcus! Dat is de toekomst!'

'Is er nog iets anders in Los Angeles wat misschien...' vroeg hij aarzelend.

'Wat? Een andere baan of zo?' Roon lachte, alsof Marcus een belachelijke vraag had gesteld.

'Je hebt heel veel bedrijven, bedrijven waar ik waarschijnlijk niet eens vanaf weet...'

'Ik heb je in China nodig. Daar pas je in het grote geheel.'

'Maar ik kan niet gaan. Weet je zeker dat er niets anders...'

'Voordat ik die baan aan iemand anders aanbied vraag ik het je nog één keer, want ik wil niet dat iemand anders jouw kans grijpt. Ik wil je een gunst bewijzen.'

'Ik kan het gewoon niet.'

'Marcus, als ik de telefoon ophang, is de baan weg. Ik wil met het bedrijf naar de beurs en ik ben overal aan het snoeien op dit moment, dus na dit aanbod komt er niets meer. Als je nee zegt... O, kom op! Weet je het zeker?'

Naar de beurs? Daar had Marcus nog niets over gehoord. Hoeveel rijker werd Roon daardoor? Hoeveel meer kon hij daardoor vergaren? Marcus dacht na over de financiële situatie van zijn gezin. Hij moest natuurlijk werken, maar niet in China. In een poging zijn wrok in te dammen zodat hij er iets minder hoofdpijn door kreeg, zei Marcus: 'Wat dacht je van een ontslagvergoeding?'

'Ik wil je duizend dollar geven voor elk jaar, omdat ik een aardige kerel ben en het dan is afgerond. Hoeveel wordt het dan?'

'Veertienduizend dollar.'

'Dat is veel meer dan de rest.'

'Dat meen je toch zeker niet? Ik ken je al mijn hele leven!'

'Je zou je moeten bedenken en mee naar China moeten gaan.'

'Ik zou minstens een jaarsalaris moeten krijgen als vergoeding.'

'Het kost me klauwen met geld om het bedrijf te verhuizen. Degenen die dit regelen zijn heel erg op de centen. Ik wil niets aan ze hoeven uit te leggen. Als je een persoonlijke lening wilt, kunnen we misschien wel iets regelen...'

Toen Marcus ophing was de stilte overweldigend.

5

Door de hitte van die zomer krulde de bast van de bomen. De zon beukte genadeloos op de heuvels en ravijnen, onder in de vallei was het net een oven. De oude airco's in het huis hijgden alsof ze een dodenmars liepen, dus Marcus liep voortdurend rond in een korte gymbroek en trok alleen een T-shirt aan als hij een boodschapje moest doen. Jan ging meestal naar Ripcord. Nathan ging naar een zomerkamp niet ver weg, waar de kinderen zoutpillen kregen en de schaduw opzochten. Lenore ging naar Boston en New Jersey, op bezoek bij Jans zussen, en was bijna de hele zomer weg. Marcus kon het gras maar één keer per week maaien, en nadat hij de garage had uitgeruimd, had hij niet veel meer te doen dan op de post wachten om te zien of iemand reageerde op een van de 150 cv's die hij had verstuurd.

Dat gebeurde niet.

Marcus nam Bertrand Russell mee naar Leo Carillo State Beach in Miami om aan de hitte te ontsnappen, waar hij onder een parasol naar de zee ging zitten staren en zich afvroeg hoe het zover had kunnen komen. Het was daar verboden voor honden en Marcus was bang dat hij een boete zou krijgen, maar hier had hij geluk mee, men ontdekte niet dat hij de regels overtrad. Hij bleef golfen met Atlas, die hem vergastte op verhalen over hoeveel hij verdiende met sportweddenschappen. Terwijl ze over de hete fairways sjokten, moest Marcus aanhoren hoe Atlas een systeem had ontworpen waarmee hij kon voorspellen hoe tennisprofs het in een bepaalde wedstrijd zouden doen, op basis van een onbegrijpelijk algoritme dat niemand anders nog had ontdekt. Marcus vroeg zich af of zijn vriend aan waanvoorstellingen leed, totdat Atlas op een dag bij Woodley Lakes kwam aanrijden in een nieuwe Porsche.

Terwijl de zomer doorwoedde slonk de extra hypotheek van de Ripps tot nul. De creditcardschulden begonnen op te lopen. Juni ging voorbij, en toen juli. Marcus surfte dagenlang over sites van bedrijven, las elke dag in een koffietentje de krant en oude filosofische traktaten en sportte in de club waarvan zijn lidmaatschap bijna was verlopen. Op een snoeihete middag was Marcus aan het fietsen in de sportclub, zijn hart bonkte en het zweet liep in straaltjes langs zijn gezicht, dat hologig was door slaapgebrek. Schuin boven hem hing een hele rij televisies en op de verschillende schermen was CNN te zien, dat beelden uitzond van een oorlog in een woestijn, een soap en een financieel programma, dat werd gepresenteerd door een kale man van middelbare leeftijd die al in een gevorderd stadium van dementie leek te zijn. Marcus voelde dat deze man, ondanks de woeste blik in zijn ogen, net als Roon was, een heerser, een veroveraar, iemand aan wie de Goden van het Ongebreidelde Geld prikkelende waarheden hadden onthuld in een taal waar hij, in zijn behoeftige situatie, geen hoop op had die te begrijpen. Zelfs met het geluid uit kon Marcus zijn ogen niet van deze belichaming van rijkdom en bezit afwenden. Waarom was deze man zo obsceen succesvol? Hoe had hij zo onverdroten het slaafzijn kunnen ontlopen? Hij predikte een niet-emotioneel, zelfs amoreel, systeem om geld uit de markt te peuren. Hij pochte over het investeren in aandelen in vuurwapens, porno en tabak; waar het geld vandaan kwam was niet van belang, het geld zelf was belangrijk. En waarom ook niet? Zijn mantra was: er wordt altijd iemand rijk; dan kun jij dat maar beter zijn!

Marcus reed naar huis, achtervolgd door het beeld van het bezwete gezicht van de presentator. Hij dronk een glas water uit de keukenkraan – de maand ervoor had hij het abonnement op gebotteld water opgezegd – toen hij een telefoontje kreeg van Dal-Tech, een wapenfabrikant in Sun Valley die aan de overheid leverde. Er werd een inkoopmanager gezocht. Of Marcus geïnteresseerd was in een sollicitatiegesprek? Hij vroeg hoe hoog het salaris was en toen hij hoorde dat dat ergens tussen de vijftig- en honderdduizend dollar lag, afhankelijk van zijn ervaring, maakte hij een afspraak.

Op een hete augustusdag met veel smog, vijf maanden nadat hij in de balzaal van het Beverly Hills Hotel als hors d'oeuvre aan een lamsbout had staan knagen, bevond Marcus zich in de beslist minder bekoorlijke omgeving van Sun Valley. Jan had hem aangeraden om affirmaties uit te spreken, zodat hij in een positieve stemming raakte, en hoewel hij erom lachte toen ze uitlegde hoe dat zou moeten werken, wilde hij alles doen om een aantrekkelijke sollicitant te worden, die niet wanhopig overkwam. Dus zei hij tijdens de rit steeds de zin 'Ik ben een goede leidinggevende en manager en degenen die voor mij werken vinden me aardig' en probeerde zich daar niet sullig door te voelen. Hij leek er inderdaad in een beter humeur van te raken en tegen de tijd dat hij aankwam bij de immense parkeerplaats van Dal-Tech, een enorm complex in de warme schaduw van de ruige Verdugo Hills, voelde hij een stoot zelfvertrouwen door zich heen gaan.

'Wat vind je ervan dat je met technologie zou werken waardoor mensen worden gedood?' vroeg Les Claymore. Les was het hoofd HR-management bij Dal-Tech. Hij had een wit overhemd met korte mouwen aan en kneep onder het praten in een knijpveer, waardoor de spieren in zijn onderarm verontrustend bolden. Hij leek in de veertig te zijn. Marcus gokte dat zijn gestreepte das een clip-on was. Er stonden familiefoto's op zijn bureau; de foto's zagen eruit alsof ze met het lijstje waren meegeleverd. Marcus had hem verteld dat hij bij Wazoo had gewerkt en de reeks Biddende presidenten beschreven. Les zei dat het product hem wel aanstond, en Marcus vertelde hem dat hij zich al nauw verbonden voelde met de overheid. Dat vond Les niet grappig.

'Een fabriek is een fabriek,' zei Marcus met een geforceerde glimlach.

'Maar het is anders wanneer je echt voor de overheid werkt,' zei Les. 'Ik ben christen en lid van de Verlosserskerk in San Dimas, en als christen worstel ik met wat we hier bij Dal-Tech doen. Ik hou mezelf niet voor de gek. We maken het materieel om de vijand angst en afschuw in te boezemen, dat klopt, maar soms gaan er ook onschuldige mensen dood. En daarom moet ik mezelf afvragen: zou Jezus dat willen? Nou?' Hij zweeg. Blijkbaar wachtte Les echt op een antwoord. Marcus dacht na voordat hij iets zei. Deze baan had goede secundaire arbeidsvoorwaarden.

'Dat weet ik niet.' Marcus zou niet in de val trappen, hij voelde dat er iets achter stak. Les Claymore wilde iedereen die niet voor een bepaalde lakmoesproef slaagde eruit vissen. Hij dacht dat Les hem erin wilde luizen.

'Jezus zou het begrijpen, Marcus. Hij zou het niet leuk vinden, maar hij zou het wel begrijpen. We hebben er hier in onze lunch-bidstond over gebeden en we zijn ervan overtuigd.' Toen Marcus niet antwoordde, stond Les op en stak zijn hand uit. 'Oké, kerel. Bedankt voor je komst.' Marcus snapte de hint. Hij stond op en zijn hand werd in een ijzeren klem gegrepen.

'Komen er veel sollicitanten?' Marcus wilde nog niet weg. Hoewel hij Les helemaal niet aardig vond, had hij de baan echt nodig, en dit was het enige sollicitatiegesprek dat hij tot nu had gekregen.

'Dat hoef ik jou niet te vertellen,' zei Les, in een poging de spanning wat weg te nemen, die jammerlijk mislukte. Toen hij zag dat Marcus' gezichtsuitdrukking niet veranderde, zei hij: 'Ja, we praten met meerdere kandidaten.'

'De ziektekostenverzekering voor het hele gezin wordt ook betaald, hè?' Marcus wist het antwoord, maar gaf niet zomaar op.

'Ja. Oké, Marcus, bedankt voor je komst.'

Marcus schreef na het gesprek een bedankbriefje en sloot een artikel bij over isometrische training, een foefje dat hij had gelezen in het boek *Reinvent Yourself: A Guide to Finding Work When You're Over Forty*. Hij hoorde nooit meer iets van Les. De maand erna had hij sollicitatiegesprekken bij een producent van drukgevoelige kleefstoffen, een fabrikant van alarminstallaties en een concern dat roosters maakte om fluorescerende lampen te beschermen, die aan gevangenissen werden verkocht. Dat waren allemaal slechtbetaalde banen en de gesprekken gingen niet beter.

Marcus en Jan ruimden na het avondeten de keuken op. Een paar weken eerder was de school weer begonnen en Nathan was zijn huiswerk aan het maken. Lenore was in haar slaapkamer, met hoofdpijn die door de pijn in haar ogen was veroorzaakt. Marcus was die dag naar een groepsbijeenkomst voor potentiële verkopers voor Pep-Togs geweest, een leverancier van cheerleaderuniforms. Toen hij aan Jan vertelde dat hij eerder van de bijeenkomst was weggegaan, vroeg ze waarom.

'Omdat ik dat niet op provisie kan, mensen vanuit het niets opbellen... Ik kan niet genoeg verdienen om de tijdsinvestering te verantwoorden.'

'Heb je een plan?'

'Of ik een plan heb? Natuurlijk heb ik een plan. Het plan is om een baan te krijgen.'

'Weet je hoe hoog onze schulden zijn? Die extra hypotheek, de creditcards enzovoort?' Marcus wist dat hun schuld groter was geworden en vond dat het nergens voor nodig was om geobsedeerd de steeds duizelingwekkender getallen in de gaten te houden.

'Hoeveel?'

'Bijna 80.000 dollar.'

De diepe angst die door dat getal werd opgeroepen maakte hem misselijk. Niet tien of twintig, handelbare getallen, of zelfs veertig, een getal dat angstaanjagend was, maar nog steeds binnen Marcus' begripsvermogen lag. Het getal 80.000 dreunde in zijn ingewanden, sloeg hem in het gezicht, brak zijn neus. Dat getal bevond zich aan de slechte kant van zijn ergste vermoedens, maar hij wilde zijn angst niet tonen, dus zei hij: 'Oké.'

'Oké? Heb je niets anders te zeggen dan "Oké?"'

'Waarom neem jíj geen baan?' Ze keek hem verslagen aan en hij had onmiddellijk spijt van zijn woorden. Zijn aansporing dat zij een baan moest zoeken, verbrak de onuitgesproken overeenkomst tussen hen: dat hij niets zou doen om Ripcord te ondermijnen. Ze had heel veel van zichzelf gegeven in dat project en had zich er enorm voor ingezet dat het een succes zou worden. Haar gezichtsuitdrukking zei hem dat hij een grens had overschreden. Maar binnen in hem welde een hopeloosheid in hem op die zijn tong losser maakte.

'Ik heb al een baan,' zei ze.

'Die loopt niet.' Dat was het eerste salvo. Nu het spervuur: 'We moeten onder ogen zien in welke situatie we ons bevinden. Je had nooit met Plum moeten gaan samenwerken, ze heeft geen idee waar ze mee bezig is. Ze is een mislukte kunstenares, ze heeft geen kaas gegeten van de detailhandel. We moeten ons verlies beperken.'

Het was haar gelukt om geen bijtende opmerkingen te maken, maar ze keek hem met een duistere blik aan. Ze stonden op het punt in een gesprek verzeild te raken dat over hun hele huwelijk ging en altijd slecht afliep, het soort waar externe druk hun eenheid zodanig bedreigde dat een of beide echtgenoten, in een emotionele gemoedstoestand, erover dacht een advocaat te bellen. Maar Marcus zou niet toegeven. Hij staarde haar met een even donkere blik aan en verbrak het oogcontact niet. Er dreigde een enorme uitbarsting, die er het voorteken van zou zijn dat ze die avond in gescheiden slaapkamers zouden slapen. Marcus besefte plotseling dat hij was vergeten lucht in zijn longen te zuigen. Toen hij inademde herkende hij een bekende geur, die door de keuken zweefde, iets wat hij lange tijd niet had geroken en die onder de huidige omstandigheden erg uit de toon viel: marihuana.

'Ruik jij die hasjlucht ook?'

'De dokter heeft het mijn moeder voorgeschreven.'

'Heeft hij hásj voorgeschreven?'

'Voor haar glaucoom.' Ze zei dit heel terloops, waarmee ze suggereerde dat die behandeling zo bekend was dat hij op de omslag van *Newsweek* had gestaan en dat zij er niets aan kon doen dat Marcus daar niets van wist.

'Had je dit nog met mij willen bespreken?'

'Wat moet ik bespreken? Ze is ziek. Ze rookt hasj om de symptomen te verzachten.'

'Er woont hier een kind in huis,' zei hij, alsof dat de zaak zou beslechten.

Marcus had wel zoveel respect voor Jan dat hij haar mening niet eenvoudigweg opzij schoof omdat dat zijn voorrecht als man zou zijn. Dus hij sloeg zijn armen over elkaar en ademde weer in, waarbij hij merkte dat de zoete geur van de cannabis doordringender was geworden. 'Heb je er al over nagedacht wat je tegen Nate gaat zeggen als hij vraagt of zijn oma wiet rookt?'

Jan zweeg even, peinzend over deze vraag. Het was duidelijk dat ze daar nog geen antwoord op had.

TRIINNGG.

De deurbel?

Wie kon dat in vredesnaam zijn?

Marcus sperde zijn ogen open toen hij de politieagent van de LAPD op de stoep zag staan, in een blauw uniform dat strak om zijn kaarsrechte lijf spande. De man was van gemiddelde grootte en zijn brede, bruine gezicht werd doormidden gedeeld door een net verzorgde snor. Op het zwarte naamplaatje op zijn borst stond VASQUEZ.

Marcus probeerde direct te bedenken of marihuana nu echt helemaal uit de criminele sfeer was gehaald en vroeg zich af of hij op het punt stond naar de gevangenis te worden gesleept. Toen herinnerde hij zich dat Lenore er een doktersrecept voor had. 'Agent, ik kan u alles uitl...'

De agent was er zo op gespitst zijn eigen boodschap over te brengen dat Marcus het woord 'uitleggen' nooit helemaal uit zijn mond kreeg. Hij vroeg: 'Bent u Marcus Ripps?'

'Ja, meneer.' Marcus vond dat iedere gezagsdrager zo vaak mogelijk met 'meneer' aangesproken moest worden; hierdoor verkleinde je de kans – met hoe weinig ook – dat je zou moeten lijden onder diens onvoorspelbare grillen.

'Bent u de broer van Julian Ripps?'

Deze vraag overviel Marcus. Hij had Julian lang geleden al afgeschreven en in de verwachting dat Julian hetzelfde had gedaan, dacht hij zo min mogelijk aan zijn van zich vervreemde broer. Hij wist dat het geen goed voorteken was als er een politieagent bij je op de stoep stond. Toen deze onplezierige gedachte bij hem opkwam, merkte hij opnieuw de zoete geur van hasj op, die nu tot in het hele huis was doorgedrongen. Marcus antwoordde bevestigend, in de hoop dat hij kon voorkomen dat het gesprek van koers veranderde en hij van alles moest gaan uitleggen. Marcus zag dat de neusgaten van de agent leken te trillen. Rook hij de drugs?

'Ik vind het heel naar om u dit te vertellen, meneer Ripps, maar... eh... uw broer?'

'Ja?'

'... is overleden.'

Was Julian dood? Hij was pas veertig. Het was jaren geleden dat Marcus hem had gezien en hij had heus niet gedacht dat ze nog nader tot elkaar zouden komen, maar dood? Dat was een klap in zijn gezicht. Hij hoorde dat iemand achter hem luidruchtig inademde; het was Jan die hem woordeloos steunde.

'Waarom komt de politie me dit vertellen? Zat hij in de problemen?'

'Mijn chef heeft me gestuurd, meneer Ripps.'

'Hoe is hij gestorven?'

'Dat weet ik niet.'

Agent Vasquez condoleerde hem mompelend en ging terug naar zijn patrouillewagen. Marcus deed de deur dicht, draaide zich om en keek Jan aan. Ze omhelsde hem en fluisterde: 'Wat naar voor je.' Als in een reflex gaf hij haar een knuffel, meer omdat hij voelde dat ze dat van hem verwachtte dan omdat hij moest worden getroost. Hij voelde zich vreemd licht, alsof er een last van zijn schouders was gevallen. Toen zijn vrouw hem vasthield, besefte hij dat dit het nauwste fysieke contact was dat hij in maanden met haar had gehad.

Lenore kwam de gang in, met wazige ogen, en zei: 'Ik heb een lift naar de winkel nodig, ik moet hummus en een doosje crackers hebben.' Toen begon ze onbeheerst te lachen; er rolde een enorm, kostelijk gegiechel uit haar slanke lijf, waardoor ze even ontspande. Na een paar seconden stierf het gelach weg en Marcus en Jan wachtten geduldig tot ze het gesprek weer konden hervatten. Toen Lenore zag dat ze haar aandachtig aankeken, schalde haar lach weer door de gang, en het duurde ruim een minuut voor ze hem weer in de hand had.

'Moeder, ik wil geen spelbreker zijn, maar Marcus' broer is zojuist overleden.'

Lenore keek vol verwachting van Jan naar Marcus, wachtend op de clou.

6

'Wordt Lenore aangehouden?'

Nathan keek naar Marcus met zijn mond vol tandpasta met snoepsmaak, waar de plaatjes van zijn blauwe beugel doorheen piepten. Hij stond bij de wastafel in de badkamer op de bovenverdieping. Marcus stond in de deuropening.

'Nee... nee hoor, dat gebeurt niet.' Marcus lachte triest. Hij was nog steeds van slag door de onverwachte geur van wiet, de aankomst van de politie en het schokkende nieuws over Julian.

'Waarom was die kerel dan hier?'

'Die agent kwam ons vertellen dat mijn broer is overleden.'

'Is hij dood?' Marcus knikte. 'Ik vond hem aardig. Heeft hij me niet ooit eens een minimotorfiets willen geven?'

Marcus wist dat Nathan slechts een vage herinnering aan zijn oom had. Wist hij nog dat Julian onuitgenodigd op zijn vijfde verjaardag kwam opdagen? Ze hielden een feestje in de achtertuin en zijn schoolvriendjes waren er. Julian arriveerde samen met een slonzige vrouw en een blinkend rode minimotor, zo'n speeltje met een benzinemotor dat, onder de juiste omstandigheden, in brand kon vliegen en het kind dat erop reed kon verminken. Marcus had geen idee hoe Julian wist dat Nathan op die dag jarig was, maar wonderbaarlijk genoeg wist hij het dus. Nathan kon nog niet eens goed op een fiets zonder zijwieltjes rijden. Het was belachelijk om hem een minimotor te geven. Hij en Julian hadden ruziegemaakt en Julian was weggegaan, met achterlating van zijn cadeau, als een handgranaat die op het punt staat te ontploffen. Marcus zei tegen Nathan dat hij hem aan goed doel zou geven, omdat hij niets in huis wilde hebben wat van zijn broer afkomstig was. Nathan had het destijds niet begrepen en Marcus vermoedde dat hij dat nog steeds niet deed. Maar het leek Nathan niet veel te kunnen schelen. Toen hij zijn tanden had gepoetst, vroeg hij Marcus of die een briefje wilde ondertekenen om hem toestemming te geven voor een schoolreisje naar het wetenschapsmuseum.

Gezien het nieuws over Julian vond Marcus het fijn dat Jan haar wrok jegens hem opzij zette. Normaal gesproken zou zo'n woordenwisseling nog minstens vierentwintig ongemakkelijke uren doorsudderen voordat ze een wapenstilstand zouden uitroepen. Maar de dood maakte alles anders.

Marcus herinnerde zich Julian als iemand die het niet zo nauw nam met de regels. In groep zes blies hij brievenbussen op met strijkers, op de middelbare school handelde hij in het slaapmiddel methaqualone. En daarna: een opgevoerde auto, joyriden met twee cheerleaders, een maand in de jeugdgevangenis. Julian was een enorme lastpost, lag voortdurend in de clinch met zijn ouders, die af en toe zelfs hun kritiek op elkaar inhielden in een poging hun steeds onhandelbaardere zoon in toom te houden.

De altijd sluwe Julian had geen zin om in zijn vrijheid beperkt te worden door na school in de winkel van zijn vader te werken, dus hij begon concertkaartjes door te verkopen en sleet in het weekend, onder de waakzame ogen van undercover agenten, voor de ingangen van populaire zalen in Los Angeles zijn handel. Hij ronselde Marcus en Roon voor zijn verkoopteam en reed naar plekken als het Forum, het Santa Monica Civic Auditorium en het Hollywood Palladium, waar ouder wordende rocklegenden, *hair metal*-acts en punkbands optraden. (Toen Julian uiteindelijk zijn broer ontsloeg omdat hij niet agressief genoeg handelde, nam Roon uit protest ontslag. Marcus bedacht later dat dat de laatste keer was geweest dat Roon iets principieels deed.)

Hij herinnerde zich nog de reactie van zijn ouders toen Julian op zijn zestiende zijn vleugels uitsloeg en uit huis ging. Hoewel ze daar best wel verdriet over hadden, waren ze ook zichtbaar opgelucht. Zijn aanwezigheid was altijd een voorteken van leed en verdriet. Julian bleef bij vrienden slapen en verhuisde elke paar weken.

Marcus kwam hem af en toe in de buurt tegen en dan praatten ze over koetjes en kalfjes, net als mensen die elkaar ooit hadden gekend.

Het is een lenteavond en Marcus is vijftien. Hij ziet dat Julian Flaco's Diner in San Pedro uit komt, samen met Patty DeWitt, die een bleke huid en groene ogen heeft en wier rode haar als een waterval over haar rug golft. Ze heeft gouden oorbellen in, die haar zachte hals kietelen. In haar verschoten spijkerbroek en strakke zwarte T-shirt, waarop in rode letters over haar grote borsten THE MISFITS staat, is ze de venus van school. Marcus geilt op Patty, maar Julian heeft zijn arm om haar heen en hij heeft zijn vingers in een zak van haar spijkerbroek gestoken. Marcus staat verbaasd over het gemak waarmee zijn broer zijn vingers in andermans broek kan stoppen. Nu lacht Patty om iets wat Julian zegt en in een opwelling besluit Marcus hen te schaduwen.

Ze lopen naar Averill Park, een stedelijke oase vol kronkelende beekjes en schaduwrijke bosjes, waar mensen trouwen, gezinnen picknicken en tieners vozen. Het is vreemd leeg vandaag. Marcus blijft op veilige afstand. Julian is al een paar maanden uit huis en Marcus heeft geen idee wat hij allemaal uitspookt, hoewel hij zeker weet dat het illegaal is. Hij wil een inkijkje in het leven van zijn broer, omdat hij hem op een vreemde manier toch mist. Julian en Patty lopen om een vijver heen en duiken in een bosje dennenbomen. Marcus heeft dit nog nooit gedaan, iemand volgen als een spion, en hij voelt het in zijn maag. Er is iets waardoor hij aarzelt. Het latemiddaglicht valt schuin door de bomen en raakt het oppervlak van de vijver, waar het in duizenden stukjes uiteenspat, fonkelend op het water. Hij weet dat hij dit niet zou moeten doen, maar het verraad windt hem op. Hij schendt Julians privacy, hij verraadt hem. Maar Julian had hem toen met dat doorverkopen van die kaartjes toch ontslagen? Marcus is hem niets verschuldigd. Daarbij komt dat hij nieuwsgierig is. Wanneer hij hen aantreft op de donker wordende open plek, zit Patty op haar knieën voor Julian, met zijn penis in haar mond. Marcus heeft nog nooit gezien dat iemand werd gepijpt, dus hij is geschokt maar ook jaloers, helemaal omdat Julian wordt gepijpt door Patty DeWitt, wier dikke rode haar weelderig tegen Julians zwarte spijkerbroek ligt. Ik zou er heel wat voor overhebben om gepijpt te worden, denkt Marcus. Hoe komt het dat Julian, die elke grenslijn overschrijdt, degene is die in en uit Patty DeWitts mond beweegt? Telt het niet als je deugdzaam bent? Wat is er aan de hand met de wereld? Marcus wil achteruit lopen, weggaan uit het park, om de gêne te verminderen die hij voelt doordat hij naar zijn broer en dit meisje kijkt, hij met zijn aanwezigheid hun intimiteit doorbreekt, maar hij wordt tegengehouden door een kracht die hij niet begrijpt en hij blijft kijken totdat Julian zijn rug welft. Marcus snapt niet wat er daarna gebeurt, of Patty iets doet, of zegt, of misschien is het helemaal niets, maar Julian slaat haar met zijn vlakke hand zo hard in haar gezicht dat ze op de grond valt. Marcus weet niet dat sommige mensen het lekker vinden om te worden geslagen. Hij is geschokt door de plotselinge uitbarsting van geweld en zonder erbij na te denken komt hij uit zijn schuilplaats en loopt naar hen toe. Hij is geen held, wil Superman niet zijn, heeft geen idee wat hij aan het doen is, behalve dan dat dit misschien een goede mogelijkheid is om zijn broer in elkaar te slaan. Julian kijkt op. Hij doet net zijn rits dicht als Patty, met een bloedende lip, opkrabbelt.

'Julian!' zegt Marcus. Julians grijnst scheef, heel cool. Patty kijkt geschrokken naar Marcus.

'Rot op!' roept ze, met een stem als gebroken glas. Hij is in de war. Schreeuwt ze tegen zijn broer? Marcus vraagt haar of het gaat. 'Rot godverdomme op!' schreeuwt ze. Tegen Marcus. Julian zegt niets. Hij kijkt lichtelijk geamuseerd, alsof ze een spelletje spelen en hij zich verveelt. Marcus voelt zich inzakken.

Patty zegt niets maar haar ogen spuwen vuur. Marcus weet niet wat hij anders moet doen, dus hij draait zich om en rent tussen de bomen door, om de vijver heen, naar de weg, het park uit, en hij blijft rennen totdat hij bij de rotsen komt die over de Grote Oceaan uitkijken waar hij, snakkend naar adem, gaat zitten. Het is vroeg in de avond en de zon is achter de horizon gezakt en heeft de hemel paars gekneusd achtergelaten. Marcus weet dat Julian op een duistere plek leeft. Hij wist niet dat hij een meisje zou slaan, maar het verbaast hem niet. Wat Marcus heel eng vindt is de manier waarop Patty reageert. Het is net of ze kwaad op hém is omdat hij zich heeft opgedrongen, en voor een vijftienjarige is dat niet te begrijpen. Julian bewerkt haar met magische kracht en Patty DeWitt is niet de enige. Marcus ziet het wanneer zijn broer zakendoet met onbekenden bij concerten, hoe hij hen behandelt, dat hij hen bedriegt. Julian krijgt wat hij wil.

Toen Marcus volwassen werd, probeerde hij zijn broer te zien als een wild kind, dat weigerde zich te laten beperken door de bevelen van de bekrompen maatschappij, iemand die gewoon vrij wilde rondzwerven. Maar diep in zijn hart wist hij dat het een slap excuus was. Julian was een crimineel en hoewel Marcus het theoretisch wel kon opsmukken, viel het eigenlijk niet te ontkennen.

Hij keek naar de digitale wekker op het nachtkastje en zag dat hij al bijna een uur in bed lag. Hij steunde op zijn elleboog, keek naar zijn diep slapende vrouw en merkte dat hij, ondanks zijn immense vermoeidheid, enorm werd getroost door haar aanwezigheid. Hij keek even naar haar, haar borst rees en daalde ritmisch, er lagen een paar haren op haar gezicht. Hij kreeg de aandrang zich over heen te buigen en haar over haar wang te aaien, maar hij wilde haar niet wakker maken.

De volgende dag reed Marcus over een riskant gedeelte van Beverly Boulevard, op zoek naar een bepaald adres. Een halfuur nadat agent Vasquez was vertrokken, had er een advocaat gebeld, die Marcus op zijn kantoor had ontboden om over Julians testament te praten. Wat kon Julian hem in vredesnaam hebben nagelaten? Toen hun ouders waren overleden – zijn moeder zeven jaar geleden aan een slecht hart en zijn vader vier jaar later aan kanker – was Julian niet naar de begrafenissen geweest, hij had geen bloemen gestuurd, hij kon er niet mee zitten. Familie deed hem niets, dus waar zou deze bespreking over gaan? Marcus zou er liever niet over hebben nagedacht, maar door de combinatie van zijn slechte financiële situatie en zijn aangeboren nieuwsgierigheid keek hij toch naar de bespreking uit met iets wat aan gretigheid grensde.

'En, Dominic, waaraan is mijn broer gestorven?'

Dominic Festa, meester in de rechten, had er een afkeer van mensen pijnlijk nieuws te brengen, vooral wanneer het een sterfgeval betrof, en door deze zwakte had agent Vasquez de vorige avond naar de familie Ripps gemoeten. Dominic had geld uit de nalatenschap van een andere cliënt overgemaakt naar een goed doel, het kinderfonds van de politie, in ruil waarvoor politieagenten nare boodschappen overbrachten. Dus hij zweeg even voordat hij zei: 'Een slecht hart.'

Als Julians advocaat en executeur-testamentair moest Dominic Marcus in levenden lijve zien om hem van de situatie op de hoogte te brengen. Normaal gesproken stuurde hij gewoon een brief met uitleg wat er namens de overledene moest worden gedaan, maar aangezien Julians zaken enigszins ongebruikelijk waren, vond Dominic het nuttig om persoonlijk met de erfgenaam te spreken. En zo zat Marcus in het kantoor dat Dominic deelde met een woekeraar boven de Primo World Laundromat op Beverly, iets ten oosten van La Brea. (Aan het raam hing een groot bord met de tekst: SCHULDEN? GEEN PUNT! WIJ LENEN U GELD!!)

Dominic was te zwaar en kalend, en had een bruine blazer met een groen poloshirt aan, een crèmekleurige pantalon en bruine schoenen waarvan hij er een lusteloos op zijn knie liet steunen terwijl hij achteroverleunde in zijn nepleren bureaustoel. Door zijn garderobe in aardetinten zag hij eruit als een groot, goedaardig boswezen en hij grinnikte luidruchtig toen hij verhaalde over zijn betrekkingen met Julian, die hij liefkozend aanduidde met: 'die kutbroer van je'. Dominic schudde met zijn hoofd alsof hij en Marcus oude herinneringen ophaalden. Marcus wist niet zeker of hij het goed hoorde toen Dominic Julian beschreef als klooier, maar hij wilde ontspannen overkomen, succesvol – om iets anders dan wanhoop over te brengen – dus hij zei: 'Absoluut. Een klooier.' Hij snapte niet goed wat Dominic bedoelde. Een klooier? Julian was een opschepper en een bullebak. Eerlijk gezegd was hij een psychopaat. Maar daar hoefde Marcus niet op in te gaan met de weledelgestrenge Dominic Festa.

'We zijn een keer naar Bangkok geweest, in Thailand?' ging Dominic verder, alsof Marcus niet wist waar dat lag. 'Julian kende die stad, weet je? Alle bars, alle shows? We zijn de hele tijd in Patpong geweest, hebben meisjes dingen met hun poesje zien doen waarvan een circusartiest alleen maar kan dromen.' Hij glimlachte warm bij die herinnering. 'Ik moet je zeggen... het was altijd feest als hij er was.' Zijn stem stierf weg, nadat hij al zachter was gaan praten bij de herinnering aan zijn overleden cliënt en de Tuin der Aardse Geneugten, waartoe Julian iedereen met een goldcard toeliet. Toen zei Dominic, terwijl hij een beetje van de rechtschapenheid die hij professioneel noodzakelijk vond herkreeg: 'Jij bent zijn broer, dus dat weet je, neem ik aan?'

'Ja hoor, tuurlijk,' zei Marcus.

'Zo zit het... Julian gaf meer uit dan er binnenkwam, wat iemand die zijn huis ooit heeft gezien niet zou verbazen... Wat een tent, hè?' Marcus knikte, hoewel hij het huis in kwestie nooit had gezien. 'Het is een feit dat de belastingdienst er beslag op gaat leggen. Ik wil maar zeggen, het huis kun je vergeten. Hij had wat sieraden, die ik laat taxeren, maar geloof me, die zijn niet veel waard...' Marcus wist dat wanneer iemand als Dominic Festa zei 'geloof me', dat het laatste was wat hij moest doen. Maar hij besefte ook al snel dat het zinloos zou zijn om de ingebeelde schat van Julians erfenis na te jagen. '... en wat kleding, en over die kleren moet ik zeggen dat je tenzij je een buikomtrek van ruim een meter hebt, en als ik je zo bekijk heb je die niet, die kleding ook moet vergeten.' Marcus schoof ongemakkelijk in zijn stoel heen en weer en stelde zijn lage verwachtingen nog verder bij.

'Ik zal het je meteen vertellen: de belastingdienst zit hem achter de broek en ik denk dat ze het contante geld uit zijn erfenis zullen opeisen, maar dat is niet erg, want dat is toch bijna niets. Hij huurde een appartement dat tegen Beverly Hills aan ligt, daar kun je misschien nog een kijkje gaan nemen als je een liefdesnestje zoekt.' Festa knipoogde naar Marcus, die zo teleurgesteld was dat hij het niet zag. Zou er niets positiefs voortkomen uit Julians voortijdige verscheiden? 'Echter,' zei de advocaat met zo'n grote nadruk dat Marcus weer ging opletten, 'hij had een eigen bedrijf, een stomerij aan Melrose in West-Hollywood.' Marcus' gezicht begon te stralen, bijna alsof er een elektrische stroom door zijn lijf liep die plotseling van koers was veranderd. Door deze reactie paste Dominic zijn boodschap onmiddellijk aan. 'Niet te optimistisch worden, hij was niet de eigenaar van het gebouw, maar hij runt het bedrijf al meer dan vijf jaar en volgens zijn testament is het van jou, mijn vriend.'

'Een stomerij?' vroeg Marcus op een hoopvolle toon waarmee dat woord niet vaak werd uitgesproken. Voor hem was het niets minder dan een verlossing uit zijn hachelijke situatie. 'Hoeveel mensen heeft hij in dienst?'

'Ik heb geen idee. Ik ben zijn advocaat, niet zijn accountant.'

'Is er iemand die er meer over weet?'

'Julian betrok er niet veel mensen bij.' Festa haalde een kleine, ietwat besmeurde enveloppe uit zijn bureaula en gaf die aan Marcus. 'Hier is de sleutel. En deze wil je misschien ook wel.' Hij gaf Marcus een mobiele telefoon en zei tegen hem dat hij van Julian was geweest. Marcus was in de war, maar besefte dat de advocaat misschien dacht dat hij een aandenken wilde, iets wat van zijn broer was geweest. Dus hij bedankte hem en stopte de telefoon, een dun, zilverkleurig apparaat met een camera, in zijn zak. Dominic Festa gaf Marcus zijn visitekaartje, zei tegen hem dat hij moest bellen als hij nog vragen had en wenste hem veel succes.

Marcus verliet het kantoor, uiterst dankbaar dat zijn kansen waren gekeerd. Sommige mensen waren voorbestemd een ziekte te genezen, anderen om nieuwe planeten te ontdekken. De wereld had ook behoefte aan stomerijen en als dat Marcus' lot was, zag hij op dit moment geen alternatief dan dat lot te aanvaarden. Omdat hij hoop kreeg dat hij was verlost van de zware last van de financiële implosie van zijn gezin, was hij een beetje uitgelaten. Het maakte hem niet uit dat het ingewikkeld was een bedrijf te leiden, de gezondheidsrisico's van een branche waarin met kankerverwekkende stoffen werd gewerkt waren irrelevant en de lange uren die hij zou moeten draaien – als enige eigenaar, omdat hij besefte dat hij er niet op kon vertrouwen dat een medewerker de opbrengsten niet zou afromen – bedrukten hem niet. Marcus stelde zichzelf voor, vlot glimlachend op de omslag van *American Drycleaner*, gekleed in een duur, net gestoomd, pak.

7

Jan zat achter de kassa van Ripcord en nam afscheid van Marcus, die haar had gebeld om haar het laatste nieuws mee te delen. Hoewel ze blij was omdat hij zo opgewonden leek, was ze verbaasd over deze vreemde wending en vroeg ze zich af wat dit nu voor hun gezin zou betekenen. Stel dat dit nieuwe bedrijf een betrouwbare bron van inkomsten bleek te zijn? De nieuwigheid van het runnen van een boetiek was er al na een paar maanden af geweest en de continue worsteling om niet failliet te gaan was een bron van voortdurende spanning. Jan keek naar een jonge vrouw met stekeltjeshaar met zebrastrepen erin en een ring door haar lip, die lycra bustiers in een rek bevoelde, en bedacht dat zij waarschijnlijk niets zou kopen. Ze vond het afschuwelijk dat ze zich daar zorgen om moest maken. Bij het idee van een stomerij ging haar hart weliswaar niet sneller kloppen, maar een stomerij was in elk geval populair. De deuren gingen open, er kwamen klanten binnen. Daar kon je best aan gewend raken.

Plum stond voor in de winkel de etalage te bekijken, terwijl ze weer aan een reep met fruit en noten knabbelde. Na een ogenblik stapte ze de etalage in en draaide iets aan het hoofd van een paspop. Tevreden slikte ze het laatste hapje van de reep door en ze drentelde naar de kassa. Jan vertelde haar het nieuws.

'Gaat hij een stomerij runnen?' vroeg ze, met een wat laatdunkende klank in haar stem.

'Wat is daar mis mee?'

'Niets, niets. Het is alleen zo, weet ik veel, ongelooflijk saai?' Jan liet Plums opmerking in de lucht hangen. Plum moest een beetje lachen. 'Wie had ooit gedacht dat ik met een advocaat zou trouwen en jij iemand aan de haak zou slaan die een stomerij zou gaan runnen. Had je niet gehoopt dat het allemaal iets swingender zou zijn?'

'Als ik kan kiezen tussen een man zonder baan en een die een stomerij heeft...' Jan nam niet de moeite de zin af te maken. Ze ergerde zich aan Plums houding en wilde net tegen haar zeggen dat ze als deze nieuwe onderneming een succes was van plan was uit Ripcord te stappen. Maar voordat ze de woorden uit haar mond kreeg, zei Plum: 'Ik heb gisteravond Crystal gemaild en ze antwoordde vanochtend.'

'Crystal?'

'Mijn eiceldonor, weet je nog?' Jan had tijdens die monoloog uit gewoonte maar half geluisterd. 'Ik moest achter aansluiten om een afspraak met dat meisje te maken, ze doet het waarschijnlijk heel vaak. Maar goed, voordat ik ga beginnen...' Hier schonk ze Jan een klein glimlachje dat ondeugende nonchalance moest weergeven, '... moet ik je iets vragen. Eén behandeling kost bijna negenduizend dollar, drie behandelingen kosten bijna zestienduizend dollar.' Ze zweeg even om adem te halen, alsof ze uitgeput was nu ze deze informatie had verschaft. Jan maakte gebruik van de stilte in Plums woordenstroom.

'Ik zou willen dat ik je het geld kon lenen, maar we zijn blut.'

'Ik wilde je niet om geld vragen,' zei Plum. Jan vroeg zich af of dat niet precies was wat ze van plan was geweest. 'Maar ik zou wel graag je eicellen willen.'

'Mijn eicellen?' Dit verzoek was onrustbarend persoonlijk en Jans hand vloog als in een reflex naar haar buik. 'Echt waar? Plum! Dit is heel raar...'

'Weet ik, weet ik... maar die van mij zijn niet goed en we zijn zo hecht met elkaar en... nou ja... het is voor een goed doel. Dit project wordt echt verbazingwekkend.'

'Wiens sperma ga je gebruiken? Omdat ik dacht dat je zei...'

'Ik heb sperma op eBay gevonden.'

Jan streek met haar vingers over de toonbank, omdat ze alleen door iets stevigs aan te raken geloofde dat ze nog steeds in de bekende wereld was. Ze begon haar hoofd te schudden.

'Online sperma? Echt waar? Wat weet je van de donor?'

'Hij is afgestudeerd.'

Jan wees erop dat hij net zo makkelijk een veroordeelde crimineel kon zijn met een familiegeschiedenis van geestelijke stoornissen en een hele reeks nog niet ontdekte geslachtsziekten.

Plum antwoordde: 'Ik zal het moment waarop de eicellen worden geïmplanteerd niet filmen als je dat niet wilt. De rest neem ik wel allemaal op voor mijn kunstwerk. Dat had ik je al verteld. Toch? Natuurlijk heb ik dat verteld. Jij zei dat zoiets een homevideo werd genoemd. Denk er in elk geval over na, wil je?'

Jan zocht onder normale omstandigheden al niet de confrontatie en wist dat de snelste manier om een ander onderwerp te kunnen aansnijden, was door te zeggen dat ze erover zou nadenken.

Plum was zo bij dat ze de toon van Jans antwoord niet opmerkte. Had ze dat wel gedaan, dan had ze begrepen dat haar vriendin eigenlijk wilde zeggen: 'Vraag me alsjeblieft niet nog eens zoiets bizars.' Maar Plum hoorde wat ze wilde horen en zei tegen Jan dat ze ging lunchen. Jan vroeg zich af hoe ze tegen Plum zou zeggen dat ze onder geen beding uit vrije wil ook maar één eicelletje uit haar kostbare voorraad zou laten halen, gezien het doel van de hele exercitie.

Stomerij Stralend Schoon bevond zich op de hoek van Melrose en Gehenna, dicht bij te dure winkels met trendy kleding en modieuze zaakjes voor uiterlijke verzorging, waar vooral jonge mensen kwamen, die geen doel in hun leven hadden. Marcus parkeerde zijn Honda Civic in een zijstraat en toen hij Melrose Avenue op kwam, liep hij langs een theatertje met een spandoek waar de lopende show op werd aangekondigd: *The Boys of Northanger Abbey*, een musicalbewerking van het boek van Jane Austen.

Iedereen op het trottoir hier in West Hollywood was slank, jeugdig en aantrekkelijk. De vrouwen besteedden duidelijk heel veel aandacht aan hun fysieke voorkomen en de mannen waren óf homo óf zaten nog in de kast. Er waren geen kinderwagens te zien, je zag alleen besteedbaar inkomen zo ver het oog reikte. De mensen in deze buurt droegen spijkerbroeken van tweehonderd dollar die moesten worden gestoomd. Marcus kwijlde bijna bij zijn vooruitzichten toen hij de glazen deur opende en een nieuw leven binnen liep.

De ramen werden verduisterd door fluwelen gordijnen, waardoor het binnen minder licht was dan bij andere zaken op Melrose. Er hingen een paar goedkope olieverfschilderijen in felle kleuren aan de muren, allemaal met religieuze thema's. Er hing een Sint-Augustinus in een mantel pal naast Mozes met een staf boven zijn hoofd, waarnaast Vishnu met zijn vele armen hing, die naar een rustende Boeddha op de tegenoverliggende muur keek. Wat deden die religieuze iconen hier? Marcus vermoedde dat ze van degene waren die dit bedrijf vóór Julian had gehad.

Achter een formica toonbank hing een gemotoriseerd rek waaraan een overvloed aan in plastic gehulde kledingstukken hing, als overrijp fruit dat geplukt moest worden. Tussen de religieuze kunst hingen ook ingelijste en gesigneerde glansfoto's van persoonlijkheden uit de entertainmentbranche van wie Marcus nooit had gehoord en die, naar hij aannam, hier hun kleren hadden laten opfrissen. Misschien gaf Julian deze mensen korting, in de hoop dat het klootjesvolk onder de indruk zou zijn van die gesigneerde foto's en de zaken dus beter zouden gaan. Marcus maakte een aantekening in zijn hoofd dat hij meer te weten moest komen over marketing in de stomerijbranche. Maar waarom was de zaak niet open? Waar waren de klanten? Hij keek in de schimmige spelonken van de stomerij en zag een deur.

Marcus deed het licht aan en keek rond in een ruimte waarin twee stoelen en een bureau met een laptop stonden. Alles leek uiterst normaal en dat verbaasde hem. Wat was Julian van plan geweest toen hij Stralend Schoon aan Marcus naliet? Was het een gebaar van goede wil vanuit de diepten van een leven dat werd gekenmerkt door zijn totale afwezigheid? Een verontschuldiging voor de zelfzuchtige manier waarop hij zijn moeder, vader en broer had behandeld? Was het een verzoek om vergeving over het graf heen? Marcus snapte niet wat Julians bedoeling was, maar hij was wel dankbaar voor wat zijn broer had gedaan. Uiteindelijk maakte de reden niet uit en hij had het toch al jaren eerder opgegeven om te proberen Julian te doorgronden.

Dus ging Marcus plannen maken. Met een koffieapparaat zou hij de hele dag van genoeg cafeïne worden voorzien, zodat hij met een vrolijk gezicht zijn nieuwe klanten kon ontvangen, wier loyaliteit hij zou verdienen met de superservice die hij zou gaan verlenen. Misschien zou hij goede klanten gratis koffie aanbieden. Hij zou bekertjes laten maken met STRALEND SCHOON erop, zodat ze de naam van zijn bedrijf zouden zien als ze hun koffie meenamen en zich zouden herinneren hoe vriendelijk en gul hij was. Hij zou een geluidsinstallatie kopen en muziek gaan draaien, niet iets irritants wat de klanten afschrok, maar ook geen onnozele newagemuziek. Chet Baker misschien.

Marcus neusde wat in de documenten op de laptop (die voornamelijk over porno en gokken gingen) toen er iemand binnenkwam en hem vroeg wie hij was, met een Europees accent dat hij niet precies kon plaatsen, maar dat klonk naar een streek vol zonderlinge kastelen, voedsel van slechte kwaliteit en een ingewikkelde relatie met Rusland. Hij keek op van een programma om kaarten te tellen en zag een lange, slanke vrouw met schouderlang platinablond haar, met een donkere uitgroei. Ze had een zwarte spijkerbroek aan, een boswachtersgroene ribtrui en cowboylaarzen. Aan haar schouder hing een rode tas en ze hield een grote beker koffie vast met lippenstift op de rand. Haar huid was bleek en toen ze haar zonnebril afdeed, schatte Marcus dat ze rond de dertig was. Hij kreeg de indruk dat ze die nacht niet veel had geslapen.

Hij stond op van het bureau en stelde zich voor. Daarna stak hij zijn hand uit, die ze werktuiglijk schudde. Haar huid voelde koel aan en hij vroeg zich af ze zo iemand was met een lagere lichaamstemperatuur dan normaal.

'Waar is Juice?' Juice? Was dat Julians bijnaam?

'Heb je het nog niet gehoord?' Marcus vreesde plotseling de rest van dit gesprek. Ze zou best iemand kunnen zijn met wie Julian een nauwe band had gehad, een vriendinnetje misschien, of erger nog, een ex-vrouw. 'Hij is dood, een hartaanval.'

Ze wendde even haar blik af van Marcus om deze informatie in zich op te nemen en knikte op een manier waaruit bleek dat dat niet helemaal onverwacht kwam. Enorm opgelucht dat er geen theatraal gedoe volgde, vroeg Marcus hoe ze heette.

'Amstel.' Ze condoleerde hem. Toen vroeg ze: 'Neem jij de zaak over?'

'Ja.'

'Dan dit is voor jou.' Ze haalde een enveloppe uit haar tas en gaf hem die. De enveloppe was niet dichtgeplakt en toen Marcus erin keek zag hij een bundel papiergeld. Hij was een ogenblik verbijsterd. Hij haalde het geld eruit, telde het snel en kwam tot achttienhonderd dollar, in twintigjes, vijftigjes en honderdjes. Bracht ze kleding rond voor Stralend Schoon? Het leek hem dat je een stomerij niet op de meest efficiënte manier runde als je de mensen pas bij aflevering liet betalen. 'Hoeveel mensen werken er voor Julian?'

'Ongeveer twintig, denk ik,' zei Amstel.

Nu was Marcus echt in de war. Tenzij er veel meer zaken werden gedaan dan je aan de hand van het relatief bescheiden overkomende bedrijf zou verwachten, had hij geen idee hoe al die werknemers werden betaald.

Hij knikte onwillekeurig zijn hoofd, alsof hij wilde zeggen: 'Twintig! Natuurlijk!' Maar wat hij zei was: 'Echt waar?', waarmee hij zijn verbazing niet echt verhulde.

'Het varieert. Meisje neemt vrij... gaat weg... komt weer terug. Mag ik hier roken?'

'Ja.' Marcus had een hekel aan sigarettenrook, kon er niet goed tegen. Maar omdat hij te geïntrigeerd was om het erg te vinden, gebaarde hij naar de stoel van vinyl tegenover het bureau. Had ze nu net gezegd dat het personeel uit alleen vrouwen bestond? De meisjes nemen vrij? De koeriers, de caissières, de mensen die het daadwerkelijke stomen deden, allemaal vrouwen? Misschien was dat een gimmick van Julian, hoewel Marcus zich niet kon voorstellen dat je daardoor in de stomerijbranche nou echt een hogere omzet haalde. Hij herinnerde zich vaag dat hij een paar jaar eerder iets over een benzinestation in de woestijn met topless personeel had gehoord, maar Stralend Schoon leek niet zo'n onderneming.

Amstel leek opgelucht toen ze niet meer op haar voeten hoefde te staan en nestelde zich in de stoel. Ze rommelde door haar tas, haalde er een pakje kreteks en een aansteker uit, schoof er een in haar mond en stak hem aan. Ze trok stevig, blies de rook uit en zei: 'Je ziet normaal uit voor als je bent familie van een kerel als Juice.'

'Wat bedoel je?'

'Hij was freak.' Marcus vond haar accent mooi, het deed hem denken aan goedkope spionagefilms uit de jaren zestig. Hij stelde zich voor dat een in regenjas geklede communiste, die stiekem wel met de Amerikaanse held wilde rollebollen, zo sprak, op zwoele toon. Ze sloeg haar slanke benen over elkaar, de ene dij over de andere. 'En, Marcus...' ging Amstel verder met haar spionagefilmaccent. 'Jij hebt later nog iets voor mij?' Dit was waar hij bang voor was geweest: dat hij moest toegeven hoe weinig hij van alles op de hoogte was. Hij wist genoeg van het runnen van een bedrijf om te beseffen dat je het personeel gemotiveerd hield door het te laten geloven dat het management wist hoe het bedrijf functioneerde. Dat hield in dat je als manager wist wat iedere werknemer deed en begreep welke belangrijke rol die werknemer binnen de grotere organisatie speelde. Wat was Amstels verantwoordelijkheid? vroeg hij zich af.

'Iets...?' Hij vroeg dit in de hoop dat ze hem de informatie zou geven waar hij niet van op de hoogte was. Maar ze merkte zijn totale ontbreken van expertise niet op of ze verkoos het te negeren omdat ze dit ogenblik te baat nam om de nagels van haar rechterhand te bekijken, die metallic blauw waren gelakt. Marcus stak zijn handen uit, die op zijn schoot hadden gelegen. Hij hield zijn ellebogen ietsjes gebogen en zijn handpalmen omhoog, alsof hij wilde zeggen: help me, alsjeblieft.

Amstel merkte dit gebaar wel op en terwijl ze haar aandacht afwendde van haar manicure zei ze: 'Afspraakjes, Marcus. Ik mijn suv afbetalen. Een kerel die Grieks wilt zou fijn zijn. Juice vertelt jou toch dat dat twee keer zo duur kost, hè? Drie keer zo duur wanneer Arabier.' Op dat ogenblik besefte Marcus dat hij Dominic Festa niet goed had verstaan toen die had gezegd dat Julian een klooier was.

8

Het was een desoriënterend gevoel, alsof hij bij een onderzoek naar een atol in de Stille Zuidzee gestuit was op een productie van *Porgy and Bess*, opgevoerd door een cast van huiskatten. Er gingen verschillende seconden voorbij voordat hij besefte dat zijn mond was opengevallen. Amstel blies rookringetjes uit. Hij hoopte dat ze het niet had opgemerkt. Marcus had haar kunnen vragen weg te gaan en dan zelf kunnen vertrekken en de deur voor altijd achter zich op slot kunnen doen. Hij had naar huis kunnen gaan, naar Van Nuys, en verder kunnen zoeken naar een gebruikelijker manier om zijn arbeidsleven weer op poten te zetten en zo de last van zijn verantwoordelijkheden weer te kunnen dragen. Hij had kunnen proberen samen met Jan een duurzaam bedrijf van Ripcord te maken. Hij had met zijn gezin naar een andere plaats kunnen verhuizen waar het leven goedkoper was, zich laten omscholen en in de doorsneemaatschappij kunnen blijven. Maar dat deed hij allemaal niet. In plaats daarvan bleef hij op zijn stoel zitten en keek naar Amstel. Ze had een ovaal gezicht met een parmantig neusje en grote blauwe ogen, waarin hij wilde verdrinken. Haar mond krulde afwezig omhoog, haar zorgvuldig van gloss voorziene lippen waren vol. Ze leek geen haast te hebben.

Marcus wist niet zeker of hij ooit eerder zo dicht bij een prostituee was geweest. Hij had ze natuurlijk wel op straat gezien, aan de oostelijke kant van Sunset Boulevard en in de armoedige delen van Hollywood, terwijl ze onmogelijk korte rokjes, strakke jacks en uitdagende schoenen droegen. Maar dat waren tippelaars, iets wat de vrouw voor hem niet was. Zo af en toe bekeek hij de advertenties achter op het plaatselijke alternatieve krantje. Daarin stond een zich voortdurend vernieuwende fantasie vol vrouwen en mannen die tegen betaling beschikbaar waren om handelingen te verrichten die hij zich niet kon voorstellen. De zeldzame keren dat Marcus ernaar keek, was dat alleen om zich te verbazen over het leger aan mensen dat in deze heimelijke wereld werkte en zich af te vragen wat ze tegen hun gezin zeiden over hoe ze de kost verdienden. Hij zag dat er een paperback uit Amstels tas stak. 'Wat ben je aan het lezen?' vroeg hij, omdat hij niets anders kon bedenken.

'Korte verhalen,' zei ze, en ze noemde een schrijfster met een buitenlands klinkende naam van wie Marcus nog nooit had gehoord. 'Tot nu toe is niet veel aan. Te minimalistisch.' (Ze zei 'mieniemaliestiesch'.) Marcus trok zijn wenkbrauwen op. Te minimalistisch? Amstel was duidelijk niet wat hij in gedachten had wanneer hij zich vrouwen met haar beroep voor de geest haalde. 'Dus, Marcus...' ze blies een wolk rook uit haar mond, 'wat is straks nog te doen?' Marcus klonk als 'Markoes', wat hij heel verleidelijk vond.

Hij dacht er even over na, of hij deed in elk geval alsof hij erover nadacht (door het besef van haar seksuele beschikbaarheid functioneerden zijn hersens tijdelijk als een elektriciteitscentrale in de derde wereld). Daarna zei hij: 'Dat weet ik niet.' Hij moest toch iets zeggen. Hij kon niet gewoon tegenover haar blijven zitten en proberen raadselachtig over te komen. De ruimte, die niet goed werd geventileerd, begon vol te raken met de kankerverwekkende uitwaseming van Amstels longen. Hij wilde geen afstand scheppen door te vragen of ze haar sigaret wilde doven, dus hij was blij dat ze nog een trek nam en toen de peuk, nadat ze het deksel van haar koffiekop had opgetild, in het Colombiaanse vocht verdronk. Dat vond Marcus normaal gesproken walgelijk, maar hij was te afgeleid om het erg te vinden.

Dus hij zei: 'Amstel, zoals je je kunt voorstellen ben ik nog steeds aardig van slag door Julians dood.'

'Ik ook.'

Dat was bemoedigend. Opgebeurd zette hij door. 'Weet je, hij was mijn enige broer en ik heb zijn dood nog niet niet, eh... tja...

eh... verwerkt. Dus...' Hij dacht na over een plan, omdat hij dat nog niet had, behalve dat hij op een of andere manier een nieuwe en betrouwbare stroom inkomsten moest vinden waarmee hij zijn gezin kon onderhouden. 'Kan dit morgen?'

Terwijl hij deze woorden uitsprak, kwam er een andere jonge vrouw het kantoor binnen en nadat ze Amstel had begroet en had gehoord wie Marcus was, stelde ze zich voor als Cortina en gaf ze hem een enveloppe vol contant geld. Toen gaven de vrouwen hem hun piepernummer en gingen weg.

Marcus pakte Dominic Festa's kaartje uit zijn portemonnee en belde hem onmiddellijk op zijn mobieltje. De advocaat pakte na drie keer overgaan op.

'Wordt er in de stomerij echt gestoomd?' vroeg Marcus, die de moeite niet nam om hallo te zeggen.

'Het is een stomerij.'

'Dus er wordt wel gestoomd.'

'Dat, beste man, zei ik niet. Wat ik zei was: "Het is een stomerij."'

'Ik weet wat je zei, maar dat is niet wat ik vroeg.'

'Is het echt een stomerij? Dat hangt ervan af.'

'Waarvan dan?'

'Van wat de eigenaar van het bedrijf ermee wil doen.'

'Heeft mijn broer het als stomerij gerund?'

'Ik zal je dit zeggen: voor zover ik weet, stond er op zijn belastingaangifte dat hij inderdaad een stomerij runde. Of mensen daadwerkelijk in dat pand hun kleding lieten stomen, daar kan ik me niet over uitlaten.'

Tijdens het gesprek met Dominic Festa had Marcus het gevoel dat hij van een klip was getuimeld, van waaraf hij tevreden het rijke land dat zich onder hem uitstrekte had staan bekijken. Nu viel hij steeds sneller door het duister. Toen Marcus had opgehangen, nadat hij de advocaat had bedankt voor het verduidelijken van de situatie, herinnerde hij zich dat Julians mobiele telefoon in zijn zak zat, en nu Julians leven duidelijker werd, kreeg die een andere betekenis. Marcus had genoeg misdaadverhalen in de populaire pers gelezen om te weten dat mobiele telefoons van criminelen informatie bevatten die de wetshandhavers maar al te nuttig vonden. Vaak stonden niet alleen de uitgaande, maar ook de inkomende gesprekken erin. Marcus besefte dat hij de in het oog springende gegevens van Julians wereld op het spoor kon komen als hij de doolhof aan geheimen in de telefoon kon ontsluieren.

Als hij dat wilde.

Wat niet zo was.

Marcus was geschokt. Hij ging een paar ogenblikken na de vrouwen weg en toen hij weer in zijn auto zat, had hij geen idee hoe hij daar was beland, omdat hij aan zijn opa had gedacht.

Toen Marcus tien was, was zijn oma van vaderskant overleden en kwam zijn opa Mickey bij hen in huis wonen. Hij was stuwadoor geweest in de haven van Dublin en was op een vrachtschip naar Amerika gekomen, waarbij hij de halve wereld was overgevaren voordat hij in Long Beach belandde. Hij kwam in San Pedro terecht, dat met zijn heuvelachtige omgeving en dichtbijgelegen haven een beetje leek op een zonniger versie van *county* Cork, hetgeen vrij veel Ieren aantrok, van wie er velen werkten om lading uit de hele wereld te lossen. Door Mickeys joviale aard en robuuste bouw kreeg hij werk in de haven van San Pedro en omdat hij niet te beroerd was om een paar regels te overtreden kon hij zijn gezin onderhouden op een manier waarvan hij in Ierland niet had kunnen dromen.

De kades van San Pedro waren een paradijs voor de geïmmigreerde arbeiders, een schatkamer van over het water aangevoerde goederen, die in zulke grote hoeveelheden arriveerden dat ze gemakkelijk geplunderd konden worden en Mickey, die keihard werkte en lange dagen maakte, liet nooit een gelegenheid aan zich voorbijgaan. En dus stond één kamer in zijn huis altijd vol met huishoudelijke apparaten, radio's, kratten blikvoedsel; alles wat door de haven van Los Angeles werd gevoerd en zonder vorkheftruck kon worden getransporteerd. Deze spullen werden goedkoop verkocht aan plaatselijke klanten en uiteindelijk kon Mickey Ripps daar een Cadillac met grote vinnen van kopen, waarin hij als de koning van de kust over de heuvelachtige wegen gleed, met een arm uit het raampje en zijn gezicht naar de zon van de nieuwe wereld gekeerd.

Marcus was zich maar vaag bewust van Mickeys activiteiten en hij was ontzet toen zijn opa werd aangehouden na een FBI-onderzoek naar de havenarbeidersvakbond en twee jaar moest zitten voor heling. De bezoekjes die ze aan hem brachten in de gevangenis op Terminal Island namen de lust voor een crimineel leven wel weg. Toen Mickey vrijkwam, kwam hij bij Marcus' familie wonen. De tijd in de bajes had hem verzwakt, zijn stralende immigrantenogen dof gemaakt en hoewel hij pas voor in de zestig was, zag hij er tien jaar ouder uit. Hij schaakte vaak met Marcus en Julian, vermaakte hen met verhalen over zijn jeugd in Dublin en vertelde hun dat hij al op jonge leeftijd besefte dat de wereld oneerlijk was. Met een stem als gruis hield hij zijn kleinzoons voor: 'Als je het zelf niet regelt, kom je nergens.' De verlegen jongen Marcus luisterde bedeesd naar de verhalen, hij werd aangetrokken door het vuur en deed daarna een stapje weg van de hitte, terug naar een ingebeelde veiligheid. Maar voor de durfal Julian was Mickey een Keltische Scheherazade, een losbandige verzinner van verhalen die zo verlokkelijk waren dat ze een levenskaart vormden. Mickey ging naar zijn Schepper in het ruim van een vrachtschip, toen hij tijdens een poging tot diefstal van een krat mayonaise van 250 kilo door dat krat werd verpletterd. Zijn duivelse geest sloeg een generatie over, wierp een blik op Marcus, zei: 'Nee, bedankt,' en nestelde zich enthousiast in Julian.

Terwijl deze diashow door zijn hoofd flitste, lukte het Marcus zich een weg door West Hollywood te banen, naar de Cahuengapas, waar hij de 101 pakte. Hij voegde in het rustige middagverkeer in en reed naar het westen, terwijl hij wederom probeerde de ware aard van Julians erfenis te doorgronden. Het ontleden van de situatie werd aanzienlijk bemoeilijkt door het feit dat ze niet met elkaar praatten toen Julian overleed. Ze hadden trouwens nooit echt gepraat, nooit iets geuit wat ook maar leek op hun echte gevoelens voor elkaar, afgezien van de subtiele verachting die zoveel relaties tussen broers en zussen kenmerkt. Wat wilde Julian met dit belachelijke testament duidelijk maken?

Berkeley, Marcus' tweede jaar. Hij zit op een avond op zijn slaapkamer in de studentenflat een paper te schrijven over John Lockes kennistheorie wanneer Julian als een geest verschijnt. Zijn kleren zijn vies en hij riekt naar hasj. Julian zegt tegen hem dat in de problemen zit; hij heeft een deal gesloten met een paar Mexicanen en is hun nu vijfduizend dollar schuldig. Wat voor soort deal? Maakt niet uit. Het zijn geen amateurs, zegt Julian, en als ik het geld niet bij elkaar krijg en het hun niet geef, rijgen ze me aan het mes. Marcus luistert naar dit verhaal, zijn niet-vereelte handpalm ligt op het opengeslagen exemplaar van Lockes *Essay Concerning Human Understanding* waarin hij met een gele markeerstift passages heeft gehighlight en zijn hartslag wordt met elke snipper informatie sneller. Hij heeft geen vijfduizend dollar. Wat wil je dat ik doe? Kom met me mee naar Mexico, zegt Julian. Daar kan ik genoeg drugs kopen om tienduizend dollar winst te maken. Maar ik dacht dat je geen geld had? zegt Marcus. Hoe ga je dat dan betalen? Op krediet! Marcus gelooft niet wat hij hoort. Wil je hasj kopen op krediet? Zodat je die kerels die je willen ombrengen kunt afbetalen? Ik wil dat je in mijn auto de grens overgaat, zegt Julian. Ik wil het niet in mijn eentje doen en ik heb je hulp nodig. Kun je het niet aan iemand anders vragen? vraagt Marcus. Julians pupillen zijn vergroot en hij tikt furieus met zijn voet. Je bent mijn broer. Ik vraag het jou. Marcus wil dat Julian weggaat. Zijn kamergenoot komt zo terug uit de bibliotheek en hij wil niet dat hij dit hoort. Ik pik je morgenochtend om tien uur op, zegt Julian, en dan zijn we tegen etenstijd in Tijuana. Oké, zegt Marcus tegen hem. Ik zie je morgen. Marcus vertrekt die avond uit de studentenflat en slaapt bij een vriend in Oakland. Daar blijft hij drie dagen, omdat hij ervan uitgaat dat Julian niet blijft rondhangen. Hij vertelt niemand over de ontmoeting. Een jaar later vertellen Marcus' ouders dat ze iets van Julian hebben gehoord. Dan pas komt hij erachter dat zijn broer niet dood is.

De geur van marihuana sloeg Marcus in zijn gezicht toen hij de voordeur van zijn huis opendeed. Het is net alsof Julian vanuit het graf zijn adem over me uitblaast, dacht Marcus. Hij had dit overal maar roken van hasj met Lenore besproken en hij had haar gevraagd deze nieuwe hobby alleen in haar eigen kamer te beoefenen, met een opgerolde handdoek tegen de drempel aan. Maar voordat Marcus erachter was waar ze was en haar een gerechtvaardigde veeg uit de pan kon geven, hoorde hij stemmen en gelach uit de keuken komen. Lenores hoge gegiechel was eenvoudig te plaatsen, maar de andere stem was lager, van een man, en het accent was een onbekend mengsel van buitenlandse plaatsen.

Dit was wat Marcus aantrof toen hij de keuken binnen liep: een grote, jonge man, die met zijn voeten stevig op de vloer en gebogen knieën zijn hand ophief alsof hij ging slaan. Het leek net alsof de man op het punt stond Lenore te onthoofden, die kalmpjes een joint rookte zo groot als weegbree.

'Haal nu zo uit met elleboog,' zei hij. 'Dan verbrijzel je luchtpijp.' Toen keek hij naar Marcus, en terwijl hij zijn hoofd schuinhield beoordeelde hij hoe lang het zou duren om Marcus kapot te maken. Antwoord: twee seconden.

'Dit is Kostya,' zei Lenore, terwijl ze een wolk rook uitblies. 'Hij werkte voor je broer.' Ze kuchte en nam onmiddellijk nog een trek.

Marcus dacht dat Kostya in de twintig was. Er ontsproot een bult donkere dreadlocks aan zijn hoofd, waarvan de punten in goud waren gevat. Hij had een kastanjebruin joggingpak aan, met zwarte strepen over de broek en mouwen en hoge Nikes aan zijn grote voeten. En hij was lang, misschien wel 1 meter 90, en had een brede borst. Als hij iemand tegen zijn hoofd schopte, zou dat als een meloen worden verpletterd.

'Je lijkt op hem, alleen hij misschien wel vijftig kilo zwaarder,' zei Kostya, tegen de eetbar geleund.

'Lenore...' zei Marcus, met een gebaar naar de joint. 'Ik had je gevraagd dat niet...'

'Relax, kerel,' zei Kostya, en hij liet doorschemeren dat als Marcus dat niet deed, hij er met geweld toe gedwongen zou worden.

Lenore zei tegen hem dat ze aan het roken was – 'Om medische redenen!' – toen Kostya kwam opdagen. Toen hij hoorde dat ze zo dol op hasj was, had hij haar iets van zichzelf gegeven, 'als een heer,' zei ze.

Marcus was al zo van zijn stuk gebracht door alles waar hij zojuist was achter gekomen, dat hij onmiddellijk afzag van zijn impuls om met Lenore de huisregels door te nemen. 'Werk je bij de stomerij?' Marcus' stem kwam er kalm uit. Hij was blij dat hij zijn recalcitrante zenuwen weer onder bedwang had. Het hielp enorm dat Kostya in elk geval op dit moment niet van plan leek hem zwaar lichamelijk letsel toe te brengen.

'Juice was m'n homey,' zei hij. Terwijl Kostya zweeg, viel het Marcus op dat hij 'm'n homey' gebruikte om de relatie te beschrijven, hoewel Kostya blank was.

'Dus je weet dat hij dood is?'

'Ik zei tegen dikke eikel hij minder cheeseburgers verstouwen.' Het accent was dat van een Moskous bendelid, een vreemde taalkundige kruising die was ontstaan in de enorme hiphopgolf die over de wereld was gespoeld sinds Marcus jaren geleden was opgehouden aandacht aan de popcultuur te besteden en die op de onwaarschijnlijkste plaatsen wortel had geschoten. 'Voor eigen bestwil, weet je... Ik gaf om hem.'

'Ik ga pannenkoeken maken,' zei Lenore, en ze haalde een pak uit een kastje. 'Wil iemand een pannenkoek?'

'Dat is browniemix,' zei Marcus tegen haar. Toen zei hij, terwijl hij zijn aandacht naar Kostya verlegde: 'Ik neem de zaak over.' De zaak overnemen? Waarom had hij dat gezegd? Toen het gewoon een stomerij was, was het iets anders. Maar nu moest hij zijn plannen opnieuw overdenken, bijstellen. Aanpassen. Hij keek naar Lenore, die naar de doos staarde en probeerde haar doffe ogen te focussen.

'Juice me vijfhonderd dollar schuldig als hij doodging. Ik heb plannen, Gangstaboy.'

Marcus wilde deze kerel helemaal niet in zijn keuken hebben. Hij wilde naar boven, nadenken over de kosmische fles mineraalwater die Julian over zijn hoofd uitgoot. Hij had Kostya het geld kunnen geven dat Amstel en Cortina hem hadden gegeven, maar waarom zou hij? Ben ik mijn broeders boekhouder? 'Ik schrijf wel een cheque voor je uit,' zei Marcus. Hij wist dat hij een cheque nog kon tegenhouden.

'Cheques geen reet waard.'

'Ik heb nu geen contant geld.'

'Dan we gaan naar pinautomaat.'

'Wacht eens even... Ik ben niet verantwoordelijk voor zijn schulden...'

'Jij heb de zaak overneemt!'

'Dat weet ik, maar...'

'Maar, flikker op! Wij gaan pinautomaat. Ik rij.'

Marcus had al gelogen dat hij geen geld had en had zich het ritje kunnen besparen, maar hij wist niet hoe Kostya zou reageren als hij merkte dat hij tegen hem gelogen had. Hij had het gevoel dat hij werd ontvoerd, maar zijn schoonmoeder was in een kastje aan het rommelen op zoek naar ahornstroop toen de mannen weggingen.

Het busje van Stralend Schoon had een stukje verderop in de straat geparkeerd gestaan toen hij thuiskwam, maar Marcus was te afwezig geweest om het op te merken. Er waren drie rijen stoelen en geen kledingrekken. De lucht van wierook hing er nog, microscopisch kleine deeltjes bewogen ritmisch op de beat die uit de autoradio kwam die Kostya erin had gezet om 'fijne omgeving voor dames te maken'. Marcus liet zich op de bijrijdersstoel vallen en Kostya reed, kletsend over hoe het was om voor Julian te werken (niet leuk) en hoe blij hij was om uit het bedrijf te stappen.

'Hoe lang werk je al voor broer?' wilde Marcus weten, die het woord 'mijn' wegliet, in een onbewuste poging om Kostya's internationale straattaal te evenaren.

'Bijna drie jaren,' zei Kostya. 'Drie lange jaren.'

'En wat deed je?'

'Dit en dat.'

'Dit en dat... wat? Zijn belastingen?'

'Zijn blastingen?' proestte Kostya. Hier moest hij duidelijk hartelijk om lachen. 'Jij grappig, Gangstaboy.' Marcus was blij, hij leek het echt te menen. 'Klootzak was pooier! Betaalde geen kutblastingen!' zei Kostya. Marcus kwam erachter dat Kostya de chauffeur, persoonlijk assistent en het manusje-van-alles van Julian was en vrij veel leek te weten over hoe het bedrijf in elkaar zat. Toen Marcus besefte dat Kostya informatie had die nuttig zou kunnen zijn, veranderde hij van gedachten en besloot hij de schuld gewoon te betalen.

De twee mannen stonden op de parkeerplaats van Ralphs Supermarket aan Saticoy Street. Marcus keek naar de pinautomaat die net zijn pasje had opgevreten en het niet wilde teruggeven. Hij voelde dat Kostya's ogen op hem gericht waren. Marcus wist dat als hij Kostya het geld uit zijn zak gaf, hij hem misschien nooit meer zou zien. Tien minuten geleden had hij die gedachte verwelkomd, maar nu was hij er niet meer zo zeker van. Wie wist wat voor verborgen kennis die man had? Marcus had tijd nodig om na te denken over de keuze waar hij voor stond. Als hij vragen wilde stellen, was Kostya een enorme bron van informatie.

'Ik weet niet wat er aan de hand is met die kaart, maar ik heb het geld morgen voor je.' Kostya keek hem achterdochtig aan. 'Hoor eens, je weet toch waar ik woon?'

Marcus was dankbaar dat Kostya zijn telefoonnummer op een stukje papier schreef in plaats van hem op de parkeerplaats dood te slaan.

9

In het zuiden van Californië regende het vroeg in oktober maar zelden, maar nu was het gaan miezeren en het water liep over de voorruit van de auto toen Marcus de groengekleurde campus van Winthrop Hall af reed. Nathan zat voorin, en zijn klasgenoten Josh Flicker en Lyric Melchior hingen op de achterbank. Marcus dacht dat Nathan verliefd was op Lyric, een schattig meisje met een beugel en een paar sproetjes, en liever naast haar had gezeten. Ook wist hij dat de etiquette van de brugklas vereiste dat hij in de begeerde bijrijdersstoel ging zitten, die voor de gemiddelde twaalfjarige model stond voor de volwassen geneugten die voor hen lagen als ze de met puistjes bezaaide zandbanken van de puberteit maar konden omzeilen. Marcus luisterde half terwijl de kinderen over een tegenslag jammerden die net was gebeurd: een meisje in de tweede van Winthrop Hall had naaktfoto's genomen en ze naar haar vriendje gemaild. Hij had ze naar zijn vrienden gemaild, die ze weer naar hun vrienden hadden gemaild en nu moesten de ouders van het meisje op school komen voor een gesprek met de directeur. Normaal gesproken zou dit Marcus hebben geïnteresseerd, maar dit keer hingen de woorden van de kinderen in een wolk boven zijn hoofd en slaagden er niet in tot zijn bewustzijn door te dringen.

Marcus greep het stuur iets steviger vast dan normaal en dacht na over de uiterst ongewone situatie waarin hij zich bevond terwijl ze door de vieze regen over Laurel Canyon Boulevard naar de B'nai Jesherun-synagoge reden. Hoe zou het zijn, vroeg hij zich af, om Julians bedrijf over te nemen? Om zoveel geld te verdienen? Om zo'n leven te leiden? Hij vond het moeilijk om die vragen überhaupt serieus te nemen, maar toch stelde hij ze. Marcus wist dat hij, wat een durfal hij in zijn dromen ook was, hoeveel bergen hij ook had beklommen, oceanen en woestijnen hij ook had doorkruist, hoeveel uitzonderlijke, opwindende, bijna onmogelijke avonturen hij in de beperkte omgeving van zijn eigen hoofd ook had meegemaakt, elke keer dat hij in zijn echte leven een kans had gehad iets buitengewoons te doen, was teruggeschrokken, de mogelijkheid had afgewezen, het had opgegeven en een beetje was gestorven. Zelfs toen hij en Roon in 1989 na de val van de Berlijnse Muur naar Europa waren geweest. Jong en vrij en nog steeds in de ban van zijn beslommeringen als student was dat het perfecte moment om een pelgrimstocht naar de geboorteplaatsen van Kant, Hegel, Nietzsche en Schopenhauer te maken, om verder naar het oosten te reizen en de verwoestingen van het communisme van dichtbij te zien, om net bevrijde, jonge, blonde vrouwen te ontmoeten wier duivelse leiders waren overwonnen en die hun dankbaarheid wilden betuigen door met Amerikanen naar bed te gaan, waar Roon maar al te graag gebruik van maakte.

In Hamburg had Roon hem meegenomen naar een sm-club. Marcus was gebleven totdat een in leer geklede Roemeense vrouw met een accent als van een vampier vroeg: 'Zullen we plezier gaan maken?' Roon bleef en toen hij de volgende dag terug in hun hotel was, vertelde hij Marcus over het onmogelijk lenige Beierse meisje dat zich graag verkleedde als Von Bismarck en met wie hij alleen mocht neuken als hij een korte rok droeg, een angora trui en een paar hoge hakken. Marcus was ontsteld, maar Roon was degene die van bil was geweest en hij moest lachen toen hij het verhaal vertelde.

Marcus wist dat dit niet anders zou gaan. Julian was zijn leven lang een ploert geweest en door deze houding was hij onontkoombaar een verschaffer van menselijk vlees geworden. Daarentegen was Marcus een speelgoedmaker, een producent van pret en plezier. De kloof die hun werelden van elkaar scheidde was te breed.

Hij zou op een of andere manier contact opnemen met de vrouwen die voor Julian werkten en tegen hen zeggen dat 'stomerij' Stralend Schoon ermee ophield. Zodra die gedachte bij hem had postgevat, keek hij ernaar uit Jan het hele verhaal te vertellen.

Elke keer dat Marcus de kinderen bij de Hebreeuwse school afzette nam hij afscheid van hen en keek dan toe hoe ze het gebouw
in liepen, een bescheiden, wit gestuukt bouwsel met twee verdiepingen waarvan het totale gebrek aan pretentie de Ripps aansprak.
Die dag vergat hij iets te zeggen en hij reed weg op het ogenblik
dat ze uit de auto stapten.

Marcus ging op weg naar de Paradise Room, een ouderwets Italiaans restaurant aan Ventura met een donkere bar die was aangekleed met muurbanken in vroeg-huurmoordenaarsrood leer, in
dikke lagen verf geschilderde taferelen uit zonnig Italië op de muren en op elke tafel een witte kaars die in een lege Chiantifles was
geramd. Afgezien van een oude zuiplap in een Schots geruit overhemd, die aan de ene kant van de bar door een smoezelige knijpbril
de uitslagen van de paardenrennen zat te lezen, was Marcus de enige klant. Hij keek naar de barkeepster, een vrouw van in de zestig
met pikzwart geverfd haar en een veeg rode lippenstift op haar
mond, en bestelde een Johnnie Walker Red.

Marcus overdacht zijn leven terwijl hij aan de whisky nipte. Hij
zag een podium vol glitters, met drie glanzende gordijnen, waar-
achter verschillende prijzen verborgen zaten. Hij deed de eerste
open en trof een gezin aan. Achter de tweede zat een man aan een
bureau eindeloos de boekhouding te doen, onder een stilstaande
klok aan de muur en een grote plaat waarop eenvoudigweg stond:
WAZOO BEDANKT JE! Marcus wist dat zich achter het derde, nog
dichte, gordijn een mysterie bevond, het veronderstelde geluk van
vervulde dromen. Hij wilde het dolgraag opzij trekken, om te zien
wat het verborg, snakte naar een beeld dat de aanwijzing zou leveren voor een metamorfose waarvan hij de aard nog niet kon bevatten. Wat zou hij veranderen? Niet zijn gezin natuurlijk, want hij
hield van hen en had, afgezien van het recente gebrek aan fysieke
intimiteit met zijn vrouw, weinig te klagen. Zijn bron van inkomsten? Die veranderde sowieso, of hij het nu leuk vond of niet, maar
hij dacht dat hij, gezien zijn achtergrond, wel in het traditionele
veld zou blijven werken.

Wat dan?

Dit: de manier waarop hij naar de wereld en zichzelf keek, hoe hij zijn leven zag, en de innerlijke band die in zijn hoofd werd afgespeeld en op basis waarvan hij handelde. De band waarop werd gezegd: 'Stop, hou op, doe het niet.'

Marcus proefde de whisky niet eens meer, maar deed het derde gordijn opzij en zag een kaal podium, beschenen door een hard wit licht dat over niets anders dan leegte straalde. Er bevond zich niets. Een vergaarbak van niets.

'Wil je nog een glas?'

Marcus keek op uit zijn sombere wanhoop en zag dat de barkeepster, met het met lippenstift besmeurde gezicht, naar hem keek. Haar valse wimpers deden Marcus denken aan de haartjes van een vlieg, zoals je die onder de microscoop zag. Hij tikte met zijn wijsvinger tegen de rand van zijn glas.

Door het tweede glas whisky kwam het allemaal los en hij merkte dat hij worstelde met zijn stagnatie, dat hij ertegenaan beukte om te zien of hij – afgezien van een van zijn tanden – nog iets anders los kon beuken. Laatst was hij zich voor het eerst van zijn leven bewust geworden van zijn tandvlees, toen hij een stuk vlees had gegeten dat Jan in de uitverkoop had gekocht. Rechtsonder in zijn mond was de rand van zijn tandvlees pijn gaan doen. Wat was dat nou weer? De leeftijd? Verval? Wat had hij willen doen toen hij jonger was, voordat hij een slaaf van zijn dagelijkse leven was geworden? Dat zou toch een aanwijzing moeten zijn voor de gebieden die hij nu zou kunnen overwegen, op welk vlak hij een poging zou kunnen wagen op basis van zijn nieuwe enthousiasme. Maar hij kon niets bedenken.

Wat voor kansen had iemand van zijn leeftijd die was afgestudeerd in de filosofie en een al even niet-indrukwekkende contactenlijst had? De maandenlange werkloosheid had hem een levendig antwoord gegeven. Hij keek naar de barkeepster die aan haar gin nipte en naar een pompeuze televisiepsycholoog keek op een televisie die aan de muur hing. Wat zou deze goed uitgelichte professionele zielenknijper hem vertellen als hij in die felverlichte studio op het podium zou zitten? Dit: met alle boeken die hij had gelezen, met alle tijd en energie die hij in het onderzoeken van esoterische geloofsovertuigingen had gestoken, had hij nu toch wel een overtuiging kunnen uitkiezen.

Misschien kon hij de filosofische gestrengheid uit zijn studie wel op zijn eigen leven toepassen. Marcus wist dat hij geen stomerij wilde runnen; hij wist dat hij erbovenop was gedoken omdat het een vaste vorm was in het vacuüm van zijn depressie, omdat het in elk geval iets reëels vertegenwoordigde. Maar kon hij Julian zijn?

Terwijl hij zijn drankje koesterde en het op zijn tong voelde prikken, dacht hij: waarom kan ik eigenlijk geen pooier zijn? Het is lucratief, er lijkt niet veel werk aan vast te zitten en de belastingdruk is nul. Omdat, zei zijn superego, het om te beginnen illegaal is, uiterst illegaal. Als je wordt aangehouden, dreigt de gevangenis en alles wat dat voor een watje als jij met zich meebrengt. Je wordt 's ochtends opgesloten, dan gefileerd en bij het avondeten verslonden, waarna de zware misdadigers jouw restjes tussen hun rotte tanden vandaan pulken. Vanwege de hieraan verbonden schande, die niet te onderschatten valt, zou je deze activiteit moeten geheimhouden voor iedereen die je kent, laat staan voor de belastingdienst, die mensen graag naar een door de staat gefinancierd onderkomen stuurt als ze niet betalen wat ze aan de maatschappij verschuldigd zijn. Wanneer iemand op een buurtfeestje naar je toe komt en je de onschuldige vraag stelt: 'Wat voor werk doe je?' dan moet je liegen, en zo zal je hele leven zijn: één grote, walgelijke leugen.

Waarom dan niet de stomerij? De stomerij was een reddingsboei.

Maar die gedachte werd snel ondergesneeuwd door verdere overpeinzingen. Je had de ethische kant. Maar die was heel flexibel en liet diverse interpretaties toe. Marcus dacht na over Immanuel Kant en de categorische imperatief. 'In deze situatie kan men beter...' En toen dacht hij plotseling: de pot op met Kant en zijn categorische imperatief, hoewel ik moet toegeven dat het niet helemaal irrelevant is in dit geval, maar door over Kant na te denken heb ik weer een excuus om niets te doen. En lazer op met Hegel en Nietzsche, nu we toch bezig zijn, en de stoa, we draaien er niet langer omheen en gaan conclusies trekken. Waar komt deze situatie op neer? Wat is hier belangrijk? Nee, wat is de essentie? Waar draait dit om? Heb ik morele regels? Zou ik die moeten hebben? Is dat überhaupt een relevante vraag? Maakt het mij uit als ik de wet overtreed? Wat voor voorbeeld geef ik Nathan? Wat gebeurt er als ik word gepakt? Is er iets moreler dan voor mijn gezin zorgen? Kan ik gewond raken, in elkaar geslagen, tot bloedens toe, neergeschoten? Neergeschoten! Hoe zou dat zijn? Zou ik dood kunnen gaan? Natuurlijk. Je kunt al overlijden als je Wilshire Boulevard oversteekt. Dit moet toch gevaarlijker zijn dan dat. En als ik dood ben, wat gebeurt er dan? Ga ik dat risico nemen? Ben ik goed genoeg verzekerd? Is mijn levensverzekering verlopen? Shit! Is dat zo? Ben ik hard genoeg om dit te doen? Kan ik een meute prostituees aan en ze laten luisteren? Wat zou ik dan zeggen? Hoe praat je tegen zo'n groep? Zullen ze me doorzien of kan ik goed genoeg toneelspelen? Stel dat ze gaan lachen? Prostituees die me uitlachen! Bestaat er iets vernederenders? Ik kan wel een paar dingen bedenken, maar dit staat toch wel in de top drie. Zou ik daar overheen komen, uitgelachen worden door een zaal vol prostituees? Is prostitutie slecht? Ik weet dat iedereen zegt van wel, maar is het ook echt zo? Zou ik met die vrouwen naar bed kunnen gaan? Mijn vrouw heeft er geen belangstelling meer voor, dus dat lijkt me eigenlijk best goed. Ik zou het niet erg vinden meer seks te hebben. Meer seks zou zeker iets goeds zijn. Amstel was geil. Ik zou best met haar naar bed willen. Zou ze lesbisch zijn? Ik heb gehoord dat veel prostituees lesbisch zijn en een hekel hebben aan mannen. Ze leek geen hekel aan mij te hebben, maar misschien deed ze maar alsof. Ik ben geen heilige, hoewel ik doe alsof. Ik zou niet eens aan seks met Amstel denken als Jan niet zou doen alsof seks op haar takenlijstje stond. Prostitutie heeft toch altijd al bestaan? Daar is natuurlijk een reden voor. Waarom kun je de mensen niet gewoon geven wat ze willen? Daar is de vrije markt voor. Is Amerika niet op dat idee gebouwd? Vechten we daar geen oorlogen voor uit? Om de markt open te houden? Voor McDonald's? Voor Coca-Cola? Wat is eigenlijk het verschil tussen Coca-Cola en een flamoes? Van een flamoes gaan je tanden in elk geval niet rotten. Waarom vinden sommige mensen het woord flamoes aanstootgevend? Kut, dat is een akelig woord. Ik zou nooit kut zeggen. Dat getuigt niet van respect. Ik ben een feminist. Ik geloof in gelijke beloning en het recht op abortus, maar ik hou nog steeds deuren open. Zou ik vrouwen uitbuiten? Doen prostituees in Los Angeles het niet uit vrije wil? Ik weet dat het in de derde wereld een heel ander verhaal is, ik heb die documentaires wel gezien, het afschuwelijke leven, vijftig cent voor seks, aids en een vroege dood, maar ik heb het nu over vrouwen die honderden dollars per uur verdienen in chique hotels, voor seks met klanten die het waarschijnlijk op hun onkostenrekening zetten. Is wat zij doen slecht van zichzelf? Wie zegt dat het slecht is? Dat is joods-christelijke onzin die van Eros een zonde maakt, de puriteinen hebben het al twee millennia bij het verkeerde eind en het is de reden waarom mensen getrouwd blijven en tot op hoge leeftijd masturberen – omdat ze in plaats van rond te fladderen en iedereen te bespringen, wat mensen zouden doen als ze hun aard zouden volgen, in kunstmatige relaties blijven hangen en doen alsof dat normaal is, terwijl hun diepste biologische aard, hun DNA, hun vertelt dat ze wanneer ze maar willen moeten neuken met wie ze maar willen, maar dat mogen ze niet omdat de heilige boeken zeggen dat het slecht is, God zegt dat het slecht is, het is opgetekend, zoek het maar op, en dat veroorzaakt zoveel spanning dat er altijd al prostituees zijn geweest om die te verlichten, dus het is eigenlijk een soort sociaal werk, alleen is iedereen te hypocriet om het zo te bekijken. Ik moet rustig worden. Haal maar eens diep adem. Ontspan je. Had ik naar China moeten gaan?

Marcus pakte Julians telefoon uit zijn zak en legde hem op de bar. Hij had hem nog niet aangezet sinds hij hem van Dominic Festa had gekregen. Nu keek hij ernaar, hoe hij onschuldig naast een servetje op de bar lag en hoe het geborsteld-zilverkleurige oppervlak de gedempte lichten zachtjes weerspiegelde. Hij klapte de telefoon open en legde zijn wijsvinger op het aanknopje. Maar hij oefende geen druk uit. Plotseling was hij uitgeput.

Ik ben Julian niet.

Die avond vertelde Marcus over zijn dag, die op de manier waarop hij het vertelde had bestaan uit een saaie ontmoeting met Julians advocaat en de inspectie van het pand waarin Stralend Schoon was gevestigd. Hij vermeldde, heel verstandig, zijn ontmoeting met Amstel niet. Tijdens het eten snakte hij ernaar Julians telefoon uit zijn zak te halen en hem met een behendige druk op de knop zijn inhoud te ontfutselen. Hij was heus niet van plan om iets met die kennis te doen. Hij was gewoon nieuwsgierig. Marcus was nog nooit naar een hoer geweest, en ook was hij niet zo'n man die gefascineerd werd door prostituees en de schemerwereld waarin ze hun beroep uitoefenden. Ze speelden geen rol in zijn duistere dromen en hij dacht niet dat dat zou veranderen. Maar hun mysterieuze praalvertoning was hem abrupt onder de neus geduwd en hij merkte dat zijn interesse was gewekt. Toen Lenore zich terugtrok in haar holletje om haar derde joint van de dag te roken, was Nathan in zijn kamer aan het worstelen met het begrip 'zwevend deelwoord' en was Jan aan het bellen voor een voedselinzamelingsactie op Winthrop Hall, dus hij glipte weg naar het kantoor aan huis.

De regen had de afgelopen paar uur aan intensiteit gewonnen en roffelde nu op het dak van de garage, wat Marcus kalmeerde, omdat het een geluidsbarrière was tegen het lawaai in zijn hoofd. Hij zat al een uur aan zijn bureau naar de sombere achtertuin te kijken, terwijl hij willekeurig knopjes op de telefoon indrukte. Hoewel hij per ongeluk bijna alle voorwerpen op zijn bureau had gefotografeerd, lukte het hem niet uit te vogelen hoe hij de zeventien berichten kon afspelen of de telefoonnummers van de mensen die hadden gebeld kon achterhalen. Dit frustreerde Marcus enigszins, want zonder deze nummers kon hij niet achter de namen van Julians klanten of werknemers komen. Hij wist niet precies wat hij ermee ging doen als hij ze eenmaal had, aangenomen dat hem dat lukte. Misschien zou hij hen bellen en hun vertellen dat Julian was overleden en vragen of ze misschien in plaats van bloemen geld wilden geven voor de bar mitswa van zijn neef.

'Weet jij hoe deze werkt?'

Nathan keek op van zijn bureau waaraan hij het verhaal over Prometheus aan het lezen was en zag zijn vader in de deuropening van zijn slaapkamer met een mobiele telefoon staan zwaaien. Hoewel hij moe was na zijn dag op school en de middag in de synagoge wilde hij altijd graag helpen als Marcus bij hoge uitzondering eens zijn hulp nodig had.

'Ik wil weten wie naar dit nummer heeft gebeld en welke nummers er met deze telefoon zijn gebeld.'

'Is hij niet van jou dan?'

'Hij was van je oom.'

'Wat doe jij er dan mee?'

'Hij heeft hem aan me nagelaten. Wil je er even naar kijken voor me?' Marcus gaf Nathan de telefoon en keek de kamer rond. Aan de muren hingen posters van sciencefiction- en fantasyfilms. Ook hingen er diverse getuigschriften waarin werd vermeld dat Nathan aan verscheidene sportevenementen had meegedaan. Eén plank stond vol met boeken voor jonge lezers die zijn ouders hem hadden gegeven in de tot dusverre ijdele hoop dat hij zelf zou gaan lezen. Zijn geliefde speelgoedaap lag op het voeteneind van het bed, waar Bertrand Russell vredig opgerold lag te slapen. Nathan bekeek de telefoon even, drukte toen twee keer op een knopje en hield hem omhoog voor zijn vader.

'Hier moet je naar beneden scrollen. Dat zijn de mensen die hebben gebeld. Hij heeft waarschijnlijk een geheugen van zo'n vijftig nummers,' zei hij, met de nonchalance van iemand die in een wereld vol technische snufjes was opgegroeid. Daarna wees hij naar een knopje en zei: 'Zie je dat pijltjesding? Als je daarop drukt zie je de lijst met nummers die met de telefoon is gebeld, snap je?'

'Nato, je bent een genie.'

De jongen straalde toen zijn vader een kus op zijn hoofd drukte, als een haastige zegening. De hond werd wakker en sprong van het bed af. Hij besnuffelde Marcus' been voordat hij de kamer uit kuierde. Marcus wilde onmiddellijk terug naar zijn kantoor, maar bedwong zichzelf.

'Wat ben je aan het lezen?'

'Een verhaal over een kerel die aan een rots wordt gebonden en dan komen er vogels die elke dag zijn lever uit zijn lijf pikken.'

'Elke dag?'

'Ja. Zeus laat hem niet gaan. Waar slaat dat nou op?'

'Zeus wilde Prometheus straffen omdat hij de mensen het vuur had geschonken, nietwaar? Maar als Prometheus dat niet had gedaan, was de mens uitgestorven. Dus deze kerel heeft de keus: óf hij gaat tegen de goden in, óf hij gaat tegen de mens in. Het is een lastige beslissing.'

Nathan leek het te begrijpen. Marcus vond dat ze nu wel genoeg hadden gepraat. Dit korte uitstapje naar de Griekse mythologie kwam hem plotseling iets te dicht bij Magdalene Lane 112.

Marcus ging terug naar zijn kantoor en schreef steels elk telefoonnummer uit Julians mobiele telefoon op een kladblok, terwijl hij voortdurend repeteerde wat hij zou zeggen als Jan zou binnenkomen. ('Dit zijn Julians klanten en leveranciers van de stomerij. Ik moet hun allemaal vertellen wat er is gebeurd, omdat zijn bedrijf om persoonlijke dienstverlening draaide.') Toen hij klaar was keek hij naar het kladblok, waar bijna honderd telefoonnummers op stonden, en hij voelde dat hij een beetje overzicht over het geheel begon te krijgen. Toen herinnerde hij zich dat er achter de anonieme telefoonnummers hoeren en hoerenlopers schuilgingen en hij vroeg zich af waarover hij precies hoopte overzicht te krijgen? In elk geval niet over zijn libido, want in de emotionele uren sinds hij de ware aard van zijn broers leven had ontdekt en in theorie toegang had verkregen tot de schimmige gangen ervan, had hij niet één keer een specifieke seksuele drang gehad jegens Julians werknemers, als ze dat überhaupt waren. Waren het werknemers? Deelgenoten? Freelancers? Wat was precies de relatie tussen de werkers en het management? Dat wilde hij graag weten. Er was helaas geen zakelijk tijdschrift, geen *American Pimp* die hij kon uitpluizen om de ins en outs te weten te komen. Hoewel hij zich een verdwaalde seksuele gedachte over Amstel had toegestaan, zag hij deze vrouwen niet als een hoorn des overvloeds des vlezes. Hij zag hen eerder als radertjes in een onderneming die zich op dit moment bezighield met wat een lucratieve handel in Los Angeles en omstreken leek te zijn, en dat was veel meer dan hij van Wazoo Toys kon zeggen, dat naar China ging.

Het regende niet meer en de maan doemde op aan de hemel boven de achtertuin, als een alziend oog met grijze wolken als oogleden. Hij deed het licht in zijn kantoor uit en keek naar de bleke schaduwen. De vraag waarom Julian hem in zijn testament had gezet bleef onbeantwoord. Zijn bedrijf had geen intrinsieke waarde, behalve de kleding die aan de rekken hing en duidelijk was bedoeld als etalagemateriaal. De kleren waren waarschijnlijk onverkoopbaar en zouden hooguit fiscaal aftrekbaar zijn als Marcus ze aan een goed doel gaf. Het pand was gehuurd, er waren geen kantoorartikelen behalve het kledingrek en het menselijke kapitaal leek uiterst onvoorspelbaar. Marcus kwam tot de conclusie dat het hele voorval een post mortem eerbetoon was aan het kwaadaardige gevoel voor humor van zijn broer, de laatste plaagstoot uit de hierna komende dimensie, een kosmisch 'lekker puh!'

De zware tonen van een basgitaar die een golvende hiphopdreun speelde bonkten door het kantoor en wekten hem uit zijn gemijmer. Marcus keek rond om erachter te komen waar die beangstigende melodie vandaan kwam. Zijn ogen dwaalden naar een radio op een boekenplank, maar die was in geen maanden aan geweest. Hij keek naar zijn laptop, in de verwachting dat de homepage van AOL in het spookachtige gezicht van een dode rapper zou zijn veranderd, maar het geluid stond niet aan. De dreigende stijging en daling van de duistere melodie ging al voor de derde keer toen Marcus besefte dat het ringtone van Julians telefoon was. Hij staarde er even naar, niet wetend wat hij moest doen.

'Spreek ik met Juice?' vroeg een man aan de andere kant van de lijn. Hij klonk honingzoet, alsof de man zichzelf graag hoorde praten.

'Nee, met zijn broer.'

'Werk je met hem samen?'

'Met wie spreek ik?'

'Gary uit Encino. Is Mariah morgen om acht uur beschikbaar?'

'Ik vraag het even na.' Ik vraag het even na?

'Bel me even terug als je het weet, oké?'

Marcus werd na dit gesprekje met Gary uit Encino overvallen door een getril dat hij niet had verwacht, dus hij wachtte even totdat hij was gekalmeerd en ging toen de nummers bellen die hij had opgeschreven, waarbij hij de mensen vertelde dat hij Roon heette (een plaagstootje dat hij niet kon weerstaan) en voor Julian werkte. Hij vermeldde niet dat Julian was gestorven, omdat hij geen zin had in de reacties die dat nieuws zou losmaken. Uiteindelijk kreeg hij 'Mariah' te pakken, die een licht Spaans accent had, en hij vertelde haar over Gary. Daarna zei hij tegen haar dat hij het van Julian overnam en dat ze zijn aandeel in de rekening naar Stralend Schoon kon brengen. Toen hij ophing verzekerde hij zichzelf ervan dat dit eenmalig was, iets wat hij alleen maar deed vanwege de perverse opwinding, en dat niemand het ooit te weten zou komen.

Hij besefte plotseling dat hij in de gaten werd gehouden door een paar ogen, waardoor de adrenaline paniekerig door hem heen spoot. De coyote stond hem op minder dan drie meter van zijn raam af aan te staren, met zijn snuit iets naar beneden keek hij omhoog naar Marcus, nonchalant ongetemd. Hoewel hij al snel besefte dat de ogen niet van een mens waren, bleef de spanning nog enige tijd hangen nadat hij op het raam had gebonsd en het dier was weggerend. De paniek golfde door hem heen. Waar was Bertrand Russell? Marcus had de hond nog gezien toen hij door de keuken liep, op weg naar het kantoor. Had hij hem naar buiten gelaten? Hij kon het zich niet meer herinneren. Marcus rende zijn kantoortje uit, de keuken in en slaakte een zucht van opluchting toen hij de hond opgekruld in zijn mand zag liggen, zich niet bewust van het gevaar dat aan de andere kant van de deur op de loer lag.

10

Het regende weer toen Marcus naast zijn vrouw in bed ging liggen, hopend dat ze sliep. Hij had zijn gedachten nog niet op een rijtje en verwachtte dat hij nog wel een tijdje naar het plafond zou liggen staren voordat hij zou wegdoezelen. Dat wilde hij in stilte doen.

'Marcus?'

'Hm?' Marcus hoopte dat een slaperig gemompeld eenlettergrepig antwoord een duidelijke boodschap zou afgeven.

'Je hebt me niet echt verteld... wat er bij de stomerij is gebeurd.'

Wat is er bij de stomerij is gebeurd? Normaal gesproken een onschuldige vraag, maar nu zeer beladen. Tot Marcus' irritatie bleek Jan klaarwakker. Ze was niet alleen wakker, ze wilde ook praten. Met een nog steeds slaperige stem zei hij: 'Er is niets gebeurd. Wat zou er bij een stomerij kunnen gebeuren?' Hij zweeg even, in de hoop dat dit haar interesse zou doen afnemen, dat het saaie woord 'stomerij' haar in slaap zou sussen. 'Kunnen we nu gaan slapen? Ik ben kapot.'

'Waren er werknemers?' Marcus' gedachten sprongen onmiddellijk naar: werknemers? Weet ze iets? Is dit een omzichtige manier om me te laten toegeven dat mijn vorige antwoord niet de gehele waarheid weergaf? Toen besefte hij dat ze een logische vraag had gesteld, dat dit onmogelijk een uiting was van onrechtmatig verkregen kennis van de daadwerkelijke situatie. Hij wist dat zijn paranoïde reactie niet veel goeds voorspelde als hij informatie had die hij niet wilde onthullen. En waarom was hij überhaupt zo paranoïde? Hij was heus niet van plan iets anders te doen dan... Hij had echt geen idee wat hij van plan was. Zelfs als hij het bedrijf wilde opdoeken... Hoe doe je zoiets? Door een aankondiging in het bedrijfsblaadje te zetten? 'Marcus? Heb je me gehoord? Ik vroeg je of er iemand voor je broer werkte.'

'Rashid. Die komt volgens mij uit Pakistan.' Rashid uit Pakistan? Waar haalde hij dát vandaan? Marcus voelde zijn hart bonken en wist dat hij onmiddellijk met een kort, overtuigend verhaal op de proppen moest komen, dan uitputting moest voorwenden en in slaap zou moeten vallen, hetgeen natuurlijk gesimuleerd was. 'Hij woont in El Monte. Daar zit een hele Pakistaanse gemeenschap.' El Monte? Geweldig detail!

'Ben je nu aan het liegen?' Wat?! Was hij nu al betrapt? Hij had nog bijna niets gedaan. 'Wie was die kerel die hier vandaag was?'

'Welke kerel?'

'Waar mijn moeder het over had.'

'Ooo.' Zijn opluchting was voelbaar. 'Dat is een bezorger.'

'Bezorgt hij alleen maar?'

Had Kostya iets tegen Lenore gezegd? Ze waren stoned toen Marcus hen zag. Wie weet waar ze het over hadden gehad? Misschien hadden ze wel recepten uitgewisseld. Misschien had hij haar verteld dat hij in de Oekraïne iemand had omgelegd. Wat had Lenore tegen Jan gezegd? Marcus voelde zijn maag weer samenknijpen. Hij wilde dat ze zo snel mogelijk van het onderwerp 'het bedrijf' afstapte. 'Hoe staat het met Ripcord?'

'Plum heeft vandaag iets gedaan waar ik steil van achterover sloeg. Ze vroeg of ik eicellen aan haar wilde doneren.'

'Dan zou ze dus met gedoneerd sperma en jouw eicellen...'

Marcus voelde een bijna lichamelijke afkeer bij dit vooruitzicht, toen hij voor zich zag hoe de steeds verder uitdijende Plum werd behandeld door een team artsen dat de eicellen van zijn vrouw in haar baarmoeder plaatste.

'Je hoeft je geen zorgen te maken, dat ga ik niet doen.' Ze boog opzij, kuste hem op zijn mond en ging daarna weer op het kussen liggen. 'Dank je wel.'

'Waarvoor?'

'Dat je zo normaal bent.'

Jan sloot haar ogen, en leek tevreden met dit gesprekje. Marcus hoopte vurig dat ze in slaap zou vallen en toen er na vijf minuten nog niets van haar kant van het bed was gekomen, zei hij in stilte een dankgebed dat zijn rampspoed in elk geval tot de ochtend voorbij was.

Maar dat was helaas niet zo.

Marcus werd wakker met een erectie en met wat aanvoelde als een onregelmatige hartslag. De regen striemde de ramen. Het water stroomde van het dak af, langs de muren. Het was nog steeds midden in de nacht, dus hij ging naar beneden om thee te zetten. Zijn hand trilde toen hij honing in de aardewerken beker deed die Nathan voor hem had gemaakt. Hij nam er langzaam slokjes van terwijl hij de sportpagina zocht, die hij doorlas tot hij weer rustig was.

Toen Marcus de volgende ochtend om halfzeven wakker werd en naar beneden liep, werd hij onthaald op de aanblik van zijn schoonmoeder, die midden in de keuken een joint stond te roken terwijl ze havermout aan het maken was.

'Ik kon niet slapen van de pijn in mijn ogen. Wil je een trekje?' Ze bood Marcus de joint aan.

'Lenore, het is nog geen zeven uur,' zei hij, terwijl hij de joint afweerde. 'En die mag je eigenlijk alleen in je eigen kamer roken.' Ze hadden het erover gehad op de avond dat de agent was langs geweest en Lenore had ermee ingestemd haar 'behandeling' tot haar eigen terrein te beperken, bij Nathan uit de buurt.

'Weet ik, weet ik. Maar dan voel ik me helemaal net een junkie, als ik daar in mijn eentje high zit te worden. Zou Kostya nog terugkomen? Ik mocht hem wel.' Marcus had medelijden met haar, nu ze hier zo in haar joggingpak van acryl bij het fornuis stond, met haar grote bril op die helemaal geen nut leek te hebben. Ze richtte haar aandacht weer op de havermout, die ze met een grote lepel doorroerde. 'Weet je zeker dat je niet wat wilt?'

'Lenore, maak die joint uit. Nate komt zo naar beneden om te ontbijten...'

'Nate weet wat er aan de hand is.'

'Ja, maar ik vind dat hij niet voortdurend hoeft te zien hoe zijn oma high wordt. Dat is geen goed voorbeeld.' Hij hoorde een gespannen toon in zijn stem die hij niet prettig vond. Maar zoals de omstandigheden nu waren kon hij er niets aan te doen. 'Heeft Kostya nog iets over het bedrijf van mijn broer gezegd?'

'We hebben het over Krav Maga gehad. Dat is een krijgskunst. Misschien ga ik wel les nemen.'

'Ga jij een krijgskunst beoefenen?'

'Ja, of paaldansen. Ik weet niet welke sport veiliger is. Ik heb op het plaatselijke nieuws een verhaal gezien over een meisje dat paaldansles gaf. Toen ze ondersteboven aan die paal hing viel ze eraf, op haar hoofd. Twee ruggenwervels gebroken.'

'Hebben Kostya en jij het alleen daarover gehad?' Hij zou er niet op ingaan, de doodlopende straat van het paaldansen in.

'Ontspan je toch eens, Marcus. Niet dat ik je gezicht kan zien, maar ik wed dat die ader op je voorhoofd opgezwollen is.' Ze zette het gas uit en deed havermout in een kom. Daarna nam ze nog een trek, likte aan haar vingers en kneep in het uiteinde van de joint, waardoor ze het gloeiende uiteinde doofde.

Op de rit naar school die ochtend kletste Nathan honderduit over een nieuw online videospelletje dat hij en zijn vrienden speelden. Het ging om Hunnen, Westgoten en andere barbaren uit vroeger tijden die elkaar op de meest sadistische manieren de kop insloegen. Marcus kon zijn aandacht er niet goed bijhouden. Hij was opgelucht toen de jongen uit de auto stapte. Hij zou niet langer hoeven doen alsof hij niet helemaal in beslag genomen was door het dilemma dat hem kwelde. Op het ogenblik waarop zijn Honda Civic van de lommerrijke campus van Winthrop Hall af reed, pakte Marcus zijn gsm en toetste een nummer in.

Een uur later zat hij tegenover Kostya in een zitje in Sal's Diner, een commerciële herinnering aan de vriendelijke jaren vijftig, toen er geen sprake was van racisme, polio en dreigende nucleaire vernietiging. Kostya telde het geld toen de serveerster eraan kwam. Marcus bestelde een tonijnsandwich van tarwebrood en Kostya wilde macaroni met kaas en een chocolademilkshake. Toen de serveerster wegging, vroeg Marcus hoeveel hij van het bedrijf wist.

Nadat hij zijn gesprekspartner een behoedzame blik had toegeworpen, zei Kostya tegen hem: 'Alles.'

Onder de indruk, maar niet zeker hoeveel hij moest geloven, zei Marcus: 'Wat houdt "alles" precies in?'

Kostya begon informatie af te tellen op zijn vingers. 'Wie meisjes, hoeveel zij verdienen, waar ze van houden, waar ze niet van houden, wie vaste klant is, hoeveel ze betalen en waarvoor, wie wanneer wil werken, waar meisjes komen vandaan, waar je ze vandaan halen. Dat weet ik allemaal. Ik weet zij bellen Juice wanneer ze aankomen bij klant, en zij bellen hem wanneer klaar, voor veiligheid. Soort buddysysteem voor hoeren. Juice rotzak, maar hij past op dames. Ik je nog wat vertellen...'

'Wat dan?' vroeg Marcus, oprecht nieuwsgierig hoeveel meer kennis deze bron van informatie zou spuien.

'Is moeilijk chauffeurs houden.'

'Dit is Los Angeles. Heeft hier niet iedereen een auto?'

'Tuurlijk, ze hebben vervoer, maar soms zij vinden fijn om te weten dat pooier met blaffer in auto zit. Klant doet raar, iemand knalt hem neer.'

Marcus vermoedde dat Kostya een groot deel van zijn jeugd in een vervallen Oost-Europees appartement naar illegale dvd's van goedkope Amerikaanse films vol zwarte acteurs had zitten kijken.

Het eten kwam en toen ze allebei een paar happen hadden genomen en stilletjes zaten te eten, nam Kostya een slok van zijn milkshake, likte het kalkachtige residu van zijn bovenlip en vroeg: 'Wat voor bedrijf werkte jij?'

'Ik runde een fabriek. Maar die is naar China verplaatst.'

Kostya stopte nog een lepel macaroni met kaas in zijn mond, kauwde en slikte. 'Waarom jij wil zijn hoerenbaas? Die zaken...' Hij trok een zuur gezicht.

'De hele economie is slecht.'

'Ongetwijfeld,' zei Kostya, die peper op zijn macaroni met kaas strooide en het er met zijn vork doorheen mengde. 'Maar vraag en aanbod, man. Klojo's altijd willen meiden.' Terwijl Kostya doorging met eten, de expert uithing over de seksbusiness en vertelde hoe Julian zijn zaakjes regelde, drong het tot Marcus door dat als hij hiermee zou doorgaan om zijn rekeningen te betalen, uit de schulden te raken en de bar mitswa van zijn zoon te betalen, het geen slecht idee zou zijn om een ervaren kracht naast zich te hebben totdat hij de zaken met enige mate van zelfvertrouwen kon regelen.

'Hoeveel betaalde Julian je?' Snel verbeterde hij zichzelf. 'Juice, bedoel ik. Ik vraag het me af, want ik moet iemand aannemen.'

'Niet genoeg, Gangstaboy.'

Marcus had tijdens het eten wat berekeningen gemaakt en had becijferd hoeveel Julian gemiddeld moest hebben verdiend.

'Wat vind je van vierhonderd dollar per week?'

'Ik lach daarom,' zei Kostya, zonder te glimlachen.

Marcus veranderde snel van tactiek. 'Wat wil jij doen? Beroepsmatig, bedoel ik. Je zei dat je plannen had?'

Kostya glimlachte. Dit was een onderwerp waar hij warm voor liep. 'Nikkers en Koreanen dol op barbecue. Maar sinds rellen in Los Angeles, nikkers en Koreanen drinken elkaars bloed. Meeste nikkers christen. Ik weet dat klojo's die Allah vereren nikkers willen bekeren tot islam, maar neem van mij aan, Gangstaboy, meeste nikkers in Jezus.' Marcus knikte stom met zijn hoofd. Als gemankeerd filosoof die al bijna vijftien stuurloos ronddobberde in de wereld van de speelgoedproductie was Marcus zich er pijnlijk van bewust dat iemand uitsluitend aan de hand van zijn uiterlijke omstandigheden kon worden beoordeeld, en hij vond het belangrijk dat zelf niet te doen. Hij was onder de indruk door het begin van Kostya's sociologische exegese, de manier waarop deze zoon van Moedertje Rusland erop los filosofeerde als de rappers uit Detroit die voor de vuist weg optraden. 'Meeste Koreanen ook christen, weet je? Tenminste in Los Angeles. Mijn maatje Jezus zegt je moet van vijand houden als van broer. Ik open Jesus Loves 2 Barbecue op Crenshaw Boulevard, tussen Koreatown en South Central in, en zet enorm kruis op gemaakt van twee gigantische spareribs. 2 Barbecue, oké?' Hij tekende het cijfer twee met zijn vinger in de lucht om zijn bedoeling duidelijk te maken. 'T-O, ja? Dan laat ik mensen uit allebei de gemeenschaps samen barbecue eten, man. Dr. King verdomme niet enige met droom, Gangstaboy. Ik heb ook droom. Ik zie Koreanen maïsbrood eten naast nikkers die gimchi eten, en iedereen eet spareribs. Is mijn droom.'

Het kostte Marcus een ogenblik om het beeld van een kruis dat van twee gigantische spareribs was gemaakt uit zijn hoofd te krijgen. Terwijl hij dit deed, was de eerste gedachte die hij had: als ik ooit zoiets zei, zou ik een racist worden genoemd, maar nu deze kerel het zegt lijkt het bijna logisch. 'Waar ga je het geld vandaan halen?'

'Ik spaar mijn geld. Mensen dóóól op concept.'

'Je hebt waarschijnlijk gelijk... Ik zeg niet dat ze dat niet zullen zijn.' Marcus knikte bedachtzaam en betoonde Kostya's visie daarmee eer. 'Maar stel dat ze dat niet doen? Zou je dan voor mij willen werken?'

'Voor salaris? Flikker op.' Marcus vroeg hem hoe ze dan wel een deal konden sluiten. Kostya dronk zijn milkshake op en nam daarna een slok water uit het glas dat voor hem stond. Hij bette zijn lippen met een papieren servetje om de resten van zijn milkshake af te vegen. Toen keek hij naar Marcus en zei: 'Een deel van bedrijf.'

'Jij kent de hele teringzooi. Je zou het zelf kunnen overnemen, en mij eruit werken... Ik weet hoe die shit loopt.' Hoe die shit loopt? Marcus probeerde zijn taalgebruik te vergangsteren, hoewel hij het woord 'teringzooi' niet had moeten gebruiken. 'Waarom wil je het niet zelf overnemen?'

'Als we worden gepakt, dan jij met je zwarte reet naar gevangenis.'

En zo had Marcus voordat de rekening kwam, die hij hoffelijk betaalde, een vennoot, die twintig procent kreeg van wat Marcus zou gaan verdienen.

Ze besloten contact op te nemen met alle meisjes en hun te vragen naar de stomerij te komen voor een vergadering waar Marcus zijn plannen zou ontvouwen. Het was heel belangrijk dat ze dit deden, ze waren absoluut niet de enige aanbieder in de stad en net als in de Afrikaanse rimboe was het gevaar dat iemand hun terrein overnam enorm groot. Marcus wilde geen mensen gaan werven voordat het echt noodzakelijk was. Hij hoopte dat hij genoeg meisjes kon verleiden om te blijven totdat hij de tijd had gehad om in het bedrijf te groeien.

Toen ze naar hun auto's liepen, die op een parkeerplaats achter het eethuisje stonden, vroeg Marcus: 'Wat voor soort bedrijf runde mijn broer? De meisjes... hoe zijn ze?'

'Juice probeerde chic te houden, zo goed mogelijk. Weet je, die meisjes niet heel slim. Maar Juice wilde zij intelligente gesprekken voeren. Dacht dat hij zo rijkere hoerenlopers kon krijgen, die meisjes niet slaan. Dat slecht voor meisjes, slecht voor jou. Misschien jij verbaasd wat sommige kerels meisje vragen. Ene avond, zij in bad, piesen op kerel, volgende avond klojo neemt haar mee naar film, praten over geld beleggen, niet neuken. Is rare business, allerlei mensen. Maar voor mij is niet carrière.'

'Voor mij ook niet,' zei Marcus, die positief probeerde te blijven.

Kostya liep de lijst met meisjes door en vertelde Marcus over hun nukken en grillen (deze was altijd te laat, die gaf de chauffeurs geen fooi, een andere deed niet aan bondage) en het belangrijkste, wie van hen weleens drugs zou kunnen gebruiken. 'Ik jou vertellen over hoeren en drugs,' zei Kostya. Hij wachtte even totdat een jonge moeder gekleed in een felrode catsuit haar driejarige kind in het autostoeltje had vastgemaakt. Toen ze in haar Volvo stationwagen ging zitten, vervolgde hij: 'Veel van deze bedrijven meisjes willen die gebruiken cocaïne, dan kunnen ze hele nacht seksen. En zij raken verslaafd, dan blijven ze waarschijnlijk hier werken, want wat moet junkie? Meer geld. Met cocaïne Juice was soms makkelijk. Jij moet niet zijn zo makkelijk. Sommige hoerenlopers high, maar meisje moeten altijd hoofd erbij. Heel veel variabelen in bedrijf. Hele idee is: beheersen variabelen.' Marcus raakte met de minuut meer onder de indruk van zijn nieuwe collega. Zijn logica kwam rechtstreeks uit een MBA-studieboek. 'En morgen draag net pak. Jij wil meisjes jou vertrouwen.'

'Wat is er mis met wat ik nu draag?' vroeg Marcus, wijzend naar zijn ensemble van een pantalon en een golfshirt.

'Toe nou, Marcus, je ziet eruit als groot vierkant koekje. En je moet nieuwe naam. Je wil niet dat meisjes je echte naam weten. Minder zij weten, meer goed voor jou.' Daarna maakte hij een vuist en probeerde hij met Marcus de laatste 'straathanddruk' uit te voeren.

Volgens Dominic Festa had Julian een appartement voor klussen die niet plaatsvonden in een hotel of het huis van de klant, dat in een zijstraatje lag, net ten noorden van Burton Way, in een modern gebouw met vier verdiepingen. Het was een fantasieloos ingerichte studio met een paar banken, een salontafel en een pas opgemaakt tweepersoonsbed. Op de koelkast zat een briefje geplakt van de schoonmaakster, die vroeg of ze betaald kon worden. Gelukkig had ze er haar telefoonnummer op gezet en toen Marcus haar belde, stelde hij haar op de hoogte van het overlijden van Julian en zei dat hij wilde dat ze er bleef schoonmaken.

Vroeg in de middag reed Marcus naar huis. Zijn leven nam een nieuwe wending en hij probeerde zich er goed onder te houden. Deze periode zou kort, lucratief en geheim zijn. Marcus was diep vanbinnen optimistisch, waardoor hij altijd in de toekomst geloofde, ongeacht de huidige omstandigheden, en nu merkte hij dat hij opgewonden was over de mogelijkheden van zijn nieuwe bedrijf. Roon benaderde het personeel bij Wazoo altijd vanuit hebzucht: lage lonen, minimale secundaire arbeidsvoorwaarden, middelmatige werkomstandigheden. Marcus zou vrijgevig zijn. Roon zag zijn werknemers als vervangbare eenheden in een economische machine. Marcus zou hen bezien als individuen en hen met respect behandelen. Roons managementstijl was autoritair, niet invoelend. Marcus zou meelevend zijn. Hij zou proberen zijn personeel te begrijpen en samen met hen werken. Hij zwoer dat hij een verlicht potentaat zou zijn en het bedrijf zou runnen volgens de hoogste normen van de Amerikaanse managementregels, niet zoals Roon, die Wazoo runde als een pooier.

11

Marcus was niet zo'n goede leugenaar, dus toen hij terugkeerde naar wat nu een duidelijk afgescheiden leven in Van Nuys was, voelde hij zich best onzeker. Terwijl hij onder een dreigende herfsthemel naar huis reed, berekende Marcus dat, als hij al Julians personeel kon behouden, zijn financiële situatie over ongeveer zes maanden een stuk verbeterd zou zijn en over een jaar, zo'n beetje het tijdstip van Nathans bar mitswa, zou hij aanzienlijk in de zwarte cijfers zijn. Met nog een paar jaar erbij kon hij de hypotheek op zijn huis afbetalen. Maar hij wilde niet op de zaken vooruitlopen. Hij nam zich voor in de wereld van de randfiguren te duiken en te gaan zwemmen. Als hij aan de overkant kwam, zou hij eruit klimmen, zich afdrogen en net doen alsof er niets was gebeurd.

Die avond bij het eten draaide Lenore spaghetti om haar vork heen. Ze wachtte even voordat ze hem in haar mond stak. 'Het is een combinatie van dansen, sensuele bewegingen en traditionele stripteasebewegingen.'

'Stripteasebewegingen?' vroeg Nathan.

'De vliegende lichaamsspiraal, de vuurvlieg, de afdalende engel... Het is net ballet.'

'In een string,' zei Jan.

'Waarom zou ik bang zijn voor mijn lichaam? Zo oud ben ik nou ook weer niet. Jan, waarom ga je niet een keertje met me mee? Je zou de lerares heel aardig vinden. Ze is stripteaseuse geweest.' Lenore zei dit op dezelfde toon als wanneer ze had gezegd: ze heeft bij de beroemde danseres Martha Graham gedanst.

'Misschien ga ik weleens met je mee,' zei Jan.

'Mam, gatver...' Nathan schaamde zich dood toen hij het beeld voor zich zag van zijn schaars geklede moeder die zich met misplaatste uitbundigheid om een paal heen slingerde.

Terwijl zijn gezin het gesprek tijdens het eten voortzette, dacht Marcus na over zijn geheim en het desoriënterende gevoel dat ermee vergezeld ging. Hij was niet langer meer de anonieme fabriekschef van Wazoo Toys, dat vroeger in Noord-Hollywood stond en nu in Guodong, die voor niemand van belang was, behalve voor degenen die speelgoedreplica's van biddende Amerikaanse presidenten begeerden. Nu was hij een man wiens dekmantel van goedgemanierde eigenaar van een klein bedrijf een overtreder van de sociale normen, een inwoner van de nacht, ja, zelfs een crimineel, verborg.

'Wil je nog wat spruitjes?' vroeg Jan, die Marcus een schaal voorhield. Ze glimlachte en hij glimlachte terug, terwijl hij de kogelronde groente opschepte.

Hij wist dat zijn vrouw naar hem keek en de echtgenoot zag met wie ze veertien jaar was getrouwd, een huisvader die, door een welverdiende gelukstreffer, een succesvolle stomerij zou gaan runnen. Hij voelde dat ze zich veel zekerder voelde dan de afgelopen tijd, nu het afbrokkelende bouwsel waarop ze had gestaan zou worden opgelapt en versterkt. Betrouwbare Marcus, makkelijke Marcus, goede kostwinner, goede vader, buitengewoon goede echtgenoot. Hij wist dat haar blik liefhebbend was, natuurlijk, maar ook opgelucht, omdat hij haar van de rand van de afgrond had weggetrokken.

Marcus beantwoordde rustig haar glimlach, haar liefde. Zijn blik was sereen, iets wat hij bereikte door een onopvallende ademtechniek die hij had geleerd door tijdens een van zijn vele slapeloze nachten naar een film over oosterse vechtkunsten op de kabel te kijken. Achter zijn ogen voerde een heel dansgezelschap een Las Vegas-optreden uit vol glitter en vunzigheid. Langbenige revuemeisjes op hoge hakken kwamen in zijden kousen en nauwsluitende goudkleurige pakjes van zilverkleurige trappen af gewerveld, met borden in hun handen waar woorden op stonden als POOIER en VLEESVENTER. Ze deden radslagen, schopten hun benen in de lucht, duwden hun billen in het gezicht en het kruis van klanten en voerden een heel ingewikkelde choreografie uit op het schorre geschal van een kopersectie die alleen Marcus kon horen, terwijl hij zijn eten opat en probeerde te luisteren naar wat zijn familieleden te vertellen hadden. Hij was nu een heimelijke tussenpersoon in zijn eigen huis, een man die wat hij dacht niet kon vertellen aan degenen die hem het meest na stonden. Hij was verbaasd door de huivering die hij voelde.

'Let maar op,' zei Lenore. 'Ik krijg zo een baan als stripteaseuse!'

'Gedver,' zei Nathan. Lenore lachte alleen maar.

Na het eten ging Nathan een stukje wandelen met Bertrand Russell en ging Lenore haar jointje roken in haar kamer. Toen ze alleen waren vroeg Marcus aan Jan wat ze tegen Plum had gezegd over haar verzoek om eiceldonatie.

'Ik zei dat ze het op haar buik kon schrijven,' zei Jan, terwijl ze de tafel afveegde met een droogdoek. 'Kun je je voorstellen dat Plum rondloopt met mijn eitjes in haar buik om een mesjogge video te maken? Ik zit niet te wachten op dat soort dramatische situaties. Alles moet juist minder dramatisch worden, vind je niet?' En daarna kuste ze hem op zijn schuldige lippen. Hij merkte dat het een kuis kusje was, met een zweempje angst, en daardoor besefte hij dat ze er nog niet helemaal aan was gewend dat hun lot ten goede was gekeerd.

Marcus deed die avond geen poging om met Jan te vrijen. In plaats daarvan lag hij naast haar in bed terwijl ze lag te slapen en overdacht hij wat hij de volgende dag tegen het personeel van Stralend Schoon zou zeggen. Hoewel hij de fabriek van Wazoo Toys meer dan tien jaar had gerund, waren de managementvaardigheden die hij daar nodig had gehad heel basaal. De werknemers kwamen om negen uur aan in de fabriek, de lunchpauze begon om halfeen en de dag eindigde om vijf uur. Het loon werd om de week op vrijdag uitbetaald. Werknemers hadden twee weken betaalde vakantie per jaar en een week ziekteverlof. Zo af en toe nam Marcus een personeelslid aan, maar vaak had iemand die er al werkte wel een familielid dat werk zocht, en over het algemeen was het heel makkelijk om iemand die wegging te vervangen. Het runnen van Wazoo was heel eenvoudig en niets ervan had Marcus voorbereid op de onderneming waarmee hij zich nu ging bezighouden. Noch had hij er op gerekend een vennoot te hebben, al was het er een die tot dusverre slechts een aandeel van twintig procent in het bedrijf had. Kostya leek te weten wat hij deed, maar hij was net een levende baboesjka, waarin talloze andere Kostya's zaten te wachten tot ze tevoorschijn konden komen. Zouden ze vrolijk en opgewekt zijn, of moordlustig en gemeen? Marcus voelde gerommel in zijn buik. Zijn nek was gespannen. Hij nam twee pijnstillers en spoelde ze weg met een slok maagzuurremmer.

Hij wilde geen das om naar de vergadering, dat was te formeel. Hij wilde niet afstandelijk overkomen, dus deed hij een blauwe trui van merinoswol en een vrijetijdsbroek aan, een outfit die volgens hem precies de juiste boodschap van nonchalant zelfvertrouwen uitzond. Hij voelde zich alles behalve nonchalant en vol zelfvertrouwen toen hij naar West-Hollywood reed, maar daar ging het niet om. Hij wist dat hij moest doen alsof hij zich zo voelde, wat nog moeilijk kon worden als hij zijn hartslag niet naar beneden kreeg. Hij had spijt van de koffie die hij bij het ontbijt had gedronken.

De bijeenkomst zou om één uur beginnen omdat Kostya Marcus had verteld dat mensen in dit beroep vaak niet vroeg opstonden. Er bevonden zich twaalf vrouwen in de ruimte, in leeftijd variërend van naar hij vurig hoopte minstens achttien tot wat wel veertig leek. Ze krioelden rond in een open ruimte achter het kledingrek, pratend in kleine groepjes, roddels en werkverhalen uitwisselend. Zo af en toe nam een van hen Marcus steels op, maar hij deed zijn uiterste best geen oogcontact te maken. Daar was hij nog niet aan toe. Toen hij onopvallende blikken op de vrouwen wierp, werd hij getroffen door het feit dat ze er zo gewoontjes uitzagen. Het waren absoluut geen vraatzuchtige seksmonsters vol vleselijke lusten en begeerte, ze zagen er daarentegen allemaal heel normaal uit, vooral voor iemand die in Los Angeles woonde. Het hadden shoppers kunnen zijn die willekeurig uit een winkelcentrum geplukt waren, of vrouwen die een cursus bijwoonden over hoe ze vitaminesupplementen konden verkopen. Julian had blijkbaar vrij streng gescreend op de fysieke eigenschappen van de meisjes die hij in dienst nam. Ze waren allemaal aantrekkelijk en ze leken lichamelijk goed in vorm te zijn. Degenen met zichtbare piercings en tatoeages zagen er niet uit als freaks. Ze hadden nette kapsels en allemaal dezelfde tinten blond, bruin en rood die rijke voetgangers over de chique boulevards van welke Amerikaanse stad ook zouden hebben. Verschillende meisjes hadden een kort rokje aan, maar wederom niets wat op Winthrop Hall buiten de toon zou vallen. Etnisch gezien vormden ze een regenboogcoalitie: blanken met variërende teint, van noords tot mediterraan, Zuid-Amerikaanse, Aziatische vrouwen en twee zwarte, maar niet zo donkere, vrouwen. Een kleurdoos vol prostituees.

Kostya, die in de buurt met een kleine Aziatische vrouw in een spijkerbroek en leren jasje had staan praten, liep naar Marcus toe en zei: 'Ik zou maar beginnen.'

'Is iedereen er?'

'Genoeg, dus doe je ding.' Toen boog hij naar voren en fluisterde: 'Laat ze geloven dat je om ze geeft, Marcus. Iedereen hebben liefde nodig.' Kostya draaide zich om en herinnerde zich toen nog iets. 'Hoe heet je?'

'Hoe ik heet?'

'Je moet nieuwe naam hebben voor de meisjes vandaag.'

Marcus was vergeten een nieuwe identiteit te verzinnen, doordat hij zo druk bezig was geweest met andere onderdelen van de omwenteling die zich aan het voltrekken was. Hij pijnigde zijn al overbelaste hersens even en zei: 'Cool Breeze.' Die naam had hij zichzelf zes jaar geleden gegeven bij een Indiaans kampvuur in de achtertuin van een effectenbankier die in een beveiligde buurt ten noorden van Mulholland Drive woonde. Nathan en hij hadden met andere vaders en zoons in een cirkel gezeten, en iedereen had om de beurt een Indiaanse naam gekozen. Nathan was Great Salmon geweest, wat Marcus perfect vond (hoewel zijn vrienden het snel hadden verbasterd tot Nate Salmon). Toentertijd was hij ook content geweest met Cool Breeze en hij hoopte dat hij het in deze situatie ook kon gebruiken.

'Cool Breeze?' vroeg Kostya, die zijn lach inhield. 'Misschien alleen Breeze.'

Marcus knikte, enigszins gegeneerd door het feit dat hij deze taal nog niet goed sprak. 'Is mijn trui goed?' vroeg hij fluisterend, in een poging het voor hem stressvolle ogenblik te verlichten.

Kostya stak zijn hand uit en trok een loshangend draadje uit zijn trui en fluisterde: 'Straks ik gaan met je winkelen.' Daarna wendde hij zich tot het verzamelde personeel en zei: 'Iedereen, ik weet dat het verklotend is en dat we schok hebben over Juice...' Hij zweeg, zodat de vrouwen instemmend konden knikken, wat twee van hen ook deden. 'Maar jullie moeten ook betalen je rekeningen en leven gaat verder. Ik vraag om klappen voor Juice' man, Breeze.' Kostya deed met een zwierig gebaar een stap opzij en werd begroet door een doodse stilte.

Marcus grimaste gespannen en keek zijn publiek aan. De vrouwen staarden terug, een paar van hen glimlachten uit een reflex, maar van de rest... niets. Hij had net zo goed een opgezette vis kunnen zijn die op een plankje aan de muur hing. Hij zag dat ze gereserveerd waren, dat ze afwachtten. Hij nam aan dat ze zich afvroegen of ze van hem op aan konden en bedacht dat veel van hen waarschijnlijk overwogen het bedrijf te verlaten. Marcus voelde dat zijn voorhoofd tintelde en dat zich zweetdruppels begonnen te vormen. Had hij die trui van merinoswol maar niet aangetrokken. Het was warmer dan hij had gedacht.

'Ik ben Breeze,' begon hij. Ze keken hem onverstoorbaar aan. Ze lachten in elk geval niet. Zijn formele optreden kwam hem plotseling vaag absurd voor, gezien het feit dat hij een ruimte vol hoeren toesprak, maar hij had geen alternatief waar hij op dit ogenblik op kon terugvallen. 'Juice was mijn broer, hoewel we elkaar niet erg na stonden,' voegde hij er volledig overbodig aan toe, op een manier die zijn ongerustheid verried. Terwijl hij overdacht wat hij nu zou gaan zeggen, keek hij naar de gezichten van zijn publiek en paste de ademtechniek toe die hij in stressvolle momenten gebruikte. Hij hoopte dat hierdoor de indruk werd gewekt dat hij hén opnam, en niet andersom.

Wat hem als eerste opviel was dat veel van de vrouwen er intelligent uitzagen. Vaag herinnerde hij zich dat Kostya hem had verteld dat Julian graag vrouwen aannam die een gesprek konden voeren. Hij zag Amstel achterin staan en herinnerde zich dat ze de korte verhalen van een obscure Europese schrijver las. Hij stelde zich voor dat ze werd betaald door een deconstructivist die was verbonden aan de universiteit van Californië en die zijn onderzoeksgeld besteedde aan zijn interesse voor homoseksueel gedrag. Marcus wist dat zijn stilte te lang duurde en richting slaapverwekkend ging, dus hij vervolgde: 'Ik wil u allemaal bedanken voor uw komst,' inwendig kreunend toen hij het zei. Hij zei streng tegen zichzelf dat hij ter zake moest komen. En wat was dat? Dat hij deze werknemers moest overhalen voor hem te blijven werken. Doe dat dan, zei hij tegen zichzelf, schiet op!

'Ik ben geen pooier,' zei hij. Deze verklaring klonk hem vals in de oren, maar hij zag wel dat hij hun aandacht ermee had getrokken. Tijdelijk opgevrolijkt vervolgde hij: 'Ik ben zakenman. Ik heb heel lang een speelgoedfabriek in de Valley gerund en ik denk dat ik best mag zeggen dat ik een populaire baas was.' Een paar van hen knikten, blij met deze onthulling. 'Ik weet dat speelgoed verkopen niet hetzelfde is als wat we hier gaan verkopen...' Hij was even stil voor de verwachte lach (de ademtechniek werkte en hij voelde zich niet langer alsof hij zou opstijgen) en er werd inderdaad door een paar mensen goedkeurend gegiecheld. 'Maar zaken zijn zaken en voor mij zijn de mensen belangrijk. Ik kan jullie zonder omwegen zeggen dat ik een mensenmens ben.' Marcus vond de uitdrukking 'mensenmens' bijzonder idioot, maar hij wist dat veel mensen hier om de een of andere reden goed op reageerden. Als Amerikaanse idioten een president kunnen kiezen op basis van de vraag met wie ze graag een biertje zouden willen drinken, was het waarschijnlijk geen slechte maatstaf aan de hand waarvan een prostituee een pooier kan kiezen, zelfs al is het een pooier die zichzelf niet zo noemt. 'Ik ben nu eenmaal dol op mensen. Zwarte mensen, blanke mensen, Aziatische mensen.' Terwijl hij 'Aziatische mensen' zei, maakte hij oogcontact met de Aziatische vrouw met wie Kostya voor de vergadering had staan praten. Ze grijnsde hem toe en liet hem een perfecte rij grote, gebleekte tanden zien. Marcus vroeg zich even af of ze echt waren en of ze misschien een klant die wel gepijpt wilde worden zouden afschrikken. 'Ik wil met jullie allemaal afzonderlijk praten om te zien of we kunnen samenwerken. Ik wil jullie leren kennen. Nu denken jullie waarschijnlijk: we hebben voor Juice gewerkt, die vertrouwden we. Wie is die kerel van die speelgoedfabriek en waarom zouden we hem geloven? Ik zal jullie zeggen waarom. Omdat ik rechtvaardig ben, eerlijk en omdat ik iedereen die dat wil ga helpen een pensioenregeling op te zetten.' Er klonk goedkeurend gemompel en terwijl Marcus even op zijn hielen naar achteren leunde vroeg hij zich af waar hij dat idee van pensioenplannen vandaan had gehaald. Eerlijk gezegd had hij daar geen antwoord op en had hij ook geen flauw idee hoe hij dat moest aanpakken, maar hij was nu lekker bezig. 'Ook krijgt iedereen een ziektekostenverzekering en iedereen die een bepaald aantal uren draait, krijgt betaalde vakantiedagen. Ik wil nog één ding zeggen. De dingen lopen niet altijd zoals we willen en er kan zich een situatie voordoen waarin iemand een advocaat nodig kan hebben. Mijn beste vriend is een van de beste strafrechtadvocaten van Los Angeles. Als er iets gebeurt met iemand die voor me werkt... dan krijgt ze de beste juridische vertegenwoordiging die er is.' Het was pas op dat moment bij hem opgekomen om Atlas in te schakelen, maar hij was blij dat hij eraan had gedacht om deze relatie aan te halen. Daarentegen zou hij dit allemaal niet aan Atlas vertellen. Marcus sloot zijn betoog af met een publieke dienstaankondiging over de noodzaak van condooms.

Op het ogenblik dat Amstel begon te applaudisseren en een tweede en daarna een derde vrouw dat ook deden, zwoer Marcus dat hij zo snel mogelijk zou uitzoeken hoe het een en ander geregeld moest worden. Als toegift zei hij dat ze hem altijd konden bereiken, dat hij van plan was te luisteren naar alle grieven die ze konden hebben en naar oplossingen zou zoeken voor die grieven als ze die zouden hebben. Hiervoor liet hij een papier rondgaan waarop iedereen haar e-mailadres kon schrijven. Marcus bedankte hen voor hun komst en verzekerde de groep ervan dat hij zich erop verheugde om met hen te werken. Marcus begreep hoe belangrijk het was dat ze hem aardig vonden. Je zou hebben gedacht dat hij presidentskandidaat was.

Zijn algehele jovialiteit leek op de vrouwen over te slaan, die in elk geval op dit moment hun levensonderhoud aan zijn hoede toevertrouwden. Aldus eindigde de vergadering positief, want veel van de werkneemsters leken ervan overtuigd dat ze in de capabele handen waren van iemand die wist wat hij deed.

Er kwamen twee vrouwen naar hem toe, van wie er eentje de vlakke intonatie van het Midden-Westen had en de andere een muzikaal Braziliaans accent. Ze zeiden tegen hem dat ze bij Julian in de jacuzzi hadden gezeten op de avond voordat hij was overleden en ze leken echt aangedaan door wat er was gebeurd. Marcus nam aan dat ze tot deze spontane condoléance waren gekomen door de oprechtheid waarmee hij de groep had aangesproken. Het zou een perfecte ontmoeting zijn geweest als de Braziliaanse vrouw niet ter afsluiting had gezegd: 'We denken dat het overlijden van Juice een teken voor ons is en we zijn hier om onze eer te betuigen. Dus hoewel je cool bent en zo, Breeze, stappen wij er toch uit.'

Toen de vrouwen weg waren, drukte Kostya hem op het hart zich geen zorgen te maken. 'In Los Angeles beginnen honderd meisjes per dag met deze werk.' Ze zetten een advertentie in een plaatselijk alternatief blaadje en een week later hadden ze vier nieuwe meisjes.

12

Als je ervan moest uitgaan dat iedereen in dit werk in elk geval een beetje oneerlijk was, dan was het alleen maar een teken van gezond verstand om op discrete wijze toezicht te houden. Dus vond Marcus dat hij als chauffeur moest optreden en de meisjes afwisselend wegbrengen. Hij was ervan overtuigd dat het hem een kans zou geven een band op te bouwen met de vrouwen en dat ze daardoor minder snel hun diefachtige impulsen zouden uitleven. Hij legde zijn afwezigheid 's avonds uit aan Jan met de verklaring dat hij de was afleverde om zijn klanten te leren kennen en van binnen en buiten op de hoogte te raken van het bedrijf. Aangezien mensen vaker 's avonds thuis waren dan overdag, zou hij dan werken. Jan was zo opgelucht dat er geld binnenkwam dat het niet in haar opkwam dit in twijfel te trekken.

Er pasten meer vrouwen in de MPV dan in de Honda, dus Marcus vroeg Jan of ze het erg zou vinden om tijdelijk van auto te ruilen. Hij zei tegen haar dat hij hem nodig had om de was af te leveren en ze was maar al te blij dat ze kon helpen. En zo zat hij op een koele herfstavond vast in het verkeer op de snelweg achter het stuur van de gezinsauto met drie prostituees erin, een op de bijrijdersstoel en twee achterin. Ze hadden zich verzameld bij de stomerij zodat Marcus hen naar hun afspraken kon rijden. Kostya bracht drie vrouwen rond in het busje van de stomerij en twee andere vrouwen zouden die avond in het appartement bij Beverly Hills werken.

Een van de vrouwen bij Marcus in de auto, Xiomara uit Nicaragua, had dit werk nog niet eerder gedaan. Ze zat met Amstel op de achterbank. Mink zat op de bijrijdersstoel. Terwijl de vrouwen gemoedelijk kletsten, dacht Marcus na over het gesprek dat hij na de vergadering met Kostya had gehad. Ze waren naar een broodjeszaak om de hoek gegaan om te lunchen. Marcus wilde overleggen over het uitbreiden van het personeelsbestand. Hij moest weten hoe het sollicitatieproces verliep.

'Jij vragen wat ze doen en niet doen,' zei Kostya.

'Zoals wat?' Marcus sprak zo zachtjes dat je zou denken dat hij vreesde dat iemand afluisterapparatuur in het zoutvaatje had gestopt.

'Wat?' vroeg Kostya, die hem niet verstond.

'Ik vroeg "zoals wat",' zei Marcus, amper harder. Hij had zijn muffin met zemelen niet aangeraakt.

'Zoals wát?' vroeg Kostya terwijl hij frisdrank door een rietje dronk. 'Of ze willen neuken. Sommige meisjes zo dom, ze niet weten wat baan inhoudt.'

Marcus keek de broodjeszaak rond om er zeker van te zijn dat niemand luisterde. Een tafeltje verderop zat een stelletje schooljongens in skateshirts en wijdvallende korte broeken, maar ze leken diep in gesprek verwikkeld te zijn. De Mexicaanse jongen achter de bar nam de bestelling van een zakenman op. Marcus ontspande zich een beetje. Hij voelde zich nooit op zijn gemak als hij over seks praatte, zelfs niet met vrienden, en het was hem duidelijk een gruwel om intieme gesprekken te voeren met allerlei onbekende vrouwen. Het praten over het praten over was al moeilijk genoeg. Zijn hele lichaam verkrampte bij de gedachte dat iemand hem kon horen. 'Wat nog meer?'

Kostya sloeg zijn ogen ten hemel. Hij kon niet geloven dat iemand zo oud als Marcus zoiets basaals niet wist. Hij legde zijn broodje met in honing gerookte ham neer en zei: 'Jij hun vragen wat ze willen doen. Neuken, zuigen, zwarte neuken? Sommige meisjes niet houden van zwarte pik... Etnische groepen soms erg... We hadden Armeens meisje die niet wilde neuken met Turken... etnische zuivering, haar kut gesloten... Sinds 11 september weigeren sommige meisjes neuken met Arabieren... willen ze meerdere uren doen, een hele nacht, reizen? Willen ze kussen?' Marcus keek weer rond om zich ervan te verzekeren dat niemand luisterde. De buffetbediende gaf de zakenman zijn broodjes. De schooljongens lachten om een privégrapje.

'Sommige meisjes doen wel met andere meisjes, maar kussen niet... geschift... groepsseks, bukkake, rimmen, poepseks, vrouw met vrouw, slaan met of zonder zweep, vastbinden, aan tenen zuigen, golden shower, spugen... Hebben ze attributen? Handboeien, zweepjes, dildo's... Welke drankje ze vinden lekker, sommige kerels willen weten of ze meenemen wodka of witte wijn voor romantisch avond. En dan hangt rode vlag uit, meisjes dragen maandverband. Persoonlijke zaken, maar je moet het weten. Sommige meisjes willen werken, maar stel dat klant uit dak gaat? Hebben ze tatoeages, piercings? Sommige kerels willen echt maffe shit. Een man verkleedt zich als Tarzan, wil in boomhut neuken. Meisje hoogtevrees, vervelende avond voor iedereen. Kerels willen weten of ze krijgen waarvoor ze betalen, dus je moeten het weten, Breeze. Je moeten het weten.'

Marcus had klassieke muziek opgezet in de auto, omdat hij dacht dat het kalmerend zou zijn, maar de dj draaide *Nacht op de kale berg*, waardoor Mink, die naast hem zat, zei: 'Kun je in plaats van deze rotzooi geen rap opzetten?' Mink was een Koreaans-Amerikaanse uit Irvine; ze had lang zwart haar en kon pruilen als een popster. Ze was de knappe vrouw met de grote tanden die hem bij de 'ik ben een mensenmens'-vergadering was opgevallen. Nu glimlachte ze tegen Marcus, terwijl ze zachtjes met haar vingers op zijn dij trommelde. Hij kreeg er prompt een erectie door. Dat is een probleem, dacht hij, en hij zwoer dat hij er iets aan zou doen, zelfs als hij daarvoor naar een arts moest en pillen moest gaan slikken. Hij zei tegen Mink dat ze elk station kon opzetten dat ze wilde. Toen ze naar voren leunde om de radio te bedienen rook Marcus haar parfum, subtiel en citrusachtig. Ze had zich licht opgemaakt en terwijl ze met haar hoofd mee knikte op het ontspannen ritme van een nummer dat ze op een van de hiphopstations had gevonden, moest hij weerstand bieden aan de aandrang om zijn hand over haar in een netkous gestoken been omhoog te laten glijden. Hij haalde diep adem en richtte zijn aandacht op het verkeer, terwijl Mink haar ogen dichtdeed en achteroverleunde.

Seks buiten de grenzen van zijn huwelijk had nooit Marcus' interesse gewekt, dus het verraste hem toen hij merkte dat hij over zijn nieuwe collega's fantaseerde. Het gebrek aan seks in zijn eigen leven had zijn verlangen veel hoger doen oplopen dan hij had willen toegeven. Met gigantische zelfbeheersing dwong hij zich aan golf te denken, pizza, de dood, alles behalve de innerlijke reisjes naar het hemelse rijk vol perfecte seksualiteit dat in verafgelegen, niet op de kaart gezette hoeken van zijn bewustzijn bestond. Hij zwoer om niet aan de vrouwen te denken; de blanken, de latina's, de Aziaten, de zwarten, de lange vrouwen, de korte, de dunne en de dikkere, hun haar, hun lippen, hun benen, hun borsten, alles aan hen.

Maar het was moeilijk tegen te houden.

Marcus besefte dat dit problemen kon opleveren.

Dus hij zwoer dat hij de goederen niet zou uitproberen, zich niet zou verbroederen met het personeel, geen kantoorromance zou hebben. Hij zou geen enkele seksuele dienst verlangen, van geen van de vrouwen die bij hem in dienst waren. Waarom zou hij zich niet van deze uitgebreide orgiastische menukaart bedienen die hij met één sneltoets kon bereiken? Vanwege Jan. Ze onthield hem dan wel seks, maar hij ging ervan uit dat dat kwam door spanningen, zorgen, vermoeidheid, al die kwellingen die anderszins gezonde huwelijken nauwelijks merkbaar ondermijnen. Hij hield van haar. Ja, het was eenvoudig, zelfs banaal. Maar zo zat het wel. Hij wist dat Jan van slag zou zijn, nee niet van slag, ze zou een beroerte krijgen, als ze erachter kwam, en dat was genoeg reden om deze zelfkwelling te doorstaan.

Marcus keek via de achteruitkijkspiegel naar Xiomara. Ze wilde onder de naam Jenna werken, omdat geen enkele Amerikaan die ze was tegengekomen Xiomara kon uitspreken (Zjo-mà-ra). Door haar strakke witte spijkerbroek, ruim zittende trui en paarse laarzen zag ze eruit alsof ze al een tijdje in Los Angeles was. Zwart haar viel losjes over haar schouders. Ze had grote donkere ogen en een rimpelloos gezicht dat licht was opgemaakt.

'Nicaragua,' zei Xiomara/Jenna, 'is veel aangenamer nu de Sandinista's weg zijn. Een politiek stelsel dat je vertelt dat je van iedereen moet houden... kijk maar uit voor die kerels.'

'Waarom blijven je niet als je het zo fijn vinden?' vroeg Amstel.

'Ik heb een dochter, dus ik moet geld verdienen. In Managua was ik secretaresse, maar dat betaalt niet zo goed.' Xiomara/Jenna pakte een doosje Tic Tacs en stopte er een in haar mond. Ze bood Amstel een Tic Tac aan, die hem aannam.

Amstel zei, terwijl ze de Tic Tac over haar tong rolde: 'Ik kom uit Letland en ik je vertellen, is niks. Was niks onder communisten, is nu niks.' Dit met de overtuigde intonatie van een gast in een talkshow op zondagochtend. Er was toch niemand die ertegenin ging. Ze reden even in stilte verder, luisterend naar de hiphop die uit de speakers dreunde. 'Letse mensen wilt allemaal televisie met grote scherm en glanzende auto, net als hier, maar ze hebt geen geld. In Riga ik was een actrice. Heel succesvol. Ik speelde in productie van Lets Nationaal Theater van *Twelve Angry Men*, bestond helemaal van vrouwen. De toneelcriticus van *Latvietis Latvija* schrijft: "Ze is grote belofte in veeleisende rol van stijfkop." Hier, moet je zien.' Amstel haalde een gelamineerd krantenknipsel uit haar zwarte suède tasje en gaf het aan Xiomara/Jenna, die ernaar keek, dieper onder de indruk nu (hoewel ze het cyrillische schrift waarin de recensie was geschreven niet kon lezen). 'Ik had kleine rolletje in *Skroderdienas Silmacos* in Staatstheater. Is van Rudolfs Blaumanis. Jij kent hem?'

'Wie?' Ze gaf het knipsel aan Amstel terug.

'Hij is Letse Tsjechov. Jij kent Tsjechov?'

'Ik heb geen condooms bij me,' zei Mink achterom. 'Heb jij er een paar voor me?' Amstel stak haar hand in haar tas en gaf haar een pakje. 'Ik sta bij je in het krijt,' zei Mink, die het pakje in haar roodleren tas stopte.

'Ben je naar de universiteit geweest?' vroeg Xiomara/Jenna aan Amstel. Toen Amstel haar hoofd schudde, maakte Xiomara/Jenna een klakkend geluid met haar tong om haar afkeuring aan te geven over de hooghartige houding van haar collega jegens een hogere opleiding. 'Dat zou je wel moeten. Het is nog niet te laat. Je kunt dit niet altijd blijven doen.'

'Ik word een actrice in Amerika,' zei Amstel.

'Ik zoek een andere baan wanneer ik mijn verblijfsvergunning heb,' zei Xiomara/Jenna.

'Ik heb twee jaar gestudeerd en ik doe dit ook,' viel Mink in.

Marcus had zo ingespannen geluisterd dat hij niet merkte dat de auto voor hem een stukje was doorgereden en er een gat van twintig meter was ontstaan. Twee andere bestuurders, die dachten dat het verkeer op zijn baan bewoog, doken in het gat voordat hij besefte wat er aan de hand was. Hij drukte het gaspedaal te diep in, waardoor de auto naar voren schoot.

'Breeze, heb je ooit eerder MPV gereden?' vroeg Amstel. 'Of moet je nog les?' Iedereen lachte en de lichte spanning in de auto nam af.

Marcus zette Mink af bij een zakenhotel dicht bij het vliegveld LAX en beloofde haar twee uur later op te pikken. Ze zou een zakenman uit Toronto ontmoeten. Daarna reed hij naar een modern huis in Venice, een futuristisch gebouw van staal met één verdieping, waar Xiomara/Jenna een afspraakje had met iemand van de Los Angeles Opera, die orale seks wilde en een rugmassage. Amstel had een afspraakje in Marina Del Rey, waar de eigenaar van middelbare leeftijd van een Italiaans restaurant verlekkerd toekeek als ze zich uitkleedde tot op haar – van tevoren verzochte – nylonkousen, jarretelle en pumps met stilettohakken, een dildo voorbond en herhaaldelijk zijn vrouw penetreerde, die Amstel snel een honderdje toeschoof wanneer haar man zich omdraaide.

Door het schema van afzetten en ophalen had Marcus niets anders te doen dan rondrijden, wat hij prima vond. Uiteindelijk had hij hen allemaal opgepikt, zijn deel van het honorarium gekregen en hen weer terug naar Stralend Schoon gebracht. Marcus vertelde hun over de ziektekostenverzekering die hij had uitgekozen. Er zat een onderdeel 'wellness' in (met korting voor een fitnessclub), medicijnen werden vergoed, evenals brillen en contactlenzen en er zat een tandartsverzekering bij in. De tijd van reflectie was voorbij. Hij ging zich weer goed voelen.

Toen hij die avond naast Jan ging liggen begroette ze hem slaperig. Hij had gedacht dat ze zou slapen. Marcus legde zijn hand op haar heup en voelde het lange flanellen nachthemd. Hij wilde het in de fik steken. Ze vroeg hem hoe het op het werk was geweest en hij zei tegen haar dat alles goed was gegaan. Toen kuste hij haar op lippen en was aangenaam verrast toen ze hem terug kuste. Het was niet echt een zinnelijke kus, maar hij suggereerde meer dan de laatste tijd en nog opgewonden van de avond kuste Marcus haar weer. Ze kreunde van plezier en hij bewoog naar haar hals en kuste haar daar, op haar oorlelletje en op haar oogleden.

'Mmmm, Marcus, volgens mij bekomt dat stomerijgebeuren je goed.' Hij bleef haar kussen terwijl hij zijn hand uitstak, haar nachtjapon omhoog trok en haar slipje uittrok. Hij was heel blij toen ze geen bezwaar maakte. Terwijl ze heen en weer bewogen, vond Marcus het moeilijk om niet aan de vrouwen te denken met wie hij de avond had doorgebracht, hun huid, geuren, contouren. Zijn seksleven was al jaren doorsnee geweest, bekend en voorspelbaar, teder en saai. Marcus verlangde naar het begin, de koortsachtige, heftige opwinding van het nieuwe en onverwachte. Maar nu was hij grenzeloos, al was het alleen maar in zijn hoofd. Hij wilde niet met andere vrouwen naar bed, hij wilde alleen met Jan naar bed, maar op een andere manier, die meer bevrediging bracht. Het was niet iets wat hij wilde bespreken, niet nu. Nu wilde hij iets anders proberen, vanavond gíng hij iets anders proberen, en toen Marcus voelde dat de druk in zijn heiligbeen groter werd, besefte hij dat dit het moment was, nu, en hij trok zich terug. Voordat Jan doorhad wat er gebeurde, voelde ze iets warms en nats op haar borst.

'Marcus... wat deed je nou?' Ze klonk beschuldigend.

'Niets!'

'Ik ben helemaal... jakkes... Ik kan bijna niet geloven dat je dat hebt gedaan! Wat is er met jou aan de hand?'

Hij was verbaasd door haar reactie, omdat hij er abusievelijk van uit was gegaan dat hun gelijktijdige orgasme haar wel had gesust.

'Het is toch geen gesmolten lava of zo,' zei hij.

Ze was al uit bed en liep naar de badkamer. Hij hoorde de golven ongenoegen van haar af komen, trillend, dreunend door de kamer. Ze deed het licht in de badkamer aan, dat even in zijn ogen scheen voordat ze de deur achter zich dichtdeed. Even later kwam ze terug, terwijl ze haar borst met een handdoek afveegde.

'Heb je porno zitten kijken of zo?'

'Nee.'

Ze trok haar nachtjapon naar beneden en ging hoofdschuddend weer in bed liggen. Hij had op een heel andere reactie gehoopt. Hij wist niet goed waarop precies, maar niet hierop. 'Waar kwam dat nou vandaan?'

'Jeetje, het spijt me.' Hij ging met gesloten ogen op zijn rug liggen en deed zijn best minder geïrriteerd te zijn. 'Is het echt zo erg?'

'Nee, maar je hebt het nooit eerder gedaan en als zoiets wilt doen, zou ik het fijn vinden als je me zou waarschuwen...'

Nu deed hij zijn ogen open en keek haar aan: 'Je waarschuwen?'

'Dan had ik een paar drankjes kunnen nemen.' Hij lachte, opgelucht dat haar stem niet meer zo scherp klonk als net. Hij zou nog steeds niet worden gebruikt voor een meditatiebandje, maar de openlijke vijandigheid was verdwenen. 'Het is niet zo dat je het niet mag doen, als je dat wilt, maar we hebben de laatste tijd amper met elkaar gevrijd en dan slaap ik half en word ik in mijn eigen bed besprongen door Pornovent. Ik was gewoon verbaasd.' Marcus verontschuldigde zich nog een keer en gaf haar een kneepje in haar hand. Ze zei tegen hem dat ze niet boos was. Ze gingen lepeltje lepeltje liggen en Jan viel in slaap. Marcus maakte zich los toen zijn rug pijn ging doen.

De eerste fles sake was binnen tien minuten op. Marcus nam het laatste beetje en bestelde er nog een bij de knappe Japanse serveerster wier linkerarm helemaal was bedekt met kunstige, op anime geënte tatoeages. Het was vroeg op een dinsdagavond en hij en

Amstel zaten in een klein sushirestaurant in West-Hollywood. Boven de sushibar hingen gekleurde lampjes en bij de ingang stond een zilverkleurig kerstboompje, kleine Oosterse erkenningen van het alomtegenwoordige verzinsel van deze tijd van het jaar. Amstel las het stuk papier dat Marcus voor haar had neergelegd zorgvuldig door. Hij had uitgebreid nagedacht over de wettelijke aansprakelijkheid en met dat in gedachten had hij een document van internet gedownload. Daarin stond: 'IK (VUL JE NAAM IN) STEM ERMEE IN DAT MARCUS RIPPS TELEFONISCH AFSPRAKEN VOOR ME MAAKT. WE HEBBEN BESPROKEN EN ZIJN OVEREENGEKOMEN DAT HIJ NIET VAN ME VERWACHT DAT IK TEGEN BETALING ILLEGALE HANDELINGEN VERRICHT. INDIEN IK WEL IETS ILLEGAALS VERRICHT OF ERAAN DEELNEEM TIJDENS AFSPRAKEN DIE HIJ VOOR ME HEEFT GEMAAKT, BEN IK 100% VERANTWOORDELIJK VOOR MIJN EIGEN DADEN.' Marcus, die hiermee een ontroerend geloof in de heiligheid van contracten tentoonspreidde, was van plan iedereen te laten ondertekenen. Hij was er zeker van dat hij hierdoor alle problemen die zich zouden kunnen voordoen kon ondervangen.

Amstel ondertekende het met de pen die Marcus haar had gegeven en schoof hem terug over tafel.

'Je ziet moe uit, Breeze.'

'Ik heb niet goed geslapen.'

'Ben je getrouwd?' Ze hadden nog niet eerder iets persoonlijks besproken – afgezien van de talloze seksuele handelingen die Amstel tegen betaling wilde verrichten – en Marcus was overdonderd. Hij zei ja.

'Je bent goeie gozer, Breeze, dat je niet op het werk gratis bediend wilt worden. Ik vertel jou geheimpje. De volgende keer dat je in bed ligt met vrouw, luister dan naar haar ademhaling, en doe gelijk ademen met haar, in en uit, in en uit, jullie ademen samen. Zij niet begrijpen wat je doet, maar zij wel voelen dat je... op haar bent afgestemd. Oké?'

Marcus dacht daar even over na. Gezien Jans reactie op zijn seksuele uiting van de laatste keer zou samen ademhalen misschien een heilzaam effect hebben. Hij zei tegen haar dat hij het zou proberen.

'Als ademen niet werkt, ik vertel je meer over het ei.'

'Het ei?'

'Het vibreert. Ik geef ze altijd met Pasen.'

'Goh, wat een passend cadeau, en nog praktisch ook.'

Hij goot nog wat sake naar binnen en genoot van de warmte die door zijn keel gleed. Amstel had een strakke zwarte broek aan en een ruim zittende trui. Op haar gezicht was slechts een glimpje make-up te zien en haar haar zat met een lichtgele zijden band in een staart. Ze leunde ontspannen achterover. Ze nam een slok sake en zei: 'Ik vind je aardig, Breeze, dus ik eerlijk zijn.' Marcus was bijdehand genoeg om te weten dat de zin 'Ik zal eerlijk zijn' over het algemeen een leugen inleidde, maar nu was hij enigszins wazig door de sake. Hij leunde naar voren en keek haar in haar ogen. Ze waren blauw en hij zag bruine vlekjes in de iris. 'Ik niet weten hoe lang ik dit nog doen.' Marcus knikte en zei tegen haar dat ze kon stoppen wanneer ze wilde. 'Juice dat niet tegen mij zeggen.'

'Wat dan wel?' vroeg Marcus, oprecht nieuwsgierig.

'Hij had mij gezegd ik blijven werken.' Amstel nam nog een slok van haar drankje. 'Jullie waren...?' Marcus zag dat ze haar hersens brak om het juiste woord te vinden.

'Hecht? Nee.' Hij vertelde Amstel over zijn relatie met Julian, dat hij hem amper had gekend als volwassene, dat ze toen hij overleed niet eens meer met elkaar spraken.

Amstel vond dat verdrietig. 'Ik hem niet aardig vinden, hij was lul... Ik ben eerlijk, oké? Maar hij zorgde voor meisjes.' De serveerster kwam nog een rondje brengen.

Marcus vroeg haar naar haar privéleven en ze vertelde hem dat ze op dit moment geen vriend had, dat dat moeilijk was met haar baan. Hij vroeg zich af of ze getrouwd was geweest, maar wilde het niet vragen. Amstel vertelde hem over haar emigratie uit Letland, dat ze werk als actrice probeerde te krijgen in Amerika, maar dat het onmogelijk was. Hij vertelde haar hoe hij in het bedrijf was gerold en dat hij bijna naar China was verhuisd. Ze lachte een paar keer en raakte zijn arm aan wanneer ze iets wilde benadrukken. Marcus had het gevoel dat hij een afspraakje had. Hij wilde over de tafel leunen en haar kussen, maar hij wist dat dat geen goed idee was.

Het plan was dat Amstel zelf naar een rendez-vous in Huntington Beach zou gaan. Het was te ver voor Marcus om haar samen met de andere vrouwen met de MPV naartoe te brengen en hij had er vertrouwen in dat ze hem niet zou oplichten. Hij betaalde de rekening en liep met haar mee naar haar SUV. Ze was in een zijstraat gaan staan en toen ze het portier opendeed sprong er in de auto een lampje aan, dat een zachte gloed in het duister verspreidde. De tweede sake was Marcus naar zijn hoofd gestegen, dus hij bood geen weerstand toen Amstel hem goedenavond wenste en hem zachtjes op zijn lippen kuste, waarbij ze iets langer bleef talmen dan hij had verwacht. Ze legde haar vingertoppen achter in zijn nek en trok hem naar voren totdat hun voorhoofden elkaar heel even raakten. Toen liet ze hem los en glimlachte, haar ogen iets neergeslagen en met een ironische uitdrukking op haar gezicht. Hij merkte dat ze een beetje dronken was.

'Ik vinden jou aardig, Breeze... Jij wel oké. Als ik voor je kan doen, vraag maar.'

Ondanks de alcohol die hij had gedronken, weerstond Marcus de verleiding. Hij zei tegen Amstel dat hij het fijn had gevonden om met haar te praten en liep terug naar zijn eigen auto, zich afvragend hoe hij in hemelsnaam de belofte die hij zichzelf had gedaan kon houden.

'Wat doe je nou, Marcus?'

'Ik adem.'

Het was één uur 's nachts en hij lag al twintig minuten naast Jan. Ze sliep toen hij thuiskwam, nadat hij de hele avond zijn personeel door heel Los Angeles had gereden. Hij stapte naakt in bed en ging lekker tegen haar aan liggen. Ze lag met haar rug naar hem toe en nu drukte zijn erectie tegen haar dij. Toen ze op haar rug ging liggen, streelde Marcus haar borst, zijn adem in hetzelfde ritme als die van haar. Dit ging zo door totdat hij twaalf keer in- en uitgeademd had, allemaal synchroon.

'Je doet me na.'

'Nee hoor. Ik ben alleen maar aan het ademen.'

'Ik ben te moe om te vrijen.'

'Ik wil alleen maar ademen.'

'Oké.'

Hij bleef haar ademhaling nadoen, zijn borst ging op en neer. Dit ging nog een paar minuten zo door en Marcus was in de wolken toen Jan haar hand tussen zijn benen stak en hem begon te strelen. Hij wist dat hij niet te veel risico's moest nemen en vanavond geen nieuwe dingen moest proberen. Terwijl ze slaperig de liefde bedreven, bedacht Marcus hoe nauw hun seksleven was verbonden met hun banksaldo. Hij vroeg zich af of dit een typische kwaal van de middenklasse was. Grote delen van de wereld werden bevolkt door mensen met weinig geld, die heel vaak seks hadden, als de aantallen nakomelingen daar een indicatie van was. Maar dit was een vluchtige gedachte. Bovenal was hij blij dat Jan ontspannen genoeg was om te vrijen.

Marcus was stomverbaasd toen hij rond Kerstmis merkte dat hij per week een omzet van ongeveer 25.000 dollar draaide, waarvan het grootste deel in contanten was (Kostya had hem verteld dat vaste klanten cheques mochten uitschrijven; creditcards werden nooit geaccepteerd). Hij kreeg 25 procent van wat zijn werkneemsters binnenbrachten, dus zijn deel was zo'n 6500 dollar per week, waarvan hij Kostya 20 procent moest geven, oftewel grofweg 1200 en nog wat. Na aftrek van een paar honderd dollar ondernemingskosten bleek Marcus 4500 dollar belastingvrij per week te verdienen. Dit was 18.000 dollar per maand, oftewel 216.000 dollar per jaar, bijna vier keer zoveel als hij had verdiend bij Wazoo Toys. Als alles zo gladjes bleef verlopen, zou hun schuld, die hem niet zo lang geleden nog als overstelpend was voorgekomen, veel eerder dan verwacht zijn afgelost. Sinds zijn ontslag hadden ze geen ziektekostenverzekering meer gehad , maar nu kon Marcus die wel betalen, net als welk statussymbool hij ook maar wilde, mocht hij willen laten zien dat zijn lot ten goede was gekeerd. Lenores slechter wordende ogen konden behoorlijk worden onderzocht en als de druk op haar oogzenuwen moest worden verlicht, dan zou ze meer hasj kunnen gaan roken dan een heel dorp rasta's bij elkaar. Hij kon Nathans remedial teacher, bijleslereraar, klarinetleraar en orthodontist betalen. Marcus kon zelfs Ripcord redden als hij dat wilde. Het was geweldig. Hij maakte berekeningen en sloot stilzwijgend een pact met zichzelf – hij zou het bedrijf twee jaar runnen. In die tijd zou hij zijn schulden afbetalen, een appeltje voor de dorst creëren en een nieuwe baan zoeken.

Ondanks zijn filosofische zoektocht naar een overkoepelende rechtvaardiging bleef er een rudimentair, moeilijk uit te wissen gevoel aan de rand van zijn bewustzijn zweven dat hij iets verkeerds deed. Hoezeer hij deze gedachten ook probeerde uit te bannen, de aard van zijn werk bleef hem dwarszitten en hij maakte zich zorgen over de vrouwen die voor hem werkten. Hij merkte dat hij terwijl hij zijn dagelijkse rondes maakte – Nathan bij school afzette, zijn auto liet wassen, een recept voor zijn schoonmoeder ophaalde – vaak zijn gedachten liet gaan over het leven dat de vrouwen leidden en zich afvroeg hoe ze zo ver waren gekomen dat ze tegen betaling met vreemden naar bed gingen. Wie waren deze mensen? Hij kon niets algemeners over hen zeggen dan dat ze relatief jong waren, lichamelijk goed in vorm en niet ongeschoold in de traditionele zin van het woord. Afgezien van Amstel, Xiomara/Jenna en Mink was er nog een Chinees-Amerikaanse vrouw en een zwarte. Er was een blank meisje uit Redondo Beach en een latina uit Bolye Heights. Er waren twee studentes van de plaatselijke universiteit en omdat dit Los Angeles was, was er ook een actrice. Er was een vrouw die in scheiding lag en wier bijna-ex tegenstribbelde om alimentatie te gaan betalen en er was een alleenstaande moeder met een dochter die een gedeeltelijke beurs kreeg voor een katholieke school en dit werk deed om de rest van het schoolgeld te kunnen betalen. Er was een klein model, dat ondervond dat haar lengte van 1 meter 60 een grotere belemmering was dan ze tot dan toe onder ogen had durven zien. Er was een vrouw die lijken had opgemaakt, maar die de nabijheid van de dood niet langer kon verdragen en nu werd aangetrokken door de tegenovergestelde oerervaring. Er waren vrouwen die niet wilden gaan werken als serveerster bij Bennigan's, verkoopster bij de Gap, of als *barista* bij Starbucks wanneer ze in een middag meer konden verdienen dan iemand op een van de plekken in een week, en wat dan nog als ze dit deden door seks te verkopen. Als Amerika groots feest vierde in de broek, waarom zouden zij er dan niet lekker aan verdienen? En wat Marcus betreft, het was precies zoals die man in die financiële talkshow had gezegd: er wordt altijd iemand rijk; dan kun jij dat maar beter zijn!

Hij kocht *Belastingzaken voor dummies* en leerde hoe hij een pensioenplan kon opzetten. Hij stuurde een groeps-e-mail waarin hij zijn aanbod aan de werkneemsters opnieuw deed; veel van hen maakten gebruik van de aangeboden financiële diensten en stortten elke week geld op de rekeningen die hij voor hen had geopend.

Marcus stond elke ochtend op, vervulde zijn taken in het gezin en ging dan naar de stomerij om telefoontjes te plegen en afspraken te maken. Hij werd lid van een chique fitnessclub, waar hij op een hometrainer fietste, basketbalde en daarna zich lekker ontspande in de sauna. Hij speelde twee keer per week golf op de Woodley Lakes-golfbaan. Ze huurden een aantal chauffeurs in, zodat hij 's avonds naar huis kon met zijn gsm en BlackBerry op de trilstand en daar tot tien uur 's avonds telefoontjes en berichten kon afhandelen, waarvoor hij in zijn kantoortje ging zitten, contact opnam met de klant en het 'afspraakje' maakte. Om eventuele verdenkingen die Jan zou kunnen hebben weg te nemen, zei hij tegen haar dat hij aan het onderhandelen was met een groep investeerders die hij had gevonden en dat hij van plan was de geërfde stomerij op te laten gaan in een keten. Jan kon met haar moeder naar een oogarts in Beverly Hills, die haar met uitstekende resultaten behandelde. Lenore was heel erg dankbaar en Marcus schepte er groot plezier in dat hij haar kon helpen.

Hoewel alles prima verliep, bracht zijn nieuwe bestaan een pril gevoel van vrees met zich mee dat toe- en afnam, maar niet verdween. Marcus had een bovennatuurlijk waarschuwingssysteem in zijn onderrug. Vaak verkrampte zijn rug op uiterst stressvolle momenten volledig, wat werd voorafgegaan door een verhoogde gevoeligheid in dat gebied. Als hij plotselinge pijnscheuten voelde, had hij nog even de tijd, waarin hij de rekoefeningen deed die een chiropractor hem jaren eerder had opgegeven en daarmee kon hij een aanval voorkomen.

Marcus leaste een Mercedes, omdat hij dacht dat hij zich door de leren stoelen, voortreffelijke klimaatbeheersing en soepele stuureigenschappen beter zou kunnen ontspannen. Hij verklaarde die uitspatting aan Jan door haar te vertellen dat het bedrijf buitgewoon goed draaide.

Maar de geheimhouding begon zijn tol te eisen. Op een doordeweekse middag ging Marcus naar een van Nathans basketbalwedstrijden. Zijn gsm ging terwijl hij in de stoel naast Jan ging zitten. De telefoon ging het kwartier erna nog drie keer en toen hij in de pauze wilde weggaan om de telefoontjes te beantwoorden, zei ze: 'Wat is je stomerij toch populair.' Hij wist niet goed hoe hij die opmerking moest opvatten, maar de vijftien punten die Nathan scoorde en waarmee hij zijn team de overwinning bracht leken Jan meer te interesseren dan wat Marcus deed.

Op een stralende winterdag was hij vroeg in de middag in Stralend Schoon om met Kostya de boekhouding te doen. Ze hadden het bedrijf nu een aantal maanden geleid en dat was heel soepel verlopen. Op de radio was een nummer van Van Halen waar Marcus op de middelbare school dol op was geweest, maar in gedachten was hij bij de zestiende hole op Woodley Lakes.

'Mink heeft afgelopen week maar drie avonden gewerkt,' zei Kostya.

'Wat wil dat zeggen?'

'Misschien zij maken afspraakjes zelfstandig.'

'Moet ik met haar praten?'

'Met haar práten? Waarom?'

'Zodat ze ermee ophoudt.'

'Jij wil haar laten ophouden... andere manieren om haar te laten ophouden.' Kostya keek hem aan op een manier die inhield dat hoewel dit misschien niet het soort zaken was waar Marcus aan gewend was, het wel de zaken waren die hij deed. Dit was meer dan waar Marcus op had gerekend en hij moest ergens een grens trekken. Hij zou niet toestaan dat de meisjes werden geslagen.

'Ik vind het niet prettig...'

'Andere meisjes horen wat is aan de hand, zij doen hetzelfde. Bedrijf kaput. Je slaat met open hand, zij begrijpt.'

Marcus wierp Kostya een gepijnigde blik toe. 'Ik kan niemand slaan.'

'Weet je wat is jouw probleem, Breeze? Jij wilt iedereen jou aardig vinden. Is niet belangrijk of iemand jou aardig vindt. Wat is belangrijk is benzine voor auto, eten op tafel. Vergeet niet, jij helpen met pensioenplan. Zal ik het doen voor jou?' Marcus nam een slok koffie. Dit was zeker een aanvaardbaardere optie. Zijn bedrijf stond per slot van rekening op het spel volgens Kostya, die er veel meer van wist dan Marcus. Waarom was hij zo teergevoelig? Kostya keek hem aan, wachtend op een antwoord. 'Breeze, wil je dat ik doe?'

'Ja... nee! Ik wil dat je met haar praat, maar er wordt niet geslagen. Zo runnen we dit bedrijf niet.' Als een carnivoor die niet tegen het slachthuis kon, was Marcus blij dat hij de verantwoordelijkheid kon overdragen aan iemand die zich er beter bij op zijn gemak voelde dan hij. 'Kostya, dit is geen grapje. Kijk me aan.'

'Ik kijk, oké?'

'Geen geweld.'

Kostya schudde zijn hoofd en wierp hem een minzame blik toe. Dat kon Marcus niets schelen. Er waren dingen die hij gewoon niet deed.

'Is er iemand? Hallo!'

Het was Jan. Het schoot even door Marcus heen om door de achteruitgang weg te vluchten, maar die gedachte vervloog direct weer.

'We zijn in het kantoor,' zei hij, terwijl hij zijn best deed net de doen alsof hij blij was dat ze er was. Even later stak Jan haar hoofd om de deur.

'Wat een leuke plek,' zei ze.

'Je kent Kostya nog wel, toch?'

Jan en Kostya knikten naar elkaar.

'Waar is iedereen? Ik dacht dat er meer bedrijvigheid zou zijn.'

'Het is net een rustig tijdstip. Wat doe jij hier?'

'Ik heb mijn moeder afgezet bij haar paaldansles en ik heb nog wat tijd voordat ik haar moet ophalen. Ik dacht dat je misschien wel wilde lunchen.'

Marcus hoorde de voordeur opengaan en er riep iemand: 'Bree-ze, moet je horen wat er gisteravond met die kerel in het Peninsula gebeurde.' Het was Cassie, een meisje dat hij vorige week had aangenomen. Het leek hier wel een druk treinstation. Toen Jan in de richting van het geluid keek, wisselden Marcus en Kostya een blik.

'Hier, man!' riep Kostya. Hij sprong uit zijn stoel, perste zich langs Jan heen en haastte zich naar Cassie toe.

'We gaan een hapje eten,' zei Marcus. Toen ze weggingen, waren Kostya en Cassie nergens te zien.

'Wie was dat?' vroeg Jan toen ze naar zijn auto liepen. Marcus zei tegen haar dat het Kostya's vriendinnetje was.

'Hoe lang heeft hij al iets met haar?'

'We praten niet over persoonlijke zaken.'

Ze besloten Indiaas te gaan eten en bestelden een fles wijn bij de lunch, iets wat op een ander moment in hun gezamenlijke leven nooit zou zijn gebeurd. Jan stelde geen vragen over het bedrijf. Bevrijd van de geldzorgen die hen zo lang hadden gekweld, genoten ze uitgebreid van elkaars gezelschap. Ze bespraken zelfs waar ze heen zouden gaan voor een weekendje weg. Jan wilde wel naar Ojai.

Ze spoelde het laatste hapje saag paneer weg met een slok chardonnay en glimlachte tegen Marcus. Ze droeg een spijkerbroek en een witte trui met blauwe strepen in de breedte. Ze had haar kastanjekleurige haar achter haar oren gestopt en haar gezicht was ontspannen en open.

'Zullen we naar een hotel gaan?' vroeg hij.

'Nu meteen?'

'Ik heb niet veel te doen vanmiddag.'

'Mijn moeder moet worden opgehaald.'

'Ze kan best een taxi nemen. Nate heeft basketbal tot zes uur. Dan hebben we nog bijna...' hij keek op zijn horloge, 'vier uur.'

'Marcus...' De toon waarop ze zijn naam uitsprak verried dat de onverwachte lunch een verborgen kamer had ontsloten, die zacht verlicht werd en luxueus was gestoffeerd. Ze was dronken, maar op een aangename manier. Hij betaalde de rekening en ze gingen naar het Mondrian Hotel aan Sunset Boulevard, omdat hij wist dat hij daar als AAA-lid korting kreeg.

Er lag een bijna lege fles pinot grigio in een zilveren emmer in hun kamer op de negende verdieping, met uitzicht op de heuvels van Hollywood. De jaloezieën waren deels gesloten, dus terwijl de helft van de kamer fel werd verlicht door de namiddagzon, lagen zij tweeën onder de dekens in de schaduw te genieten. De wijn had hen van hun remmingen verlost en Marcus voelde dat de timing gunstig was. Hij haalde een glanzend zilveren bolletje tevoorschijn. Jan keek er nieuwsgierig naar.

'Wat is dat?'

'Het is een ei.'

'Ik zie dat het een ei is, Marcus. Waar is het voor?'

'Het is de bedoeling dat je hem... erin stopt.'

'Pardon?'

'Daar beneden.'

'Nee!'

'Ja, echt.'

'En dan...?'

'Het trilt.'

'Echt waar?'

'Dat staat in de gebruiksaanwijzing.'

'Waar heb je het vandaan?'

'Via internet.' Amstel had het hem een week eerder gegeven, maar hij dacht dat een klein leugentje niet erg was, gezien de grote leugens die hij de laatste tijd vertelde. Jan hield het ei tussen haar vingertoppen en bekeek het onderzoekend in het licht, als een penningkundige die een zeldzame munt onderzocht. Ze bekeek het met dronken concentratie. Voordat Marcus een verkooppraatje hoefde te houden was het als door een goocheltruc tussen haar benen verdwenen.

'En nu?' vroeg ze vrolijk, enthousiast. Opgewonden door haar bereidheid om een spelletje te spelen liet Marcus haar een apparaatje zien dat op de afstandsbediening van de televisie leek. 'Wat is dat?'

Hij drukte op een knopje. Jan viel bijna in katzwijm.

'O, jemig... Marcus... o...' Haar ademhaling werd oppervlakkig toen het verborgen ei begon te pulseren en krachtige trillingen door haar lichaam zond. 'Dit is... ooo.'

'Het heeft tien standen,' zei hij behulpzaam.

'Op welke stand staat het?' Haar stem trilde, net als die van een passagier op een hevig deinend schip.

'De eerste.'

'Dat... meen je... niet.' Marcus drukte weer op het knopje. 'O, Marcus... o, god!'

'Dat is drie.' Haar orgasme naderde als een dronkenlap die net voor sluitingstijd nog wat wilde drinken, hij kwam op grote snelheid met zwaaiende armen aan. Haar ogen waren dicht, ze hield haar hoofd achterover, de dam brak door en de stortvloed gutste eroverheen. Daarna was het voorbij, maar de elektronische stootjes die de woeste rivier hadden opgeroepen, werden niet minder.

'Zet het op twee!' beval ze. 'Zet het op twee!' Marcus voldeed aan het verzoek en zette het op stand twee. Jan kwam iets tot rust. Haar ogen waren half open, haar hoofd lag opzij gekanteld.

'Het doet nog meer,' zei hij, maar zo te zien luisterde Jan niet. Ze lag nu in de wervelingen en draaikolken te luieren, genietend van de langzame trillingen. Marcus kuste haar en ze speelde met haar tong langs zijn lippen en tanden en stak hem daarna diep in zijn mond, wat ze al lang niet had gedaan. Toen ze nog een keer was klaargekomen, nam ze hem in haar mond, zuigend en strelend, terwijl hij met de afstandsbediening speelde en stand één en twee afwisselde. Hij dacht aan de stress die hij had en de spanning in zijn onderrug. Hij maakte zich zorgen over de langetermijneffecten van een dubbelleven. Hij ging verliggen om de druk op zijn rug te verlichten en keek naar zijn vrouw, die zich erop concentreerde hem te bevredigen. Ze had nu geen zorgen en was ontspannen genoeg om op een doordeweekse middag in een hotel te vrijen met haar man en een trillend ei. Aangemoedigd drukte Marcus nog een keer op de afstandsbediening en plotseling klonk het geluid van een ander mens in de kamer, zacht en vrouwelijk. Jan hield op met wat ze aan het doen was en keek Marcus aan.

'Wat is dat?'

'Er zit een chip in het ei.'

De rokerige stem van een bekende popdiva klonk uit Jans geslachtsorgaan. Marcus had de uitdrukking op haar gezicht, een mengsel van verbazing en verrukking, onder een ragfijn laagje zuivere sensualiteit nog nooit gezien. Het was maar goed dat ze dronken was, bedacht hij, gezien het feit dat haar vagina was gaan zingen.

Terwijl Marcus naar zijn vrouw keek, vergat hij de voorbije jaren, dat ze waren verstreken in een golf van zwangerschap, luiers, te weinig slaap, wekelijkse carpoolafspraken, winkelen, koken, schoonmaken, eindeloze, altijd terugkomende rekeningen, de voortdurende verantwoordelijkheden van een volwassene. Dat vervaagde allemaal in het zachte licht van de hotelkamer.

Ze luisterden even naar de hijgerige stem van de zangeres en moesten toen allebei lachen, vrijelijk, zonder remming of angst, en het was het onschuldigste, gelukkigste geluid dat ze in lange tijd hadden gemaakt. Toen ze hem kuste, wist hij dat hij getuige was geweest van het begin van de tweede fase van hun huwelijk.

Jan had die dag niet ontdekt wat er aan de hand was, maar Marcus dacht niet dat hij zijn activiteiten voor altijd voor haar verborgen kon houden. Hoewel hun gerollebol in het hotel hem even had ontspannen, verergerde de nipte ontsnapping in de stomerij het gevoel van spanning dat hij had. Hij moest zijn last verlichten, met iemand praten die hem niet zou beoordelen. Atlas zou vast willen luisteren en hij kon ervan op aan dat hij discreet was. De volgende dag om twaalf uur 's middags zouden ze negen holes gaan spelen. Hij zat in het clubhuis van Woodley Lakes te wachten toen zijn telefoon ging. Het was Kostya.

Hij nam niet de moeite hem te begroeten: 'Mink zal niet meer problemen maken.'

'Je hebt haar toch niet...' vroeg Marcus.

'Jij zegt tegen me mag niet,' zei Kostya 'dus ik doe niet.' Marcus wilde niet weten wat er zich had afgespeeld. Waar het om ging, was dat het niet langer een probleem was.

Op het moment dat hij ophing arriveerde Atlas, die Marcus afwezig begroette en hem niet aankeek toen ze elkaar de hand schudden. Marcus zei dat er iets was waarover hij met hem wilde praten, maar dat hij er nog wel op terug zou komen. Atlas leek niet echt te luisteren.

Het was een warme dag en na zijn derde oefenslag begon Marcus te zweten. Hij speelde de eerste paar holes goed; opgelucht dat hij eindelijk iemand kon vertellen hoe zijn leven er nu uitzag en kon bespreken hoe hij ermee om moest gaan.

Atlas stond vier boven par tegen de tijd dat ze bij de derde hole waren en zijn humeur leek nog slechter te zijn geworden. Na een slechte afslag bij de tweede hole, die hij over mocht doen maar die net zo erg was, gooide hij zijn club weg, wat Marcus hem nog nooit had zien doen. Hij probeerde er even later om te lachen, maar Marcus zag dat hij van streek was. Maar toch had hij er nog steeds behoefte aan met hem te praten, om aan iemand die hem goed kende te vertellen wat er in zijn leven speelde, al was het maar om het concreet te maken, iets minder hallucinair. Terwijl Atlas oplijnde voor zijn afslag bij de vijfde hole, maakte Marcus een afspraak met zichzelf. Hij zou het hem aan het einde van de ronde vertellen. Atlas sloeg af met een swing en de bal draaide af naar rechts. Marcus tuurde met half dichtgeknepen ogen naar de baan die de bal aflegde.

'Ik ben komende maand niet in staat om te spelen,' zei Atlas, terwijl de bal een groepje oerbomen in rolde.

'Moet je ergens naartoe?'

'Een afkickcentrum.'

Marcus wist niet goed of hij een grapje maakte. 'Waarvoor?'

'Ik heb vorige maand in Vegas meer dan tachtig mille verloren met sportweddenschappen, en daar moet een einde aan komen. Mijn leven is helemaal naar de klote.'

Marcus stond versteld. 'O, man, wat naar voor je.'

'Vanochtend bestelde ik een dubbele cappuccino en toen wilde ik weten hoe de kansen lagen dat die jongen hem in dertig seconden kon klaarmaken. Onvoorstelbaar, hè? Ik wilde verdomme op de koffiejongen wedden.'

'Dat is vrij ernstig.' Marcus probeerde zich in Atlas in te leven, maar het kostte hem veel moeite. Hij was degene die gemoedsrust nodig had, liefde en begrip.

'Maar goed, ik ga er morgen heen. Zou je één keer per week langs mijn huis willen gaan om alles even te controleren? Ik laat de post al wegleggen op het postkantoor.'

Marcus zei tegen hem dat hij dat natuurlijk wel wilde doen en onderdrukte de irritatie die hij voelde. Het was onbetwistbaar dat zijn probleem groter was, maar sociaal ook veel minder acceptabel. Atlas kon tenminste nog in een kring gaan staan samen met een stel andere doorgedraaide gokkers om over zijn situatie te praten. Wat moest Marcus? Nu had hij niet eens zin meer om het rondje golf af te maken.

13

Jan nam een slok van haar ijsthee en hoopte dat Plum niet aan tafel zou gaan huilen. Het was even na een uur 's middags en ze zaten in de eetzaal van de Sportsman's Lodge, een populair hotel-restaurant aan Ventura Boulevard. Sinds Marcus zoveel was gaan verdienen, had Jan Plum kunnen overhalen om om de dag te werken. Vandaag hoefde Jan niet te werken. Ze waren gaan lunchen omdat Plum daarop had gestaan.

Nadat de serveerster hun bestelling had opgenomen, vertelde Plum Jan over een afspraakje van de vorige avond met iemand die ze op internet had ontmoet.

'Hij had een prachtige stem aan de telefoon, maar volgens mij was de foto die hij had gebruikt wel tien jaar oud en had hij zich een week niet geschoren, wat best kan als je drieëntwintig bent, maar deze man zag eruit als Charles Bukowski, en dan niet op de goede manier: alsof hij fantastische gedichten en boeken heeft geschreven. Hij zag er eerder uit alsof hij in zijn auto sliep. De gedachte aan seks schoot wel door mijn hoofd, maar ik zag het nut er niet van in. En daarna voelde ik me zo waardeloos door alles dat ik vanochtend een manicure en pedicure heb laten doen bij die Vietnamese salon in het winkelcentrumpje dicht bij mijn huis, je weet wel, waar ik altijd denk dat ze over me praten.'

Jan wist dat Plum er wanhopig graag naar verlangde dat iemand haar vingers aanraakte en, nog intiemer, haar tenen, zelfs als het een Vietnamese vrouw was die de nagelvijl hanteerde alsof ze in een tweederangs kungfufilm speelde. Nu hield Plum haar rechterhand voor zich en bekeek hoe hij eruitzag.

'Heeft ze het goed gedaan vandaag?' vroeg Jan.

'Bijna vijfhonderd dollar aan materiaal,' deelde Plum haar mee. Het was een ongewoon goede ochtend in de winkel geweest, wat Jan fijn vond, want daardoor kon ze met een iets zuiverder geweten Plum overhalen om haar uit te kopen. 'Er kwam een vrouw binnen die drie van die Franse spijkerbroeken met die scheuren en biezen heeft gekocht.' Ze voerden nu al vijf minuten hortend en stotend een gesprek en Jan probeerde te bedenken hoe ze het onderwerp 'uitkopen' kon aansnijden zonder dat haar bijna ex-partner al te emotioneel zou worden.

En op dat moment zei Plum: 'Ik moet aan 15.000 dollar zien te komen.'

Jan ging hier niet op in. Ze had zichzelf tijdens de rit hiernaartoe beloofd dat ze zich niet door Plum zou laten meeslepen in haar gekte. Dus wachtte ze, terwijl ze deed alsof ze de menukaart las. Jan stond op het punt haar tafelgenoot te vragen wat ze voor de lunch wilde, maar nu was ze boos, Plum had haar bom laten vallen en bleef verder zwijgen, alsof Jan direct met haar mee zou gaan denken hoe ze aan dat geld kon komen. Maar Jan had er genoeg van. Als Plum het weer over een belachelijk idee wilde hebben en de tijd zag als recyclebare hulpbron, dan mocht ze zelf al het werk doen. 'Wil je niet weten waarom?' vroeg Plum.

Omdat ze het als directe vraag had geformuleerd, kon Jan die opmerking niet meer negeren zonder even egoïstisch te lijken als Plum. Dus ze gaf eindelijk toe, hoorbaar zuchtend in de hoop dat Plum hierdoor zou begrijpen wat ze ervan vond. 'Ja hoor. Waarom?' Ze sprak de woorden uit zonder gevoel, omdat ze niet wilde dat Plum dacht dat ze echt geïnteresseerd was.

'Ik begon vanochtend te bloeden, en omdat ik naar een goedkope kliniek ben gegaan had ik maar één kans en dat was...'

'Was je zwanger? Hoe?'

'Ik had je toch verteld dat ik een eiceldonor op internet had gevonden. Je luistert niet naar me.' Jan staarde haar ongelovig aan. Ze had nu heel nieuwe associaties bij het woord 'ei' en moest haar best doen om zich op Plum te blijven concentreren. 'Ik heb al vijf uur materiaal gefilmd en als ik niet zwanger kan worden...' en hier stierven Plums woorden weg in de keelachtige geluiden die worden begeleid door nauwelijks gedempte snikken. Jan keek haastig door de eetzaal heen, zoekend naar een uitweg, een scheur in het tijdruimtecontinuüm van de San Fernando Valley waar ze doorheen kon glippen. Plum rommelde in haar tas en haalde een pakje tissues tevoorschijn, waaruit ze er eentje pakte en haar neus snoot. Met een andere tissue veegde ze haar ogen af. 'Ik krijg de komende tijd geen cent van Atlas.'

'Misschien moet je eens met iemand praten.'

'Een therapeut soms? Die bevestigt alleen maar alle nare dingen die je al over jezelf weet. Daar zit ik op dit moment niet op te wachten.'

Jan zweeg even om te zien of Plum hier nog verder op in wilde gaan, maar blijkbaar was de inspiratie op.

'Er is nog iets waar we het over moeten hebben,' zei Jan. 'Ik wil uit het bedrijf stappen.' Plum deed haar mond open, maar er kwam geen geluid uit. Ze zag eruit als een vis die levend van zijn ingewanden werd ontdaan. Jan ging verder: 'Ik wilde dit niet doen om mijn brood te verdienen, een winkel runnen.'

'Ik ben naar de kunstacademie geweest!' bracht Plum in het midden, alsof ze wilde zeggen dat haar leven eigenlijk om openingen in galerieën en retrospectieven in musea moest draaien.

'Ik ook, oké? Weet je nog? Samen met jou? Het was helemaal niet de bedoeling dat ik in een klein boetiekje aan Van Nuys Boulevard zou gaan zitten bidden om klanten.' Jan merkte dat Plum overdonderd was door de klank van haar stem, die assertiever was dan normaal. 'We kunnen niet langer doen alsof het loopt, want dat doet het niet. Ik wilde je dit al een tijdje vertellen en ik weet wat je nu allemaal meemaakt. Maar ik moet eerlijk tegen je zijn. Het is afgelopen met Ripcord.' Ze zweeg even en zei toen: 'Wat naar voor je dat je bloedt,' hoewel ze dat helemaal niet vond.

Plum veegde haar neus af met een nieuwe tissue, snufte en vroeg: 'Is dat Marcus niet?

Jan draaide haar hoofd om op zoek naar haar man, enorm opgelucht. Ze wist dat Plum waarschijnlijk niet zou blijven snotteren zolang Marcus in de buurt was. Maar het gevoel van respijt veranderde al snel in misselijkheid toen ze door de ruimte keek en hem aan een tafeltje voor twee zag zitten met een aantrekkelijke vrouw in een strakke blouse, korte rok en leren enkellaarzen met naaldhakken.

'Met wie zit hij te lunchen?' vroeg Plum.

Vechtend tegen de opkomende zenuwen laveerde Jan tussen de andere gasten door naar het tafeltje waar haar man zat. Marcus was zo in beslag genomen door de vrouw met wie hij aan het praten was dat het even duurde voordat hij merkte dat er iemand naast hem stond, en het kostte hem nog een moment voordat hij doorhad dat het Jan was. Ze zag hoe hij zijn tafelgenoot een snelle blik toewierp en daarna weer naar haar keek, als een eekhoorn die een gevaarlijke weg over wilde steken.

'Hoi, schat. Wie is die vriendin van je?' vroeg Jan. Dankbaar dat ze de klank van haar stem in bedwang kon houden, draaide ze zich om en wierp de vrouw die haar begroette met een accent dat Jan als Oost-Europees voorkwam een ijzige glimlach toe. Waar kon Marcus in vredesnaam zo'n vrouw hebben ontmoet?

'Amstel, dit is Jan,' zei Marcus.

'Zijn vrouw,' reageerde Jan, nadenkend over de naam Amstel. Had hij die verzonnen? Wat deed Marcus met een aantrekkelijke Europese vrouw die Amstel heette? 'We zijn getrouwd.'

'Dat zijn we zeker,' zei Marcus op neutrale toon.

Amstel knikte goedkeurend. 'Gefeliciteerd.'

Marcus en Jan stonden bijna neus aan neus in de hoek van de lobby van de Sportsman's Lodge, met hun ruggen toegekeerd naar wie ook maar naar hen zou kunnen kijken. Dit keer een blond gezin uit Utah en drie Chinese zakenmensen. Maar niemand lette op het drama in de hoek. Jan vroeg wie de vrouw was en wat haar relatie met Marcus was.

'Ze is een compagnon in het bedrijf.' Het idee dat iemand die er zo uitzag als Amstel iets te maken had met de stomerij was zo absurd dat Jan niet precies wist hoe ze moest reageren.

'Van de stomerij?'

'Ja,' zei hij, terwijl zijn zelfvertrouwen verwelkte als een camelia in een magnetron.

'Dus als ik het haar vraag zal ze tegen me zeggen dat ze broeken perst? Marcus, als je een verhouding hebt, dan wil ik dat je het toegeeft. Dat is makkelijker.'

'Luister eens, liefje...'

'Noem me geen liefje!'

'Goed. Jan. Ik kan er op dit moment niet op ingaan, maar ik zweer je op het leven van onze zoon dat ik je nóóit heb bedrogen!'

'Vertel me dan wat er aan de hand is.'

'Ik ben een soort impresario.'

'Impresario? Is ze actrice?'

'Niet echt. Maar ik vertegenwoordig haar wel.'

'Marcus, dit slaat nergens op.'

'Ik zweer je dat ik je vanavond alles zal vertellen.'

Marcus wachtte totdat Jan had besloten of dit aanvaardbaar was. Ze kon maar moeilijk geloven dat dit de man was met wie ze onlangs een aantal erotische uren had doorgebracht in het Mondrian Hotel. Ze dacht dat ze een nieuw niveau in hun huwelijk hadden bereikt en nu stond alles ineens op het spel.

'Ik wacht wel,' zei Jan en ze ging terug naar de eetzaal.

14

De Mercedes stond op deze koele avond voor het Beverly Hills Hotel geparkeerd. Marcus zat op de voorstoel en wenste Nathan aan de telefoon goedenacht. Het was even na halftien. Hij was zo van slag geweest door de onverwachte ontmoeting met Jan dat hij de hele middag op zoek was geweest naar de speelautomaat Soul Stealer om Nathan mee te verrassen. Na een paar uur onderzoek was hij bij een pakhuis ten oosten van het centrum beland waar hij er een kon kopen voor 2000 dollar. De logge machine was nu in de kofferbak gepropt. Door zijn liefde voor hun zoon te tonen probeerde hij de minachting waar hij verwachtte mee overladen te worden om te buigen in iets anders. Hij vroeg zich af of hij in plaats daarvan niet beter een diamanten armband had kunnen kopen. Hij kon niet voorspellen hoe Jan zou reageren wanneer ze erachter kwam wat er aan de hand was.

'Kun je volgende week naar mijn honkbalwedstrijd komen kijken?'

'Ik zal er zijn,' zei Marcus, opgelucht dat hij iets met het hele gezin kon doen. Hij hoorde Nathans antwoord niet en moest zijn andere oor met zijn hand afdekken om het gekwebbel van de vrouwen achter zich buiten te sluiten. Marcus nam afscheid en zei tegen hem dat ze elkaar morgen weer zouden spreken. Toen Jan aan de telefoon kwam, zei hij dat hij wat zaken moest afhandelen en daarna met haar zou praten. Ze hing op zonder afscheid te nemen. Marcus voelde zich zwaar ondergewaardeerd en zuchtend keek hij naar het hotel, waar het nieuwe meisje aan het werk was. Xiomara/Jenna zat in de auto, samen met Cindy uit Dallas, waar ze tot niet zo lang geleden antropologie had gestudeerd. Cindy vertelde Xiomara/Jenna net over de paargewoonten van het Hmong-volk op Laos toen zijn telefoon ging. Hij keek wie er belde: Amstel.

'Breeze, we hebben hachelijke situatie.'

'Wat voor soort hachelijke situatie?'

'Grote.'

Marcus voelde hoe de spieren in zijn onderrug zich samentrokken.

Voor iemand die naar een dode op een bed stond te kijken, was Amstel relatief kalm. Het was een halfuur later, Marcus stond in het appartement bij Beverly Hills en zijn rug stond op het punt volledig te verkrampen. Hij had de vrouwen in taxi's gezet en was er zo snel mogelijk naartoe gegaan. Nu probeerde hij, met zijn voeten stevig op het imitatie Perzische tapijt midden in de kamer geplant en zijn ogen op de verkreukelde lakens gericht, een plan te bedenken. De overleden man was een beetje te dik, getaand en naakt. Waarschijnlijk halverwege de vijftig.

En hij was met handboeien aan het bed geketend.

Amstel had zich aangekleed nadat ze Marcus had gebeld. Ze zat in een stoel met een kretek in haar hand en ze leek kalm, maar de manier waarop ze rookte – ze inhaleerde scherp, ademde daarna langdurig uit, waarbij er een wolk rook uit haar mond kwam, waarna ze meteen weer een trek nam – weersprak haar onverstoorbaarheid. 'Ik zit op zijn gezicht, weet je, hij likt me misschien twee minuten. Hij maakt rare geluid en zijn ogen puilen uit. Dus ik eraf, haal glas water. Ik ben bij wastafel, kijk om, gezicht rood, ogen wijdopen... hij dood. Ik bel jou.'

'Denk je dat hij een hartaanval heeft gehad?'

'Breeze, zie ik uit als dokter?'

'Goed dat je mij hebt gebeld.'

'Ik ga nu.'

'Wat bedoel je, "Ik ga nu"?'

'Is wat ik bedoel. Ik. Ga. Nu. Dag. Ik doe dit niet meer. Jij aardige jongen, Breeze. Jij ook ophouden.'

'Wacht eventjes, Amstel, ten eerste kun je niet zomaar weg. Die vent is aan het bed geketend. Waar is de sleutel?'

'Ik weet niet waar sleutel is.'

Een korte zoektocht door de kleding van de overleden man loste dit mysterie niet op, hoewel Marcus wel een portemonnee aantrof met verscheidene creditcards, bijna zevenhonderd dollar in contanten en een Californisch rijbewijs waarop stond dat bij Mahmoud Ghorbinifar heette en aan San Mateo Drive 1563, Beverly Hills, woonde. Hij kwam uit de stad. Dat was niet zo best. Als iemand hem thuis verwachtte, zouden ze de volgende dag al gaan zoeken.

'Ik kan het lijk niet in mijn eentje verplaatsen, Amstel. Mijn rug... Het lijkt net of iemand de zenuwen aanknaagt.'

'Luister alsjeblieft naar me,' zei ze, smekend om haar lastige positie uit te leggen. 'Ik ben niet burger. Als ik gepakt met dode, na gevangenis ik terug naar Letland.'

Hij was nu een stuk minder gecharmeerd van haar accent. 'Als je weggaat, dan werk je niet meer voor me.'

'Ik zei al ik weggaan! Ben je soms dom?'

'Je kunt niet weg!'

'Slecht idee mij bedreigen, Breeze.' Bedreigen? Hij vond niet dat hij haar had bedreigd. 'Eén telefoontje, jij geen zaak meer. Anon... anon... shit! Hoe jij zeggen?'

'Anoniem.' Toen hij haar het woord voorzei, leek het net alsof hij een touw om zijn nek bond.

'Anoniem telefoontje, oké? Naar politie, en jij bent pineut. Jij slepen mij niet mee in jouw zooi.' Uiteindelijk was het zijn zooi. Dat kon hij niet ontkennen. Maar Amstels totale ontkenning van haar verantwoordelijkheid was een nog naardere verrassing dan de kwade blikken die ze hem toewierp. 'Doen wij begrijpen?'

Marcus knikte. Hij dacht dat ze een band hadden gekregen, maar dat had hij duidelijk mis gehad. Ze deed de deur zachtjes achter zich dicht toen ze wegging, discreet tot het laatste moment. Hij dacht eraan om Kostya te bellen en hem de situatie te laten afhandelen. Maar toen Kostya ermee ingestemd had met hem samen te werken, had hij het heel duidelijk gemaakt dat Marcus al het risico van het runnen van het bedrijf liep, dus dat plan was onmiddellijk van de baan. De volgende ochtend zou de schoonmaakster komen. Ze was altijd moeilijk te bereiken en Marcus wilde niet op haar blijven wachten om alleen maar tegen haar te zeggen dat ze niet hoefde schoon te maken. Hij wilde dat hij de vooruitziende blik had gehad om een fles whisky in het appartement te verstoppen. Een borrel zou hij nu wel kunnen gebruiken; hij zou zijn gedachten er beter door op een rijtje kunnen zetten. Hij moest deze avond het lijk kwijt zien te raken, maar zijn rug deed zo'n pijn dat hij niet eens rechtop kon staan.

Julian had wel geweten wat hij in deze situatie moest doen. Hij zou niet in paniek raken. Jaren eerder had Marcus hem kunnen bellen in een dergelijke situatie. Of Roon. Die twee wisten hoe je van dingen af kon komen. Hij dacht erover om Atlas te bellen, maar die kwam pas over een paar dagen uit het afkickcentrum.

De spieren in zijn onderrug trokken plotseling hevig samen, waarbij ze zijn linkerheup omhoog trokken en zijn romp naar links. Hij gromde van de pijn. Zijn lichaam nam de vorm van een vraagteken aan. Hij probeerde zich te herinneren of hij thuis pijnstillers had.

'Jan, met mij.'

'Marcus?' Haar stem klonk slaperig, ver weg. 'Ik was opgebleven. Ik dacht dat we zouden praten, maar ik ben in slaap gevallen. Wat is er aan de hand?'

Nu hij tegenover de overleden man op de bank zat met een kussen in zijn onderrug om de pijn te verlichten en zijn gsm tegen zijn oor gedrukt, had hij even geen pijn. Maar hij wist dat zijn zenuwuiteinden zouden ontploffen als hij een centimeter verschoof. 'We gaan ook praten. Alleen niet nu. Dit is een noodgeval.'

Nu was ze wakker. 'Mijn hemel, Marcus, gaat het? Is alles in orde?'

'Nee. Dat is het niet. Dat is het helemaal niet. Ik zit aardig in de penarie.' Hij zei tegen haar waar hij was en vroeg hoe snel ze er kon zijn. Aan de klank van zijn stem was te horen dat ze niet thuis kon blijven.

'Wat is er aan de hand?'

'Dat kan ik je niet via de telefoon vertellen.'

'Je moet het me vertellen, anders kom ik niet.'

'Dat kan ik echt niet, geloof me nou toch.' Hij kon het risico niet lopen dat ze, als hij het haar had verteld, zo uit haar dak zou gaan dat ze misschien niet meer zou helpen. 'Ik heb je op dit moment heel hard nodig. Alsjeblieft. Op Ventura Boulevard zit een bouwmarkt die de hele nacht open is. Haal daar alsjeblieft een ijzerzaag en grijs tape.'

'Wat?'

'Doe het nou maar gewoon, oké? En ga dan naar de apotheek voor pijnstillers.'

Marcus bleef onbeweeglijk zitten. Het was stil op straat. Hij was zich bewust van zijn bonkende hart, de hartslag in zijn hals, de droogte van zijn mond. Waar draait een huwelijk eigenlijk om?

'Ik ben er over drie kwartier.'

Een lijk aantreffen op een andere plek dan in een rouwkamer is de ergste verrassing die er is. Toen ze op een keer 's avonds in Chinatown terugliepen naar hun auto, hadden Marcus en Jan een kortere weg door een steegje genomen. In de schaduw van een gebouw, naast een stapel kratten, lag een lijk. Het was van een jongeman die op zijn rug lag, met zijn benen wijd; zijn nek maakte een onnatuurlijke hoek. Jan schrok zich kapot. Marcus zei dat ze dit moesten aangeven en wilde de politie erbij halen. Jan zei dat hij net zo makkelijk vanuit de auto kon bellen, wat hij uiteindelijk deed. Nu hij zich haar reactie van die avond herinnerde, trok hij een laken over het lijk zodat ze niet direct zou instorten als ze het appartement binnenkwam.

Het was na middernacht. Marcus lag, in een poging de pijn te verlichten, midden in de kamer op zijn rug met zijn knieën opgetrokken tot aan zijn borst toen er op de deur werd geklopt.

'Ik kom eraan,' zei hij. Hij rolde om, zette allebei zijn handen op de vloer en drukte zichzelf zo ver omhoog dat hij zijn benen onder zich kon trekken zonder zijn onderrug buitensporig te belasten. Die beweging had hij al talloze malen uitgevoerd. Marcus bedankte haar voor haar komst zodra hij de deur had opengedaan en vroeg of ze de pijnstillers bij zich had.

Ze gaf hem een flesje Advil en liep snel langs hem heen, terwijl ze rondkeek. Hij was opgelucht toen hij de plastic tas van de bouwmarkt zag. Toen ze de grote bult onder de lakens zag, waaruit een gehandboeide hand stak, wierp ze Marcus een verbaasde blik toe. 'Is hier iemand?' vroeg ze fluisterend, bang. Het was een retorische vraag.

'Dat is meneer Gorbi-nog wat.'

'Wie is dat?'

'Dat weet ik niet precies, maar hij is dood.'

Ze snakte zo hevig naar adem dat bijna alle zuurstof uit de kamer verdween. 'O, jezus... is hij... wie...?'

'Dat is een of andere kerel. Het maakt niet uit wie het is. Het gaat erom dat hij dood is.'

'Waar is de ijzerzaag voor, Marcus?' Jan leek haar evenwicht te verliezen. Marcus raakte zachtjes haar arm aan, terwijl haar hersens door de schok even blokkeerden. 'Is hij dood? O god, hij is dood, o god, god... nee! Marcus, ooo! Hoe heb je... nee, nee, nee!'

'Rustig nou maar.'

Marcus' nek was stijf. Hij deed water in een glas en nam vier Advils.

Jan liet zich op een gestoffeerde stoel vallen en staarde hem aan. De schok maakte plaats voor kwetsbaarheid en broosheid. Dit was echt veel erger dan ze had gedacht.

'Volgens mij kun je alles maar beter meteen opbiechten.'

Marcus deed snel een kosten-batenanalyse en vertelde haar toen alles: Julians echte beroep, Dominic Festa, de gsm, wat Stralend Schoon was, Kostya, de vrouwen, het tekenen van de afstand van rechten, het regelen van de pensioenen; alles kwam samen in een stortvloed van onthullingen waarvan Marcus hoopte dat die, in zijn naakte volledigheid, zijn zonden zou wegwassen en haar zou doen inzien waarom hij ze om te beginnen had begaan. Hij smeekte haar om te begrijpen dat dit uitsluitend een zakelijke onderneming was en geen ranzige fantasie die hem nog voordat hij van middelbare leeftijd was, had overvallen en hem van zijn normen en gezonde verstand had beroofd. Marcus wilde dat ze hem zou onderbreken, een vraag zou stellen. Maar ze bleef daar gewoon zitten, stomverbaasd. Hij begreep dat ze op dit moment geen grote hulp zou zijn. Marcus besloot zijn relaas met de bezwering dat hij nooit een van de vrouwen had aangeraakt.

Jan wachtte vrij lang voordat ze zei: 'Dus dit verklaart het trillende ei.'

'Ja,' stemde hij in. 'Inderdaad.'

Hij trok de plastic tas uit Jans zenuwachtige handen en haalde de ijzerzaag eruit. Toen sloeg hij het laken terug, ging op zijn hurken naast het lijk zitten en begon de boei waarmee de pols aan het bed was geketend door te zagen. Het dissonerende geknars van metaal op metaal zette zijn zenuwen verder op scherp. De levenloze hand die aan het bed was gekluisterd bungelde in een woest gebarenspel heen en weer terwijl Marcus erop los zaagde en zijn best deed het koude vlees niet aan te raken. Het licht van een bedlampje viel op een blauwe steen in een pinkring aan de bleke vinger van de overleden man.

Jan liet zich dieper in de stoel zakken en keek vertwijfeld toe, ze had nog steeds niet helemaal verwerkt wat Marcus haar had onthuld over zijn werk.

'Moet je de politie niet bellen?'

'Ik kan de politie niet bellen,' zei hij zonder haar aan te kijken, terwijl hij bleef zagen. 'Wat moet ik ze vertellen?'

Ze dacht even na en besefte dat hij gelijk had. 'Waar zijn we?' vroeg ze. 'Van wie is dit appartement?'

'Het is van mij, en de vrouwen die voor me werken gebruiken het om de mannen te vermaken.'

'Vermaken?'

'Jemig, even geen muggenzifterij, oké?' Marcus schuifelde heen en weer in een poging een houding te vinden die de druk op zijn pijnlijke onderrug zou verlichten. Hij vroeg zich af of hij deze keer een hernia had opgelopen. Gillende pijnsignalen pulseerden door zijn zenuwstelsel heen, zijn oververhitte hersens in. Hij bleef de ijzerzaag hanteren en paste de hoek iets aan in de hoop zo zijn efficiëntie te vergroten. 'Het spijt me dat ik je moest bellen. Er was wel iemand die me had kunnen helpen, maar die is weggegaan. Ik verrek van de rugpijn. Ik kan het lijk niet in mijn eentje verplaatsen.' Hij begon te hijgen van de inspanning.

'Waarom moeten we het lijk verplaatsen? Waarom kun je niet gewoon tegen de politie zeggen dat hij...? Wat is er gebeurd? Heeft hij een hartaanval gehad, een beroerte?' Ze zei het alsof ze op een of andere manier de onderliggende betekenis van het gebeuren beter zou begrijpen als ze eenmaal een diagnose van de lichamelijke situatie had.

'Dat maakt niet uit,' zei Marcus. Hij had een houding gevonden waarin de pijn draaglijk was zolang hij zijn heupen niet bewoog. 'Ik weet niet wie het is, afgezien van zijn naam, die ik niet eens kan uitspreken. En ik kan het risico niet nemen om al die vragen te moeten beantwoorden die ze gaan stellen wanneer ze een dooie kerel vinden.'

'Waarvoor had je mij nodig?'

'Je moet me helpen het lijk te verplaatsen.'

'Marcus, hoe kan ik dat...?'

'We moeten het in jouw auto krijgen.'

Ze keek hem aan alsof hij gek geworden was. 'O, nee. Nee, nee, nee, nee, nee, nee, nee. Je gaat geen lijk in de auto leggen waarmee we onze zoon naar school brengen.'

Marcus dacht na over waar ze zich zorgen over maakte en vond het zo ondoordacht dat hij zich een sarcastische opmerking toestond.

'Oké. Dan bel ik wel een taxi.'

'Vind je dit grappig?'

'Hoor eens, Jan, ik zou nog steeds bij Wazoo werken als alles in orde was geweest, maar dat is niet zo, dus als je me in de gevangenis wilt hebben, moet je maar naar huis gaan.'

'Waarom kunnen we jouw auto niet gebruiken?'

'Er ligt een speelautomaat in de kofferbak, en die is te zwaar om te verplaatsen.'

'Waarom ligt er een speelautomaat in de kofferbak?'

'Die wil ik aan Nathan geven.'

'Heb je een speelautomaat voor hem gekocht zonder dat met mij te overleggen?'

'Is het goed als we daar een andere keer over praten?'

'Ja, hoor.'

Marcus wilde nog een flintertje eer behouden, maar begreep dat hij moest smeken. 'Help me vanavond alsjeblieft en dan zal ik nooit...'

'Waar wil je hem naartoe...?'

'Ongeveer een uur rijden naar het noorden.'

'Heb je ongebluste kalk?'

'Waar heb ik ongebluste kalk voor nodig?'

'Dat strooien ze over lijken heen om ze te laten ontbinden.'

'We hebben geen ongebluste kalk nodig.'

'Die krijg je in een tuincentrum. Misschien moet je er een zak van kopen.'

'IK ZEI DAT WE GEEN ONGEBLUSTE KALK NODIG HEBBEN!' Marcus' gezicht was rood. Er parelden zweetdruppels op zijn voorhoofd. Hij zag hoe ze naar hem keek en begreep dat hij de gespannen sfeer moest verlichten. In stilte zwoer hij om de rest van de avond zo min mogelijk meer te zeggen. Jan was degene die ongebluste kalk had geopperd. Dat was medeplichtigheid. In goede en slechte tijden. Wat was het huwelijk toch prachtig.

Het kostte Marcus een kwartier om door de dunne metalen handboei heen te komen. Toen legde hij, gebocheld als Quasimodo en smachtend naar morfine, de dode man op het imitatie Perzische tapijt en rolde hem erin. Onder Jans zenuwachtige blik plakte hij met het grijze tape het tapijt dicht. Na een paar valse starts, waarbij de pijn zo erg was dat het net leek alsof er een dolk in Marcus' rug was gestoken, lukte het hen het tapijt met inhoud en al op te tillen en de hal in te brengen.

Aangezien het appartement op de vierde verdieping lag, was de volgende vraag of ze de trap of de lift zouden nemen. Hoewel de kans dat ze iemand zouden tegenkomen in de lift veel groter was, wist Marcus dat hij als hij de lading vier trappen naar beneden had gebracht waarschijnlijk een aanzienlijke tijd in het ziekenhuis zou moeten liggen. Dus sleepten ze het tapijt door de hal, drukten op het knopje voor de lift en wachtten.

De hal was spookachtig stil in het zachte licht dat de gedimde muurlampen verspreidden. Het was nu rond één uur 's nachts en als er iemand opdook, zou Marcus zeggen dat ze midden in de nacht verhuisden om de drukte overdag te ontlopen. Zoals vaak met uitvluchten was dit een slecht excuus en hij was enorm opgelucht toen de lift kwam voordat iemand hen had gezien. Het lukte hen om het lijk door de verlaten hal heen de deur uit te krijgen. Marcus en Jan hijgden van de inspanning en de koelte van de nachtlucht was welkom. Marcus zei tegen haar dat hij de MPV ging halen.

'Je laat me hier niet op de stoep staan met een lijk,' fluisterde Jan woedend en met haar blik daagde ze hem uit ook maar een stap te verzetten.

Marcus keek rond. Het appartementengebouw waar ze net uit waren gekomen doemde achter hen op en aan de overkant stond er nog een. In allebei de gebouwen waren verschillende lichten aan, ruimtes waarin zich wie weet hoeveel loerende ogen bevonden. Iemand in een stationwagen draaide een parkeerplek aan de overkant uit en reed naar hen toe. Ze keken hoe de auto langs hen heen reed, maar de bestuurder keek recht vooruit. Jan zei tegen Marcus dat zij de MPV zou gaan halen en liet hem op de stoep staan, naast het opgerolde tapijt.

Een halfuur eerder, toen hij op de vloer lag te wachten tot Jan er was, had Marcus erover nagedacht waar hij de overleden klant van Amstel zou kunnen laten. Hij herinnerde zich een groot stuk in een plaatselijk tijdschrift, *Best of L.A.*, waarin de redacteuren aangaven waar je de beste klassieke auto's, de beste dimsum, de beste tandenbleker, de beste wat de bourgeoisie ook maar nodig zou kunnen hebben kon vinden. Hij herinnerde zich vaag een categorie in deze reeks 'Best Of', die de titel had: 'De beste plek om een lijk te dumpen'. De winnaar: het Angeles National Forest.

Jan reed over snelweg 405, door de voorruit starend als een zombie terwijl ze het stuur zo stevig vastgreep dat haar vingers gevoelloos werden. Omdat de stoelen in de MPV niet konden worden verzet, lag Marcus boven op het tapijt waar het lijk in zat. Jan had de verwarming aangezet, dus het was warm achterin en Marcus kon de te zoete geur van de eau de toilette van de overleden man ruiken. Hij had liever zelf gereden, maar door het gesleep met het lijk het appartement uit en het busje in was zijn blessure verergerd, waardoor hij plat moest gaan liggen. Hij probeerde te vergeten dat hij boven op een lijk lag en verdraaide zijn pijnlijke nek om naar Jan in de bestuurdersstoel te kijken. Hij was blij dat ze er was, nee, opgetogen. Hij voelde zich niet langer alsof hij aan een vishaakje kronkelde. Misschien zou ze hem nooit vergeven, maar ze zou hem in elk geval helpen het lijk kwijt te raken. Als dat geen liefde was, dan wist hij het niet meer.

Na drie kwartier, waarin het enige geluid het geronk van de motor was, vroeg Jan of Marcus haar over het bedrijf wilde vertellen. Door haar belangstelling werd hij weer wat opgemonterd en op vertrouwelijke toon vertelde hij haar hoe het bedrijf werkte, wie er op de loonlijst stond – en het belangrijkste: hoe weinig contact hij met de vrouwen had. Hij benadrukte echter wel dat hij verschillende vrouwen had geholpen hun pensioen te regelen en toen Jan deze ongerijmdheid grappig bleek te vinden, geloofde Marcus dat wat hij op dat moment ook deed, het werkte. En toen deelde hij de genadeslag uit: 'Uiteindelijk stop ik er natuurlijk mee, maar we moeten niet vergeten dat we nu een ziektekostenverzekering hebben waardoor we je moeders oogoperatie konden laten doen.'

Jan nam deze informatie stilzwijgend in zich op.

Ze reden langs het pretpark Magic Mountain, waar Marcus het jaar ervoor met Nathan in de achtbaan was geweest, de San Fernando Valley uit. Voorbij Castaic, waar hij als jongen vaak met de familie had gepicknickt voordat het met Julian mis was gelopen. Voorbij Santa Clarita, waar Marcus en Jan naar een verjaardagsfeestje in een art-decobowlingcentrum waren geweest dat Plum voor Atlas had georganiseerd in een gelukkigere tijd die razendsnel aan het verdwijnen was.

De MPV werd tijdens de steile klim naar het noorden omringd door een hele meute grommende vrachtwagens met opleggers. Marcus duwde zich omhoog, ging staan en strompelde naar de bijrijdersstoel. Hij zei tegen Jan dat ze de afslag naar Solitario Canyon moest nemen, een afgelegen plaats die hij zich nog herinnerde van een kampeertocht met Roon in de zomer na hun eindexamen. Daar liep een onverharde weg diep de bergen in. Jan reed rustig de snelweg af en ging daarna naar het westen de bovenkruising over, waarna ze de canyon in doken.

Marcus dirigeerde haar naar een toegangsweg die de binnenlanden in ging. Na een paar minuten zei hij dat ze de koplampen moest uitdoen en langs de kant van de weg moest gaan staan. Dat deed ze.

'Zet de auto stil en stap uit.'

'Waarom?'

'Ik wil niet dat jij rijdt, oké? Dan is het, als er iets gebeurt, mijn schuld.' Marcus vond dat hij in deze situatie in elk geval ridderlijk kon zijn.

Jan stapte uit en liep voor de auto langs naar de bijrijderskant, terwijl Marcus in de bestuurdersstoel ging zitten, zijn rug kloppend van de pijn. Ze draaiden de hoofdweg af, een zandweggetje op dat rechtstreeks de bossen in ging. Hij deed het raam iets open en de geur van sparren zweefde naar binnen terwijl ze voorthobbelden, de heuvels in, aan beide zijden omringd door dicht struikgewas. Het sombere silhouet van een hoge rotsachtige bergkam doemde dreigend op. Ze reden in stilte verder, hun pad verlicht door de maan. Marcus staarde recht vooruit. Hij had zich nooit in zijn vijftienjarige huwelijk voorgesteld dat ze met zijn tweeën een lijk zouden dumpen. Hij was onder de indruk van het feit dat ze was gekomen en verbaasd dat ze was gebleven. Het was een mijlpaal in hun relatie, een test op leven en dood die Jan op bewonderenswaardige wijze had doorstaan; dat ze hem wilde wurgen – wat hij kon afleiden uit de strenge uitdrukking op haar gezicht – was niet van belang. Ze was hier. Dat was het belangrijkste. En bovendien wist hij hoe ze zich voelde. Waren de rollen omgekeerd geweest, dan was hij ervan overtuigd dat hij hetzelfde had gedaan, en haar ook had willen wurgen omdat ze zo'n betreurenswaardige situatie had gecreëerd. Hij werd gekweld door het idee dat hij haar in deze positie had gebracht. Niet zo erg als door zijn rug – die pijn was bovenzintuiglijk erg geworden – maar wel bijna net zo erg. Nadat ze bijna tien minuten heuvelop waren gereden, waarin hij hoopte dat er op magische wijze een reusachtige fles pijnstillers zou verschijnen, zette Marcus de MPV langs de kant van de weg.

'Waar zijn we?'

'Ik heb geen idee.'

'Je hebt geen idee? Waarom zijn we hier dan, Marcus?'

'Sssst. Even stil.' Hij sprak met een autoriteit waaraan ze niet gewend was. 'Zie je iets? Hoor je iets?' Ze moest toegeven van niet. 'Daarom zijn we hier.' Hij zette de auto op de handrem en stapte uit. Ze bevonden zich ruim 1300 meter boven zeeniveau en de nacht was koud. Zijn adem kwam in wolkjes uit zijn mond, maar hij voelde de kou niet. Hij liep naar de zijkant van de auto en trok de deur open. 'Wil je me even helpen? Ik kan me amper bewegen.' Ze stapte uit en ging naast hem staan. 'Wil je... hier even wrijven?' Hij wees naar een plekje net boven zijn rechterheup.

'Wil je gemasseerd worden?' Jan had haar jack tot aan haar kin dichtgeritst en wreef haar handen tegen elkaar om ze op te warmen.

'Alsjeblieft?' Hij merkte dat ze het liefst haar hand door zijn huid heen wilde steken, het orgaan dat ze het eerst te pakken kreeg eruit wilde rukken en het aan de uil wilde voeren die in de verte zat te schreeuwen. In plaats daarvan verraste ze hem door haar vingertoppen tegen zijn onderrug te zetten en de gespannen spieren te kneden. Hij ademde dankbaar uit.

Binnen een paar seconden hadden ze het tapijt plus inhoud uit het busje getild. Jan ging weer op de bijrijdersstoel zitten. Marcus vroeg haar wat ze deed.

'Ik ben klaar om te gaan.'

'We kunnen het lijk hier niet laten liggen,' zei hij. Ze stapte weer uit de auto en samen sleepten ze het in het tapijt gerolde lijk twintig meter van de weg af. Er blafte een coyote en een ander antwoordde hem snel. Zo te horen waren ze heel dichtbij. Ze zagen de koplampen van een auto die aan de andere kant van de canyon door een brandgang reed. Kilometers ver weg.

'Ik denk dat we diep genoeg in het bos zijn,' zei ze. 'Wat wil je met het tapijt doen?'

'Dat laten we liggen.' Ze knikte en probeerde op adem te komen. 'Ik hou van je,' zei hij.

Jan reageerde niet op deze goedkope poging om contact met haar te maken. Dat het niet goedkoop was, dat het juist het tegenovergestelde was, zo eerlijk, gemeend en openhartig als Marcus nog nooit was geweest, zei haar op dit ogenblik niets. Marcus wankelde van de pijn – die nu uitstraalde tot in zijn benen – en schuifelde heel behoedzaam door het bos om het niet te verergeren. Tien minuten later waren ze weer op de verharde weg en vijf minuten daarna scheurden ze over de snelweg naar het zuiden. Jan reed en Marcus lag achter in de MPV.

Ze hadden een kwartier in stilte gereden toen Jan vroeg: 'Moeten we de familie van die man niet bellen?'

'Waarom?'

'Als jij dood was en iemand wist waar je lijk lag, dan zou ik willen dat hij het me vertelde.'

Marcus dacht daar even over na. 'Ik vind niet dat we dat moeten doen. Ik bedoel maar, wat moeten we zeggen? Dat hij in flagrante delicto met een prostituee is overleden? Het is waarschijnlijk beter dat ze dat niet weten.'

'Ik zou zoiets toch willen afsluiten.'

'Dat vind ik toch altijd zo'n zielige uitdrukking. Er bestaat niet zoiets als afsluiting. Dat suggereert dat je dingen kunt wegstoppen in een doos en kunt opbergen. Je kunt niets opbergen. Alles is altijd aanwezig.'

'Ik wilde het alleen even opperen.'

'We bellen niemand.'

'Het is niet verkeerd om ze te bellen.'

'Goed en verkeerd hebben er niets mee te maken.'

Jan gaf geen antwoord. Marcus dacht even na over wat hij had gezegd en overwoog of hij echt vond dat dat waar was. Zijn rug deed nog steeds pijn en hij zag met prikkende ogen van het slaapgebrek door de ramen van de auto de lichtjes voorbij schieten. Had hij het morele geloofssysteem dat hij zijn hele leven had gehad overboord gegooid, of waren zijn normen gewoon iets rekbaarder geworden? Een jaar eerder zou hij ineengekrompen zijn bij de gedachte aan wat hij deze avond had gedaan. Maar ineenkrimpen was niet langer een realistische optie. Een lijk in het bos achterlaten hoorde nu gewoon bij zijn werk. Waarom zou hij iemand vertellen waar het lag? Om een fijn gevoel over zichzelf te krijgen?

'Ik maak me zorgen om je, Marcus. Ik maak me zorgen over wat er met je kan gebeuren.'

'Dat geldt ook voor mij.'

'Je zou kunnen bezwijken onder de druk.'

'Wat zouden we daaraan moeten doen volgens jou?'

'Ik wil je vennoot zijn.'

Marcus was stomverbaasd door dit voorstel. Hij dacht er even over na en werd getroffen door de onverwachte aard van zijn conclusie: dat het een geweldig idee was. Jan was slim en werkte hard. Hij zou niet zo snel meer in de verleiding kunnen komen. En ze hadden altijd al samen een bedrijf willen runnen.

15

Toen Jan wakker werd, dacht ze meteen: wat heb ik gedaan? Het was niet het lijk dat ze had helpen verplaatsen, dat was nog het minste van al. Nee, het was eerder haar voorstel om samen met Marcus in zaken te gaan. Ze was moe en stijf terwijl ze naar de badkamer trippelde. Het was een rusteloze nacht geweest en ze had maar een paar uur licht geslapen. Onder het tandenpoetsen keek ze in de spiegel. Alles zag eruit als eerder. Haar gelaatstrekken, haar huid waren hetzelfde. Afgezien van de donkere wallen onder haar ogen zag ze er precies zo uit als de gezagsgetrouwe persoon die ze de dag ervoor was. Wat was er gebeurd? Voor de geboorte van Nathan had ze af en toe illegale drugs gebruikt, vooral hasj, en een beetje cocaïne. Ze reed nog steeds geregeld te hard op de snelweg. Maar Jan Ripps was iemand die zich over het algemeen aan de regels hield.

De warme douche deed haar pijnlijke spieren goed. Terwijl ze haar haar waste vroeg ze zich af hoe ze deze beslissing zo enthousiast had kunnen nemen. Was er een of ander atavistisch overlevingsinstinct in werking getreden? Een gen dat verordende 'bescherm je gezin, steun je man', maar waarvan ze was vergeten dat ze het had? Ze had twee schokken gekregen. Elk van die schokken – het besef wat Marcus echt voor werk deed en de duistere klucht van het lijk – zou haar al totaal van slag hebben gebracht. De kracht van die twee samen was exponentieel groter. Was ze zozeer uit haar normale manier van leven gehaald dat ze niet meer rationeel kon nadenken? Ook in het stralende ochtendlicht vond ze van niet.

Tegen de tijd dat Jan onder de douche vandaan was gekomen en zich afdroogde, had ze haar conclusie getrokken. Ze was een praktische vrouw en op het moment was dit de beste optie. Haar dromen van een carrière waren vervlogen. Ripcord was mislukt en ze voelde zich schuldig vanwege haar aandeel in de schulden van het gezin. Ze moest nu een bijdrage gaan leveren. Ze zou wel een baan kunnen zoeken, maar ze had gezien hoe het Marcus was vergaan en bij de gedachte dat zij dat ook zou meemaken, wilde ze het liefst op de grond gaan liggen en met haar vuisten op de vloer beuken. Wat betreft de criminele aard van het bedrijf, Jan zag niet in dat een misdrijf zonder slachtoffer überhaupt een misdrijf kon zijn. En één staat verderop, in Nevada, was het legaal. Waarom zou iets wat de inwoners van Nevada als legitieme bron van inkomsten beschouwen haar dwarszitten als de Ripps er hun huis door konden behouden?

Marcus had bij thuiskomst vier pijnstillers genomen en had uitgeslapen. Jan sprak niet met hem over haar twijfels, want tegen de tijd dat hij zijn eerste kop koffie dronk, had ze zichzelf ervan overtuigd dat ze ermee kon leven. De pijn in zijn onderrug was niet minder geworden, dus ze bracht hem naar de dokter, die een spierverslapper en een sterke pijnstiller voorschreef en een paar dagen bedrust aanraadde. Toen de medicijnen gingen werken en Marcus in slaap viel, deed Jan haar la met ondergoed open en maakte hem leeg. Ze stopte de spullen in een plastic vuilniszak en legde die in de garage. Die middag, nadat ze Nathan had afgezet bij zijn remedial teacher, reed ze naar *Something Blue*, een erotiekwinkel aan Sherman Oaks. Ze voelde zich heel zelfverzekerd toen ze in haar nieuwe paarse string en bijpassende push-upbeha afgezet met kant boodschappen ging doen. Ze aten die avond quiche met kip en toen Nathan zijn huiswerk maakte en Marcus van de effecten van zijn medicijnen genoot, gingen Jan en Lenore eens goed voor een politieserie op televisie zitten. Jan ging in er in elk geval goed voor zitten. Lenore stond naast de bank, waar ze bicepstraining deed met gewichtjes van tweeënhalve kilo die ze onlangs had gekocht.

'Ik vind het fijn dat je zo goed voor jezelf zorgt,' zei Jan tegen haar. 'Je inspireert me.'

'Ga eens met me mee naar les,' zei Lenore, die haar rechterarm

naar beneden liet hangen en een reeks oefeningen met haar linkerarm begon. Jan knikte, starend naar de televisie, waar een drievou-
dige moord werd ontleed door een cast bloedmooie acteurs. Terwijl Jan erover nadacht hoe ze haar moeder moest vertellen dat er
onder hun dak een criminele onderneming werd ontplooid, boog
Lenore voorover om haar tenen aan te raken. Er piepte een randje
felrode satijn boven haar joggingbroek uit.

'Wat draag je nou?'

'Een joggingpak,' zei Lenore eenvoudig, alsof dat alles was wat
Jan wilde weten.

'Eronder.'

'O. Dit,' zei Lenore, die het materiaal bevoelde en moest grijnzen. 'Ik heb vandaag mijn string voor niveau 2 gekregen.'

'Niveau 2?'

'Met mijn initialen erop,' zei Lenore trots.

'Gefeliciteerd,' zei Jan. Ze voelde een steekje mededogen voor
haar moeder, die zo blij was en zich nog niet steeds bewust was van
Jans nieuws, dat daar rondhing als een zwerm stille bijen. Eventjes
speelde ze met de gedachte het haar niet te vertellen, maar ze wilde
niet liegen. 'Mam, ik moet ergens met je over praten.'

'Ik geef het paaldansen niet op, dus zet dat maar uit je hoofd.'

'Nee, nee. Daar sta ik helemaal achter. Het gaat om Marcus en
mij.'

'Is alles in orde?'

'Ga even zitten,' zei Jan, met een klopje op de bank.

Lenore ging zitten en Jan bracht haar moeder op de hoogte van
de recente reeks gebeurtenissen. Lenore luisterde met toenemende verbazing, af en toe een scherpe inademing en drie 'mijn he-
mels'. Maar toen Jan klaar was, zei ze: 'Ik ben eigenlijk best opgelucht. Ik was bang dat je me zou vertellen dat jullie uit elkaar
gingen.'

'Tussen ons gaat het goed.'

'Nou,' zei Lenore, die de zaak verder overwoog. 'Dit had ik niet
verwacht toen ik bij jullie introk.'

Jan knikte terwijl ze dit in zich opnam. Deze situatie had zij ook niet verwacht. 'Dat begrijp ik. En als je je er niet prettig bij voelt, dan snap ik dat ook. Je kunt waarschijnlijk wel bij Jessica of Amanda gaan wonen,' zei Jan, verwijzend naar haar zussen.

'Ik heb de boekhouding voor je vader gedaan,' zei Lenore. 'Ik kan hem ook wel voor jullie doen.'

Jan wist niet zeker of ze het goed had gehoord. 'Wil je voor ons werken?'

'Ik wil een strippaal in mijn kamer installeren. Die kost meer dan driehonderd dollar, zelfs met seniorenkorting. Ik wil je niet om geld hoeven vragen.'

'Weet je het zeker?' Ze keek naar haar moeder, niet gelovend dat ze zo optimistisch over dat vooruitzicht was.

'Wat? Denk je dat ik iets over ethiek ga zeggen? Terwijl wij ons ethisch gedragen, sluiten ze de elektriciteit af.'

Lenore was een echte overlever. Het gezin was van New Jersey naar Arizona verhuisd toen Jans vader Shel Griesbach een aandeel had gekocht in een bedrijf dat 'authentiek' indiaanse dekens verkocht aan indianen, die ze weer aan toeristen verkochten. Hij ging failliet toen zijn grootste klanten uit de souvenirs stapten en de casinobusiness in gingen. Shel Griesbach overleed in een fastfoodrestaurant, waar hij met een frisdrankje voor zich met een rode pen de vacatures in de krant zat te omcirkelen. Toen Lenore hem begroef, zwoer ze haar leven weer op te pakken. Ze was niet zo'n weduwe die zichzelf op een brandstapel zou werpen.

Jan was ondersteboven van haar moeders reactie, maar zei dat ze haar aanbod die avond aan Marcus zou voorleggen. Jan begon erover toen ze zich voorbereidden om naar bed te gaan en Marcus zei dat het wat hem betreft goed was. Dus zo werd besloten dat Lenore in het bedrijf kon deelnemen, binnen bepaalde grenzen. Ze spraken af dat ze haar niet over het lijk zouden vertellen. Als dit moest gaan werken, zouden ze de dingen in vakjes moeten verdelen.

Jan vond, aangezien ze hadden afgesproken dat dit niet voor eeuwig zou doorgaan, dat het hun verantwoordelijkheid was om de inkomsten in die korte tijdsspanne te maximaliseren. Daarom vroeg ze of Marcus een website had en ze was verbaasd toen hij daar ontkennend op antwoordde. Wist hij niet dat de twee grootste branches op internet seks en financiële diensten waren? Die avond stuurde Marcus op Jans aandringen een groeps-e-mail naar het personeel, met de aankondiging dat het bedrijf online ging en waarin hij vroeg of ze naar Stralend Schoon wilden komen om een foto voor de website te laten maken.

Jan ging de volgende dag op onderzoek uit op internet en ontdekte de glibberige paden van de cybersekswereld. Aan de keukentafel met haar laptop begon ze haar reis door het woord 'seks' in te typen. Het aantal sites dat opkwam was 393.000.000, meer dan één per Amerikaanse burger. Hoewel Jan niet echt puriteins was, stond ze toch versteld van de omvang en onvoorstelbare verscheidenheid van de internationale seksbazaar, die voor iedereen met een computer vrij toegankelijk was. Ze stuitte op webcamsites waar tegen betaling van een klein bedragje een persoon aan het andere eind van de wereld een oneindige variatie aan auto-erotische acts deed, sites van seksclubs waar liefhebbers van cunnilingus elkaar konden ontmoeten om hun belangstelling met onbekenden uit te wisselen, fetisj-sites waar mensen die het 'afgeschoren lichaamshaar van geile huisvrouwen' verzamelden een gevoel van warmte en gemeenschappelijkheid konden krijgen. Terwijl Jan door het wrakhout van dit spookachtige universum laveerde, drong het tot haar door: prostitutie stond verfrissend laag op de schaal van abnormaal gedrag, het was bijna onschuldig vergeleken met zoveel andere dingen. Ze wilde haar onderzoek toespitsen, dus ze ging terug naar de website van de zoekmachine en typte 'Escortbureaus Los Angeles' in, zowel om het uiterlijk van de sites te bekijken als om te zien wat ze van de concurrentie konden afkijken. Deze keer verscheen het verbazingwekkende aantal van 2.780.000. Jan was snugger genoeg om te begrijpen dat dat niet het daadwerkelijke aantal bureaus was waar ze mee concurreerden, maar het schudde haar wel wakker. Als experiment typte ze 'schoenenreparatie Los Angeles' in en ze vond het wel grappig dat dat 2.050.000 hits opleverde. Waarom

had ze nu ineens aan schoenen moeten denken? Was het een rond-
zwevende herinnering aan Joe Ripps, haar onfortuinlijke schoon-
vader, eigenaar van Sole Man? Niet iedereen kon ondernemer zijn.
Blijkbaar had Marcus het zakengen wel. Ze vond het nog steeds
onvoorstelbaar.

Jan dacht erover na hoe Stralend Schoon zich kon onderscheiden, op een of andere manier in deze losbandige tuin kon opvallen,
als een zonnebloem tussen de boeketjes. Zonnebloem! Dat was
een goede naam, en dat hadden ze nodig, volgens haar straalde
Stralend Schoon niet het juiste niveau uit. Ze besefte echter ook
dat Zonnebloem een beetje hippieachtig was, het riep een beeld op
van kralenkettingen en de geur van patchoeliolie. Het hippie-ima-
go was sinds de hoogtijdagen van Haight-Ashbury niet meer te
verkopen geweest en Jan wist intuïtief dat het niet in dit verband
weer tot leven moest worden gewekt. Zelfs als ze het wel Zonnebloem zouden noemen; Zonnebloem en dan? Escort? Ze vond het
woord 'escort' lachwekkend in deze context. Ze wist dat ze in deze
delicate branche een eufemisme nodig had, maar escort? Jan was
van plan een ingenieuze naam te bedenken om de onderneming
opnieuw in de markt te zetten.

Ze was dol geweest op het woord Ripcord. Het Engelse werk-
woord 'rip', scheuren, was actief en stond voor een scheur in de gewone gang van zaken, en 'cord' – touw – stond voor kracht, veelzij-
digheid en was misschien een verwijzing naar bondage voor de
mensen die op die manier dachten (ze was geïntrigeerd door de
sprong die haar geest nu maakte). Als je die twee woorden samen-
voegde, vormden ze iets nog krachtigers. En wat dan nog als dat de
detailhandel zou schokken? Even overwoog ze om die naam te lenen, maar ze vond toch dat ze radicaal met het verleden moest breken. Jan pakte een blocnote en maakte een lijst met namen.

Elite... Discreet... Tout de suite...

Ze waren allemaal vrij voorspelbaar en algemeen, en daardoor
bestonden ze waarschijnlijk al. Het was belangrijk dat Jans nieuwe
bedrijf door degenen die ervan wisten als chique werd gezien. Ze
was niet echt een snob; iemand die in Van Nuys woonde kon niet

echt een snob zijn. Zelfs de ongevoeligste mensen bleven tegen de werkelijkheid vol Del Taco's aan lopen. Overal waar Jan bij betrokken was, hoe twijfelachtig ook, moest haar persoonlijke gevoel voor esthetiek bevredigen. Ze woonde dan misschien niet in een schitterend huis en had geen dure auto, maar ze kon de details nog steeds beheersen, en dat was belangrijk voor haar.

Jan staarde naar haar computerscherm, waar een pop-upvenster waarop stond GESPREKKEN MET ZIJ-MANNEN! haar aandacht vroeg. Jan opende haar computerwoordenboek, typte het woord 'prostituee' in en klikte op 'synoniemen'. Ze las: snol, lichtekooi, hoer. Die waren niet beter dan escort. Het zou niet meevallen om een naam te verzinnen waar ze een goed gevoel bij zou hebben.

De volgende dag prijsde Jan, met een fijnschrijver in de hand, een rek jacks af.

'Ik kan je niet uitkopen,' zei Plum. Ze zat achter de kassa een proteïnedrankje te drinken, de hoeksteen van haar nieuwe dieet dat uit niets anders bestond. 'Ik wilde het er met Atlas over hebben, maar toen ik hem op wilde sporen, kwam ik erachter dat hij zich had laten opnemen in een afkickcentrum.'

'Dat zei Marcus al.'

'Wist jij dat?'

'Ik nam aan dat jij het ook wist.'

'Nou, niet dus. Vraag jij je nooit af wat je man voor je achterhoudt?'

Achter Jans ogen was een stam uit de oudheid op de rand van een vuurspuwende vulkaan bezig om angstaanjagende goden te vereren terwijl een brassband *speed metal* speelde, maar ze glimlachte kalmpjes en zei: 'Soms wel.'

'Maar goed, ik heb op allerlei manieren geprobeerd om aan geld te komen, maar ik krijg het niet bij elkaar.'

'Dan gaan we de spullen maar afprijzen en een opheffingsuitverkoop houden.'

Plum antwoordde niet onmiddellijk en dat gaf Jan de kans om het begin van wat een opvallende lichamelijke transformatie aan het worden was in zich op te nemen. De gezette Plum was aanzienlijk aan het afvallen en hoewel ze nog steeds eerder volslank dan rank was, ging ze steeds meer op haar oude zelf lijken. Nu bleef Jan wachten. Normaal gesproken zou ze het gesprek hebben laten doodbloeden naar een vage conclusie, maar dit keer zou het anders gaan. Jan wist dat de droom van Ripcord ten dode opgeschreven was. De winkel paste niet langer in haar berekeningen. En ze had nu een nieuwe carrière. Ze wilde dat ze Plum erover kon vertellen.

De rest van het gesprek kreeg een melancholische klank. Om de beurt haalden ze herinneringen op aan hun onderneming, waarbij ze hun uiterste best deden het bedrijf niet te portretteren als de dwaasheid die het overduidelijk was geweest, en ze maakten plannen voor een opheffingsuitverkoop. Toen zei Plum: 'Wie was nou die vrouw met wie Marcus gisteren aan het eten was?'

Jan vroeg zich af of haar bijna voormalige vennoot haar aan het sarren was, maar de uitdrukking op Plums gezicht verried niets. 'Ik dacht dat ik het je al had verteld. Ze is compagnon in het bedrijf.'

'Het was nogal een stoot voor iemand die bij een stomerij werkt.'

Jan zou zich niet laten meeslepen in een persoonlijk gesprek met Plum. Ze verzamelde alle gelijkmoedigheid die iemand kon opbrengen die onlangs een lijk in het Angeles National Forest had gedumpt en zei: 'Vind je?'

'En jij gelooft hem?'

'Ja,' loog ze, op een toon die een verder gesprek moest voorkomen.

Later die dag, toen Jan in de rij auto's bij Winthrop Hall zat te wachten, liet ze haar gedachten gaan over wat er de dag ervoor aan het licht was gekomen. Ze was afschuwelijk geschokt en verdrietig geweest, had een grondige kritische analyse gemaakt en was toen tot een soort aanvaarding, misschien wel verwelkoming, van haar nieuwe en onverwachte lot gekomen. De komende paar maanden zouden beslissend zijn voor het leven van haar gezin en ze moest goed op haar hoede blijven. Hoe zou ze het bedrijf noemen? En wanneer zou haar nieuwe string niet meer schuren?

Jan werd uit haar dagdroom gewekt doordat er met slanke knokkels op haar raam werd geklopt. Ze keek opzij en zag een goed gemanicuurde hand tegen het glas kloppen, in een poging haar aandacht te trekken. De vrouw was ongeveer van Jans leeftijd, maar door een dagelijks regime van poriënreiniging, massage en aromatherapie en een kapsel van vierhonderd dollar leek ze tien jaar jonger. Ze was knap, maar niet adembenemend, en gretig. Je merkte dat ze aardig gevonden wilde worden. Jan deed haar raampje open.

'Hoi, ik ben Corinne Vandeveer. We houden een veiling om geld in te zamelen voor de slachtoffers van de aardbeving in Guatemala.' Corinne praatte alsof er tien koppen koffie door haar heen kolkten, maar haar adem rook naar pepermunt. 'Misschien kun je wat stukken van Ripcord doneren.' Hoe wist Corinne überhaupt dat Jan mede-eigenaresse van Ripcord was? Geen van haar drie kinderen zat bij Nathan in de klas en de twee vrouwen hadden nog nooit een woord met elkaar gewisseld. Maar Corinne was een turbomoeder, en die vrouwen hadden een soort subtiele scherpzinnigheid wat schoolzaken betrof die Jan met ontzag vervulde. 'Wil je ons helpen? Je kunt de spullen bij mij thuis afgeven.'

Corinnes timing had niet beter kunnen zijn en Jan voldeed graag aan haar verzoek, hoewel ze zo in beslag was genomen door de gebeurtenissen in haar leven dat de aardbeving, die bijna twintigduizend slachtoffers had geëist, aan haar aandacht was ontsnapt. Jan reed al een stukje door, bij Corinne vandaan, toen Nathan zijn rugzak achter in de auto gooide en op de bijrijdersstoel ging zitten. Hij begroette haar en vertelde over school.

Toen de auto voor haar zich in beweging zette, duwde Jan het gaspedaal diep in en reden ze van het schoolterrein af. Ze keek schuins naar Nathan.

'Nog iets bijzonders gebeurd?'

'De sirenes gingen af, en toen bleek het een brandalarm te zijn.'

'Jeetje, spannend zeg.' En toen trof het haar.

Sirenen! Een uitstekend woord! Dat was toch wel een heel verhulde manier om de meisjes aan te prijzen. Terwijl ze naar huis reed, goochelde Jan met de pas ontdekte filologische snuisterij die haar zoon haar onwetend in de schoot had geworpen. Het was goed, maar natuurlijk nog niet compleet.

16

Rabbijn Rachel leek zo rond de veertig. Ze was iets te dik en had een mannelijk kapsel dat een aardig gezicht omlijstte. Het werd geaccentueerd door rustige bruine ogen die de Ripps verwelkomden. In een spijkerbroek, shirt met korte mouwen en zonder make-up zag ze eruit als een ijverige studente. Op haar hoofd droeg ze het soort leren pet dat Lenin tijdens de Revolutie droeg. Het was niet bij Marcus opgekomen dat de rabbijn die Nathans bar mitswa zou voltrekken lesbisch zou zijn. Het zat hem niet echt dwars, het zat hem zelfs helemaal niet dwars, maar het was wel iets wat hem opviel. Hij had zoveel tegenstrijdige gevoelens over de hele bar mitswa dat hij alles waardoor deze buitengewoon zou worden en een gedenkwaardige ervaring zou zijn, toejuichte. Dit was een goed begin. Onder het luisteren bewoog hij heen en weer in zijn stoel in een poging een houding te vinden die aangenaam was voor zijn rug.

'Te veel gezinnen worden volledig in beslag genomen door het vertoon van de bar mitswa,' zei rabbijn Rachel. 'Je zou heel makkelijk kunnen vergeten waar eigenlijk allemaal om draait.'

Ze zaten in het bescheiden kantoor van rabbijn Rachel naast de synagoge. De rabbijn zat aan haar bureau en Nathan zat tegenover haar, geflankeerd door zijn ouders. Jans handen lagen gevouwen in haar schoot terwijl ze luisterde. Nathan knikte bij de woorden van de rabbijn. Marcus zag een gebutste akoestische gitaar op een standaard in de hoek staan. Was ze folkzangeres? Hij was te jong om de jaren zestig te hebben meegemaakt, maar de veelsoortige uitingen van de popcultuur rond 1966 trokken hem aan en een akoestische gitaar hoorde daar onvermijdelijk bij. Door die gitaar in het kantoor van rabbijn Rachel vond hij haar sympathieker dan wanneer het bijvoorbeeld een banjo was geweest.

'Door al het geregel met de cateraar, de dj en de mensen die van buiten de stad komen, kan het iets worden wat je moet doorstaan, in plaats van iets waarvan je moet genieten. Dus ik wil nu graag tegen jullie zeggen... geniet ervan. Nathan zal het fantastisch doen, hij zal zijn gedeelte uit de Thora voorlezen, wat we hebben besproken...' Hier knipoogde ze tegen Nathan en glimlachte naar Marcus en Jan. Marcus vond de manier waarop ze impliciet een verbondje sloot met zijn zoon leuk. Misschien zou de ervaring de jongen echt iets brengen. Hij had gedacht dat Nathan eigenlijk alleen maar voor een groot feest ging, dus dit was weer een rimpeling. Marcus had zich op religieus vlak nog nooit met iemand verbonden gevoeld. Misschien zou rabbijn Rachel Nathan wel over een goddelijk pad leiden waar hij als hij ouder werd echt iets aan had, iets wat Marcus nooit had ervaren. De agnosticus die tegen het atheïstische aan hing binnen in hem werd geprikkeld door de ontluikende religiositeit van zijn zoon, een jongen die nog steeds een stap was verwijderd van de chaotische, vaak overweldigende werkelijkheid die uiteindelijk die behoefte aan religie opriep. Marcus hinkte hierover op twee gedachten. Hij juichte Nathans verkenning van deze kant van zijn achtergrond toe en hoopte dat het hem misschien een concreet moreel kader kon verschaffen aan de hand waarvan hij kon leven. Maar het deed hem ook denken aan de stormachtige plek waar hijzelf ronddwaalde, peinzend over zijn eigen flexibele ethiek, onzeker over waar hij naar op weg was. Moge Nathan de duisternis van de twijfel bespaard blijven, dacht Marcus.

'Nathan is de gebeden aan het leren, hij is bezig met zijn haftara en hij gaat een preek schrijven,' zei rabbijn Rachel.

'Die gaat over Abraham,' lichtte Nathan zijn ouders in.

'Niet over Mozes, of Noach?' vroeg Marcus, op een toon waarvan hij hoopte dat die grappig overkwam en niet verraadde dat zijn bijbelkennis beperkt was. In een noodgeval kwamen Adam en Eva nog wel naar boven, Kaïn en Abel en misschien Jacob. Maar dan had je het wel gehad.

'Het onderwerp van Nathans toespraak wordt bepaald door de tijd van het jaar en de plek waarop we in de Tora zijn,' lichtte rabbijn Rachel Nathans ongelovige vader in.

'Ik vind Abraham leuk. Hij is cool,' zei Nathan. Hij vond hem leuk? Deze Bijbelse patriarch, deze vader der Joden, de man die bereidwillig een mens offerde? Zijn zoon, wel te verstaan! Volgens Nathan Ripps was Abraham cool? Dat was natuurlijk goed. Als Nathan vond dat Abraham cool was, dan hing hij misschien de deïstische kijk aan.

Marcus ontspande zich een beetje.

'Nathan en ik zullen om de paar weken met elkaar afspreken om te kijken hoe hij vordert, maar het is belangrijk dat hij dit zelf doet. Het is zijn toespraak en ik vraag ouders altijd om zich er niet mee te bemoeien. Het gaat erom dat jullie zoon een man wordt,' zei rabbijn Rachel met een licht spottend glimlachje, dat aangaf dat ze de stilzwijgende ironie van die uitspraak erkende, gezien het feit dat Nathan er amper als twaalf uitzag. De definitie van 'man' was plooibaar.

Nathan zag er heel gretig uit, zijn gezicht straalde een openheid en energie uit die Marcus nooit met deze omstandigheden in verband zou hebben gebracht. Hoewel de jongen Marcus' fysieke DNA bezat, leek de spirituele klei waarvan hij was gemaakt heel anders.

Aan het eind van de bespreking vroeg rabbijn Rachel aan Marcus of hij nog even wilde blijven. Ze vroeg hem of hij joods was en hij zei van niet. Hij zei tegen haar dat hij meer geïnteresseerd was in filosofie dan in religie, maar dat hij op waarde schatte wat religie voor sommige mensen kon doen en dat hij Nathan steunde in zijn zoektocht.

'Het hoeft niet te gaan om het aanbidden van een traditionele god, Marcus. Het gaat er meer om dat je het juiste doet.'

Hij wilde tegen haar zeggen dat hij dat wist, maar toen schoot hem iets te binnen. 'Maar wie bepaalt wat het juiste is? Als de meeste mensen vinden dat iets juist is, is dat dan ook zo? Misschien is het een collectief waanidee waar mensen het over eens zijn. Misschien is het hele idee van God wel een waanidee.'

'God kan zijn wat je maar wilt.'

'Zoals een denkbeeldige vriend?' Hij glimlachte om te laten zien dat hij een grapje maakte.

Ze keek hem onderzoekend aan. Dit was niet het soort gesprek dat ze over het algemeen voerde met de vader van de bar mitswa-student. 'Ik weet niet of God bestaat. Verbaast je dat?'

'Iedereen moet zijn brood verdienen.'

'Maar ik denk dat het belangrijk is dat we doen alsof hij bestaat. Als je er nog wat meer van gedachten over wilt wisselen, mijn deur staat open.'

Marcus bedankte haar en verliet het kantoor. Hij wist niet wat hem was overkomen, maar hij zwoer dat hij het theologische verschil van mening met de rabbijn, of met wie dan ook wat dat betreft, voor zich zou houden. Niemand hoefde te weten wat hij waarover ook maar dacht.

Terwijl hij naar de auto liep, viel het hem op dat zijn rug geen pijn meer deed.

Toen ze thuiskwamen klonk het dissonerende gejank van elektrisch gereedschap hen tegemoet. Marcus volgde het geluid naar Lenores kamer, keek naar binnen en zag haar op een stoel staan en een gat in het plafond boren. Ze had een joggingbroek aan en een T-shirt waarop stond GOT POLE?

'Wat ben je aan het doen?'

Lenore hield op met boren en keek haar schoonzoon verheugd aan. 'Ik ben mijn paal aan het installeren.' Ze knikte naar de cilinder van roestvrij staal die op haar bed lag. 'Ik kan wel wat hulp gebruiken.'

Twintig minuten lang stoeiden Marcus en Lenore met de vloer- en plafondplaat tot ze er zeker van waren dat de paal haar kleine lichaam kon dragen.

Daarna riepen ze Nathan en Jan erbij en toen het hele gezin er was drukte Lenore een knopje in op haar gettoblaster, waar de laatste tijd heel veel folk rockzangers van een bepaalde leeftijd op te horen waren. De hiphopdreun die nu te horen was luidde een wisseling van de wacht in. Voor drie paar ongelovige ogen ging Lenore aan de paal hangen en voerde een hele show op, waarbij ze schaarbewegingen uitvoerde, in de rondte draaide en ondersteboven hing met haar benen om de paal geslagen. Met veel vertoon ging ze rechtop zitten en sprong op de vloer, met een lichtvoetigheid waaraan je haar leeftijd niet kon aflezen.

'Wat zeg je me daarvan?' vroeg ze met een stralend gezicht.

Even wilde de rest eigenlijk alleen maar sprakeloze blikken naar elkaar werpen. Daarna begon Nathan in zijn handen te klappen, al snel gevolgd door zijn ouders. Ze waren het erover eens dat paaldansen ouderen zelfvertrouwen gaf.

Die avond lagen Marcus en Jan in bed, ze hadden net het licht uitgedaan. Sinds Jan had besloten een actieve rol in de onderneming te spelen, had ze het van verschillende kanten bekeken. Marcus had het personeelsgebeuren geregeld en het geld stroomde lekker binnen, dus wilde Jan– om de inkomsten te verhogen en onopvallend te blijven – het bedrijf opnieuw in de markt zetten, mikkend op een exclusieve klantenkring, ervan uitgaand dat door de dienstverlening duurder te maken ze het aantal klanten konden verminderen en het risico exponentieel konden verkleinen. Jan wist dat de markt meer geld wilde betalen als het bedrijf zich onderscheidde, hetgeen de verwachte terugloop van het aantal klanten zou goedmaken.

Jan wilde het bedrijf opnieuw lanceren met een naam die bij de nieuwe identiteit paste, maar tot op heden was het haar niet gelukt een naam te bedenken die de juiste mate van klasse uitstraalde.

'Waar is een man naar op zoek als hij in een hotel zit en een dame wil inhuren?' Ze gaf de voorkeur aan eufemismen, omdat ze daardoor beter met de hele situatie kon omgaan.

'Hij wil dat ze de dienst kan verlenen waarom hij heeft verzocht.'

'Dat bedoel ik niet. Naar welke eigenschappen is hij op zoek, je weet wel... persoonlijke dingen? Gevoel voor humor, dat soort dingen.'

'Volgens mij kijken ze naar haarkleur en de vorm van het lichaam, lekkere kont, omvang van de borsten...' Hij begon haar dij te strelen. Ze droeg een schone string en een zijden T-shirt dat een aantal maten te klein was. Marcus vroeg zich af wat er was gebeurd met de gebruikelijke nachtboerka.

'Wat vind je van geisha's?'

'Wie is er nu niet dol op een geisha?' Marcus streelde met zijn vingertoppen haar heup.

'Of de courtisanes in Frankrijk?'

'Daar ben ik ook dol op,' zei hij, en hij bereikte haar clitoris terwijl hij zich afvroeg of zijn vrouw die middag in de bibliotheek had gezeten.

'Ze waren heel goed in oosterse vechtkunsten.'

'Heb je dat in een brochure gelezen?'

'Nee...' zei ze, zachtjes kreunend. 'Dat stond op een website. Ik dacht dat die mannen het misschien leuk zouden vinden als er een mens naar hen toe kwam, in plaats van alleen een seksmachine.'

'Misschien wel.' Marcus kuste haar in haar hals.

'De geisha's waren exclusief, wat ik wel een prettig idee vind voor ons bedrijf, want hoe chiquer je bent, hoe minder waarschijnlijk het is dat de politie zich met je zal bezighouden.' Hij pakte haar hand en legde hem tussen zijn benen. Ze begon hem afwezig te strelen. 'Sommige geisha's waren heel indrukwekkend. Ze waren goed opgeleid, reisden veel rond... Ze wisten hoe ze ervoor moesten zorgen dat de mannen voor hen betaalden.'

'Ze waren slim.'

Slim?

Ze klom boven op hem, bewoog haar bekken heen en weer en bereed hem in een golvend ritme. Marcus bewoog zijn heupen omhoog en omlaag, stotend, zijn handen kroelden over haar dijen, zijn adem was oppervlakkig en warm. Terwijl hij zijn vingertoppen over haar zachte schouders liet gaan en zijn ogen dichtdeed, zei ze: 'SLIMME SIRENEN!' En toen liet ze zich voorover vallen, drukte haar borsten tegen zijn borstkas en kuste hem lang en intens, waarbij ze met haar tong door zijn mond woelde en hun adem zich vermengde.

De volgende ochtend reed Jan naar het met rolluiken afgesloten Ripcord om een aantal dozen op te halen die zij en Plum hadden ingepakt. Ze laadde ze in de MPV en reed naar het huis van Corinne Vandeveer in Coldwater Canyon. Er stond een hek om het huis heen en Jan volgde de instructies op die op een bordje stonden dat op een bakstenen zuil naast een toetsenpaneel hing. Ze toetste de code in en wachtte. Even later zwaaide het hek open. Het huis van de Vandeveers was een ruim opgezet, Italiaans herenhuis dat eruitzag alsof het in zijn geheel van een Toscaanse heuvel was geplukt. In het midden van de cirkelvormige oprijlaan stond een indrukwekkende fontein met drie verdiepingen, met erbovenop een bijna levensgroot koperen beeld van een Tibetaanse monnik. Er spoot water uit een buis in zijn voorhoofd, dat een tot aan zijn middel reikende bedelnap vulde waarin op het moment een Vlaamse gaai badderde, voordat het in een waterval in de met orchideeën omzoomde koivijver eronder stroomde. De looppaden die als de stralen van een ster van het huis wegleidden waren geplaveid met tegels van travertijn in verschillende tinten, die glansden in de ochtendzon. Er stond een kastanjebruine Bentley geparkeerd.

Jan belde aan en even later deed een jonge latino vrouw in een zwart dienstmeisjesuniform de grote eikenhouten deur open.

'Ik kom voor mevrouw Vandeveer,' zei Jan. Maar voordat de vrouw kon antwoorden, kwam Corinne in zicht. Ze praatte met een onzichtbaar iemand en gebaarde Jan naar binnen. Het dienstmeisje verdween. Corinne droeg een zwarte legging en een ruimvallend wit mannenoverhemd. Ze was blootsvoets.

'Als we het vliegtuig naar Montana nemen,' zei Corinne tegen de persoon aan de andere kant, 'dan snap ik niet waarom we dat daar niet een paar dagen kunnen laten staan voordat we naar Spanje gaan. Ik weet dat we het delen...' Jan keek rond. De eikenhouten eettafel deed haar denken aan een tafel die ze lang geleden tijdens een bezoekje aan het Metropolitan Museum in New York had gezien. In de immense woonkamer aan de andere kant van de hal hingen diverse grote schilderijen die ze herkende als het werk van Ed Ruscha en Cy Twombly. Ze stonden op een tapijt uit Istanbul dat, in zijn exquise en ingewikkelde schoonheid, haar stilletjes verzocht op haar versleten sandalen ergens anders naartoe te gaan. '... Maar ik snap nog steeds niet... Goed. Oké. Ik heb bezoek. Ik bel je terug.' Nu sprak Corinne tegen Jan. 'Het plannen van een vakantie is zo'n gedoe geworden dat ik niet weet waarom we überhaupt nog weggaan.'

'Ik weet het,' zei Jan. Haar medeleven was overtuigend. 'De kleren liggen in de auto. Zullen we ze gaan halen?'

Corinne frummelde aan het elektronische apparaatje in haar oor en zei: 'Araceli, kunnen jij en Ramon... Wacht even.' Corinne bleef Jan aankijken, die onprettig genoeg niet wist tegen wie ze praatte. Toen vroeg ze aan Jan: 'Zitten ze in dozen?'

'Ja.'

'Kunnen jij en Ramon de dozen uit de auto van mevrouw Ripps halen en ze bij de andere in de garage zetten, alsjeblieft?'

Vijf minuten later zaten Jan en Corinne op krukken aan een eiland in de enorme keuken. De ruimte was een orgie van marmeren werkbladen en grote roestvrijstalen keukenapparaten die eruitzagen alsof ze nog nooit waren gebruikt. De vrouwen knabbelden aan krabcanapés en dronken ijsthee uit bokalen van geslepen glas.

'Ik hoop dat je het niet erg vindt dat het restjes zijn,' zei Corinne. 'Maar we hadden gisteravond een geldinzameling voor Instant Karma. Dat is een organisatie die boeddhistische monniken naar gevangenen stuurt om met hen te werken.'

'Dat is een goed doel.' Jan wist niet goed wat ze anders tegen Corinne moest zeggen, dus ze zei maar iets voor de hand liggends. Mensen als Corinne zou het over het algemeen trouwens toch een zorg zijn wat Jan dacht. Nu begreep ze in elk geval de waterspuitende monnik voor Corinnes huis beter.

'Ik zet je wel op de lijst voor de volgende actie.'

Jan keek naar de achtertuin, gestreeld door Corinnes idee dat zij wel geld te geven zou hebben. Ze zag een zwembad dat eruitzag alsof het uit rotsen was gehakt en dat werd omgeven door vierduizend vierkante meter verblindend groen gras waarop in levensgrote olifantvorm gesnoeide bomen stonden.

'Ik vind de olifanten erg leuk,' zei Jan.

'Ze zijn gemodelleerd naar de olifanten die we op vakantie in Thailand hebben gezien. Ik heb er een beetje genoeg van,' zei Corinne. 'Afgelopen zomer waren we in Frankrijk in een kasteel, en daar was een doolhof, je weet wel, een labyrint? Misschien laat ik dat wel aanleggen.'

Jan knikte. De lucht was ijl op de hoogte waar Corinne verkeerde. Ze kletsten over hun kinderen, het wiskundeprogramma op Winthrop Hall en de jaarlijkse geldinzamelingsactie en toen vroeg Corinne: 'En... wat doet je man?'

'Beleggingen.' Jan had geen idee waarom ze loog. Of, liever gezegd, waarom ze die specifieke leugen vertelde. Ze had Corinne kunnen vertellen dat hij een stomerij had. Misschien was ze van haar stuk gebracht door de doordringende geur van geld of door Corinnes onverwachte vriendelijkheid. Maar haar antwoord leek de gastvrouw te bevallen. 'En die van jou?'

'Hij is arbitrageant, wat betekent dat hij op de ene markt inkoopt en op de andere verkoopt, maar dan voor veel meer geld. Sorry, jij weet dat natuurlijk wel, maar niet iedereen kent het begrip, dus ik leg het altijd uit. Kom maar eens bij ons eten.'

'Dat zou zalig zijn,' zei Jan. Zalig? In welk duister negentiende-eeuws hoekje had ze dat woord opgeduikeld? Had ze dat woord ooit in haar leven eerder gebruikt? Jan voelde een kleine hartklopping. Hoeveel glazen ijsthee had ze gedronken? Ze was vergeten dat er cafeïne in zat. Ze keek op haar horloge. 'Ik zou graag nog even blijven kletsen...'

'Verontschuldig je maar niet,' zei Corinne. 'Mijn reikibehandelaar is er over vijf minuten. Ik had je er anders toch uitgeschopt.'

Jan reed naar West-Hollywood en overdacht de ontmoeting. Corinne was heerseres van Winthrop Hall: ze was de commissiekoningin, de gastvrouw van de diners voor ouders, de organisator van de jaarlijkse boekenbeurs. Ze was een leeuwin en dus niet het soort vrouw tot wie Jan zich normaal gesproken aangetrokken voelde. Maar ze was aardig en behandelde Jan alsof ze lid van dezelfde club konden zijn, waar ze linnen tafelkleden gebruikten, bestek van zwaar zilver en sociale uitsluiting als middel om het protocol te handhaven. Je kon het voordeel van het hebben van een dergelijke vriendin bijna niet onderschatten.

De rest van de dag was Jan bezig een geïmproviseerde fotostudio achter in de stomerij op te bouwen. Ze hing een witte achtergrond op aan twee kledingrekken en overdekte een chaise longue (die ze speciaal hiervoor bij een meubelzaak aan La Brea had gekocht) met goudkleurige satijnen lakens, waardoor die hoek op een boudoir leek. In de loop van de week fotografeerde ze met de digitale camera die Nathan zes maanden geleden voor zijn twaalfde verjaardag had gekregen de nieuw gedoopte Slimme Sirenen in verschillende stadia van ontkleding. Ze ontwierp de website, regelde een server en toen stond de 9.0-versie van het bedrijf op internet. Toen Jan in hun kantoor aan huis (haar nieuwe hoofdkwartier) door de site scrolde kreeg ze een stoot energie die ze niet meer had gehad sinds de voorspoedige dagen van Ripcord toen het klip en klaar leek dat die een succes zou worden en haar een rijke toekomst vol mogelijkheden aan Van Nuys Boulevard zou bieden. Toen pakte ze de Gouden Gids en zocht onder de H naar Harsbehandeling.

Jan plaatste discrete advertenties voor het bedrijf in plaatselijke blaadjes en samen met hun aanwezigheid op internet veroorzaakten die een kleine stijging in het aantal boekingen. De grote golf kwam toen ze ging investeren in een grotere markt. Los Angeles was een wereldwijd financieel knooppunt, dus Jan haalde Marcus over om advertentieruimte te kopen in glossy zakentijdschriften in New York, Londen en Tokyo. Ze schreef de tekst ervoor zelf en omdat de meer verheven publicaties advertenties van een bedrijf dat Slimme Sirenen heette niet zou accepteren, gaf Jan dat de organisatie voor deze markten een andere naam: Internationale Vriendschappen. Deze advertenties werden direct geaccepteerd en het aantal boekingen schoot weer omhoog.

Toen Jan een paar weken in haar nieuwe rol zat, belde ze Corinne en vroeg of ze nog steeds geld inzamelde voor de slachtoffers van de aardbeving in Guatemala. Toen Corinne hierop bevestigend antwoordde, zei Jan dat Marcus en zij vijfduizend dollar wilden doneren. Nadat Corinne haar had bedankt, werden ze uitgenodigd voor een dinertje op zaterdagavond. Jan accepteerde de uitnodiging. Toen ze Marcus vertelde dat ze waren uitgenodigd, stelde ze hem ervan op de hoogte dat hun gastheren dachten dat hij 'belegger' was. Marcus, nu gewend aan het veinzen van dingen, nam dit voor kennisgeving aan.

Marcus kocht een jasje van Hugo Boss en Jan een nauwsluitende Armani-jurk, dus ze waren een beetje te goed gekleed voor wat een barbecue in de achtertuin bleek te zijn. Maar ze waren toch blij dat ze erbij hoorden. Er zaten zes stellen rondom een lange tafel op het ruime terras, met uitzicht op het uitgestrekte gazon en bloementuinen die overvol stonden met roze, witte en gele rozen. Een treurig kijkende Mexicaanse vrouw met een koksmuts bemande de grill en een kelner met een wit jasje aan, rood haar en sproeten drentelde onderdanig heen en weer. Corinnes echtgenoot Dewey zat aan het hoofd van de tafel. Het was een knappe man van voor in de veertig met grijzend, enigszins warrig haar en een zorgeloze manier van doen. In verschoten Levi's en een wit overhemd dat niet was ingestopt wasemde hij geld uit. Onder de andere gasten bevond zich een rijke handelaar in snacks en zijn te dikke vrouw, een parkeerplaatsenmagnaat en vrouw nummer drie (die zijn masseuse was geweest) en de eigenaar van een grote wijngaard in Napa en zijn vrouw, die in de jaren tachtig een filmster was geweest en zich nu wijdde aan de dierenbescherming en drank. Als laatste was er een beeldschone jonge vrouw die zich binnenhuisarchitecte noemde. Haar man, die minstens dertig jaar ouder was en duidelijk een facelift had gehad, was een vennoot van Dewey. De pinot noir vloeide rijkelijk, het gesprek was uitgelaten en Marcus en Jan kwamen erachter dat ze zich, door de waarheid nauwelijks merkbaar te verdraaien, konden voordoen als een typisch rijk stel in Los Angeles dat geld aan goede doelen gaf en zich zorgen maakte over hoe ze de wereld zouden achterlaten voor de volgende generatie.

Jan smikkelde van de taart met pecannoten die als dessert werd opgediend, glipte met haar voet uit de zwarte kalfslederen pump die ze die middag in een filiaal van Galleria had gekocht waar ze al jarenlang iets had willen kopen en wreef langs Marcus' enkel. De vrouw met de veel oudere man vertelde een lang verhaal over een probleem met de verbouwing van hun huis op Ibiza, een van de vijf huizen die ze hadden. Vanwege haar schoonheid was iedereen toegeeflijk en niemand onderbrak haar. Toen ze eindelijk het einde van het saaie verhaal had bereikt, viel er even een stilte in het gesprek.

'En, Marcus,' zei Dewey, die daarmee de aandacht op hem richtte. 'Corinne vertelde me dat je belegt. Waarin?'

'O...' zei Marcus, even talmend. Hij had naar de gesnoeide olifant zitten kijken die dichtbij op wacht stond. 'Je weet wel. Het gebruikelijke. Goud, hout...' Jan wierp een blik op hem en hield haar adem in. Zou hij door de mand vallen? Goud? Hout? 'En natuurlijk de stomerijbranche.'

'Certificaten? Goudstaven?' wilde Dewey weten.

'Ik hou graag goud vast, ik wil het gewicht voelen,' zei Marcus. Hij was een beetje aangeschoten door de wijn en voelde zich mededeelzaam. 'Soms ga ik naar de bank om aan een baar goud te zitten...'

De andere gasten lachten. Jan deed haar best niet ongelovig naar hem te staren. Marcus wachtte op een vervolgvraag, maar werd gered toen de parkeerplaatsmagnaat zei: 'Met goud zit je altijd goed,' waarna hij een uitgebreid verhaal vertelde over de veroveraars en hun zoektocht naar het kostbare metaal voordat hij afdwaalde naar een uiteenzetting hoe je goud uit zeewater kon winnen. Jan deed haar best om haar aandacht erbij te houden. Als ze de Vandeveers als wederdienst ook wilde uitnodigen, moest ze een goede gast zijn.

Marcus floot een cantate van Bach toen hij van de oprit van de Vandeveers af reed, rechtsaf Coldwater op. Jan had zich geamuseerd en hoopte dat de melodie die Marcus floot zijn eigen kijk op het gebeuren weerspiegelde.

'Vond je het leuk?'

'Ik weet dat jij het leuk vindt om met deze mensen om te gaan,' zei hij. 'Dus vind ik het leuk om mee te gaan.'

'Mag ik je iets vragen?'

'Ja hoor.'

'"Soms vind ik het lekker om aan een baar goud te zitten?" Waarom zei je dat in vredesnaam?'

'Wat had ik dan moeten zeggen?'

'Je had ook iets ontwijkends kunnen zeggen.'

'Heb je die vrouw horen vertellen over de problemen met hun huis op Ibiza? Weet je zeker dat je bevriend wilt zijn met deze mensen?'

'Ik vind ze aardig.'

Toen ze de top van de heuvel bereikten, hadden ze al langer dan een minuut niets meer gezegd. Marcus nam een bocht, terwijl de lichtjes in de Valley onder hen knipoogden. 'Wat zou je ervan vinden om een nieuw huis te kopen?'

'Wil je verhuizen?'

'Ik hoef niet zozeer een poenerig huis, maar, moet je horen... nu we ons misschien iets beters kunnen veroorloven...'

'Volgens mij is de huizenmarkt overspannen,' zei ze tegen hem. De lichte waas van de wijn kristalliseerde tot iets vasters, terwijl ze bedacht hoe ze hem kort moest houden voordat hij zijn logica op hun hele leven ging botvieren. Jan vond de wereld van de Vandeveers wel aantrekkelijk, maar ze liet zich niet meeslepen. 'Het is van de gekke om nu iets te kopen. En trouwens, als we zouden verhuizen en een hogere hypotheek zouden nemen, zouden we altijd zoveel geld moeten blijven verdienen.'

Nu de eerste roes van het zakelijke succes was afgezakt, had Jan meer bedenkingen dan ze had gewild. De illegaliteit van de onderneming zat haar nog steeds dwars en ze had nog niet helemaal vrede gesloten met de morele dubbelzinnigheid. Door de kletspraat die Marcus tijdens het etentje had verkocht, hoezeer het de andere gasten ook had vermaakt, vroeg ze zich weer af waar ze mee bezig waren en wat haar eigen aandeel daarin was. Zij had per slot van rekening gezegd dat hij belegde. Nu maakte Jan zich, in combinatie met het sluimerende schuldgevoel waarvoor ze boete wilde doen, zorgen over hoe ze hun huwelijk bescheiden konden houden terwijl Slimme Sirenen bakken met geld binnenbracht. 'Ik moet je iets opbiechten,' zei ze. Hij keek haar vragend aan. Toen vertelde ze hem over haar gift aan de slachtoffers van de aardbeving en hij glimlachte en gaf haar een kneepje in haar hand.

'Ik vind het geweldig dat we dat kunnen doen,' zei hij. 'We gaan bergen geld verdienen en we gaan het beleggen. Dan gaan we dat geld precies zo uitgeven als we willen. We kunnen een stichting oprichten en het weggeven als we dat willen.' Hierdoor werd ze gerustgesteld, omdat dit aangaf dat hij zich redelijk zou blijven gedragen.

Ze reden van de heuvel af naar Ventura Boulevard. Jan vond het fijn zoals de avond was verlopen. Marcus had het er goed vanaf gebracht en had haar geloof in hem bevestigd. Sinds de financiële druk was verlicht, had Jan nagedacht over de vele manieren waarop ze hun leven konden verrijken. Ze had bedacht dat ze een abonnement op sportwedstrijden konden nemen, of naar Europa op vakantie konden gaan, maar het was moeilijk om zoveel tijd vrij te nemen, gezien de onvoorspelbaarheid van hun werk. Nu wist ze iets.

'Ik wil een leesclub beginnen,' zei Jan.

Marcus draaide Ventura op en reed naar het westen. 'Wie zouden daar dan lid van moeten worden, moeders van school?'

'De Slimme Sirenen.'

'Echt waar?'

'Ik had het zo gedacht. We kunnen vrouwenboeken gaan lezen, klassiekers die je bijna niet op eigen houtje gaat lezen, zoals *Anna Karenina*. Heb je dat ooit gelezen?'

Marcus gaf toe van niet. Jan zei tegen hem dat hij ook welkom was in het leesclubje.

Die avond bedreven ze de liefde en Jan was blij dat het Marcus opviel dat ze van onderen helemaal kaal was.

17

Op een middag in april was Jan de woonkamer aan het stofzuigen toen Plum belde. Ze hadden elkaar al een maand niet gesproken. Ze hadden geen ruzie, maar ze wilden allebei niet herinnerd worden aan de mislukking van Ripcord en als ze elkaar spraken zou dat juist gebeuren. Na een paar minuten geklets over koetjes en kalfjes liet Plum vallen dat ze zich zorgen maakte over geld. Atlas liep achter met de alimentatie. Jan leefde woedend met haar mee en bood Plum uit een plotseling opkomend schuldgevoel een dagje aan in Gentle, het beautycentrum alleen voor vrouwen dat onlangs in de wijk Studio City was geopend.

De dag erna werd Jan er door een aanzienlijk dunnere Plum begroet. Ze was tien kilo afgevallen, doordat ze de hele maand niets anders tot zich had genomen dan kauwgum en water met toegevoegde vitaminen. Ze zag er moe uit.

'Wat zie je er geweldig uit,' zei Jan.

'Het ellendedieet,' antwoordde Plum, waarbij ze probeerde te glimlachen.

Ze stonden bij de zacht verlichte receptie. Werknemers slopen omzichtig door de kunstige schaduwen. Er klonk een abstract toongedicht door de luidsprekers, gespeeld door een pianist die zo te horen vijf minuten voor de opname een overdosis van een kalmeringsmiddel had genomen. Jan hoopte dat de omgeving een kalmerend effect op Plum zou hebben, die op het punt van instorten leek te staan.

Jan had ontgiftende pakkingen voor hen geboekt, kruidenbaden en iets wat een 'rustgevende modderervaring' heette. Een halfuur later zaten de twee vrouwen, gekleed in witte badjassen van badstof, naast elkaar in grote, kunstmatig verouderde leren stoelen in de stilteruimte te wachten om opgehaald te worden voor hun behandelingen. Om hen heen zaten vrouwen met dezelfde badjassen aan kruidenthee met verse pepermunt te drinken of ijswater met schijfjes citroen in longdrinkglazen. Tegen de regels in praatten ze fluisterend met elkaar. Jan luisterde hoe Plum de positieve aspecten van de sluiting van Ripcord probeerde te benadrukken, maar ze had er zulke gemengde gevoelens over dat ze haar stem niet goed in bedwang had. Een blonde werkneemster in een onberispelijke outfit, die ervoor moest zorgen dat de regels werden nageleefd, wierp haar een strenge blik toe.

Na de ontgiftende pakking van een uur zaten ze poedelnaakt naast elkaar, helemaal met modder ingesmeerd. Een gedrongen vrouw met een naamplaatje waarop BEACON stond had hen van hun haarlijn tot aan hun voetzolen met een modderbrij ingesmeerd en nu zagen ze eruit als bosbewoners van een onbekend eiland voor de kust van Borneo, die je wel zag op foto's in *National Geographic*. Omdat Jan Plums lichaam de laatste tijd niet had gezien, was ze verbaasd toen haar voormalige vennoot zich had uitgekleed en vol zelfvertrouwen haar badjas had uitgedaan voordat de drab over hen was uitgesmeerd.

De ruimte waar ze in zaten was afgewerkt met terracotta tegels en aan één muur hing een rij douches met flinke waterdruk. Beacon had hun op tandenstokers lijkende dingetjes gegeven om de modder onder hun vingernagels vandaan te peuteren, waarna ze zich had verontschuldigd en stilletjes was weggegleden.

Jan smeerde een bloot plekje op haar elleboog in met modder. Tevreden nu ze helemaal was bedekt, vroeg ze Plum naar haar plannen nu Ripcord niet meer bestond.

'Ik ben in elk geval niet zwanger geraakt.' Dit antwoord verbaasde Jan. Was dat niet juist haar bedoeling geweest? 'Ik wilde eigenlijk om de verkeerde redenen een kind. Het was net alsof ik gek was of zo.'

'Dat hebben we allemaal weleens.'

'Ik blijf wel kunst maken. Ik moet alleen een manier vinden

waarop het ook lonend is.' Plum haalde haar handen door haar haar en rechtte haar rug. Toen zei ze dat ze zich kon voorstellen dat mensen van alles deden wanneer ze daar door moeilijke omstandigheden toe werden gedwongen en er geen andere middelen voorhanden waren. 'Neem nou strippers,' zei ze. 'Wie wil dat nou doen als het niet hoeft?'

'Wat is er mis mee? Mijn moeder neemt paaldanslessen.'

'Wat is daar esthetisch aan? Toen ik naakt poseerde op de kunstacademie had dat een esthetische invalshoek en zo rechtvaardigde ik het voor mezelf. En om heel eerlijk te zijn, had het iets... Ik vond het eigenlijk best leuk. Je had macht, want niemand mocht je aanraken. Het was net alsof je werd aanbeden.'

'Was het een religieuze ervaring?'

'Haha. Nee. Maar je staat wel op een voetstuk. En daar hou ik wel van. Mensen behandelen je niet rot wanneer je op een voetstuk staat.'

'Je zou weer model kunnen gaan staan. Ik weet dat het niet veel betaalt, maar het kan een goede manier zijn om interessante mensen te ontmoeten.' Toen Plum niet reageerde, zag Jan dat ze er plotseling slecht uitzag. 'Gaat het wel?'

'Ik voel me een beetje...'

'Wat?'

Plum gleed van haar bankje af en sloeg met haar hoofd op de vloer, met de luide knal van een kokosnoot die op de grond valt. Naakt en onder de modder stond Jan op en ze liep snel naar de gang. Ze wenkte Beacon, die een ogenblik later bezorgd naar binnen gleed. Beacon ondersteunde Plums hoofd met een stapel naar jasmijn geurende kussens terwijl Jan een badjas aandeed. Die arme Plum kan de rustgevende moddererervaring niet eens doorstaan zonder drama, dacht Jan, die haar vriendin met een handdoek bedekte terwijl Beacon haar pols voelde. Plum was nog steeds bewusteloos, maar ademde wel. Blij dat ze niet was overleden verliet Beacon de ruimte om een ambulance te bellen. Jan knielde naast Plum neer, met haar knieën ongemakkelijk op de natte tegels. Wat was er gebeurd? Jan dacht dat ze was flauwgevallen, maar het kon zijn dat Plum de zaak had verergerd door de klap op haar hoofd. Het geluid dat Plums schedel had gemaakt toen ze tegen de vloer sloeg was misselijkmakend geweest. Hoe ernstig was ze gewond? Nu leek het net alsof ze sliep. Maar zagen overleden mensen er ook niet zo uit? Jan tikte zachtjes tegen Plums wang.

'Plum... Plum... word eens wakker,' zei ze zacht. Alsjeblieft, god, laat haar niet doodgaan in de modderruimte bij Gentle.

Plum bewoog haar kaak en knipperde met haar ogen. Langzaam kwam ze weer bij en ze zei: 'Volgens mij heb ik modder in mijn doos.' Dat was een goed teken. Jan lachte. Beacon kwam terug met een longdrinkglas ijswater met een schijfje citroen. Plum dronk er dankbaar van. Maar toen ze probeerde op te staan, klaagde ze over hoofdpijn en ging weer liggen.

'Het spijt me heel erg,' zei ze tegen Jan. 'Jij organiseert iets leuks te organiseren en dan... Ben ik flauwgevallen?'

Beacon zei dat Plum niet moest praten.

'Kop dicht,' zei Plum. 'Ik verontschuldig me net tegenover mijn vriendin.'

Jan legde aan Beacon uit: 'Ze heeft de hele maand niets anders gehad dan kauwgum en vitaminewater.'

'Je moet echt iets eten,' zei Beacon, niet uit het veld geslagen.

'Het spijt me,' zei Plum. 'Ik bied jullie allebei mijn excuses aan.'

De ambulance kwam snel en Plum werd in handdoeken gewikkeld, op de brancard gelegd en door de serene, in neutrale tinten uitgevoerde lobby gereden. De wachtende vrouwen keken nauwelijks op van de tijdschriften die ze aan het lezen waren. Terwijl de ambulance naar het Valley Medical Center raasde, lag Plum nog steeds overdekt met de rustgevende modder op de brancard. Jan zat naast haar in haar gewone kleren, fris gedoucht, waarbij ze had kunnen kiezen uit vier verschillende haarconditioners. In stilte feliciteerde ze zichzelf met de vooruitziende blik om te douchen voordat de ambulance er was. Plum zag er namelijk nu uit als een blok vanille-ijs met chocolade waar een wolf het laagje chocola af had gelikt.

Ze werd naar de spoedeisende hulp gebracht, waar Jan de benodigde formulieren invulde. Jan gaf het klembord terug aan de verpleegkundige bij de receptie en ging op zoek naar Plum. Ze trof haar weggestopt achter een gordijn in de SEH aan, met een infuus om haar vocht toe te dienen. De plek op haar arm waar de naald was ingebracht, was schoongemaakt. De handdoek was weg en ze droeg nu een ziekenhuishemd. Ze glimlachte tegen Jan, haar ogen en tanden glommen in haar donkere gezicht.

'Volgens mij staat modder me goed.'

Jan stond versteld dat Plum grapjes over de situatie maakte. Jan vroeg haar hoe ze zich voelde. Plum zei dat de verpleegkundige die haar had opgenomen, had gezegd dat ze misschien een hersenschudding had en een scan had aangevraagd. Ze had de dokter nog niet gezien. Jan ging op de stoel naast het bed zitten en pakte Plums hand.

'Ik weet nooit wat ik moet zeggen tegen iemand in een ziekenhuisbed.'

'Sorry dat je je kruidenbad niet hebt kunnen nemen,' zei Plum.

Ze deed haar ogen dicht. Ze deed Jan denken aan een Polynesisch masker, een Gauguin-gestalte zoals die door Modigliani zou zijn geschilderd. Hoe kan iemand nou een hele maand alleen maar kauwgum eten? Plum had geen gebrek aan doorzettingsvermogen. Plum zei al heel lang dat ze kon afvallen en had eindelijk haar doel bereikt. Maar dat had wel tot gevolg gehad dat ze buiten westen was geraakt en languit op de vloer van een beautycentrum was geklapt, met als resultaat mogelijk ernstig hoofdletsel, maar ze was dan ook extreem. Ze had zelfs dat vliegtuigongeluk in de Andes kunnen overleven.

Jan keek de SEH rond, nieuwsgierig wie er nog meer lag. Iedereen lag achter een gordijn. Je zag niemand, maar je hoorde wel mensen mompelen. Het was nu rustig, de mensen praatten met vrienden en familie. Er werd niet gebruld, niet gehuild van de pijn. Jan hoopte dat Plum snel onder de scan kon. Nathan moest van school worden opgehaald, maar Plum had haar nodig en ze voelde zich al zo schuldig. Was dat niet de reden waarom ze haar om te beginnen had uitgenodigd? Jan merkte dat Plum in slaap was gesukkeld. Was dat wel goed? Moesten mensen met een hoofdwond niet wakker blijven? Kon iemand niet wegzakken en overlijden door nog niet vastgesteld hersenletsel? Daar zat Jan net op te wachten. Net toen ze wilde opstaan om een verpleegkundige te gaan halen, deed Plum haar ogen open.

'Vertel me eens over het nieuwe bedrijf.'

'Welk nieuwe bedrijf?'

'Van Marcus.'

Dit was niet het gesprek dat Jan wilde voeren. Ze was niet zo goed in liegen als haar man. Voor haar was een leugentje een ethisch compromis, er bleef een splinter in haar ziel achter die ze alleen door te biechten kon verwijderen. Het bedroefde haar dat ze een hele litanie aan verzinsels moest opdreunen over de niet-bestaande stomerij, om te doen alsof alles normaal was bij de Ripps thuis. Plum vertelde dat ze langs de stomerij was gereden en dat die dicht leek te zijn. Plotseling vroeg Jan: 'Ben je wel verzekerd?'

'Nee.'

'Dan wil ik je ziekenhuisrekening betalen.'

'Absoluut niet.' Plum draaide haar hoofd om en keek weg. 'Ik heb er een beetje spijt van hoe ik me tegenover jou heb gedragen... dat ik je om je eicellen heb gevraagd... Ik had je niet in die positie moeten brengen. Dus nee, bedankt.'

'Je moet allerlei rekeningen betalen, Plum, dus misschien moet je niet denken dat het beneden je stand is.'

'Wat, zoals een stomerij?'

Jan vond de impliciete superioriteit in Plums stem erg onprettig, zeker gezien de blik die ze op dat ogenblik in haar ogen had. Dus leunde ze voorover en zei zachtjes: 'Marcus runt geen stomerij.'

'O nee?'

De vrouwen hadden elkaar door de jaren heen over van alles en nog wat in vertrouwen genomen en het was moeilijk voor Jan geweest om Plum niet over Slimme Sirenen te vertellen. Maar haar tong werd losser door een mengeling van schuldgevoel, gepikeerdheid en de kwetsbaarheid die werd opgeroepen door haar verblijf op de SEH. Toen Plum haar aankeek, plotseling meer geïnteresseerd, zei Jan: 'Er werken vrouwen voor hem.'

'Wat doen ze?'

'Je weet wel. Ze zitten... in het leven. Ze leveren... je weet wel... bepaalde diensten.' De uitdrukking op Jans gezicht, opeens grimmig en schuldbewust, verried dat er geen vragen meer gesteld moesten worden.

'Diensten?'

Plum wist niet wat ze bedoelde. Was ze minder snel van begrip dan normaal vanwege de klap tegen haar hoofd? Jan keek rond om zich ervan te vergewissen dat er niemand aankwam. Toen fluisterde ze, zo zacht alsof ze nucleaire geheimen verklapte: 'Hij is een pooier.'

'Bij wijze van spreken?'

'Letterlijk.'

'Niet waar!'

'Ik weet dat het moeilijk te geloven is.'

'Ga weg!'

'Maar dan een aardige. De meisjes hebben een ziektekostenverzekering en een pensioenregeling en zo.'

'Ga weg!' Plums stem klonk net als een uitbetalende gokkast. Ze herinnerde zich plotseling waar ze zich bevonden en keek beschaamd. 'Dat meen je toch zeker niet,' zei ze, veel zachter.

Jan vertelde haar alles, maar liet het verhaal over dat ze het lijk hadden gedumpt weg. Plum luisterde in verbluft stilzwijgen naar het relaas, en al helemaal toen Jan over haar eigen medeplichtigheid vertelde. Er kwam een verpleegkundige binnen, een bijdehante blondine met groene ogen, wier korte haar op de kam van een kuiken leek, die zei dat Plum over een paar minuten onder de scan kon en vroeg hoe Plum zich voelde. Ze hoorden haar niet. Ze herhaalde haar vraag harder, waardoor Jan opkeek en tegen haar zei dat Plum zich een stuk beter voelde. De verpleegkundige ging weg om voor een andere patiënt te zorgen. Jan wachtte totdat ze buiten gehoorsafstand was.

'Toen ik erachter kwam ging ik volledig door het lint. En dan bedoel ik ook volledig. Maar toen ging ik erover nadenken. Weet je nog van kunstgeschiedenis, die negentiende-eeuwse Franse kerels? Manet, Toulouse-Lautrec, Ingres en Delacroix...'

'Zou jij ooit tegen betaling met iemand naar bed gaan?' fluisterde Plum.

'Die schilderden hopen prostituees,' zei Jan, niet zeker of ze Plums vraag goed had gehoord. 'Dus er bestaat een traditie...' Jan raakte van haar à propos.

'Nou?' herhaalde Plum.

'Zou ik...?'

'*Olympia* van Manet was altijd een van mijn favoriete schilderijen,' zei Plum.

'Toulouse-Lautrec was dol op prostituees,' zei Jan, die haar gedachten weer had geordend.

'Zou jij met Toulouse-Lautrec naar bed zijn gegaan? Stel dat je wist dat hij je zou schilderen en dat dat schilderij dan in een beroemd museum zou komen te hangen?'

'Zou jij dat doen?'

'Stel dat je huwelijk stukging omdat je man met een voetmodel neukte, je winkel werd opgeheven, je schulden had en je niet bij een fastfoodrestaurant wilde werken? Wat dan?' Het was net alsof Plum hier al eerder over had nagedacht.

Voordat Jan kon antwoorden, verscheen er een arts met een klembord in de hand. Hij was achter in de vijftig, iemand die alles al had gezien. Toen hij de met modder aangekoekte Plum zag, duwde hij zijn bril met schildpadmontuur hoger op zijn neus.

'Hemeltje,' zei hij. Hij pakte een kleine zaklamp en zei tegen Plum dat ze hem moest aankijken terwijl hij met het lampje in haar ogen scheen. Toen speelde hij een nocturne van Chopin op haar achterhoofd. Hij vroeg Plum of er een scan was aangevraagd en toen ze bevestigend antwoordde, verontschuldigde hij zich en zei dat hij over een tijdje nog eens zou langskomen voor een controle.

'Zou je dat doen?' vroeg Plum, die de draad van het gesprek weer oppakte.

'Waarom, ben je... zou jij het doen?'

Plum dacht er even over na en wreef met haar handen over haar gezicht. Toen ze ze weghaalde zag Jan dat haar handpalmen onder de modder zaten. Toen knikte ze.

'Echt niet.'

'Misschien moet ik eens met Marcus gaan praten.'

'Waarover?'

'Wat denk je?'

'O, Plum. Dat is geen goed idee.'

Jan hoopte dat Plums idee het resultaat was van hoofdletsel, dus ze was niet erg blij toen ze de volgende ochtend door haar werd gebeld met de vraag of ze het er al met Marcus over had gehad.

Jan bracht Nathan naar school. Hij zat voorin en nam een woordenlijst door voor een proefwerk Latijn.

'Weet je zeker dat je dit wilt doen?'

'Volgens mij benader ik het op de juiste manier,' zei Plum. Jan kon zich bij lange na niet voorstellen wat dat dan wel mocht zijn, maar ze beloofde het er die dag met Marcus over te hebben.

Tool Box was dé nachtclub van Los Angeles van het moment en de plek waar hoogstwaarschijnlijk Nathans bar mitswa zou plaatsvinden. Marcus en Jan stonden in de onopgesmukte grote zaal.

'De kale ruimte kost vijfduizend dollar. Dan moet je nog tafels en stoelen hebben, tafellinnen en bloemstukken... Heb je er al over nagedacht of je een band of een dj wilt?' De spreekster was Alison Clive, die rond de dertig leek te zijn. Een hip-suffe bril bedekte de helft van haar ovale gezicht, dat zich onderscheidde door een gouden ringetje in haar linker neusgat. Het leek alsof haar haar was geknipt met een tuinschaar en er toen strepen in waren gemaakt met de groene tinten van een tropische vis. Ze was een feestplanner, iemand tot wie mensen zich wendden wanneer door de angst voor een *faux pas* hun portemonnee open was gaan staan. Alison hield een klembord tegen haar platte borst terwijl ze met Marcus en Jan praatte. 'We hebben hier al een heleboel bar mitswa's gedaan en dat zijn allemaal knalfuiven geweest,' zei Alison. 'Maar ik moet jullie wel vertellen dat ik ook met een ander gezin in onderhandeling ben over de datum die jullie willen.'

'Is hij nog wel vrij?' vroeg Jan.

'Ze aarzelen nog, dus als je een aanbetaling doet, is hij voor jou.'

Marcus keek de ruimte rond, een grote zwarte doos met op gereedschapvakjes lijkende constructies aan de zijkanten en een bar aan een uiteinde. De buitensporige huurprijs was blijkbaar het resultaat van het vluchtige cachet van de club. Nu moesten ze een aanzienlijk bedrag ophoesten voor iets wat niet bepaald waardevol was. Maar het was dé plek, zo was vastgesteld tijdens Jans gesprekken met andere moeders van wie de bar mitswa's van hun zoons er ook aankwamen, en ze wilde per se Nathans feest daar houden. Marcus vroeg Alison hoe hoog de aanbetaling zou moeten zijn. Ze sloten een deal en schreven een cheque uit.

Iemand die Marcus en Jan op de parkeerplaats voor Tool Box zou zien, zou denken dat het een getrouwd stel was als ieder ander. Marcus pakte zijn autosleutels en drukte op het knopje voor het alarm. Het bekende piepje klonk, waarna de deuren openklikten.

'Plum wil voor ons werken,' zei Jan.

Marcus staarde haar ongelovig aan. 'Heb je haar verteld wat we doen?'

'Ze lag met hoofdletsel in het ziekenhuis.'

'Ik had liever dat je dat niet had gedaan.'

'Ik zei tegen haar dat ik het geen goed idee vond.'

'We hebben al meer meisjes dan we nodig hebben.' Het verhaal over Slimme Sirenen had als een lopend vuurtje de ronde gedaan en er waren aardig wat meisjes van andere bureaus overgelopen. De vrouwen hadden over de ziektekostenverzekering en pensioenplannen gehoord en Marcus en Jan hadden het voor het uitkiezen. 'En het is sowieso een belachelijk idee.'

'Met hoeveel mannen denk je dat ze naar bed is geweest?' vroeg Jan. Het was een retorische vraag en hij haalde, tegen de auto geleund, zijn schouders op. 'Bijna dertig. Drie sinds haar scheiding.'

'Het zou te bizar zijn.' De informatie had hem overvallen. Hij vond het verwarrend als privé samenliep met de zaak. 'Weet je nog hoe het met de winkel ging? Toen had je er genoeg van om samen met haar een bedrijf te runnen.'

'Ik bepleit het ook niet. Ik heb alleen tegen haar gezegd dat ik het er met je over zou hebben. Ik vond dat ze er zo zielig bij lag in dat ziekenhuisbed, helemaal onder de modder.'

'We kunnen haar ook gewoon geld lenen.'

Jan zei tegen Marcus dat Plum haar aanbod van een lening had afgeslagen. Hij zei dat hij erover na zou denken.

Het was nu bijna mei en Marcus had het bedrijf al sinds de herfst. Maar in die maanden was hij zich niet minder ongemakkelijk gaan voelen als hij een openhartig gesprek over seks had met iemand anders dan zijn vrouw. Dus toen hij Plum vroeg of ze het erg vond als iemand over haar heen urineerde, vond hij dat afschuwelijk. Ze zaten in het kantoor van de Slimme Sirenen, een week nadat ze gewond was geraakt. Ze had een spijkerbroek en een nauwsluitende rode trui aan, die haar wederom slanke figuurtje liet zien. Ze had haar linkerbeen stevig over het rechter geslagen, haar armen lagen over elkaar in haar schoot en ze keek hem in de ogen.

'Of ik dat erg vind?'

'Ben je ertoe bereid?' Marcus legde haar uit dat klanten meer betaalden naarmate de seksuele ervaring kleurrijker was, en *golden showers* waren een lucratieve nevenactiviteit als je over het taboe kon heen stappen. Terwijl hij op haar antwoord wachtte, herinnerde hij zich een verjaardagsfeestje van Nathan in de achtertuin van de Ripps waar Plum ook te gast was geweest. Nathan was zes geworden en was voor de gelegenheid als dinosaurus verkleed. Marcus had in een la nog een foto van hem liggen die op die dag was genomen. Na het feestje was Plum gebleven om te helpen opruimen. Ze had er stralend uitgezien in een felgroene trui en lichtgele broek, haar donkere haar glansde. Marcus had het toen makkelijker gevonden om met haar te praten.

'Jij dan?'

'Om eerlijk te zijn, is het niet echt mijn ding. Maar ik moet het wel weten, want er zijn klanten die daar meer voor betalen.' Normaal gesproken zou Marcus nooit zo schertsend openhartig zijn geweest in een sollicitatiegesprek, maar dit gesprek was een bizarre mengeling van persoonlijk en zakelijk, dus hij deed wat hij kon om Plum zich op haar gemak te laten voelen. 'Dus?'

'Ik denk niet dat ik dat op dit moment wil doen.'

Als het aan hem had gelegen, had deze ontmoeting helemaal niet plaatsgevonden, maar Plum had erop gestaan. Haar recente pech deed hem wel iets en als zij dit soort werk wilde doen, uit eigen vrije wil (dit was heel belangrijk voor Marcus), dan vond hij het hypocriet om haar die mogelijkheid te ontnemen. Ze had al ingestemd met andere fetisjen waaronder vrouw-vrouw, aan tenen zuigen, handboeien, zwepen, dildo's en seks met mensen van uiteenlopende politieke overtuigingen, dus hij werd enigszins verrast door haar teergevoeligheid bij het vooruitzicht dat er over haar heen geplast zou worden. Maar hij oordeelde niet en maakte in plaats daarvan een aantekening op het kladblok op zijn schoot. Toen zei hij: 'Je hoeft het niet te doen.'

'Dat weet ik.'

'Je zou best een andere baan kunnen krijgen.'

Plum leek even niet goed te weten hoe ze daarop moest reageren. Ze haalde haar benen van elkaar, sloeg daarna de rechter over de linker en leunde voorover. 'Marcus, toen jij was ontslagen en werk zocht, waren er toen veel banen? Banen die je wilde, bedoel ik dan. Werk dat je echt graag zou willen doen.'

Marcus deed alsof hij hier even over na moest denken, hoewel hij het antwoord onmiddellijk wist. 'Plum...'

'Ik wil dit zelf. Het is niet zo dat ik zo graag afspraakjes maak.' Dit benadrukte ze met een harde lach. 'Ik heb mijn vaste lasten... ik heb geld nodig, en op dit moment...' Ze nam niet de moeite die zin af te maken. 'Je zorgt er toch voor dat me niets overkomt?' Marcus knikte zo geruststellend als hij kon. 'Ik bedoel... je screent de... hoe noem je ze eigenlijk... klanten toch wel?' Marcus knikte weer. 'Ik ga het een keer proberen en als niet goed uitpakt, kan ik mezelf altijd nog van kant maken.' Plum forceerde een glimlach terwijl ze dit zei en Marcus probeerde te lachen, hoewel het er meer op leek alsof hij kuchte.

Plums onverschrokken houding deed Marcus aan hemzelf denken toen hij dit pad op was gegaan. Evenals de benepen jovialiteit die ze voorwendde. De hele vertoning kwam hem bekend voor en het maakte Plum sympathieker dan ze als Jans vennoot was geweest.

'Wil je me nog iets vragen?' vroeg ze.

Marcus vroeg zich af hoe lang Plum haar zelfbeheersing zou behouden. De omstandigheden waardoor ze bij dit kruispunt in haar leven was beland, waren in de verste verte niet grappig, maar hij wist dat ze niet was gespeend van een gevoel voor humor en deze hele situatie voelde belachelijk aan. Tenslotte was Marcus iemand die ze had gekend als alledaags gezinshoofd in Van Nuys, een man wiens buitensporigste uitspatting was dat hij af en toe in zijn eentje over de carpoolstrook reed. Hij voelde dat ze zich grote zorgen maakte. Hij observeerde haar terwijl ze hem aankeek en probeerde gedienstig de bespreking zakelijk te houden. Er ontsnapte een klein lachje aan haar lippen.

'Oké. Dus wat dat ene betreft?' vroeg Marcus, met zijn pen op het schrijfblok tikkend.

'Dat wat?'

'Waar we het net over hadden. Je weet wel...' Hij vond het zelfs niet prettig het jargon van dit werk te gebruiken, tenzij het absoluut noodzakelijk was. 'Dat plasgedoe...'

'Doe maar niet,' zei ze. Marcus maakte nog een aantekening op zijn schrijfblok. Ze deden hun best om te doen alsof dit gesprek niet gênant was.

'Je moet alleen doen wat je kunt,' zei hij. Marcus stak zijn hand in een bureaula en haalde er een blaadje uit dat hij aan haar gaf. 'Lees dit door en onderteken het. Er staat in dat de handelingen van seksuele aard die je verricht vrijwillig zijn.'

Plum ondertekende het document. Ze kwamen overeen dat ze over een dag of wat zou beginnen.

'Heeft Jan je over de leesclub verteld?'

'Nee.' Nerveuze zenuwtrekjes trokken van Plums hals naar haar kaak en wangen. Ze beet op haar lip.

'Het is onze filosofie om een liefdevolle omgeving te creëren en, je weet wel, menselijk... dus leek een leesclub haar wel een goed idee. Ze lezen *Anna Karenina*.'

'Ik koop er wel één.'

'O, nog één ding,' zei hij. 'Als je er echt mee doorgaat, dat hoeft niet, maar als je het doet...'

'Ik ga het echt doen.'

'Oké. Als je me aanspreekt als er andere werkneemsters bij zijn, ik heet Breeze.'

Dat was de druppel, Plum barstte in lachen uit. Eerst was Marcus van zijn stuk gebracht, maar al snel begreep hij dat haar lachbui voortkwam uit haar onbehaaglijkheid met de situatie. Hij stelde het op prijs dat ze hem had weten tegen te houden in het halfuur dat ze al in het kantoor zat, maar nu was de spanning haar te veel geworden. Het was moeilijk geweest om op saaie toon over de onvoorstelbare permutaties van de menselijke seksualiteit te praten alsof het bedrijven op de beurs waren. Maar toch hadden ze het gesprek doortastend gevoerd, ondanks het feit dat hij de man was van haar voormalige vennoot en iemand met wie ze vaak Scrabble had gespeeld. Maar toen hij aankondigde dat hij met Breeze moest worden aangesproken, was dat te veel voor haar, en Plum had een gigantische, zuurstofverslindende lachbui, die haar naar adem snakkend achterliet.

Marcus keek haar met een matte glimlach aan. Hoe goed hij ook als dit personage kon optreden, hij bleef toch altijd een gevoel van ongerijmdheid houden. Hij begreep Plums reactie volledig. Hij vond hem enigszins overdreven en vrij neerbuigend, maar hij bleef rustig zitten wachten tot het gelach ophield, wat ruim een minuut later gebeurde.

'Het spijt me,' zei ze, en ze haalde diep adem voordat ze nog een paar angstige giecheltjes slaakte. 'Het is gewoon...'

'Dat snap ik.' Hij probeerde haar op haar gemak te stellen en trok een gezicht dat rechtschapenheid moest uitstralen. Plum was niet in staat oogcontact te maken. Marcus voelde zich net een acteur die tijdens een scène zijn concentratie was kwijtgeraakt. Hij zei tegen haar dat ze gefotografeerd moest worden voor de Slimme Sirenen-website, om klanten een idee te geven waarvoor ze betaalden. De gedetailleerde uitleg kalmeerde haar overprikkelde zenuwen. Ze dacht na over een plaatje op internet, een te traceren, eeuwige en bezoedelende configuratie van pixels en bytes. Het ene ogenblik voelde het abstract aan, het andere zo blijvend als een tatoeage, iets wat niet ongedaan gemaakt kon worden. Plum was helemaal niet blij met dit vooruitzicht, maar het lukte Marcus haar te sussen met het nieuws dat haar gezicht niet zichtbaar hoefde te zijn. Veel van de werkneemsters, zei hij, legden op de foto de nadruk op wat zij als hun sterkste lichamelijke punten zagen en lieten de rest aan de verbeelding van de klant over. Ze zei hem dat dat wat haar betreft goed was.

'Plum... echt...' zei Marcus. 'Weet je zeker...'

Met haar hand opgeheven alsof ze het verkeer wilde tegenhouden, zei ze dat hij dat niet meer moest vragen. Ze kneep haar ogen tot spleetjes, als juwelenkistjes die werden gesloten. 'Ik wil dit zelf.'

Marcus gaf haar geld om lingerie te kopen en zei dat ze een schuilnaam moest verzinnen. Die middag nam Kostya foto's van haar. De avond erna stonden de afbeeldingen op internet, met de naam 'Verlaine' ernaast, die Plum had uitgekozen ter ere van de dichter.

Die avond, toen Marcus op de bank in de hobbykamer een honkbalwedstrijd zat te kijken, kwam Nathan na het douchen binnenlopen. Hij droeg een geruite pyjamabroek en een T-shirt van Sea World. Hij ging naast zijn vader zitten en Marcus haalde zijn vingers door Nathans natte haar om het te fatsoeneren. Hij vroeg hem of hij zijn huiswerk af had en Nathan zei van wel. Marcus keek op zijn horloge. Het was even voor negenen. Nathan hoefde pas om halftien naar bed en hij vond het fijn dat ze nu wat tijd samen hadden.

Ze keken even naar de wedstrijd en toen wendde Nathan, die

niet van stilte hield tenzij hij zich op een videospelletje concentreerde, zich tot zijn vader. 'En, hoe was het op je werk?'

Die dag had hij zevenentwintig rendez-vous' voor zijn personeel geregeld en de voormalige vennoot van zijn vrouw aangenomen als prostituee.

'Super,' zei hij.

'Kun jij je de toespraak nog herinneren die je op je bar mitswa hebt gegeven?'

'Ik heb nooit een bar mitswa gehad. Ik ben niet joods, weet je nog?'

'O, ja. Dat was ik vergeten.' Nathan wist het natuurlijk best, maar hij was moe en zijn hersens bevonden zich op die plek waar de krachten die ze voor de nacht tot rust wilden brengen overhoop lagen met de woestere elementen, die de dag nog iets langer wilden rekken. Marcus vroeg Nathan hoe zijn toespraak vorderde en hij hoorde dat hij er nog niet eens mee was begonnen. Hij wilde hem niet te snel schrijven, want dit was de enige keer waarop hij een aantal volwassenen kon vertellen hoe hij over een belangrijk onderwerp dacht. 'Jij houdt toch ook een toespraak?'

Marcus verzekerde Nathan van wel, hoewel het hem volledig door het hoofd was geschoten. Jan en hij zouden samen met hun zoon voor de verzamelde menigte staan en de ouderlijke wijsheid die ze onder woorden konden brengen op Nathans harde schijf downloaden. Terwijl de toespraak van het kind bij deze gebeurtenis normaal gesproken een verhandeling over een Bijbelse passage was, moesten beide ouders hun zoon of dochter zegenen en hem of haar wijze raad geven om hun jonge ziel in de richting van God te sturen, op weg naar een gelukkig, bevredigend bestaan. Marcus verbleekte bij het vooruitzicht van deze procedure, nu hij naar Nathans gladde huidje keek, nog niet aangetast door de jeugdpuistjes die welig tierden op het gezicht van meerdere van zijn vrienden en bedacht hoe absurd het was als hij daar zou staan en zijn zoon zou vertellen hoe die zijn leven moest leiden.

'Ik wil met jullie over opzwepende danseressen praten.'

Ze keken op en zagen Lenore in de deuropening staan, in een

roze joggingpak, transpirerend van haar training. Ze nam een slok van een sportdrankje.

'Wat is daarmee?' vroeg Marcus.

'Nathan moet er wel een paar hebben op zijn bar mitswa, toch?'

'Kweenie,' zei hij. 'Ik denk het wel. Ja toch, pap?'

'Aan wie zat je te denken?' vroeg Marcus.

'Een paar meisjes van de studio. Ze kunnen het werk goed gebruiken en als je toch danseressen gaat inhuren...'

'Zijn het strippers?' wilde Nathan weten.

'Twee van hen volgens mij wel,' zei Lenore. 'Maar het zijn heel aardige meisjes.'

'Strippers op mijn bar mitswa?' Nathan keek weer naar Marcus. Zijn twaalfjarige hersens wisten niet goed wat ze met dit aanbod aan moesten.

'Ik overleg het wel met je moeder,' zei Marcus.

'Ze gaan niet strippen tijdens de bar mitswa,' verzekerde Lenore hen. 'En uitgerekend jij zou daar toch geen problemen mee moeten hebben,' zei ze tegen Marcus. Marcus ving de blik van zijn zoon op, die inhield: wat bedoelde ze daar nou weer mee?

'Dank je wel voor het meedenken, Lenore.' Marcus zei dit op kalme toon, waarmee hij hoopte haar de mond te snoeren. Lenore glimlachte gespannen. Marcus merkte dat ze wist dat ze te ver was gegaan. Toen ze de kamer uit was, richtten Marcus en Nathan hun aandacht weer op de televisie. Na een paar ogenblikken stilte begonnen ze over de wedstrijd te praten.

18

Plum benaderde haar eerste stappen in dit nieuwe leven als Verlaine als een performancekunstenaar die zich op een show voorbereidt. Ze zocht een nieuwe kleur lippenstift uit, oogschaduw die ze normaal gesproken niet zou dragen en maakte haar haar in de war op een manier die nonchalance moest uitstralen. Voor de passpiegel aan de achterkant van haar slaapkamerdeur probeerde ze verschillende outfits. Het kostte haar bijna een uur om haar kleding uit te kiezen.

Marcus had Plum niet naar iemand willen sturen die voor de eerste keer gebruikmaakte van het bureau en had haar verteld dat de klant waar ze naartoe ging een Italiaanse zakenman was die in Los Angeles was om gigantische hoeveelheden gedroogd fruit te verkopen aan een Amerikaanse supermarktketen. Hij hield van experimenteren, dus hij vond het best om een beginner te krijgen. Marcus had tegen Plum gezegd dat voor zover hij wist de klant geen vreemde neigingen had en hij haar dus zo rustig mogelijk deze nieuwe fase in zou begeleiden. Ze deed een merkspijkerbroek en een witte zijden blouse aan met een hemdje eronder, trok een paar hoge hakken aan en bekeek het resultaat. Niet slecht. Toen nam ze een valiumpje.

Marcus had onlangs verschillende nieuwe chauffeurs aangenomen en een van hen, Jerry Cakes, een gepensioneerde postbezorger met een vaderlijke manier van doen, moest die avond werken. De MPV stond naast Stralend Schoon geparkeerd en drie Slimme Sirenen waren genoeglijk achterin aan het kletsen toen Plum voorin ging zitten. Twee anderen lazen *Anna Karenina* en een derde was het uittreksel ervan aan het lezen. Ze stelde zich voor als Verlaine, en Cadee, Mariah en Xiomara/Jenna begroetten haar vriendelijk voordat ze hun gesprek hervatten, dat ging over hoe moeilijk het voor Xiomara/Jenna was om voor haar vriendje verborgen te houden dat ze niet echt verpleegkundige was. Plum luisterde naar het geklets en observeerde de vrouwen terwijl Jerry Cakes naar de snelweg reed. Ze vond het prettig dat hij geen gesprek aan wilde knopen. Het verbaasde haar dat geen van de anderen direct herkenbaar was als prostituee. In plaats daarvan hadden deze vrouwen prima op weg konden zijn naar hun baantje op een autoshow. Hun manier van presenteren was sexy, maar niet te, en het viel Plum op dat haar nieuwe collega's naar de huidige in verval zijnde Westerse normen relatief smaakvol gekleed waren. Ze waren allemaal op weg naar verschillende hotels in het westen van Los Angeles, waar ze hun aandeel zouden leveren aan het soepele draaien van de wereldeconomie.

De dagen waren aan het lengen en de hemel was blauwpaars, terwijl de MPV zuidwaarts door de Sepulveda-pas richting LAX reed. Plum was zenuwachtig, wat haar verbaasde gezien de valium die ze een uur eerder had genomen. Ze besefte hoe moeilijk het zou zijn geweest als ze niets had geslikt. Haar handpalmen zweetten, dus ze veegde ze af aan haar spijkerbroek in de hoop dat niemand het zou zien. Ze had een droge mond, maar ze had de vooruitziende blik gehad om een flesje water in haar tas te stoppen, bij de condooms die Marcus haar op het hart had gedrukt mee te nemen (hoewel klanten meer betaalden als ze ze niet zouden gebruiken, stond Marcus erop dat zijn personeel aan veilige seks deed).

Plums gedachten dwaalden af naar andere keren dat ze naar het vliegveld was gegaan. Er waren reisjes geweest naar haar aangetrouwde familie in Ohio, de keren dat ze naar Mexico waren gegaan. Ze waren naar Cabo geweest, Puerto Vallarta en een keer naar een Club Med in Xtapa. Het leek net alsof ze herinneringen ophaalde aan iemand anders leven. Er was op dit tijdstip heel veel verkeer op de snelweg en voor de verandering vond ze dat niet erg. Plum had geen haast om haar bestemming te bereiken.

Terwijl de andere vrouwen op de achtergrond bleven kletsen,

keek ze uit het raam naar de borden boven de afritten: Olympic, Jefferson en toen Century, waar de MPV van de snelweg ging, en Plum voelde haar hart bonken. Een paar tellen later stopte Jerry Cakes voor een kolos van een hotel met negen verdiepingen. Hij gaf haar het kamernummer en zei dat hij over ongeveer twee uur terug zou zijn.

Plum liep door de lobby, naar de liften achterin. De ruimte kwam haar ongewoon felverlicht voor en ze keek vastberaden rechtuit, want ze was bang dat als ze oogcontact met iemand maakte, die onmiddellijk zou weten waarvoor ze kwam. Bij de incheckbalie stond een rij vol vermoeide reizigers naast hun bagage te wachten om te worden geholpen. Een jonge zwarte man met een lichte huid en een stijlvol grijs pak glimlachte tegen haar toen hij voorbijliep. Ze wilde terug glimlachen, maar ze deed zo haar best normaal over te komen dat ze niets normaals meer kon doen. Ze vroeg zich af hoe de man die ze zou ontmoeten eruit zou zien.

Plum stond voor de liften. Nu ze even alleen was, hoopte ze dat ze in haar eentje de lift kon nemen, alleen met haar gedachten, haar leven, erboven kon vliegen. Andere mensen trokken haar de werkelijkheid in en daar zat ze niet op te wachten. Plum probeerde met wilskracht een van de deuren te laten opengaan, maar blijkbaar riep ze alleen maar een stel mannen op, die ze achter zich hoorde praten. Ze vloekte zachtjes in zichzelf, haar eenzaamheid was verstoord. Ze hadden het over een vergadering die ze net hadden gehad, en of die goed verlopen was. Ze deed net of ze er niet waren. De liften waren langzaam. Iemand raakte haar schouder aan. Ze draaide zich om en zag het glimlachende gezicht van een man.

'Pardon,' zei hij, 'weet u misschien een goed restaurant hier in de buurt?'

De man die haar had aangesproken was blank, met een gemiddelde bouw en een nette snor. Zijn metgezel was langer, steviger en ook blank. Ze leken van haar leeftijd te zijn en droegen allebei een pak. Ze zei tegen hem dat ze dat niet wist. De liftdeuren gingen open en ze stapte in, met de mannen pal achter zich. Ze vroeg zich af of ze beseften wat zij in dat hotel deed. Ze drukte op het knopje voor de negende verdieping, deed een stap naar achteren en keek recht vooruit toen de grootste man een ander knopje indrukte.

'Waar komt u vandaan?' vroeg degene die haar de vraag over het restaurant had gesteld. Het duurde even voordat Plum besefte dat hij het tegen haar had.

'San Francisco,' zei ze, wat waar was.

'Waarvoor bent u hier?'

'Voor zaken.' Waarom hield die vent zijn kop niet dicht? Haar maag maakte een rondedansje.

'Wilt u met ons mee-eten?' Ze dacht dat hij tegen zijn vriend knipoogde toen hij dit zei.

'Bedankt, maar ik moet aan het werk.' Godzijdank gingen de deuren open en stapten de mannen naar buiten, waarbij ze haar veel succes wensten. Wat bedoelden ze daarmee? Ze hoorde hun gelach door de gang schallen toen de deuren dichtgingen, waarna ze weer alleen was. Plum sloot haar ogen even en ademde uit door haar neusgaten. Veel succes? Daarna keek ze naar haar reflectie in de spiegel die naast de liftdeur hing. Ze vond de verlichting in de lift niet erg prettig en hoopte dat haar klant het niet erg zou vinden dat wat er plaats zou vinden, in de schaduwen zou gebeuren.

Op de negende verdieping gingen de deuren open en Plum stapte uit. Tot haar opluchting was er niemand in de gang. Ze zocht naar kamer 916 en zag een bordje aan de muur, dat haar naar de kamers 900-920 verwees. Even overwoog ze om terug in de lift te stappen, naar de lobby te gaan en een taxi te bellen. Maar in plaats daarvan volgde ze de pijl.

Beppo Molinari kwam uit Rome en reisde drie keer per jaar naar Amerika. Hij vertelde dit aan Plum terwijl hij haar champagneflûte opnieuw vulde met een goedkoop merk bubbeltjes waarvan ze hoopte dat ze er de volgende ochtend geen hoofdpijn aan zou overhouden. Zijn staalgrijze haar was kortgeknipt en hij had een vlezig gezicht met een opvallende neus, waarop een bril met metalen montuur stond. Ze schatte dat hij in de vijftig was en vond hem bijna knap, afgezien van een sterke overbeet die naar Plums mening zijn Italiaanse accent (waar ze dol op was) tenietdeed. Beppo zat op het kingsize bed. Hij droeg een zwarte broek en een zachtroze overhemd met paarlemoeren manchetknopen. Plum glimlachte om haar nervositeit te verbergen. Ze hadden tien minuten naast elkaar gezeten en ze had over zijn vrouw gehoord, met wie hij één keer per maand fantasieloze seks had, en zijn twee zoons, die in de twintig waren en nog steeds thuis woonden, een situatie waar hij tegenstrijdig genoeg zowel opgetogen over was als teleurgesteld. Plum vond het prettig dat hij zo menselijk was.

'Ga hier maar zitten,' zei Beppo, met een klopje op zijn dijen. Zijn stem was vriendelijk. Ze stond op van het bed en ging op Beppo's schoot zitten. Maar dat was niet wat hij in gedachten had. Beppo zette zijn champagneflûte op het nachtkastje. Hij pakte het glas van Plum en zette het ernaast. Toen tilde hij haar been over zijn hoofd heen naar de andere kant zodat ze bijna achterover viel, en door deze onhandige beweging moesten ze allebei lachen, hij speels, zij gegeneerd. Toen hij haar ledematen op de juiste plek had gemanoeuvreerd, zat ze schrijlings op zijn dijen, met haar gezicht naar hem toe en een bonzend hart. Hij deed het bovenste knoopje van haar blouse open en streelde met zijn vingertoppen horizontaal over haar borstbeen, waarbij hij haar huid amper aanraakte. Plum huiverde. Ze dacht erover na of ze iets in haar koelkast had en was blij met de gedachte dat ze binnenkort meer geld zou hebben.

Plum vond deze houding niet prettig, dus ze stond op van Beppo's schoot en zei tegen hem dat ze zo terug zou zijn. Ze wilde niet te snel naar de badkamer lopen en dacht eraan tegen hem te glimlachen voordat ze verdween. Eenmaal alleen plensde ze koud water tegen haar gezicht, zich niet bekommerend over wat er met haar make-up zou gebeuren. Ze moest tot rust komen.

Beppo riep: 'Is alles in orde?'

'Het gaat super!'

Plum drukte een handdoekje tegen haar vochtige gezicht en keek naar haar spiegelbeeld. Het was haar niet aan te zien dat ze zich zo gespannen voelde. Ze kon gewoon tegen Beppo zeggen dat ze zich niet lekker voelde, hem zijn driehonderd dollar teruggeven (hij had haar betaald zodra ze binnenkwam) en weggaan. En wat dan? Plum wilde geen doorsneebaan. Dan moest ze toegeven waar een kunstenaar als de dood voor was: dat ze zelf doorsnee was. Het onuitroeibare verlangen om als creatieve kracht gezien te worden kwam voort uit de tegenzin om een conventioneel leven te leiden en tot haar grote spijt was ze er niet alleen niet in geslaagd de door haar gekozen carrière te maken, het was haar ook niet gelukt onconventioneel te zijn. Ze verafschuwde zichzelf vanwege haar huwelijk met Atlas, om het feit dat ze in Reseda woonde en dat ze was tekortgeschoten in de aspiraties uit haar jeugd. Kunstenaars zochten de grenzen op, vertrapten taboes, flirtten met het gevaar. De ene was een junkie, de andere stak zijn vrouw neer, weer een ander deed rum over zijn cornflakes, had tientallen geliefden, verraadde zijn land. Alles was voedsel voor het creatieve leven. Alles. Ze ging de kamer weer in.

Beppo glimlachte toen hij haar zag, waardoor zijn overbeet geprononceerder werd. Plum wist dat die overbeet als hij in Los Angeles zou wonen snel verholpen zou zijn. Haar overdenkingen over Beppo's tanden vervlogen toen ze zich ervan bewust werd dat hij zijn broek had uitgetrokken en een indrukwekkende, onbesneden erectie streelde. Ze voelde zich verontrust, woedend dat het decorum was geschonden, dat het ritme van de verleiding zo volledig was doorbroken; maar bedacht snel daarna dat de klant het ritme bepaalde. Hij had er alle recht toe te doen wat hij wilde. Dat was het doel van haar bezoek.

'Verlaine,' zei hij, 'wil je je kleren uittrekken?'

Plum aarzelde een ogenblik, denkend aan de kleine uitstulping die om haar taille was blijven zitten en de sporen van cellulitis aan de achterkant van haar dijen. Hoe trekt iemand van achter in de dertig, die de afgelopen veertien jaar maar één seksuele partner had gehad haar kleren uit in een kamer met een volslagen onbekende, zelfs als die zo vriendelijk is als Beppo Molinari? Plum dacht aan de tekenlessen waarvoor ze model had gestaan, hoe haar figuur was gereduceerd tot een aantal met elkaar verbonden lijnen in houtskool, modulaire abstracties zonder inherente betekenis.

Ze herinnerde zich het schilderij van Manet waar ze het met Jan over had gehad: een courtisane, die op haar zij lag en loom de toeschouwer aankeek, zowel hautain als wellustig. Die vrouw was niet echt elegant, maar haar afbeelding behaagde kunstliefhebbers al meer dan een eeuw lang. Plum wilde dat ze een schilderij was, bewonderd, inspirerend, besproken door studenten.

Ze wendde Beppo de rug toe, knoopte haar blouse open en liet hem op de grond vallen. Toen deed ze haar hemdje uit. Ze maakte de knoopjes van haar spijkerbroek los, opgelucht dat ze de strakke broek kon uitdoen, maar plotseling bezorgd dat ze niet genoeg was afgevallen om hem überhaupt te dragen. Ze wierp een blik achterom en zag dat Beppo grijnzend met zijn knokkels tegen de schacht van zijn penis tikte. Welke van haar imperfecties hij ook had opgemerkt, ze zaten hem duidelijk niet dwars. Hij leek haar paarse slip en bijpassende beha wel mooi te vinden. Ze hield haar buik in en hoopte dat hij de putjes in haar dijen niet zou zien. Als een zwemmer die voor het koude water staat en de beproeving zo snel mogelijk achter zich wilde laten, stapte ze snel uit haar slip en maakte ze haar beha los. Nu stond ze naakt midden in de kamer. Ze draaide zich om en keek Beppo aan. Zijn glimlach was veranderd in een uitdrukking vol rustige concentratie. Als hij niet zo'n grote erectie had gehad, had hij zich net zo goed kunnen voorbereiden op een pianorecital. Ze wist wat de volgende stap was, maar ze wist niet goed hoe ze die moest zetten. Beppo haalde een pakje condooms uit de zak van zijn overhemd. Hij stak ze haar toe en zei: 'Alsjeblieft.' Plum opende een verpakking, terwijl ze haar handen dwong niet te trillen. Ze zette het condoom op het topje van Beppo's penis en rolde het af, net als een verpleegkundige die een behandeling uitvoert. Beppo gaf aan dat hij er klaar voor was. Hij knipperde met zijn ogen toen ze boven op hem ging zitten en zijn hoofd viel achterover. Plum deed haar ogen dicht en begon een boodschappenlijstje op te stellen. Ze was pas tot volkorenbrood, yoghurt en worteltjes gekomen toen ze voelde dat iets zich aan haar rechterborst vastklemde. Ze opende haar ogen en zag dat Beppo in extase aan haar tepel zoog. Drie seconden later voelde ze hem huiveren. Zo snel als een slang legde hij zijn handen op haar heupen en tilde haar eraf.

'Ik kom altijd vroegtijdig klaar,' zei hij.

Godzijdank, dacht Plum. Ze waren nog geen dertig seconden bezig geweest. 'Ben je al klaar?' In gedachten stond ze al in de lift.

'Nee, nee, nee, Verlaine. We zijn op tijd opgehouden.' Beppo boog vanuit zijn middel voorover en probeerde zijn roerige hormonen te kalmeren. Haar teleurstelling was enorm. Toen ging Beppo weer zitten, hij pakte de afstandsbediening en zapte naar een nieuwskanaal waar een verslaggever met een metalen helm en kogelvrij vest op een winderige militaire basis verslag over een oorlog deed. Toen ging hij op handen en voeten zitten. Na een ogenblik wierp hij een blik achterom.

'Sla me, Verlaine.'

Haar hart maakte een sprongetje. Eindelijk iets waar ze lol aan beleefde. Plum sloeg hem de twintig minuten erna in een constant ritme op zijn billen, terwijl Beppo afwisselend masturbeerde en zapte totdat hij eindelijk klaarkwam tijdens de aftiteling van een populair ziekenhuisdrama.

Plum hield er niet van met een onbekende naar bed te gaan, zelfs als die zo goed bedoeld was als Beppo. Maar betaald worden om iemand een lichte lijfstraf toe te dienen? Daar zou ze wel aan kunnen wennen. Dat was nog eens een beroep. Tegen de tijd dat ze bij de lift was aangekomen, wist Plum dat ze haar roeping had gevonden.

Ze zou meesteres worden.

Slimme Sirenen bood die dienst nog niet aan en Marcus en Jan waren in hun nopjes dat ze Plums nieuwe specialiteit op de website konden zetten, waar ze voortaan als Meesteres Verlaine vermeld stond. Marcus was er bang voor dat Plums specialisatie niet zo erg in trek zou zijn omdat hij slechts een bepaalde subgroep aansprak, maar als zij het risico wilde nemen, wilde hij haar wel onder zijn vleugels nemen. Plum vroeg een nieuwe creditcard aan bij een van de vele nonchalante uitleeninstanties die de behoeftigen maar al te graag van dienst wilden zijn en ging naar een winkel aan Sunset

Boulevard waar ze een winkelorgie hield. Ze vulde haar wagentje met bustiers met studs, kettingen, zwepen, knevels, hondenhalsbanden, allerlei kledingstukken van lycra en latex en een paar zwarte vinyl laarzen met hoge hakken, die net moordwapens waren. Toen belde ze Jan en samen bewerkten ze haar webpagina op de site van de Slimme Sirenen. Plum poseerde in haar nieuwe outfit en keek in de camera met een uitdrukking op haar gezicht die een druif tot een rozijn kon doen verschrompelen. Naast dit beeld van woeste seksualiteit stond de tekst: 'Meesteres Verlaine wil graag weten of je een stoute jongen bent. Je kunt niet weerstaan waar je het meest naar snakt. Ik heb wat jij wilt. Ik weet waar je behoefte aan hebt... geen escortdiensten beschikbaar.' Ze werd direct geboekt, hoewel niet door veel mensen. Maar Plum vervulde zeldzame behoeften, dus ze hoefde het niet van grote aantallen te hebben. Ze wierp zich op haar nieuwe werk als een golden retriever die een eekhoorn heeft gezien. Als het geven van bevelen al een erotische lading had, was het nog geweldiger als ze werden opgevolgd. Jaren van frustratie spoelden weg. Ze had eindelijk een uitlaatklep voor haar agressie die zowel aanvaardbaar als lucratief was. Plum was nog nooit zo gelukkig geweest. Haar diensten waren duur en ze had voldoende werk om binnen een maand meer te verdienen dan ze in haar hele leven had gedaan.

19

De zomer was een hel, hij was nog warmer dan die ervoor. Het verkeer stond vast op de snelwegen, enorme vingers van heet metaal, die zeeën van benzine verbrandden. Giftige uitlaatgassen zweefden naar de bruine hemel. Er woedden branden in de bossen ten noorden van de San Fernando Valley en in de weiden in het westen, die grote zwartverbrande plekken achterlieten. Maar het huis van de Ripps werd gekoeld door de vier nieuwe airconditioners die Marcus had gekocht en binnen was het heel aangenaam. Omdat ze niet de financiële zorgen van het jaar ervoor hadden kon Nathan naar een zomerkamp. Lenore kreeg samen met Kostya de leiding over het bedrijf, terwijl Marcus en Jan naar Ojai gingen, waar ze een theaterfestival bezochten, naar een klassiek concert gingen en een week lang van het buitenleven genoten.

Midden in de zomer had Plum gemiddeld tussen de vier en zes afspraken per week, bij mannen thuis en in hotels. Ze besefte dat ze, wilde ze haar werkzaamheden uitbreiden, haar eigen ruimte moest hebben, maar ze wilde geen verantwoording afleggen aan opdringerige buren, zodat het ombouwen van haar garage annex studio niet in aanmerking kwam. Na wat onderzoek stuitte Plum op meesteres Anita, een latina domina met een kerker boven een sapbar in West-Hollywood die ze graag wilde onderverhuren. Marcus wilde de huur wel betalen in ruil voor een iets hoger percentage van de winst. De kerker was standaard middeleeuws, met een folterbank, kluisters en een comfortabele cel om in te loungen. Meesters Anita had zelfs behang aangebracht waardoor de muren op kasteelmuren leken. Op een plateau hangend boven een tafel stond een troon en op die tafel lagen klemmen, dildo's en verscheidene soorten materiaal om mensen mee vast te binden. Het eerste wat Plum deed was een verborgen camera installeren. Ze had al zitten spelen met een idee voor een video-installatie en dit zou een vruchtbare bron van materiaal zijn. Een galerie in Tokio waarmee ze had gecorrespondeerd, wilde het voltooide werk wel zien.

Laat op een avond in augustus kon Marcus niet slapen. Toen hij in de keuken kruidenthee aan het zetten was, zag hij dat hij zijn BlackBerry op de keukentafel had laten liggen. Hij was vergeten hem uit te zetten en hij trilde. Hij scrolde door zijn berichten en zag er opeens een van ManJongen24. Wie was dat? Hij opende het en las: 'Breeze, hou op met je bedrijf voordat je iets overkomt.'

Er was een tijd geweest dat hij van slag zou zijn geraakt als hij midden in de nacht een anonieme e-mail had ontvangen. Maar geld kan een gevoel van onoverwinnelijkheid kweken. Wie kon het zijn? Een ontevreden voormalige werkneemster? Het was nog niet bij hem opgekomen dat die er zou kunnen zijn. Minachtend wiste hij het bericht. Daarna dronk hij zijn thee en las vluchtig het zakenkatern van de krant van gisteren. Zijn oog viel op dit stuk:

PRIMUS ZAKENMAN VAN HET JAAR VAN L.A.
Roon Primus, president-directeur van Ameri-Can Industries, krijgt deze prestigieuze prijs vanwege zijn liefdadigheidsactiviteiten. Primus zit in de Raden van Bestuur van het Hope-ziekenhuis, de Amerikaanse Kankerbestrijding, de Vereniging ter behoud van Zuid-Californische architectuur en de Dierenbescherming. De gouverneur van Californië zal de prijs uitreiken.

Marcus las niet verder. Hij werd niet geïrriteerd door het artikel, hij werd er eerder rustig van. Roon laafde zich aan de bewonderende aandacht van een goedgelovig publiek, maar het ging Marcus ook voor de wind. Marcus had geen behoefte aan een diner. Hij was al blij dat hij het zich kon veroorloven om geld aan goede doelen te schenken. Hij had het best leuk gevonden om voor zijn goede werken te worden geëerd, maar het was niet iets wat zijn ego nodig had. En hij begreep ook wel dat dat nooit zou gebeuren.

De voorbereidingen voor Nathans bar mitswa vorderden gestaag. De viering zou overvloedig zijn, maar smaakvol. Nathan had de gebeden uit zijn hoofd geleerd en met de rabbijn aan zijn toespraak gewerkt. Onder haar veeleisende leiding had hij meerdere concepten gemaakt. Marcus en Jan hadden nog nooit eerder gezien dat hij zich op zoiets als dit stortte en hij leek een enorme ontwikkeling door te maken terwijl hij met zijn voorbereiding worstelde. Ze waren nieuwsgierig wat hij tegen de gemeente zou gaan zeggen en hadden gevraagd of ze van tevoren zijn toespraak mochten inzien, maar Nathan wilde dat het een verrassing bleef. Laat op een dinsdagavond in oktober was Marcus in de keuken de nieuwe vaatwasser aan het inruimen toen hij een klarinet hoorde, waarop de eerste paar noten van *Misty* werden gespeeld. Hij ging naar boven en bleef in de gang staan luisteren. Hij zag Nathan op een stoel zitten met zijn rug naar de deur, kijkend naar de muziek op een standaard voor hem. Zijn spel was technisch niet perfect, maar de melodie kwam met zoveel gevoel uit het instrument dat Marcus dacht dat zijn zoon misschien toch talent had. Toen het nummer afgelopen was, kon hij zich niet inhouden en applaudisseerde hij. Nathan draaide zich om en schonk hem een matte glimlach. Zijn blauwe beugel was er twee dagen eerder uitgehaald en hierdoor was de ietwat komische uitdrukking op zijn gezicht vervangen door iets wat bijna knap te noemen was.

'Dat was heel goed.'

Nathan knikte dankjewel en ging verder met oefenen. Marcus vond het prettig om naar bed te gaan in de wetenschap dat zijn zoon veilig in zijn kamer was en het leven leidde dat hij hem kon bieden: beschut, warm, voorspelbaar op een goede manier. Soms telde hij de jaren die hij nog met Nathan had voordat hij zou gaan studeren en een leven buiten hun gezin zou gaan leiden. Dan werd hij overvallen door een gevoel van diepe melancholie en moest hij zijn gedachten bewust op iets anders richten om het te laten verdwijnen. Terwijl Marcus naar het krullende, donkere haar op Nathans hoofd keek, merkte hij dat zijn gedachten weer die kant op gingen, dus hij wenste hem snel goedenacht en ging naar zijn eigen kamer, waar Jan in bed lag na te kijken wie er op de bar mitswa zou komen. Hoewel er lichte paniek was over de vraag wie waar moest zitten, was Jan blij dat alles goed verliep. Marcus dacht hierover na terwijl hij tussen de lichtpaarse lakens gleed. Lichtpaarse lakens? Waar kwamen die vandaan? Marcus ging lekker tegen zijn vrouw aan liggen.

'Nieuwe lakens?'

'Egyptisch katoen. In de uitverkoop.'

Toen Marcus bij Stralend Schoon aankwam nadat hij Nathan op school had afgezet, wist hij direct dat er iets mis was. Het licht in de ruimte was vreemd. Hij keek onmiddellijk naar achteren. Hoorde hij iemand ademen, een zachte voetstap? Wachtte er iemand op hem?

'Kostya?'

Stilte. Marcus liep naar achteren, langs het kledingrek, en keek in het kantoortje. Daar was niemand. Het was waarschijnlijk niets, dacht hij. Hij ging aan zijn bureau zitten en deed zijn computer aan, en terwijl hij wachtte totdat het apparaat was opgestart deed hij wat schouderoefeningen om de spieren in zijn bovenrug te ontspannen. Marcus klikte op het pictogram voor de e-mail en keek in zijn inbox. Vijftien nieuwe e-mails. Snel keek hij de lijst door en was niet blij toen hij zag dat ManJongen24 hem weer een mailtje had gestuurd. Marcus ging op de berichtregel staan en klikte hem aan.

Breeze, ik zei toch dat je het niet leuk zou vinden wat er zou gebeuren. De volgende keer richt ik op jou. Sluit je bedrijf en ga naar China. Leer met stokjes te eten. Als je in L.A. blijft ben je nog niet gelukkig.

Hij ging recht overeind zitten. Deze persoon, wie het ook was, had het niveau van zijn bedreiging aardig opgekrikt. En naar wat voor gebeurtenis verwees ManJongen24? Wat had ManJongen24 gedaan? Paniekerig keek hij de ruimte rond. Alles leek normaal te zijn. Toen drong het tot hem door. Jan! Hij pakte zijn telefoon en liet hem in zijn nervositeit bijna vallen. Ze antwoordde nadat hij drie keer was overgegaan.

'Waar ben je?' blafte hij bijna.

'Ik ben in de bouwmarkt aan Van Ness Avenue.' Als ze zijn zucht van opluchting al hoorde, zei ze er niets over. 'Hoezo?'

'Wat ben je aan het doen?' vroeg hij, en hij probeerde het angstgevoel dat hij tot vijf seconden geleden had gehad niet in zijn stem te laten doorklinken.

'Ik ben tapkranen aan het uitzoeken. Is alles in orde?'

'Ja hoor, niets aan de hand.'

'We zouden de badkamer beneden toch opknappen voor de bar mitswa? Dat vond je goed.'

'Weet ik, weet ik. Ik wilde alleen even je stem horen.'

Marcus hing op en probeerde zijn zenuwen te kalmeren. Niet alleen was Jan nog in leven, ze was tapkranen aan het uitzoeken. Wat een opluchting. Hij liep naar de voorkant van de stomerij waar de zonnestralen vreemd door de ruiten braken en puntige schaduwen op de muur wierpen. Marcus had die schaduwen nog niet eerder gezien, getand, grijs op wit. Hij keek van de muur naar het plafond naar het raam, waar hij drie kogelgaten zag. Op een of andere manier was dat hem daarnet niet opgevallen. De afbeelding van Jezus was onberoerd. Net zoals die van Mozes. En van boeddha. Maar op de muur achter de toonbank zag hij het schilderij van Vishnu, wiens bedachtzame gelaatsuitdrukking niet was veranderd, ondanks de kogel die naast zijn derde oog was blijven steken.

Marcus weerstond de impuls om zichzelf op de vloer te werpen. Hij wist dat het irrationeel was, omdat de schietpartij al had plaatsgevonden. In plaats daarvan liep hij terug naar zijn kantoor, klikte de e-mail van ManJongen24 nog een keer aan en las hem nogmaals. Toen belde hij Kostya, die op weg was naar een groothandel voor restaurantbenodigdheden in Anaheim. Marcus bracht hem op de hoogte van de situatie en vroeg hem om advies.

'Doek je bedrijf op voordat je vermoord wordt.'

'Daar ben ik nog niet aan toe.'

'Dan moet jij pistool kopen, Gangstaboy.'

Marcus leunde achterover in zijn stoel.

Ik weet niet of ik wel op dit niveau kan meespelen. Maar we hebben het geld nodig. Ik kan niet zomaar een baan krijgen. Ik kan niet aan een pistool komen. Ik heb nog nooit een pistool in handen gehad. Stel dat ik het moet gebruiken? Ik weet niet eens of ik ermee in de rondte zou kunnen zwaaien. Stel dat het afging? Stel dat ik per ongeluk mezelf neerschoot? Zou ik iemand kunnen neerschieten? Hoe zou dat zijn? Een pistool op iemand richten en dan de trekker overhalen, *boem*. En stel dat ik hem dan zou doden? Zou ik met mezelf kunnen leven of zou ik er de rest van mijn leven door worden achtervolgd? Wat zou een redelijk man doen? Ben ik überhaupt nog een redelijk man? Deze mensen zijn niet redelijk, maar ze menen het wel. Ik meen het ook. Ik ben hier een bedrijf aan het runnen. Dit is mijn broodwinning en ik kan mezelf niet laten intimideren. Ik moet iets doen, mijn tanden laten zien. Dat soort mensen ruikt het als je zwak bent. Dat is een geur. En die ruiken ze. Zweet ik? Hou op met zweten. Stop! Je kunt het best aan. Rustig maar rustig maar rustig maar. Adem in en uit en in en uit. Zie je, dat is beter. Oké. Je hoeft geen pistool te kopen. Nog niet, in elk geval. Moet ik Jan vertellen wat er is gebeurd? Ik kan het Jan niet vertellen. Bedrieg ik haar als ik het niet vertel? Nee! Ik kan het haar niet vertellen. Ik regel het wel.

Marcus dacht aan alles wat hij had gedaan sinds hij het bedrijf had overgenomen, de secundaire arbeidsvoorwaarden die hij had opgesteld, het geld dat hij had verdiend. Hij voelde een stoot zelfvertrouwen, een gevoel van autoriteit passend bij de omvang van zijn succes.

Hij richtte zijn aandacht weer op de computer, bewoog de cursor naar het vakje BEANTWOORDEN en typte: 'Ik stop niet per direct met mijn bedrijf. We moeten een afspraak maken om erover te praten. Ik breng de factuur voor het nieuwe raam mee.'

Toen Marcus later die dag de prijzen van de kip in de supermarkt vergeleek, begon zijn BlackBerry te trillen. Hij opende het bericht direct toen hij zag dat het van ManJongen24 was. Er stond in: 'Kom vanavond om 21.00 uur naar mijn huis. San Mateo Drive 2438, ten noorden van Sunset Boulevard.' Dit leek Marcus niet zo'n goed idee, om de eenvoudige reden dat hij zo wel heel makkelijk in de kofferbak van een auto kon worden gepropt, naar de woestijn gebracht en gedood. Wat er ook zou gebeuren, hij zou ManJongen24 niet in het voordeel laten zijn. Zijn gezonde verstand gaf hem in dat deze ontmoeting op een neutrale plek moest plaatsvinden. Hij wilde niet naar een bar of restaurant voor het geval hij te gespannen was om te eten of drinken. Op een open plaats zoals een park of plein zou ManJongen24 in alle eventuele consternatie snel kunnen wegglippen. Marcus pijnigde zijn hersens om een plek voor hun afspraak te bedenken, ergens waar hij zich veilig voelde. Hij begon met zijn duimen op het kleine toetsenbordje te tikken en liet een dikke vrouw met een blouse met luipaardprint met haar wagentje voorgaan. 'Jouw huis gaat niet lukken. Tref me morgenmiddag om vier uur...' Hij gaf de plek op, aarzelde even en typte toen: 'Denk eraan, ik weet waar je woont.' Voor zover Marcus wist was het adres dat hij had gekregen vals en bedoeld om hem in de val te lokken. Maar dat maakte niet uit. Waar het om ging was dat Marcus gezien zou worden als een man met ballen.

Nadat hij op VERZENDEN had gedrukt, dacht hij weer na over een pistool. ManJongen24 zou er zeker een hebben. Maar Marcus vond het geen prettig idee om een wapen mee te nemen. De kans op een ramp was levensgroot. En wat was het doel van een afspraak als hij daar gewapend naartoe moest? Hij loste de kwestie op door Kostya te vragen met hem mee te gaan.

Die avond vertelde Marcus Jan niet dat de stomerij als waarschuwing was beschoten. Evenmin vertelde hij haar dat hij de dader zou ontmoeten, omdat ze dat misschien niet zo'n goed plan zou vinden. Dus hij werd de volgende ochtend in de keuken overvallen toen ze opkeek van haar eiwitten en zei dat ze die middag op dezelfde tijd dat hij ManJongen24 zou ontmoeten een gesprek met Nathans leraren hadden.

'Daar kan ik niet bij zijn.'

Toen Jan hem vroeg waarom niet, zei Marcus dat hij dringende zaken af te handelen had. Hij stond met zijn rug naar haar toe terwijl hij twee sneden tarwebrood uit het broodrooster pakte en ze besmeerde met veganistische boter. Nathan was nog niet naar beneden gekomen om te ontbijten en Lenore had de avond ervoor een uitzonderlijk sterke joint gerookt en lag nog in bed, met nog maar amper meetbare hersengolven.

'Wat is er zo dringend dat je er een gesprek op school voor moet missen?' Op haar vraag volgde stilzwijgen. Marcus legde het geroosterde brood op een bord en schonk een glas sinaasappelsap in. 'Marcus...?'

'Ik heb bepaalde e-mails gekregen...'

'Wat voor e-mails?'

Hij vertelde dat iemand wilde dat Slimme Sirenen ermee ophield en dat hij diegene zou ontmoeten. Ze keek hem achterdochtig aan.

'Stel dat het een politieagent is?'

'Het lijkt me niet dat de politie een e-mail stuurt naar mensen die ze willen oppakken.'

'Misschien is het wel een val.'

'Ik ga met iemand praten. Het is geen val. Maak je maar geen zorgen.'

'Waarover?' vroeg Nathan terwijl hij de keuken in kwam.

'Nergens over,' zei Marcus. Nathan liep naar de kast, pakte de Cheerios en schudde een kom vol en goot er overdadig melk bij. 'Hoe komt het toch dat altijd wanneer jullie ergens over praten en ik vraag waar het over gaat, het antwoord altijd "niets" is?'

'Je hoeft je er geen zorgen over te maken. Dat bedoel ik,' zei Marcus. Jan was deels gerustgesteld door de aankondiging dat Kostya met hem meeging, maar ze was nog steeds niet op haar gemak toen hij wegging.

Color Me Mine was een doe-het-zelfpottenbakkerij in Brentwood. Hij bevond zich in een winkelcentrum van drie verdiepingen en Marcus was er een paar jaar eerder geweest tijdens een verjaardagsfeestje voor een van Nathans vrienden. Er kwamen vooral gezinnen en stellen, die kopjes, borden, potten, vazen of schalen uitzochten en er kleurrijke ontwerpen op schilderden. Hier had Nathan de aardewerken mok gemaakt met PAPA erop. Marcus wist dat het er na schooltijd heel druk zou zijn. Zijn tegenstander en hij zouden met rust worden gelaten zolang ze aan een tafel met schilderbenodigdheden zaten.

Marcus en Kostya kwamen er iets voor vier uur aan. Kostya inspecteerde de ruimte en zei tegen Marcus dat hij in zijn eentje moest gaan zitten. Hij zou de ontmoeting van een discrete afstand observeren en zich zo onopvallend gedragen als maar kon voor een Rus van 1 meter 90 met dreadlocks. Er werd een verjaardagsfeestje gevierd met tien achtjarige meisjes en toen Marcus de vaas had uitgezocht die hij voor Jan zou beschilderen, ging hij twee tafels verderop zitten. Vier moeders van op het feestje aanwezige meisjes en twee latina kindermeisjes bleven bij het festijn en een paar van hen bekeken Marcus achterdochtig. Wie was die man van middelbare leeftijd die in zijn eentje in Color Me Mine een vaas beschilderde? Maar Marcus had zachtleren loafers aan, een vrijetijdsbroek en een donkerblauwe trui. Hij zag eruit als een vader uit de buurt wiens therapeut hem had gezegd dat een beetje fröbelen hem van zijn zorgen zou kunnen afleiden, dus na een paar minuten verloren ze hun belangstelling voor hem. De altijd vindingrijke Kostya had gezien dat er een briefje op het raam hing waarop om medewerkers werd gevraagd en hij zat aan een tafeltje in de buurt een sollicitatieformulier in te vullen. Niemand lette op hem. Marcus had kleine papieren bekertjes met verf in een halve cirkel voor zich neer gezet. Hij had alle primaire kleuren. Hij doopte zijn kwast in de groene verf en smeerde die aan de zijkant van de beker.

'Breeze?'

Hij keek op en zag een vrouw in een ruimvallende bloemetjesjurk, die kuis tot vlak boven haar knieën viel. Ze was rond de dertig. Haar dikke, honingblonde haar hing tot halverwege haar rug en omlijstte een knap, lichtgebruind gezichtje. Ze had blauwe ogen en een dun laagje koraalkleurige lippenstift op haar lippen. De duur uitziende zwarte cowboylaarzen die ze droeg voegden drie centimeter toe aan haar bescheiden lengte. Ze hield een onbeschilderd bord in haar handen en glimlachte. Marcus vroeg zich af of dit een van de moeders van het verjaardagsfeestje was. Maar ze had hem toch net Breeze genoemd?

'Kennen we elkaar?'

'Ik ben Malvina Biggs.' Hij bekeek haar onderzoekend. 'Man-Jongen24?' Marcus liet zijn kwast bijna vallen. 'Mag ik gaan zitten?' Ze had een Brits-Engels accent, waaruit hij haar klasse niet kon afleiden. Toen ze tegenover hem zat, pakte Malvina een kwast op, doopte hem in het bekertje rode verf en ging aan haar bord werken. Marcus staarde haar aan. Ze was aantrekkelijk op een Los Angeles-manier, die werd gefinancierd met tien creditcards, en ze had de zelfverzekerde uitstraling die mensen hebben die zowel seks als geld uitwasemen.

'Hoe moet ik je noemen?'

'Zeg maar Malvina.'

'Biggs... Biggs...' zei Marcus, die haar gezicht bekeek. Er was iets vaag bekends aan haar, maar hij kon haar onmogelijk eerder hebben ontmoet. 'Dat is een bekende naam.'

'Ik ben de dochter van Terry Biggs.'

'Dat meen je niet.'

Malvina glimlachte. Ze was altijd blij als iemand in Amerika van haar vader had gehoord. Terry Biggs was de Britse acteur die bekend was door een reeks gooi-en-smijtcomedy's die hij in de jaren vijftig en zestig had gemaakt en bekendstonden als de *Laat ze maar lachen*-films. Ze waren in zwart-wit en hadden titels als *Laat ze maar lachen, agent; Laat ze maar lachen, premier* en het onsterfelijke *Laat ze maar lachen, zuster*, die een sensatie waren in de landen van het Gemenebest, maar in de rest van de wereld volslagen onbekend waren. Er was een *Laat ze maar lachen*-festival in Berkeley geweest en hij had genoten van een paar films, die overdreven en maf waren.

Marcus schudde lichtjes zijn hoofd, alsof hij zich moest heroriënteren. Had de grappige man met de grijns waarbij het spleetje tussen zijn tanden te zien was en een klein snorretje een dochter die kogels door zijn raam schoot? Dat klopte niet. Hij had geen idee wat hij moest zeggen, dus hij flapte eruit: 'Hoe gaat het met je vader?'

'Hij leeft niet meer.'

'Wat naar voor je.'

'Ja, nou ja. Ik heb zijn cinematografische nalatenschap geërfd en nu... hier zitten we dan.'

'Hoe ben je achter mijn e-mailadres gekomen?'

'Nou, Breeze,' zei Malvina Biggs, zijn vraag negerend. 'Wat gaan we eraan doen?' Ze was aan kalligraferen, haar tengere pols hing boven de kronkelige zwarte lijnen.

'Ik weet niet eens waarover het gaat.'

'Het bedrijf dat je runt is een probleem geworden. De verzekering, het pensioenplan... dat heb ik allemaal niet. Ik heb gehoord dat er een leesclub is. Ik bedoel maar, jezus!'

'En jij bent een...?

'Daarom zijn we hier.'

'De dochter van Terry Biggs...'

'Ja, en hij wilde *King Lear* spelen bij de Royal Shakespeare Company. We passen ons allemaal aan,' zei ze, terwijl ze hem recht in zijn ogen keek. 'Ik had een exclusieve club in deze branche en dan duik jij ineens op. De afgelopen paar maanden zijn een paar van mijn meisjes voor jou gaan werken.'

Marcus had geen idee wie deze voormalige freelancers van Malvina zouden kunnen zijn. Tijdens het sollicitatieproces vroeg hij niet naar hun arbeidsverleden.

'Zo werkt de vrije markt,' zei hij.

'Je zit in mijn vaarwater. Dat pik ik niet.' Marcus voelde haar starende blik en probeerde zich te concentreren op de bloem die hij aan het schilderen was. Die had een groene gebogen stam en dikke blauwe blaadjes. Hij zette net een geel stipje op het derde blaadje toen er plotseling een schaduw viel over de tafel waar ze aan zaten. Marcus keek op en zag het omvangrijkste menselijke wezen dat hij ooit had gezien. Hij was ruim 1 meter 90 lang en woog minstens 200 kilo. Zijn donkere krulhaar zat in een losse paardenstaart en zijn ronde, hazelnootbruine gezicht had Aziatische gelaatstrekken. Het Harley-Davidson-T-shirt dat hij droeg voerde een verliezend gevecht tegen zijn immense lijf, dat er constant tegenaan duwde. Zijn armen hingen in een rare hoek naar beneden ten opzichte van zijn enorme romp. Het fluorescerende licht weerkaatste op een stukje goud dat aan zijn oorlel bungelde. Was dat een davidster?

'Ik moet kwartjes voor de meter,' zei hij tegen Malvina Biggs.

'Breeze, dit is Tommy de Samoaan.'

Marcus knikte, maar de man schonk geen aandacht aan hem. Terwijl Malvina in haar tasje rommelde, wierp Marcus een blik in Kostya's richting, die opkeek van zijn sollicitatieformulier en zijn schouders ophaalde, alsof hij wilde zeggen: 'Wat moet ik eraan doen?' Malvina gaf de reus een paar munten, die zonder iets te zeggen wegging.

'Ik heb zo'n hekel aan parkeermeters,' zei ze. Marcus was blij dat Kostya een pistool had. De meisjes van het verjaardagsfeestje twee tafels verderop zongen een liedje over konijnen en appels.

'Ik blijf doen waar ik mee bezig ben,' zei hij onverstoorbaar.

'Het is een hachelijke branche. De mensen zijn klote. Je lijkt me wel een aardige kerel, dus ik kan met je praten als een mens. Waarschijnlijk laat ik je niet doden, want wees nou eerlijk, wie zou zo'n risico willen lopen? Die kogels waren alleen maar voor de show.' Ze was klaar met het Chinese karakter dat ze had geschilderd, pakte het bord op en hield het op een afstandje om het te bekijken. Niet geheel tevreden doopte ze de kwast weer in de zwarte verf en verlengde een van de lijnen een fractie.

'Wat betekent dat, dat teken dat je net hebt geschilderd?' vroeg Marcus.

'Een lang leven. Cool hè? Ik heb het geleerd van een kunstenaar in Hongkong. Je had naar China moeten verhuizen toen je de kans had.'

'Hoe weet je daarvan?'

'Mensen praten. Ik vind het leuk hier,' zei ze, om zich heen kijkend. 'Je krijgt wel even de tijd om je bedrijf op te doeken, oké? Ik wil niet onredelijk zijn. Maar zorg ervoor dat Slimme Sirenen – geweldige naam, trouwens – over... wat zullen we zeggen?... twee weken is opgedoekt.' Malvina stond op. Marcus volgde haar voorbeeld.

'Aangenaam kennis met je te maken,' zei hij, 'en hoe graag ik ook "ja, prima" wil zeggen, wat ik daadwerkelijk zeg is: "Kus mijn zwarte reet maar."'

'Meen je dat nou?'

'Alleen dat "zwarte" niet.'

Malvina was er niet blij mee. Ze knikte, schoof haar stoel aan, draaide zich om en liep naar buiten, haar heupen ritselend onder het gladde materiaal waarvan haar jurk was gemaakt. Marcus was zo ingenomen met zichzelf dat hij vergat haar de factuur voor het raam te geven.

Hij was nog steeds euforisch door de ontmoeting, dus Kostya's vraag kwam als een onwelkome verrassing.

'Hou je ermee op?'

Ze zaten voor een winkeltje dat yoghurtijs verkocht, drie panden verderop. Kostya likte aan zijn vanillehoorntje en knikte. Zijn dreadlocks veerden lichtjes mee met de beweging van zijn hoofd. Het was niet zo dat Marcus het bedrijf niet kon leiden, zeker nu Jan meewerkte. Maar Kostya's aanwezigheid, met zijn impliciete banden met het *ancien regime* was een grote steun en Marcus zag hem niet graag gaan.

'Waarom nu? Vanwege Malvina?'

'Ik zei ik werken om geld te verdienen voor spareribsrestaurant. Nu ik heb geld. Jij ook denken over stoppen, Gangstaboy. Waarom jij wilt kloten met mensen dat grote Samoanen naar bespreking meeneemt? Weet je wat klojo jou aandoet?' Kostya maakte een reeks handbewegingen die uitbeeldden dat lichaamsdelen van rompen werden gescheiden.

'Daarom had ik jou bij me.'

'Ik ben geen lijfwacht, Breeze. Ik bemin.'

Marcus likte peinzend aan zijn hoorntje. Hij wist dat Kostya gelijk had, dat hij waarschijnlijk zou moeten overwegen zijn zaken af te ronden, maar afgezien van Malvina ging alles op dit moment zo goed dat hij, als hij nog iets langer in bedrijf bleef, Nathans collegegeld kon betalen.

'Weet je zeker dat je niet wilt blijven?'

'Ik ga over twee weken weg.'

Jan vatte het nieuws over Kostya niet goed op. Ze waren zich in de slaapkamer aan het aankleden om uit eten te gaan toen Marcus het haar vertelde. Ze stopte met eyeliner aanbrengen en keek hem aan.

'Dat is een ramp.'

'Nee hoor. Wij runnen de zaak toch al?'

'Hij is een echte pooier.'

'Wat zijn wij dan?'

'Dat niet.'

'Hij ook niet. Kostya ziet zichzelf als een vent met buigzame zakelijke eigenschappen.'

'Nou, hij is meer een pooier dan jij of ik.'

'Dat is een woordspelletje. Ik zeg niet dat hij geen bijdrage heeft geleverd, maar toe nou, we kunnen best zonder hem.' Marcus knoopte zijn nieuwe linnen overhemd dicht. Hij had nog nooit eerder linnen gedragen en vond het lekker aanvoelen.

'Ik word er onrustig van.'

'Ik heb geprobeerd hem over te halen om te blijven.' Hij overwoog even of hij haar zou vertellen wat er in het kantoor was gebeurd, en over de afspraak met Malvina, maar vond dat het er nu niet het goede moment voor was.

'Ik vind het fijn om hem in de buurt te hebben,' zei Jan. Ze was nu haar haar aan het borstelen. 'Ik vertrouw hem en hij weet wat te doen als er iets ergs gebeurt. Zal ik met hem praten?'

'Ik denk niet dat dat iets uithaalt.'

'Het is nou ook weer niet zo dat jij en ik geknipt zijn voor deze branche. Waarom houdt hij ermee op?'

'Hij gaat een spareribsrestaurant openen.'

'Dat zouden wij ook moeten doen.'

'Een spareribsrestaurant openen?'

'Nee, maar we moeten iets legaals gaan doen. Ik weet niet hoeveel langer ik hier nog tegen kan.'

Marcus knikte, maar antwoordde niet.

Die avond gingen ze met Corinne en Dewey Vandeveer uit eten in een nieuw Provençaals restaurant in Beverly Hills. Jan was al maanden bezig het te regelen, maar de Vandeveers hadden allebei een drukke agenda en hadden verschillende keren afgezegd, slechts een uur voor de afspraak. Marcus had geen zin om vanavond uit eten te gaan, maar hij wist dat Jan ernaar had uitgekeken en wilde haar niet teleurstellen. De stellen praatten over Winthrop Hall, onroerend goed en Corinnes meest recente pogingen om boeddhisme te introduceren in de gevangenissen van Californië. Corinne werd meegesleept door haar droombeeld dat gevangen Crips en Bloods soetra's zongen met monniken in oranje gewaden en ging er wel een halfuur over door. Ze vond het heerlijk om over haar leven te praten en Marcus was blij dat hij geen aandeel aan het gesprek hoefde te leveren. Hij at zijn bouillabaisse en wierp verschillende blikken op Dewey, die als in een reflex elke paar minuten op zijn BlackBerry keek om de voortgang van een deal in Maleisië te controleren. Marcus zou ook op zijn BlackBerry kunnen kijken, maar Jan had hem uitdrukkelijk gevraagd dat niet te doen. Het moet toch leuk zijn, dacht hij, om een spijkerbroek te dragen en loafers zonder sokken, onvoorstelbare bergen geld te verdienen en je nooit zorgen hoeven te maken dat iemand je ramen aan gort schiet. Hij wilde dat hij zo'n soort leven kon leiden, wilde dat Jan wanhopig graag geven, maar zag niet hoe dat zou kunnen.

Jan vermaakte zich, ze was op haar gemak in Corinnes gezelschap. De afgelopen paar maanden was ze vier keer per week naar de sportschool gegaan (ze had een lidmaatschap genomen toen ze bij Slimme Sirenen was begonnen) en ze had een personal trainer ingehuurd. Nu, in stralend goede gezondheid, zag ze er beter uit dan ze in jaren had gedaan.

'We hebben nog mensen nodig voor de decoratiecommissie,' zei Corinne tegen Jan. Marcus liet zijn overpeinzingen voor wat ze waren en trok snel de conclusie dat ze het over een schoolgebeuren hadden.

'Dat wil ik heel graag doen,' zei Jan.

'Het is altijd heel gezellig,' zei Corinne. 'Marcus, misschien wil jij ook wel iets doen? We willen de vaders er altijd graag bij hebben!'

Marcus glimlachte en sloeg het aanbod af. 'Ik heb het aardig druk,' zei hij.

'Hoe is het met de goudmarkt?' vroeg Dewey. Marcus kon niet geloven dat hij zich hun gesprek tijdens het dinertje nog herinnerde.

'Hetzelfde, je weet wel. Omhoog, en dan weer omlaag. Maar op de lange termijn gaat het prima.'

'Niets is beter dan goud,' zei Dewey, die weer op zijn BlackBerry keek.

Marcus en Jan reden die avond naar het noorden over Benedict Canyon toen Jan zei: 'Wat ben je stil.'

'Er is iets vreemds gebeurd,' zei hij, terwijl hij recht vooruit keek. Na het diner met de Vandeveers vond Marcus dat Jan eraan herinnerd moest worden dat ze een heel ander leven hadden. De recente gebeurtenissen drukten zwaar op hem en hij vond dat hij er het beste mee voor de draad kon komen. Dus hij lichtte haar in over de pistoolschoten en de daaropvolgende ontmoeting bij Color Me Mine, waarbij hij vooral aandacht besteedde aan het gedeelte waar hij tegen Malvina Biggs zei dat ze zijn reet kon kussen. Jan luisterde ontsteld toe. Marcus probeerde haar gerust te stellen. Het was allemaal geregeld, zei hij, en ze konden zich niet uit hun bedrijf laten zetten door wat hij als loze bedreigingen zag.

'De enige reden dat ze loos zijn is omdat de kogels je niet hebben geraakt,' zei ze, haar stem hoog van verse angst.

'Ze is zakenvrouw. Ze wil helemaal niemand ombrengen.'

'Waarom heb je me hier niets over verteld op het moment dat het speelde?'

'Omdat ik wist dat je zo zou reageren.'

'Marcus, we zijn vennoten. Je moet me dit soort dingen vertellen.'

Nu ze het hoogste punt van de weg hadden bereikt, lagen de lichtjes van Los Angeles ver achter hen, en ze begonnen aan hun afdaling naar de Valley.

'We moeten het gewoon uitzitten,' zei hij, terwijl hij zijn voet van de rem haalde en de auto over de bochtige weg liet glijden, steeds sneller.

'Je rijdt te snel. Ik wil niet dat de politie ons aanhoudt.' Marcus trapte het rempedaal in. 'Is dit de reden waarom Kostya ophoudt?'

'Hij wilde er toch al mee ophouden.'

Toen ze zich klaarmaakten om te gaan slapen, zei Jan dat ze erover na moesten denken hoe ze het bedrijf zouden afbouwen. Hij zei tegen haar dat ze het er binnenkort over zouden hebben.

'Marcus, ik maak geen grapje,' zei ze, terwijl ze naast hem in bed ging liggen.

'Dat weet ik. We moeten eruit stappen. Maar wel op de juiste manier.'

'En die is...?'

'Zo veel mogelijk winst, zo weinig mogelijk risico.'

'Maar wat houdt dat precies in?'

'Vertrouw me nou maar, oké?'

Hij wendde zelfvertrouwen en levendigheid voor en kuste haar op haar mond. Hij hoopte dat ze zijn nervositeit niet voelde. Hij droeg de zijden pyjama die hij het weekend ervoor in een opwelling had gekocht. Was dat transpiratie die hij in zijn oksels voelde? Marcus nestelde zich in zijn kussen en probeerde in slaap te vallen.

Nate, je bent een bijzondere jongen. Je bent heel evenwichtig. Je speelt basketbal en klarinet. Zonder jou zou ik niet weten hoe ik mijn computer of gsm zou moeten gebruiken. Ik herin-

ner me die keer nog aan het strand, toen je vijf was. Je werd
door een grote golf ondersteboven gegooid, maar je stond ge-
woon weer op. Lachend. Je bent een fantastische zoon. Wat
zijn we trots op je. We houden van je.

Marcus legde zijn pen op de keukentafel en keek naar het kladblok
waarop hij had zitten schrijven. Het was na middernacht en hij kon
niet slapen. Hij las de toespraak hardop voor en nam de tijd op.
Bertrand Russell keek op van zijn mand in de hoek van de keuken
en vroeg zich af of Marcus het tegen hem had. Het duurde dertig
seconden om hem voor te lezen, wat te kort was. Nathan had hard
gewerkt en als Marcus zijn zoons prestatie eer wilde aandoen,
moest hij iets schrijven waarvan het voordragen meer tijd kostte
dan het geven van de routebeschrijving naar het postkantoor. Hij
keek op van de aantekeningen die hij had gemaakt naar de onlangs
gekochte enorme, roestvrijstalen Sub-Zero-koelkast. Nadat hij
meer dan een uur aan zijn toespraak had gewerkt, was het tijd voor
een pauze.

Hij opende het zilverkleurige monster en keek met vermoeide
ogen naar de inhoud: groenten, magere kaas, plakjes kalkoen van
vijf dagen oud, volkorenbrood, groene druiven. Het zag er allemaal niet heel uitnodigend uit, maar aan tafel zitten en in de ruimte staren leverde ook niets waardevols op. Misschien moest hij zijn
bloedsuikergehalte iets oppeppen. Hij pakte een handvol druiven,
keerde terug naar zijn kladblok en las zijn aantekeningen nog eens
over. Hoewel alles wat hij had opgeschreven waar was, vond hij het
geen toespraak. Marcus kauwde op het uiteinde van het potlood en
dacht erover na. Hoe zet iemand zijn persoonlijke gedachten en
herinneringen op papier, privéoverwegingen die je als ouder tegen
je kind zegt, en leest die daarna voor aan publiek? Roon had een
professionele schrijver ingehuurd om zijn toespraak op zijn zoons
bar mitswa te maken. Hoewel Marcus het zich nu kon veroorloven
om hetzelfde te doen, wist hij dat hij dan de plank volledig mis-
sloeg. Dus hij bleef worstelen met het lastige bijschaven van wat hij
zou zeggen.

Marcus had al tien minuten aan de druiven zitten knabbelen en droedels zitten tekenen toen hij voetstappen op de trap hoorde. Jan kwam binnen, met slaperige ogen.

'Kun je niet slapen?'

'Ik moest aan de bar mitswa denken,' zei ze. Hij zei dat hij dat ook had, glimlachend tegen haar alsof alles normaal was. 'Hoeveel mensen zullen we uitnodigen voor de zondagse brunch voor mensen die niet in de stad wonen? Afgezien van familie, bedoel ik.' De zondagse brunch voor mensen die niet in de stad wonen was een bar mitswa-traditie die, hoewel die nergens in de Tora werd vermeld, in Zuid-Californië heel populair was geworden. Het was een manier om de mensen die een reis hadden moeten maken om bij de ceremonie te kunnen zijn te bedanken met gerookte zalm, bagels en witvis. Zo af en toe werden ook heel goede vrienden uitgenodigd. Op dit moment was de lijst beperkt tot Jans zussen en wat neven van Marcus, die uit Seattle kwamen.

Marcus zei dat ze kon uitnodigen wie ze maar wilde. Hij richtte zijn aandacht weer op de toespraak en tikte met de geslepen punt van het potlood op het papier. 'Heb jij je toespraak al geschreven?' vroeg hij.

'Hoorde je dat?'

'Wat?'

'Ik dacht dat ik buiten iets hoorde.' Ze liep naar het keukenraam en tuurde de duisternis in.

'Welnee.'

'Zou je even willen kijken?'

'Waarom?'

'Ik zei toch dat ik iets hoorde.' Ze deed een la open en haalde er een vleesmes van dertig centimeter lang uit, dat ze hem aangaf.

'Moet ik naar buiten om een kalkoen aan te snijden?'

'Neem het nou maar mee.'

Koelbloedigheid voorwendend pakte hij het mes aan en hij ging naar buiten. De achtertuin was verlaten. De zilverkleurige maan verlichtte een wolkeloze hemel en bescheen de kleine tuin. Hij luisterde, maar hoorde niets. Hij voelde zich zowel oerman als een beetje belachelijk en ging terug naar het huis.

'Er is niemand,' zei hij.

'Dank je wel dat je het hebt gecontroleerd.' Hij knikte, de kalme beschermer. 'Kom je zo weer naar bed?' Marcus zei dat hij over een paar minuten naar boven kwam en ging terug naar zijn blocnote en potlood.

Een halfuur later lag Marcus in bed en probeerde zich vermakelijke anekdotes over Nathan te herinneren, toen hij beneden iets hoorde. Hij dacht dat hij het zich misschien had verbeeld, maar Jan had hem toch ongerust gemaakt, dus hij stapte uit bed, ervoor zorgend dat hij haar niet wakker maakte. Hij controleerde Nathans kamer en zag dat hij diep in slaap was. Het moest Lenore zijn die lawaai maakte. Maar toen hij in haar kamer keek, lag ze uitgeteld op bed, terwijl Laura Nyro zachtjes op haar cd-speler klonk. Marcus spitste zijn oren. Er klonken voetstappen, amper hoorbaar boven de melancholieke klanken van de zangeres uit. Zijn hart bonsde in zijn borst, het bonkte tegen zijn ribben alsof het op het punt stond uit zijn lichaam te springen en tegen een muur te stuiteren. Hij sloop voorzichtig de trap af. Waarom had hij het vleesmes niet mee naar boven genomen? Hij gluurde de woonkamer in, waar hij Tommy de Samoaan zag zitten, met Bertrand Russell op schoot. Hij aaide de hond over zijn nek, waarbij hij hem kneepjes gaf met zijn vingers zo groot als braadworsten. Bertrand Russell leek het lekker te vinden.

'Doe niets geks, man.'

Marcus staarde naar de gigantische Polynersiër en berekende zijn kansen. Hij kon hem lichamelijk absoluut niet de baas. De honkbalknuppel in zijn hand, een dodelijk wapen voor een normaal mens, zou net een tandenstoker zijn als die werd gebruikt tegen dit enorme lijf. Hij kon naar Jan roepen dat er iemand in huis was, maar Marcus hoopte dat hij Tommy even stilletjes kon laten weggaan als hij gekomen was.

'Ik bel de politie.' Gezien hoe bang Marcus was, was hij blij dat er daadwerkelijk woorden uit zijn mond kwamen. Hij stak zijn hand uit naar de telefoon, die op een bijzettafeltje lag en pakte hem op.

'En wat ga je ze vertellen? Jij crimineel. Leg telefoon neer.' Marcus aarzelde even. Het leek er niet op dat de man hem onmiddellijk letsel zou toebrengen. Marcus legde de telefoon terug.

'Wat wil je?'

'Wat Malvina zei over je niet willen doden? Ze liegt. Ze zei tegen me als jij niet over twee weken weg bent, is het gebeurd. *Hasta la vista* en shit.'

'Waarom vertel je me dat?'

'Ik heb je gegoogled, man. Ik zie jij bar mitswa vieren.' Marcus schudde verbaasd zijn hoofd. 'Ik niet helpen doden een *lantzman*.'

Marcus herkende het Jiddisch. 'Je bent toch niet joods...?'

'Mijn vriendin wel. Ik heb lessen voor bekering bij rabbijn Dunleavy. Hij is ook bekeerd. Jij kent hem?'

'Nee.'

'Stoere marinier legt Misjna retegoed uit.'

Het leek Marcus niet zo'n goed moment om te zeggen dat hij eigenlijk niet Joods was, aangezien dit ironisch genoeg zijn leven leek te redden.

'Ik hou van deze meisje, ja? Ik werk met kerel, heet Memo. Hij ook bij Malvina. Memo komt vorige week bij mijn meisje, hij zegt hij geven haar geld, diamanten, ze hoeft alleen keer met hem naar bed. Maar zij niet luisteren.'

'Dat is liefde,' zei Marcus.

'Verdomme ja. Zij maken mij beter persoon. Dus ik zeg je nog keer – Malvina meent. Jij snoept deel van haar winst en zij jou kopje kleiner maken. Verhuis naar Fresno of zo voordat ze *kadisj* voor je zeggen, man.'

Het feit dat Bertrand Russell het enorme gezicht van Tommy de Samoaan likte nam deze gedachte niet weg: er was een man die hem op honderd verschillende manieren kon doden ongemerkt zijn huis binnengeslopen en zat nu als een boomstam in zijn woonkamer. Het kwam Marcus voor dat alles misschien te ver was gegaan. Maar toch wilde hij morgen niet zomaar zijn bedrijf sluiten en alles achterlaten.

'Zou Malvina niet willen onderhandelen? Ik doe de financiële planning voor de vrouwen en misschien...'

Tommy onderbrak hem: 'Jij niet begrepen wat ik zeg. Zij klaar om jou om te leggen, snap je?'

Marcus deed even snel een berekening. Het was oktober. De komende feestdagen waren een nationaal vertoon van disfunctionerende gezinnen en eenzaamheid en dus een potentiële goudmijn voor Slimme Sirenen. Malvina zou er toch wel mee kunnen leven dat hij zijn bedrijf nog iets langer voortzette? 'Zeg maar tegen haar dat ik met Nieuwjaar dicht ga.'

Tommy de Samoaan schudde zijn hoofd zo groot als een watermeloen langzaam heen en weer, uit medelijdende teleurstelling. 'Dan jij hebt misschien niet gelukkige Chanoeka, man.' Toen zette hij Bertrand Russell voorzichtig op de vloer en stond op. Het was net alsof Marcus een zeppelin zag opstijgen. Hij sjokte naar de voordeur en bleef daar even staan, alsof hij wilde beslissen of hij er nog iets aan wilde toevoegen. Marcus keek hem ingespannen aan. Toen deed hij de deur open, vulde de deuropening even volledig en was weg.

Marcus schonk een glas whisky in en ging aan de keukentafel zitten. Hij dacht nog steeds dat Malvina blufte. En zelfs als dat niet zo zou zijn, hij had onlangs een levensverzekering voor twee miljoen afgesloten. Als ze hem liet vermoorden, zou zijn gezin goed verzorgd achterblijven. Doordat hij de grote filosofische teksten zo goed kenden, had hij volgens hem amper nog angst voor de dood. Hij zou de dood niet opzoeken, maar hij was er klaar voor als die kwam. Intussen kon hij wel voorzorgsmaatregelen nemen.

Marcus was van slag door het middernachtelijke bezoek van Tommy de Samoaan en sliep niet goed. Toen hij 's ochtends wakker werd, ging hij eerst aandachtig in de gang staan luisteren voordat hij naar beneden ging. Hij keek in de keuken, waar Bertrand Russell vredig lag te slapen. Tenzij, dacht hij, schuddend met zijn hoofd. Hij keek door het keukenraam in de achtertuin – niets ongewoons daar. Toen deed hij de voordeur open en aarzelde even, terwijl hij rondkeek. Het was nog geen zeven uur en het was stil in de buurt. Hij zag niemand op straat en pakte de ochtendkrant. Toen Jan naar beneden kwam om te ontbijten zei Marcus niets over de invasie in hun huis – waarom zou hij het angstniveau bij hen thuis verder verhogen? – maar hij zei wel nonchalant dat hij een inbraakalarm wilde laten installeren. Dat vond ze ook een goed idee.

Die dag keek Marcus veel vaker dan normaal tijdens het rijden in zijn achteruitkijkspiegel en bij elk geluid in het kantoor keek hij op. Zelfs toen hij ging lunchen bij het Italiaanse zaakje op La Cienega waar hij graag at, ging hij met zijn gezicht naar de deur zitten.

Het leesclubje van de Slimme Sirenen had zijn eerste bijeenkomst om zes uur die avond, vroeg genoeg om de werkroosters niet om te hoeven gooien. Het bleek dat *Anna Karenina* geen verstandige keuze was geweest. De bijeenkomst was al een aantal keer uitgesteld vanwege de meer dan 500 bladzijden van de roman, die zich voor de ambitieuze lezers uitstrekten als de Russische steppe en hun aanvankelijke enthousiasme toch wel doofde. Het was te compact, zeiden meerdere vrouwen, er stonden te veel moeilijke woorden in, en hoe zat het met dat hoofdstuk vanuit het perspectief van de hond? Jan had de afgelopen maanden naar deze en andere klachten over haar keuze geluisterd, maar ze had steeds weer gezegd dat het goed zou zijn om als eerste een boek te nemen waar niemand van hen op eigen houtje aan zou beginnen. Als iedereen hierna iets van John Grisham wilde lezen, vond ze dat prima, maar ze wilde wel dat ze in elk geval minstens één poging zouden doen om ontwikkeld te zijn. Was dat per slot van rekening niet het doel van de hele onderneming? Waren ze geen Slímme Sirenen? Uiteindelijk had Jan verordonneerd dat als de leesclub niet bij elkaar kwam, hij zou worden ontbonden.

Acht meisjes plus Marcus, Jan en Lenore woonden de bijeenkomst bij de Ripps thuis bij. Het ongewoon warme weer viel mooi samen met het culinaire Tex-Mex-thema (niemand wilde Russisch eten) en iedereen nam een gerecht mee. De bijeengekomen literatuurkenners gingen in een stoel om de tuintafel zitten en het met sangria gevoede gesprek was levendig. Maar het bleek dat de enigen die het boek echt hadden gelezen Plum en Marcus waren. Jan was slechts tot twee derde gekomen. Niemand had ook maar het uittreksel ervan gelezen. Hoe zat het met al dat gedoe over Lenin, wilde iedereen weten. Waarom zat hij in het verhaal? Anna en Vronski, daar zat het verhaal, de soap, het echte werk! Dat vonden ze leuk, de lust en het drama. Maar de vrouwen waren woest toen Plum hun vertelde dat Anna zich voor een trein wierp.

'Voor een kerel?' vroeg Mink, terwijl ze een hap van een *empanada* nam. 'Wat een loser!'

'De opties voor een vrouw waren toen erg beperkt,' legde Marcus uit. 'Het was een feodale maatschappij en je was of een lijfeigene of van adel, of...'

'Je lijf is altijd van je eigen,' zei Alicia. Ze was een voormalige tennislerares uit Santa Barbara en erg geliefd bij Japanse zakenlieden. Ze glimlachte om haar grapje.

'Van jezelf,' zei Plum, enigszins neerbuigend.

'Sorry hoor,' zei Alicia, die haar sangria opdronk en haar glas opnieuw vulde.

'Of je was ambachtsman,' ging Marcus verder. 'Als je een vrouw was, zoals Anna, en je verliet je huis, dan was de enige optie...'

'Ik kan me niet verplaatsen in slachtoffers,' zei Xiomara/Jenna terwijl ze salsasaus op een *chimichanga* deed voordat ze hem in haar mond deed.

'Ik ook niet,' zei Lenore. 'Ik wil over moedige vrouwelijke personages lezen.'

'Madame Bovary heeft ook zelfmoord gepleegd,' zei Jan.

'Wie is madame Bovary?' vroeg Madison. Ze was nieuw bij Stralend Schoon en was net uit Denver gekomen om een studie acupunctuur te volgen. Haar zwarte krullen viel voor haar ogen toen ze naar Plum keek.

'Heb je niet gestudeerd?' vroeg Mink.

'Een exact vak,' legde Madison uit.

'Dat was een Franse huisvrouw,' zei Plum, 'met een heel saai huwelijk. Ze had een verhouding met een kerel...'

'Driemaal raden,' zei Mink. 'De slet pleegt zelfmoord?'

'En dus is het een klassieker,' zei Lenore. Ze bedoelde het sarcastisch. 'Wat is dat toch met die vrouwen?'

Hoewel iedereen van het eten had genoten, vonden ze dat als het leesclubje moest blijven bestaan, ze de volgende keer iets doordachter een boek moesten uitkiezen.

Terwijl ze de tafel afruimden, zei Lenore: 'Misschien kunnen we iets van Erica Jong lezen. Die was erg beroemd in de jaren zeventig. Kent iemand haar?'

'Ik ben niet in de jaren zeventig geboren,' zei Alicia, terwijl ze een grote schaal overgebleven burrito's naar de keuken bracht.

'Ik ben niet in de negentiende eeuw geboren, maar ik heb ook geprobeerd dat boek van Tolstoj te lezen,' zei Lenore.

'Zijn er uittreksels van haar boeken?' vroeg Mink. Ze was in de keuken bezig de restjes van de borden in een vuilniszak te schrapen. Lenore bood aan het na te kijken. Jan opperde een boek van een vrouw die aan het begin van de twintigste eeuw voor de Britse Buitenlandse Dienst in het Midden-Oosten had gewerkt. Ze beklom bergen, vertaalde Perzische poëzie en hielp bij het trekken van de landsgrenzen nadat het Ottomaanse Rijk ineengestort was. Hoewel slechts drie van de elf aanwezigen van het Ottomaanse Rijk hadden gehoord, spraken ze af dat het volgende boek *Koningin van de woestijn* zou zijn, een biografie van Gertrude Bell.

'Pleegt ze zelfmoord?' vroeg Mink.

'Ik zal het nakijken,' zei Jan.

'Zelfs als ze dat doet,' zei Lenore, 'dan is het in elk geval niet vanwege een slechte relatie.'

De leesclub was een welkome afleiding voor Marcus. Hij genoot van de discussie, ondanks de beperkte reikwijdte, en ging naar bed met een milde sangriaroes. Toen hij midden in de nacht opstond om te plassen, dacht hij eraan twee aspirines te nemen om een mogelijke kater te voorkomen.

De volgende ochtend voelde Marcus zich prima toen hij wakker werd. Hij ging naar beneden en hoopte dat het wat koeler zou zijn. De herfst in Los Angeles was soms niet te onderscheiden van de zomer. Het was de afgelopen week ruim dertig graden geweest en ze hadden elke nacht de airco's aangezet. Hij voelde onmiddellijk een stroom warme lucht toen hij de voordeur opende. Zijn in plastic verpakte *Los Angeles Times* lag niet op zijn normale plek dicht bij het huis. Na even speuren zag hij hem op de stoep liggen. Waarschijnlijk een invaller, dacht Marcus. De vaste krantenjongen legde hem altijd bij de voordeur neer. Hij pakte de krant en bladerde naar de pagina met het weer terwijl hij terug naar huis liep. Het zou vandaag vierendertig graden worden, maar hij vergat de warmte helemaal toen hij de loop van een pistool in zijn nek voelde.

'Kop dicht, man.'

Marcus hoefde niet achterom te kijken om te zien dat het Tommy de Samoaan was. Hij was net een zonsverduistering. Heel even vroeg hij zich af hoe in vredesnaam iemand die zo groot was zich had kunnen verstoppen. Marcus wist dat hij niet op Bertrand Russell had hoeven rekenen om hem te waarschuwen. Hij vond die eikel aardig.

'Ga langzaam naar die pick-up daar.'

Er stond een zwarte Yukon op straat tegenover het huis geparkeerd. Hij trok op, maakte een U-bocht en stopte voor hen. De auto had getinte ramen en hij kon niet zien wie er achter het stuur zat. Hij had de wilde gedachte dat Kostya in de buurt was en achter een boom vandaan zou springen om hem te redden. Maar die illusie liet hij varen op het ogenblik dat hij achter in de suv klom. De Samoaan stapte in en ging naast hem zitten.

De bestuurder was een blanke van in de twintig, met highlights in zijn met gel gemodelleerde haar, een knappe jongen die waarschijnlijk model wilde worden. Hij droeg een donkere pilotenbril en aan zijn rechteroorlel bungelde een zilveren schedel ter grootte van een muntstuk.

'We hadden zijn Mercedes moeten kapen,' zei de jongen tegen Tommy.

'Het is mijn show, Memo,' zei Tommy de Samoaan. Marcus pikte de naam op. Memo. Was dat niet de jongen die volgens Tommy zijn verloofde had proberen te verleiden? Helaas leken de twee schurken de vredespijp te hebben gerookt. Memo ramde de auto in de versnelling en stampte op het gaspedaal. Marcus werd door de G-krachten tegen zijn stoel gesmeten. Hij vroeg zich af hoe zo'n jongen aan de naam Memo kwam. Hij zag eruit alsof hij Brandon had moeten heten.

'Waar gaan we naartoe?' vroeg Marcus, terwijl ze op hoge snelheid Magdalene Lane uit reden.

'Malvina willen met je praten.'

'We hebben elkaar al gesproken.'

'Maak het niet erger, man.'

Marcus ging lekker in zijn stoel zitten. Hij wist dat hij niet kon ontsnappen. Tommy de Samoaan had een groot pistool op hem gericht. Wat was Malvina's plan? Als ze hem in elkaar wilde slaan, had ze dat aan Tommy kunnen overlaten. Had hij maar niet tegen haar gezegd dat ze zijn zwarte reet kon kussen. Met arrogantie kwam je nergens. Marcus was verbaasd toen de Yukon de 405 op draaide, naar het noorden toe. Hij dacht dat ze in het Basin woonde. Hij maakte zich er zorgen over hoe hij zich zou voelen als hij in zijn ochtendjas en pyjama voor haar stond. Het was ontmoedigend om met iemand te onderhandelen als je in je pyjama was. Maar toen de auto aan de noordelijke kant van de Valley aan de lange klim door de pas begon, begon hij zich over iets heel anders zorgen te maken. De angst was langzaam opgekomen en werd steeds groter, totdat Marcus erdoor werd overweldigd. Zijn lippen werden er droog van, zijn adem oppervlakkig. Eventjes voelde hij zich licht in zijn hoofd.

'We gaan niet naar Malvina, hè?' Marcus probeerde de toenemende angst uit zijn stem te houden, maar zijn stembanden waren even strak gespannen als de rest van zijn lichaam en het was een verloren strijd. Tommy de Samoaan gaf geen antwoord. Hij schudde alleen zijn enorme hoofd langzaam heen en weer alsof hij wilde zeggen: wat ben je toch ook een sukkel. Door die beweging schudde de kleine davidster die aan zijn oor hing heen en weer. Marcus wilde dat hem een paar Jiddische woorden te binnen zouden schieten die hij tegen Tommy kon zeggen, alsof de situatie daardoor op magische wijze zou veranderen, maar hij kon niets verzinnen. Het enige woord dat hem op dit moment te binnen schoot was *putz*.

Ze reden langs Castaic en Santa Clarita, de bergen in, waarbij de Yukon zijn uiterste best deed om de lange helling op te klimmen. Marcus wist wat er zou gebeuren. Malvina liet hem vermoorden. Dit was de dag waarop hij zou sterven en hij had niets gedaan om zich daarop voor te bereiden. Hoe ga je om met de dood zodra je beseft dat die op komst is? Ga je waardig of stort je in en ga je smeken? Maar met smeken bereik je niets. Je verlengt er alleen maar je eigen lijden mee. Nee, dat zou Marcus niet doen. Als hij iets had opgestoken van filosofie, dan was het om niet bang te zijn voor de dood. Hij haalde diep adem, vulde zijn longen en probeerde rustig te worden. Dit deed hem denken aan Amstel, die hem die ademhalingstip had gegeven die hij met groot effect bij zijn vrouw had gebruikt, zijn geliefde, die hij nooit meer zou zien. Wat had Hegel ook alweer gezegd? 'Dood is het pure zijn en in de dood krijgt een afzonderlijk individu een universele individualiteit.' Plotseling was universele individualiteit een stuk minder aantrekkelijk dan het leek wanneer je daar als student over las.

'Heb je ooit filosofie gelezen?' vroeg hij Tommy de Samoaan, om een gesprekje aan te knopen. Als hij de man voor zich kon winnen, dan zou het verhaal misschien anders eindigen.

'Niet praten, man. Niet nu.'

Marcus overdacht Nietzsches concept van eeuwig terugkomen. Hij vroeg zich af of hij, wanneer hij de volgende keer terugkwam, zijn gezonde verstand beter zou gebruiken. Hij hoopte van wel. Hij zou het vreselijk vinden als hij dit eeuwig moest doen. Schopenhauer geloofde dat het leven lijden is, maar de dood onwerkelijk. Marcus wilde dat de pijn onwerkelijk was. Geen van de grote geesten wilde het daarover hebben. Het was één ding om over een abstractie te orakelen, iets waar nooit een definitief antwoord op kon komen. Maar waar was de verhandeling over hoe het was om te worden ontvoerd en neergeschoten? Voor zover Marcus wist, had niemand ooit iets aan dit onderwerp bijgedragen. Hij snakte naar een exemplaar van *De geschiedenis van de Westerse filosofie*. Dat was 895 bladzijden dik en kon beslist een kogel tegenhouden.

Memo ging van de snelweg af en reed een paar kilometer naar het noorden over een parallelweg voordat hij naar het westen een canyon in reed. Daar lag het Angeles National Forest. Marcus dacht aan de laatste keer dat hij hier was. Ze gingen in elk geval niet naar de plek waar hij het lijk had achtergelaten. Die afrit waren ze een paar kilometer geleden al voorbij gereden. Hij dacht erover na of dit een vergelding was voor wat hij had gedaan, maar hij wist dat dat belachelijk was. Er was geen vergelding. Dingen gebeurden gewoon. En daarna gebeurden er weer andere dingen. Je kon alleen maar proberen alles zo lang mogelijk uit de weg te blijven. Uiteindelijk werd je er toch door ingehaald.

Ze stegen nu weer, langs rotsachtige uitsteeksels en dennen. Zijn oren knapten door de hoogte. Memo had de airco aangezet, dus Marcus wist niet hoe warm het die ochtend in de bergen was. Hij vroeg zich af of Jan al wist dat hij weg was.

Nu bonkten ze over een onverhard weggetje, omringd door dicht struikgewas. Tommy hield het pistool in zijn linkerhand, hij krabde afwezig met de loop aan zijn gezicht. Eén gat in de weg en de grote Samoaan kon zijn eigen kop eraf schieten, waardoor alles hier eindigde. Marcus dacht eraan om het pistool te grijpen, maar wist dat als hij het ook maar probeerde, één stomp van Tommy's klauw hem zou lamleggen.

'Waar wachten we nog op?' vroeg Memo.

'Rij nou maar gewoon door,' zei Tommy. 'Ik zeg wel wanneer je moet stoppen.'

'Ik heb straks een auditie.'

'O, ja? Voor een baan?'

'Een bedrijfsfilm.'

'Wat zeg je nou?'

'Een film, maar dan voor een bedrijf. Ze maken buitenboordmotoren.'

'Dan ben jij dus bijvoorbeeld een dansende bougie?'

'Rot op.'

Het gesprek was schertsend, maar Marcus voelde dat Tommy echte vijandigheid in zijn lijf had. Hij vroeg zich af of Memo wist dat Tommy's vriendin Tommy over Memo's verleidingspoging had verteld.

'Waarom ga je niet met me mee?' vroeg Memo. 'Ze zoeken nog een olifant.'

Tommy antwoordde niet. Marcus probeerde oogcontact te maken, om de relatie die ze laatst tijdens hun nachtelijke praatje hadden gehad nieuw leven in te blazen. Maar Tommy reageerde niet. Ze reden nog vijf minuten in stilte verder totdat Tommy tegen Memo zei dat hij moest stoppen. Ze gingen aan de kant van de weg staan. Memo deed het portier open en stapte uit. Tommy keek Marcus aan.

'Ik heb je toch gewaarschuwd, man?' Marcus voelde dat de man echt geïrriteerd was dat hij hem moest vermoorden. Maar daar voelde hij zich niet beter door. Wanneer zou de verzekering uitbetalen? Zou er een lijk gevonden moeten zijn? Tommy zei tegen hem dat hij moest uitstappen.

Marcus voelde de warme zon op zijn gezicht. Door de hoogte was het hier koeler. Hij rook de dennen, de aarde. Het was een prachtige dag. Hij vond het jammer dat hij niet naar de bar mitswa kon, maar die was in elk geval al wel betaald.

'Ga maar lopen,' zei Tommy.

Marcus liep naar het bos toe. Hij dacht erover of hij zou gaan rennen, wist dat hij moest zigzaggen als hij zou wegrennen, maar hij kon met geen mogelijkheid ontsnappen. Hij betreurde het dat hij blootsvoets en in pyjama was. Hij wilde niet in zijn pyjama sterven. En hij wilde niet door allerlei beestjes worden opgegeten. Levenloos op de grond in het bos; opgeknabbeld door eekhoorns. Dat zou vreselijk eerloos zijn. Plotseling was Marcus minder hoopvol over zijn lot. Hij struikelde over een wortel en verdraaide zijn enkel.

'Shit,' zei hij, en hij bleef staan.

'Blijven lopen.' Memo was pal achter hem.

Marcus probeerde gewicht op zijn been te zetten. Zijn enkel deed pijn. Hij kon wel lopen, maar wist niet goed of hij dat wel wilde. Ze waren nog niet aangekomen bij de eindbestemming. Misschien zou er iets tussen komen als hij de zaak wat ophield, een aardbeving, een groep wandelaars, elke afleiding die hem een kans gaf om te overleven.

De klap waardoor hij uitgestrekt op de grond belandde kwam uit het niets. Het was zwart achter zijn ogen, er klonk een doffe piep in zijn hoofd. De pijn straalde uit naar de bovenkant van zijn hoofd en naar beneden tot in zijn nek en schouders. Hij voelde zich alsof er een boom op hem was gevallen.

Vanuit een andere ruimte hoorde Marcus Tommy's stem: 'Wat doe je verdomme nou, Memo?'

Toen hij een oog opendeed en Memo zag, die met een pistool over hem heen gebogen stond, besefte hij dat hij daarmee op zijn hoofd was geslagen. Zijn haar voelde nat aan. Hij raakte het met zijn vingers aan. Bloed.

'Sta op en blijf lopen,' zei Tommy. Marcus krabbelde overeind. Hij dacht dat hij Tommy naar Memo zag kijken, het joch hijgde van zijn geweldsuitbarsting.

'Je mag vandaag echt je eerste nog wel omleggen,' zei Tommy.

'Zeker weten,' zei Memo.

Marcus strompelde naar voren. Zijn hoofd bonsde. Zijn grote teen was gaan bloeden. Die had hij waarschijnlijk gesneden toen hij viel. De dennennaalden voelden zacht aan onder zijn blote voeten, de ochtendzon werd warmer. Ze liepen met zijn drieën dieper het bos in, met Marcus voorop, wiens panden van zijn badjas flapperden. Na vijf minuten bereikten ze een open plek en Tommy zei tegen hem dat hij op de grond moest gaan liggen.

Marcus keek naar hem en probeerde nog een laatste keer een ragfijne menselijke connectie te forceren. Maar de grote Samoaan gaf geen krimp. Marcus had gezworen om niet te smeken; als dit het einde zou zijn, dan kon hij er niets meer aan doen. Hij zonk neer op zijn knieën. Automatisch greep hij twee handenvol dennennaalden. Wat kon hij ermee doen? Ze in hun gezicht gooien? De dennennaalden voelden droog aan in zijn handen, nutteloos. Hij wilde niet dat zijn laatste handeling op aarde een aanval van krachteloze agressie zou zijn. Marcus ging liggen, voorover op de bosgrond, de dennennaalden aaiden langs zijn gezicht. Hij hoorde Tommy's stem.

'Jij wilde het doen, toch? Ga dan wat dichterbij staan, dan wordt het niet zo'n troep.'

Memo zou schieten. Marcus bereidde zich voor op zijn laatste ogenblik van bewustzijn, de kennistheoretische grens, de eenwording met het universele.

De donderende knal van het pistoolschot weerkaatste tegen de bergen en de eindeloze hemel in.

En Marcus Ripps was dood.

Maar dat was niet zo. Marcus hoorde een bons, keek op en zag Memo op de grond liggen met een kogel in zijn achterhoofd. Er ontlook een natte roos aan het haar vol gel en bloed bevochtigde de droge grond.

'Ik denk dat je die auditie niet gaat halen,' zei Tommy. Toen pakte hij het pistool uit Memo's dode hand en ramde hem achter zijn broeksband.

Marcus nam het tafereel in zich op vanuit zijn vooroverliggende positie: de Samoaan, een gigantische gestalte, afgetekend tegen de opdoemende berg, het pistool, de dode man diep in de onherbergzame wildernis. Er vloog een havik over hen heen, op zoek naar een prooi. Marcus keek naar Tommy. Was er iets bij hem geknapt? Zou hij hen alle twee vermoorden? Of wilde zijn overmeesteraar alleen maar brute wraak nemen op Memo vanwege de uiterst onverstandige poging hem de hoorns op te zetten?

'Gaat het?' Toen Marcus bevestigend antwoordde, zei Tommy dat hij moest opstaan. Marcus stond op en borstelde zichzelf af, zijn oren nog tuitend van het schot. Hij wilde vieren dat hij nog leefde, maar het lijk aan zijn voeten temperde dat gevoel enigszins. Memo's ogen waren open. Er liep een vlieg over zijn gezicht. Wat was de etiquette in zo'n situatie? Het joch had hem grof bejegend, maar het was nog steeds onprettig om hem daar te zien liggen met een gat in zijn dure kapsel.

Tommy's stem doorboorde de mijmering waarin Marcus was

vervallen. Hij stelde voor dat ze terug naar de weg zouden lopen. Marcus keek onzeker rond. De hele houding van de man was veranderd, de dreigende uitdrukking op zijn gezicht was weg. Dit was de man die midden in de nacht met zijn hond had geknuffeld.

'Wil je een lift naar huis?'

Toen ze voor in de Yukon zaten haalde Tommy de resterende kogels uit het pistool. Hij haalde een bandana uit de zak van zijn spijkerbroek en veegde het wapen schoon. Daarna legde hij het op de stoel tussen hen in en zei tegen Marcus dat hij het in het handschoenenvakje moest leggen. Marcus deed wat hem was gezegd.

'Waarom heb je me hiernaartoe gebracht?'

'Memo regelen.'

Tommy stak de sleutel in het contact. Marcus was nog steeds bezig zijn rol in de gebeurtenissen van deze dag te bevatten. Maar hij vond het geluid van de motor die startte erg prettig. Hij leefde in elk geval nog.

Nu zijn zenuwen aan flarden waren geschoten, genoot Marcus niet van de rit terug. Maar hij probeerde te onthouden wat Tommy aan Malvina zou vertellen: je hebt Memo neergeschoten en bent gevlucht. Ik achtervolg je door het bos maar je ontsnapt. Jij niet meer in zaken morgen.

Terwijl de suv naar de 405 reed, de bergpas uit en San Fernando Valley in, wist Marcus dat zijn leven weer een andere wending zou nemen. Hij was te dicht bij het vuur gekomen en was vreemd genoeg niet verbrand.

Toen Tommy Magdalene Lane op draaide zei hij: 'Nog één ding, man. Jij willen met politie praten, jouw afdrukken op pistool.'

Dus dat was het. Marcus was het alibi, Tommy's verzekeringspolis voor het geval iemand het lijk vond. Als Marcus maar zou overwegen de politie te vertellen wat er was gebeurd, dan zou deze wetenschap die aandrang diep wegdrukken. Waarom was hij nou nooit degene die drie stappen vooruit dacht?

Het busje van het beveiligingsbedrijf stond voor het huis geparkeerd toen Marcus uit de Yukon stapte. Het inbraakalarm werd geïnstalleerd. Goeie timing, dacht hij. Tommy draaide het raampje naar beneden en zei: 'Sjalom.' En toen was hij weg.

Marcus trof Jan aan in de keuken, waar ze de nieuwe vaatwasser aan het uitruimen was.

'Waar was je?' Haar gezicht stond gespannen. Het was niets voor Marcus om zomaar weg te gaan. Ze zag het geronnen bloed in zijn haar. 'Wat is er met je hoofd gebeurd?'

'Ik kan er maar beter even ijs op doen.'

Jan pakte een plastic zakje en deed er tien ijsblokjes in. Ze gaf het aan Marcus, die ging zitten en het op de nare bult legde die was ontstaan. Ze keek hem aan alsof ze wilde zeggen: vertel alsjeblieft dat het niet zo erg is als ik denk.

Nadat hij had vastgesteld dat Lenore buiten gehoorsafstand was, vertelde hij wat er was gebeurd. De kolkende angst die ze voelde toen ze over zijn nipte ontsnapping hoorde, werd weggedrukt door de immense opluchting over het resultaat. Eerst had ze ongelovig geluisterd, maar toen Marcus klaar was, had ze tranen in haar ogen en nu knuffelde ze hem. Hij wreef haar over haar rug en troostte haar.

Ze wisten allebei dat de grens was bereikt. Ze zaten niet op een oorlog te wachten. Het was gedaan met Slimme Sirenen. Ze zouden het appartement bij Beverly Hills ontruimen. Marcus zou de personeelsleden inlichten. Jan zou de website uit de lucht halen en alle sporen van hun bedrijf van internet verwijderen.

Lenore vatte het nieuws met dezelfde evenwichtigheid op als toen Jan haar voor het eerst over het bedrijf vertelde.

'Het was een geweldige ervaring,' zei ze. 'Ik zal de dames missen.'

20

De hemel op de herfstochtend waarop Nathan Ripps bar mitswa werd was zo prachtig blauw dat Jans familieleden uit Philadelphia, die religieus waren, tegen Marcus zeiden dat God dat wel geregeld moest hebben. De warme, droge Santa Ana-wind waaide en de smog die normaal gesproken over de vallei hing was door de krachtige windvlagen verdwenen. De San Gabrielbergen waren scherp afgetekend in het oosten, Santa Monica was duidelijk zichtbaar in het westen. Het was een dag waarop je je de San Fernando Valley fris en nieuw kon voorstellen. Ze hadden een fotografe ingehuurd, een jonge vrouw in een broekpak en met haar zwarte haar in een dikke vlecht, die Jans familieleden in verschillende opstellingen op de stoep voor de synagoge zette en foto's nam.

Jan en Lenore hadden voor de gebeurtenis een nieuwe jurk gekocht en Marcus, die eigenlijk volgens Thoreaus uitspraak leefde en alle activiteiten waarvoor nieuwe kleren nodig waren vermeed, had bijna achthonderd dollar aan een pak besteed. Nathan genoot met volle teugen, hij straalde naar de familieleden die hij zelden zag en zwolg op die stralende Californische ochtend in hun tijdelijke aandacht op de gespikkelde stoep.

Marcus had met andere vaders gepraat wier zonen en dochters deze ceremonie hadden doorgemaakt, maar hij was nog steeds niet voorbereid op de brok in zijn keel toen hij opkeek en Nathan op de *bima* zag staan (een woord dat Marcus van rabbijn Rachel had geleerd toen hij tijdens een pre-bar mitswa-bijeenkomst met het hele gezin de fout had gemaakt het een podium te noemen). De rabbijn en de voorzanger, een jongeman die eruitzag alsof hij uit het Midden-Oosten kwam en een veelkleurige hoofdbedekking droeg die misschien wel in een Marokkaanse soek was gekocht, ging de gemeente voor in gebed en zang, en Marcus zag Nathan als op een reeks foto's. In Marcus' gedachten groeide hij uit van baby met mollige beentjes tot actieve peuter en van jongen met een open gezicht tot, nu hij door de netelige puberteit ging, een onhandige vroege adolescent die de zaadjes in zich droeg van zijn uiteindelijke verdwijning uit het dagelijks leven van zijn vader. Marcus wierp een blik op Jan, die, zo voelde hij, hetzelfde mengsel van trots, plezier en verlies voelde dat ouders op dit soort momenten treft. Hij gaf zichzelf een standje dat hij zo sentimenteel werd en schraapte zijn keel. Marcus had iemand ooit horen zeggen dat alle gangsters sentimenteel zijn. Hij vroeg zich even af of dit ook voor hem gold. Jan gaf hem een kneepje in zijn hand. Hij gaf haar een kneepje terug en bleef recht vooruit kijken. Hij hoopte dat de brok in zijn keel weg zou zijn als het zijn beurt was om te spreken.

Nathan las voor uit de Thora, hij had volledige beheersing over de oeroude liturgie, zijn stem was glashelder. Rabbijn Rachel gaf Marcus en Jan een teken toen het tijd was voor hun toespraken. Jan sprak als eerste, en keek daarbij Nathan aan over het podium heen van waaraf de rabbijn de dienst leidde. Ze was niet gewend aan spreken in het openbaar, vooral wanneer daar persoonlijke onthullingen bij hoorden. Eerst zei ze iets nietszeggends over haar liefde voor haar zoon en hoe trots ze op hem was, alles wat je van een moeder zou verwachten. Maar toen zei ze, zich ertoe zettend: 'Je bent misschien niet in het meest religieuze huishouden opgegroeid, Nathan, maar we hebben je altijd bij willen brengen dat je het juiste moet doen. Als geloven in God je daarbij helpt, dan moet je dat zeker doen.'

Ze kuste hem op zijn wang en toen was het de beurt aan Marcus. Hij haalde zijn aantekeningen uit zijn zak en vouwde het papier open. Hij keek neer op het tekst die op enkele regelafstand was getypt en daarna naar zijn zoon, die naar hem terug glimlachte. Marcus haalde diep adem en begon aan een lofrede over Nathan, waarin hij uitweidde over zijn vrolijke aard, zijn muzikaliteit, zijn sportieve aanleg, de beleefdheid waarmee hij ouderlijke aansporing accepteerde waar het zijn schoolwerk betrof, zijn benijdenswaardige plek als zoon en kleinzoon, alle aspecten van het leven van een jong iemand waar een ouder die zich er ook maar enigszins van bewust was hoe moeilijk het is om dertien te zijn dankbaar voor is, wanneer hij maar de moeite neemt om er aandacht aan te besteden. Toen Marcus klaar was, omhelsde hij Nathan opgelaten, heel opgelucht dat hij aan zijn ouderlijke verplichtingen met betrekking tot deze ceremonie had voldaan en ging terug naar zijn stoel, waar hij in stilte het heelal dankte dat hij zijn toespraak had kunnen houden zonder te huilen. De overdaad aan goedheid die hij had gezien, van rabbijn Rachel, van Nathan, van Jan, en verbazingwekkend genoeg, van binnenuit, die zo openlijk werd getoond voor dit gezelschap van familie en vrienden, was op dit ogenblik buitengewoon moeilijk met zijn dagelijks leven in overeenstemming te brengen. Toen hij de dunne, uitgelaten Nathan de microfoon zag verzetten – zijn schouders nog lang niet sterk genoeg om existentieel gewicht te dragen – zei Marcus tegen zichzelf dat hij de rest van zijn leven een voorbeeldig burger zou zijn.

'Hallo, allemaal,' begon Nathan sonoor. Sonoor? Had rabbijn Rachel hem, naast de spirituele inzichten die ze hem had verschaft, ook lessen in spreken in het openbaar gegeven? 'Ik wil jullie allemaal bedanken dat jullie op deze speciale dag hier bij me zijn. In mijn gedeelte van de Thora zijn Abraham, Sara, de vrouw van Abraham, en hun neef Lot op weg naar Egypte omdat er hongersnood heerst in hun land.'

Marcus wist wel het een ander over hongersnood. Misschien niet letterlijk, maar hij was maar al te bekend met de angst in het hart van degene die niet aan de basale levensbehoeften kan voldoen van degenen die hun vertrouwen in hem stellen. Hij ging er eens goed voor zitten en keek zijn zoon stralend aan, zo evenwichtig en geconcentreerd. De gemeente was eerder al rustig geweest, maar nu was het doodstil.

Nathan ging rechter op staan en vervolgde: 'Voordat ze in Egypte aankwamen, nam Abraham Sara terzijde en zei tegen haar dat hem iets dwarszat. Terwijl hij op het punt stond Egypte in te trekken, zei hij tegen zijn vrouw Sara: "Ik weet wat een beeldschone vrouw je bent. Als de Egyptenaren je zien en denken: dat is zijn vrouw, dan doden ze mij en laten ze jou leven. Zeg alsjeblieft dat je mijn zus bent, opdat het me goed zal vergaan door jou en opdat ik dankzij jou in leven blijf." Sara, die toegewijd en passief was zoals vrouwen vroeger waren, stemde in met Abrahams overlevingsplan en zei dat ze zijn zus was.'

Marcus herinnerde zich dit verhaal niet van zijn eigen magere bijbelstudie. Het was nieuw voor hem dat Abraham in deze situatie deze beslissing had genomen. Zijn betrokkenheid bij de Bijbelinterpretatie van zijn zoon en blijdschap over de prestatie van de jongen werden alleen gematigd door een ontluikende onbehaaglijkheid door de inhoud van het verhaal.

'Toen ze Egypte binnenkwamen zagen de Egyptenaren al snel hoe mooi Sara was. In de Thora staat: "Ook zagen haar de vorsten van Farao, en prezen haar bij Farao; en die vrouw werd weggenomen naar het huis van Farao." Abraham,' zei Nathan, nu woedend, 'ruilde Sara voor zijn leven. Niet iets wat een gentleman zou doen. Maar God was het niet eens met Abrahams beslissing om Sara op te geven om zijn eigen hachje te redden en was boos dat Sara nu blijkbaar twee echtgenoten had. De Thora vertelt ons: "Maar de HEERE plaagde Farao met grote plagen, ook zijn huis, ter oorzake van Sarai, Abrams huisvrouw." Toen de farao er eindelijk achter kwam dat Sara de vrouw van Abraham was, was hij woest. Zoals mijn deel van de Thora zegt: "Toen riep Farao Abram, en zeide: Wat is dit, dat gij mij gedaan hebt? Waarom hebt gij mij niet te kennen gegeven, dat zij uw huisvrouw is? Waarom hebt gij gezegd: 'Zij is mijn zuster'; zodat ik haar mij tot een vrouw zoude genomen hebben? En nu, zie, daar is uw huisvrouw; neem haar en ga henen!"' Nathan stampte op het podium om dit te benadrukken, waardoor hij sommige ouderen liet schrikken.

'Ik vraag me af waarom God iemand die dingen zo verpest zou kiezen als leider van het Joodse volk.' Er werd nu gemompeld in de gemeente en er werden blikken uitgewisseld. Niemand verwachtte dat een bar mitswa van dertien jaar – en dan zeker niet op deze dag

– een Bijbelse held als Abraham met zoveel kracht en gevoel de wind van voren zou geven. Marcus staarde echter recht vooruit, alsof hij in trance was en merkte niet dat Nathan naar hem keek voordat hij verderging. 'Hij bracht niet alleen zijn vrouw in een gevaarlijke positie, maar zijn gedrag vormde ook een gevaar voor het leven van de farao en iedereen in het huishouden van de farao.' Hier zweeg Nathan even theatraal. Hij keek uit over de gemeente en greep de katheder met beide handen vast. 'Hoe kon de leider van ons volk zo imperfect zijn? Hoe kon hij zo zijn zoals, nou ja, wij? Veel van de spirituele leiders en profeten van andere religies lijken zo perfect en die eerste Jood had zoveel imperfecties. Misschien wilde God dat juist wel, iemand vinden of creëren die zo duidelijk menselijk was dat mensen hem konden begrijpen, zodat wanneer de Joden aan Abraham denken, ze aan iemand als zichzelf denken. Sommigen vinden dat de leider van een volk een voorbeeld zou zijn, waar ze naar zouden moeten streven. Maar misschien wist God wel dat het niet gezond is om te streven perfect te zijn, of misschien kon God geen perfecte mensen vinden. Misschien is het gewoon niet mogelijk om perfect te zijn.'

Marcus knikte bij die laatste opmerking, en dacht: amen.

'Rabbijn Rachel heeft een keer tegen me gezegd dat totdat we kinderen hebben, onze eerste prioriteit onszelf is, ons eigen welbevinden. Later in Abrahams leven, toen God Abraham vroeg zijn zoon Isaac te offeren, bleef Abraham egoïstisch handelen. Sommigen vinden het misschien nobel om je eigen kind te willen offeren in naam van God, maar ik vind het alleen maar stom. Waarom zou Abraham het riskeren om iets wat zo belangrijk voor hem was kwijt te raken, vanwege niets meer dan een religieuze overtuiging? Waarom is religie zo belangrijk? Is de manier waarop we handelen niet wat echt telt? God stelde Abraham en zijn geloof op proef en veel mensen zouden zeggen dat hij met vlag en wimpel geslaagd is. Met vlag en wimpel? Ik vind van niet. Abraham heeft de belangrijkste plicht van allemaal verzaakt en die is zorgen voor degenen van wie je houdt.

Ik ken twee mensen die die test wel hebben gehaald. Mijn vader en moeder.' Toen hij dit hoorde groeide de brok in Marcus' keel uit van een mandarijntje tot een grapefruit. 'Ik vroeg laatst een keer aan hen: "Hoe heb je zo onbaatzuchtig kunnen zijn?" En mijn vader antwoordde: "Geloof me, dat valt ook niet altijd mee." Ik weet dat het niet meevalt, maar jullie doen het wel en ik ben daar heel dankbaar voor, meer dan ik kan zeggen. Ik hou van jullie...'

Nathan praatte nog een minuutje verder, maar Marcus hoorde geen woord meer, de snikken kwamen meedogenloos. Hij begroef zijn natte gezicht in zijn handen daar op de eerste rij van de B'nai Jeshurun-synagoge, veilig in de wetenschap dat iedereen zou aannemen dat hij overmand werd door vaderlijke trots op en liefde voor zijn zoon.

Wat hij ook was.

Tot op zekere hoogte.

Wat niemand anders dan Jan begreep was dat Marcus zich in Nathans toespraak had verplaatst. Marcus was in het paleis van de farao en moest zijn hachje redden. Het feit dat de overeenkomsten niet op het eerste oog te zien waren, maakte ze niet minder ondubbelzinnig of vernietigend en hij voelde dat zijn lichaamstemperatuur steeg terwijl het gevecht binnen in hem woedde. Nu voelde hij zich alsof zijn aanwezigheid in het heiligdom de prestatie van zijn zoon tenietdeed. Als Nathan zo welsprekend de oorspronkelijke patriarch van het monotheïsme klein kon krijgen, wat zou hij dan over zijn eigen vader zeggen? Marcus kreunde hoorbaar bij die gedachte, wat degenen om hem heen abusievelijk aanzagen voor een opwelling van trots. Starend naar zijn schoenen merkte Marcus op dat het tapijt versleten was en hij maakte in gedachten een aantekening dat hij volgende week een donatie aan het bouwfonds van de synagoge moest doen.

Bij de *kidoesj* na de dienst, die werd gehouden in de hal van de synagoge, namen Marcus en Jan de felicitaties voor Nathans prestatie in ontvangst. Verschillende mensen maakten opmerkingen over de revolutionaire aard van zijn toespraak en hij was er erg trots op dat hij een jongen had opgevoed die, anders dan simpelweg de religieuze alleenzaligmakende opvattingen op te dreunen die hij bij de

Hebreeuwse les leerde, daadwerkelijk een filosofische inslag leek te hebben.

Marcus besmeerde een cracker met witvissalade terwijl hij naar Plum en Atlas keek, die naast de tafel met desserts een naar het zich liet aanzien beschaafd gesprek voerden. Toen hij een hand op zijn arm voelde keek hij om en hij zag Kostya. Kostya droeg een modieus pak met vier knopen en grijnsde omdat hij blij was dat hij ook bij de viering was.

'L'il Gangstaboy vet,' zei Kostya, en hij gaf Marcus een enveloppe. 'Voor de jongen.'

Kostya omhelsde zijn voormalige werkgever en zette toen koers naar de gerookte vis. Marcus ging naar buiten om even alleen te zijn. De hemel had een ziekelijke grijsgele kleur gekregen. De wind was gedraaid en het rook lichtelijk giftig, erger dan smog, dreigender. De krachtige Santa Ana-wind waaide nu uit het noorden, fluitend door de passen, en droeg de viezigheid met zich mee. Zijn ogen traanden. Het was maar goed dat Nathans feestje niet in de Valley zou zijn.

Die avond stroomden zoete, tropische vloeistoffen vanuit grote plastic martiniglazen in de keel van jonge mensen. Jongens sprongen in groepjes van vier en vijf op en neer op neopunk en hiphop, te bang om meisjes te dansen te vragen, niet gekweld door homo-erotische bijgedachten. Meisjes die er veel ouder uitzagen dan dertien, met donkere ogen en heel cool in hun strakke jurkjes, keken toe en wensten dat de jongens ouder en minder suf waren. Twee jongens stalen glazen drank van volwassenen die er niet op letten. Eén meisje, wier vader half Westwood bezat, droeg een T-shirt waarop in een gotisch lettertype ROT OP over haar smalle schouders stond. Verschillende moeders zeiden dit tegen Jan, die aan het meisje vroeg of ze het T-shirt binnenstebuiten wilde keren, wat ze zonder morren deed, hoewel toen Jan wegliep deze bevoorrechte maar verwaarloosde nakomeling haar middelvinger naar haar opstak (tot plezier van haar giechelende samenzweersters). Nathans vrienden stuiterden op de dansvloer als flipperballen tegen elkaar aan, ze werden alle kanten op gelanceerd, draaiden in de rondte met hun armen in de zij en hun gezichten omhoog, steeds maar weer ronddraaiend in een verre, meeslepende echo van achttiende-eeuws chassidisme. Lenore en haar strak in het vel zittende en buitengewoon aardige vriendinnen van de paaldansstudio lokten de oudere, op dansgebied klunzige gasten naar de dansvloer, met hun billen schuddend en in schoten draaiend, en ontketenden zo de extatische neiging die onder het buitenste laagje van een burgerman op de loer ligt. De barkeeper met een wit jasje aan werkte zich de hele avond uit de naad en de sterkedrank, overvloedig en van uitstekende kwaliteit, stroomde van felgekleurde flessen in glazen, en daarna in aderen, waardoor de mensen die anders altijd op hun stoel bleven zitten naar de dansvloer werden gezogen, waar ze ineens merkten dat ze aan linedancen waren en er geen moment om maalden hoe dat eruitzag: het teken van een succesvol feest.

Roon had zich in een met zijn BlackBerry verstuurde e-mail verontschuldigd vanuit zijn bedrijfsvliegtuig dat ergens boven de Malediven vloog – 'We praten nog bij, gefeliciteerd!' – en had zijn accountant een klein bedrag aan Nathan laten overmaken. Marcus had het leuk gevonden als Roon had gezien hoe goed het met hem was gegaan sinds hij niet meer voor Roon werkte en vertrouwde erop dat Takeshi, die zeven meter links van Marcus met zijn armen boven zijn hoofd op de maat van de muziek stond te zwaaien, verslag zou doen van het feit dat het het gezin Ripps voor de wind ging.

21

Zondagochtend was het donker en mistig, de lucht was nog slechter dan de dag ervoor. Hoewel Marcus op het feest verscheidene margarita's had gedronken en uitgeput was door alle pret, had hij eraan gedacht voor hij ging slapen twee aspirines te nemen. Dus toen hij zijn benen uit bed zwaaide en zijn voeten de vloer raakten, lukte het hem op te staan zonder nare gevolgen van de avond ervoor. Jan voelde de ruime hoeveelheid chardonnay die ze tot zich had genomen nog steeds, dus Marcus bracht haar attent iets tegen de hoofdpijn en een kopje zwarte koffie op bed en deed toen de voordeur open om de zondagskrant te pakken. Hij keek naar buiten en zag dat er fijne as uit de hemel was gevallen die alles had bedekt: de gazons, de bomen, de straten, de auto's. De lucht zat er vol mee. Hoestend ging Marcus weer naar binnen en hij zette de televisie aan. Hij had sinds vrijdag geen televisie gekeken of krant ingezien, maar was niet verbaasd toen hij zag dat een brand een groot deel van het Angeles National Forest had verzwolgen. Het giftige poeder dat op Van Nuys was gevallen, kwam daarvanaf.

Nathan en Lenore sliepen nog, dus Marcus keek de krant door totdat de jonge Mexicaanse bezorger arriveerde met schalen vol gerookte zalm, bagels en kunstig opgemaakt gesneden fruit.

Twee uur later had er in het stille huis een invasie plaatsgevonden door Jans familieleden van buiten de stad, die het allemaal hadden over de vieze lucht en de laag as en die blij waren dat het niet de ochtend ervoor was gebeurd. Vrolijke geluiden van geanimeerd geklets klonken op in de kamer terwijl de mensen Nathans prestatie bespraken, het over de plaatselijke attracties hadden die ze wilden bezoeken voordat ze weer naar huis gingen en degenen die dezelfde dag al vertrokken bespraken hoe laat ze weg moesten om hun vlucht nog te halen. Marcus was net een van Jans tantes aan het vertellen over het Gene Autry Western Museum toen de bel ging. Er stonden twee mannen in donkere pakken. Ze vroegen of hij Marcus Ripps was. Marcus antwoordde bevestigend en ze identificeerden zich als rechercheurs uit Valley North. En hielden hem aan voor pooien en het illegale vervoer van een lijk.

De cel in het politiebureau van Van Nuys leek op alle cellen die Marcus in politieprogramma's had gezien, iets waaraan hij dacht in een bewuste poging niet te piekeren over wat hem precies te wachten stond. Heen en weer geslingerd tussen acute schaamte en pure angst peinsde hij er absurd genoeg over dat de burgers door de toename van politie-entertainment op de Amerikaanse televisie slimmer waren geworden, omdat zelfs een nonchalante kijker een basaal begrip van het strafrechtsysteem kreeg.

Het was vroeg op zondagmiddag toen Marcus in zijn cel zat en de andere bewoners waren het menselijke drijfhout van de zaterdagnacht: dronkenlappen, vechtjassen en een onfortuinlijke inbreker die was aangehouden vanwege een verkeersovertreding met de inhoud van iemand anders' huis in de laadruimte van zijn pick-up. Marcus was de enige die een geperste broek en een Lacoste-shirt droeg en hij was blij dat zijn celgenoten te uitgeput leken om te zien dat hun nieuwste aanwinst gekleed leek voor een winkeltripje naar Rodeo Drive. Marcus vervloekte zichzelf omdat hij geen sokken had aangetrokken. Hij vond dat zijn blote enkels kwetsbaarheid uitstraalden.

Toen hij zich die ochtend aankleedde had hij niet overwogen dat hij ten onder zou gaan. Niet echt. Hij wist dat die mogelijkheid bestond, maar had die gedachte onderdrukt in plaats van de afschrikwekkende gevolgen te bekijken. Het was hem niet meer vergund om zijn kop in het zand te steken nu hij hier in de gevangenis zijn reukvermogen probeerde uit te schakelen, omdat hij werd aangevallen door een bijtende geur die hij onmiddellijk als urine herkende. De man met grijs haar die naast hem op de houten bank luid lag te snurken, had in zijn broek gepist. Marcus stond op en liep naar de spijlen vooraan, vechtend tegen een opkomend paniekgevoel. Ik weet niet eens over welk lijk ze het hebben. Is het het lijk dat ik daadwerkelijk heb verplaatst of het andere? Ze kunnen het allebei zijn. Memo was niet dood toen hij het bos in ging. Ik heb hem nergens naartoe gebracht. Hij heeft mij ergens naartoe gebracht. Maar niemand kon weten hoe ze daar waren gekomen, tenzij Tommy de Samoaan me heeft verlinkt. Hij heeft met mijn hond gespeeld. Hij was bezig zich te bekeren. Hij kan het niet geweest zijn. Dan moet het Mink zijn. Kostya loog waarschijnlijk tegen me toen hij zei dat hij haar niet had bewerkt. Hij heeft haar waarschijnlijk verrot geschopt en ze was te bang om het tegen me te zeggen. Godverdomme! Nadat ik hem uitdrukkelijk had gezegd haar niet aan te raken! Dat is nu niet meer van belang! Het is nu toch te laat. Hoe zorg ik ervoor dat dit niet openbaar wordt? Als mensen horen dat ik ben aangehouden, word ik een paria. Nathan! Nathan mag er niet achter komen. Ik moet mezelf hieruit werken zonder dat hij erachter komt. Stel dat ik word veroordeeld? Dan komt hij het zeker te weten. En hij zal me veroordelen. Ik kan het hem wel uitleggen wanneer hij ouder is, heel rationeel, maar nu? Hij zal er niet intrappen. Hij blijft wel van me houden, denk ik, maar hij zal me niet meer geloven, en wat voor vader kan ik zijn als mijn zoon me niet meer gelooft? Waarom kijk ik door de tralies? Ik zou achter me moeten kijken zodat niemand me kan besluipen. Stel dat ik word veroordeeld? Hoe gaan ze me veroordelen? Dat kunnen ze helemaal niet. Er zullen misschien obstakels zijn – grote obstakels zoals: hoe moet ik mijn brood gaan verdienen? – maar mijn gezin hoeft me niet in de gevangenis te bezoeken.

Door puur toeval was Jan niet aangehouden en Marcus wist dat ze, nadat dit goed tot haar was doorgedrongen, onmiddellijk een advocaat zou inschakelen. Helaas was hem door degenen die hem aanhielden verteld dat niemand iets voor hem kon doen vóór zijn voorgeleiding, die, omdat het weekend was, pas ergens de volgende dag zou plaatsvinden. Zijn gedachten vlogen van de hachelijke situatie waarin hij zich bevond naar Julian, die er ondanks al zijn misdrijven in was geslaagd uit de gevangenis te blijven, en toen naar zijn opa Mickey Ripps, de zware jongen uit Dublin, het haantje. Hij had de drie jaar in de nor redelijk goed doorstaan en zou het de ordehandhavers nog jarenlang moeilijk hebben gemaakt als hij niet door het krat mayonaise was verpletterd. Maar Mickey, met zijn olifantshuid, was veel harder dan zijn jongere kleinzoon.

Marcus was niet verbaasd door de handboeien, maar wel overdonderd door het feit dat hij aan de rij mede moreel relativisten werd vastgeketend die bij hem in het gevangenisbusje zat, dat over de snelweg 101 naar de gevangenis van het district Los Angeles raasde, waar hij de nacht zou doorbrengen.

Het was laat in de middag en Marcus zat al bijna vijf uur achter de tralies. In zijn ene telefoongesprek met Jan had ze hem ervan verzekerd dat ze al het mogelijke deed, maar omdat het zondag was, kostte dat wel veel moeite. Hij hoorde de spanning in haar stem en was blij dat haar deze vernedering bespaard was gebleven, in elk geval voor zolang het duurde. Het was moeilijk om zich zijn vrouw in de gevangenis voor te stellen.

Marcus hield zijn blik naar voren gericht toen ze over de snelweg raasden en luisterde naar de verschillende gesprekken die in het Spaans werden gevoerd. Zijn taalkundige vaardigheden waren niet gegroeid sinds de tijd dat hij abonnementen op de kabeltelevisie had verkocht in Oost-Los Angeles en de enige woorden die hij herkende waren *dinero* en *madre*. Over de armen en nekken van de andere gevangenen slingerden gedetailleerde tatoeages: spinnenwebben, harten en fantasiedieren, primitieve uitweidingen van het innerlijk leven van de dragers ervan. Het kunstwerk op de huid van sommigen was zo grof dat het waarschijnlijk in de gevangenis was aangebracht, wat Marcus niet geruststelde. Verscheidene mannen hadden opvallende littekens in hun gezicht, de nieuwere paars, de oudere verdikt en wit, kronkelende wegen vol geweld en verdorvenheid, die erop wezen dat ze hun leven leidden met het mes op de keel. Hij hoopte van ganser harte dat niemand iets tegen hem zou zeggen.

'*Hola, gringo.*' Marcus keek naar rechts. Een latino met blond geverfd haar en het lichaam van een gewichtheffer, een met tatoeages overdekte vrouwenmishandelaar, sprak hem aan. 'Waar hebben ze jou voor gepakt, belastingontduiking?' De gevangenen die het konden verstaan, moesten hier uitbundig om lachen. Als hun polsen niet samengebonden waren geweest, hadden ze naar Marcus gewezen en zijn anders-zijn en isolement benadrukt. In hun plezier straalden deze mannen uit dat ze in hun benarde toestand berusten, net zoals forensen in de metro in de spits. Marcus was jaloers dat ze erin slaagden zich af te zonderen terwijl ze als een menselijke bedelarmband waren vastgeketend in een voortsnellend busje van de justitiële dienst. 'Hé, *pendejo*, ben je doof?' vroeg de man het nepblonde haar, deze keer iets harder. Marcus besefte geïrriteerd dat die vent daadwerkelijk antwoord verwachtte.

'Pooien,' zei hij, terwijl hij recht vooruit bleef staren.

'Wat is dat in vredesnaam?' Hij leunde nu iets verder naar Marcus toe, zijn adem warm en smerig.

Marcus overwoog even om te liegen. Niemand in het busje had een woordenboek en hij wist dat hij er alle betekenissen aan kon geven die hij wilde. Maar hij voelde aan dat de waarheid hem in deze omgeving aanzien zou kunnen verlenen, dat de anderen erdoor zouden beseffen dat hij ondanks zijn outfit, die duidelijk niet bedoeld was om iemand te intimideren, een man met ondefinieerbare macht was, iemand met wie je rekening moest houden. Dus zei hij: 'Ik ben een pooier.'

Bij dit nieuws braken de niet-Spaanstaligen uit in zo'n schor gelach dat het bijna het geluid van de motor overstemde, die niet goed onderhouden was en de hele rit al een metaalachtig geluid maakte. Toen ze deze uitbarsting van uitgelatenheid zagen, leunden de anderen nieuwsgierig naar voren en keken naar de geblondeerde spierbundel voor uitleg. Marcus' gesprekspartner vertaalde: '*El dijo que es alcahuete!*', hetgeen opnieuw een explosie van vrolijkheid veroorzaakte, waardoor in de auto bulderend gelach weergalmde, dat voor Marcus als stilettoprikken aanvoelde. Er volgde snel gepraat in het Spaans. Er werd overlegd of dit misschien waar kon zijn; en als het waar was, wilde Marcus hen dan alsjeblieft aan de dames voorstellen als ze waren vrijgesproken van alle misdrijven die ze, zo verzekerden ze hem, niet hadden begaan. Marcus wist dat hem niets zou overkomen zolang ze de spot met hem dreven en zat de rit uit, ervan overtuigd dat niemand de clown zou vermoorden. Cool Breeze, jazeker.

In de rij met zijn reisgenoten stelde Marcus een strategie op over hoe hij de nacht zou doorkomen. Ze werden ingeschreven en hij wilde vragen of hij alleen in een cel mocht. De afhandeling ging snel, omdat de meeste gevangenen de routine wel kenden. Ze kregen een fris gewassen oranje jumpsuit, met de woorden COUNTY JAIL op de rug en plastic slippers. Marcus had zijn portemonnee en riem al bij de vorige halte afgegeven. Er bevonden zich vier andere mannen bij hem in de kleedkamer met vettige muren en een zwarte bewaker met een stalen gezicht en een groot geweer. Marcus trok de gevangeniskleren aan, waarvan het materiaal over zijn gevoelige huid schraapte en merkte dat als hij zich erop concentreerde zich af te sluiten en de eenvoudige taak die hij had gekregen uit te voeren, hij het ogenblik doorkwam, dan het volgende, en zo de rest van deze afschuwelijke dag.

Ervan uitgaand dat hij niet werd vermoord.

Dit was iets waaraan hij zich dwong niet te denken en hij onderdrukte de angst die in zijn borst oprees toen hij in zijn ondergoed de oranje broek stond op te hijsen, de elastieken tailleband verwensend waardoor hij het gevoel had alsof hij zich kleedde voor een wedstrijdje sjoelen in een verzorgingshuis.

Marcus kreeg een bruine papieren zak met zijn avondeten erin. Een kleine *redneck* bewaker met een borstelkop begeleidde hem naar een grote cel op de dertiende verdieping. 'Pas goed op jezelf,' zei de bewaker tegen Marcus, op een lijzige manier die niet echt klonk. 'Als er een gevecht uitbreekt, blijf dan bij je eigen soort.' Zijn gevoel van dreigend onheil werd sterker door het idee dat er ruzie zou kunnen uitbreken en dat Marcus' welzijn zou afhangen van de vraag of hij werd gedoogd door een of andere nazi met swastikatatoeages.

Hij liep langs een rij kooien waarin de ongelukkige mensen zaten die zo ver achter de startlijn waren geboren dat ze konden rennen wat ze wilden, ze vielen toch door het valluik dat in de gevangenis uitkwam. Marcus' omstandigheden waren anders geweest en hij was overhaast tot de conclusie gekomen dat zijn huidige situatie een zeer aardse vergelding was voor zijn misstappen. Hij probeerde een groeiend gevoel van ontzetting te onderdrukken. In een poging rustig te worden haalde hij zich de onsterfelijke woorden van de afschrikwekkende Duitser voor de geest: 'Wat uit liefde wordt gedaan vindt plaats voorbij goed en kwaad.' Dat was een schrale troost.

De celdeur sloeg dicht en Marcus hoorde de bewaker niet weglopen, omdat de spanning in zijn spieren hem dwong zijn aandacht uitsluitend te richten op de twintig mannen met wie hij zich nu in de cel bevond, van wie de meesten jong, zwart of latino, en hard waren. De paar blanken, ongeschoren, in diverse staten van verval, zagen er allemaal uit of dit een treetje hoger was dan de plek waar ze de avond ervoor hadden gezeten. Aangezien zijn komst geen onmiddellijke reactie bij iemand opriep, liep Marcus, die er opmerkelijk goed in slaagde nonchalant over te komen, gezien het feit dat hij niet eens zeker wist of hij zijn blaas kon beheersen, naar een lege plek op een metalen bank en ging zitten, met zijn rug tegen de koele betonnen muur gedrukt, overtuigd dat niemand hem zo van achteren kon aanvallen.

De veertien uur daarna bleef hij in die positie zitten, terwijl hij ademhalingsoefeningen deed, onlangs geleerde gebeden opzei, zich oude basketbalwedstrijden voor de geest haalde, het ene lang vergeten potje na het andere, om wakker te blijven, alert te blijven, en niet zijn bewustzijn te verliezen in het gezelschap van deze potentieel moordlustige verdorvenen. Daar zorgde de angst wel voor, porrend en prikkend, vechtend tegen elke glimp kalmte, waardoor hij in een gevaarlijke slaap kon vallen. Toen Marcus er een uur was, at hij het witte broodje met worst op, dat in het zakje zat dat hij had gekregen. Zijn maag knorde, het gesis en geborrel van zijn ingewanden toen hij het voedsel verteerde was een lager in zijn lichaam gelegen weerspiegeling van de wervelende angst die in zijn hersens kolkte. Om iets te doen te hebben at hij de zachte, melige appel die bij het broodje zat ook op. Hij moest plassen, maar hij wist dat hij het moest ophouden.

Midden in de nacht was het het ergst. Mannen die beter op hun gemak waren dan hij (alle anderen) vonden wel een houding waarin ze konden slapen. De kakofonie van gesnurk knarste in de stinkende duisternis. Op zijn commandopost op de metalen bank, waar hij zich elke keer dat er weer iemand in slaap viel veiliger voelde, zat Marcus na te denken over hoe hij hier was beland. Niet langer in grootse filosofische zin, want hij wist dat hij daar alleen zichzelf de schuld van kon geven. Maar door wiens trouweloosheid was hij hier beland? Hij was er zeker van geweest dat het Mink was, maar nu was er hij minder van overtuigd. Het kon iedereen zijn. En waarom waren Jan en Lenore niet aangehouden? Hij was dolblij dat ze vrij waren – als zij waren gevangengezet, was dat een ramp geweest – maar hij had geen verklaring voor het mysterie. Terwijl hij op het randje van bewustzijn balanceerde, dreven zijn gedachten af naar de bar mitswa van zijn zoon, de dienst was subliem geweest, de kinderen op het levendige feest 's avonds hadden zo gestraald, hij had regenboogkleurige cocktails gedronken, wild op de dansvloer rondgetold, hij dacht aan al die voorbijgaande ogenblikken vol genade en ontzag. Het was een hoofdstuk uit een verhaal dat was verzonnen in een voorbije wereld.

Jan ging de volgende dag naar het gerechtsgebouw om de borg te betalen. Marcus kneep zijn ogen samen toen hij het felle middaglicht in stapte. Zijn hele lichaam deed pijn van uitputting toen hij de trap af liep naar de parkeerplaats, waarbij hij de hand van zijn vrouw vasthield. Hij vroeg haar of ze iets over de aanklacht had gehoord. Ze was erachter gekomen dat het lijk dat van Manucher Ghorbanifar was, Amstels laatste afspraak. Dit vereenvoudigde de dingen voor Marcus aanzienlijk, omdat hierdoor het aantal potentiële vijanden werd verminderd. Toen ze van de parkeerplaats af reden zei Marcus dat hij niet rechtstreeks naar huis wilde.

Jan reed, want Marcus was bang dat hij achter het stuur in slaap zou vallen. Het was niet druk terwijl ze over de 101 naar het westen reden. Hij staarde uit het raam.

'Wat heb je tegen Nathan gezegd?'

'Ik heb gezegd dat de politie je een paar vragen wilde stellen en dat je op zakenreis moest. Ik ben niet in detail getreden.'

Haar aanwezigheid stelde hem gerust, maar er was niets wat ze kon zeggen waardoor hij zich minder afschuwelijk voelde. Het was net alsof zijn hele leven in duizenden stukjes uiteen was gespat die nooit meer samengevoegd konden worden.

Marcus was niet meer op het strand in het Leo Carillo State Park geweest sinds zijn daguitstapjes met Bertrand Russell twee zomers geleden. Jaren geleden was hij hier met Nathan geweest en had hij zijn handjes vastgehouden zodat hij over de golven kon springen die het strand op rolden. Het strand voelde heel anders aan nu ze op het zand zaten en naar de oceaan keken. Jan schortte haar wijde rok op. De herfstzon was warm en ze hadden geen zonnebrandcrème op, maar dat kon Marcus niets schelen. De zeelucht gaf hem weer energie. Ze hadden hun schoenen uitgetrokken. Jan wriemelde met haar blote voeten in het zand.

'Heb je weleens in de golven willen duiken en gewoon willen blijven zwemmen?' vroeg Marcus.

'Helemaal naar Japan?'

'Japan, Thailand... waar dan ook heen.'

'Misschien hadden we naar China moeten gaan.'

'Daar is het een beetje laat voor.'

Hij wilde dat hij dolfijnen zag. Misschien zouden die zijn stemming opfleuren. Een aantal surfers zat schrijlings op hun surfplanken, wachtend op goede golven. Hoewel Marcus aan zee was opgegroeid, had hij nooit gesurft. Kon hij zich maar aan de elementen overgeven, de hemel, de golvende oceaan. Hij wilde de kracht ervan voelen; de diepte en sterkte ervan, meegesleurd worden naar onzichtbare stromingen, omhoog gegooid en weggesmeten, krachteloos, hij wilde dat het water hem in een koude troostende omhelzing hield, terwijl hij steeds dieper de koele diepten in zwom, die steeds donkerder werden, totdat hij alleen nog maar een herinnering aan licht had, en daarna helemaal geen herinnering meer, en dan niets.

Hij liet een handvol zand tussen zijn vingers door glijden. Er blies een koele, aflandige wind. Marcus kneep zijn ogen tot spleetjes. Hij dacht eraan dat zijn zonnebril in de auto lag, maar de paar honderd meter vond hij te ver om te lopen. Hij moest iets zinnigs kunnen ontdekken in wat er was gebeurd, er een wiskundige vergelijking van maken die hij kon oplossen en waardoor hij op een of andere manier zijn interne grootboek kloppend kon maken. Marcus had zijn geld verdiend. Ze zaten niet meer in de mangel door allerlei schulden. Hij reed in een auto die hij niet nodig had, maar was geen zware financiële verplichtingen aangegaan.

Marcus staarde naar de golven, doordrenkt van een grijze triestheid. Het was niet de triestheid van schaamte of spijt die zwaar op hem woog. Hij had er tijdens zijn lange nacht in de cel over nagedacht en was tot de conclusie gekomen dat hij geen spijt had van wat hij had gedaan. Hij had er spijt van dat hij was gepakt voordat hij zelf de zaak had opgedoekt. Hoewel Marcus de morele implicaties van zijn handelingen lang geleden al had doorgedacht, had zijn criminele leven toch voortdurend geestelijke druk opgeleverd. Dus naast spijt voelde hij ook opluchting. Hij verwachtte dat hij de lessen die hij had geleerd op toekomstige inspanningen kon toepassen.

Jan zette Marcus thuis af en ging Nathan van school halen. De geur van knoflook kwam hem tegemoet toen hij de keuken in liep. Lenore was iets aan het bakken in een pan op het vuur. Een beduimeld kookboek lag open op het aanrecht en ernaast lag een stuk vlees in een mengkom te marineren. Marcus ademde diep in.

'Ik ben ossobuco voor je aan het maken, voor het avondeten,' zei ze. 'Je hebt ooit eens gezegd dat je daar dol op was. Ik heb geen idee of het lekker wordt.'

Marcus was heel dankbaar voor Lenores gebaar. Hij wachtte totdat ze zou vragen wat er was gebeurd. In plaats daarvan vroeg ze hem of hij een paar citroenen doormidden wilde snijden en ze boven een schaal wilde uitknijpen, voor het toetje dat ze ging maken. Hij stond even zwijgend naast haar en pakte een citroen uit een paarse aardewerken kom waar er heel veel in lagen. Hij sneed hem in tweeën, legde toen de helften om de beurt in de fruitpers en kneep de handvatten samen, waardoor het scherpe sap in de schaal liep. Hij pakte nog een citroen uit de kom en herhaalde het proces. Op dat ogenblik, zo staand in zijn keuken op deze herfstmiddag, wilde hij dat hij deze eenvoudige handeling de rest van zijn leven kon blijven uitvoeren.

Later die dag bracht Jan Nathan na zijn wiskundebijles naar huis. In het hele huis hing de knoflookgeur van de ossobuco en de geur van citroentaart. Marcus begroette hem in de keuken en probeerde nonchalant te doen, door een boterham voor hem te smeren en toe te kijken hoe hij dit keer deed hij alsof er niets bijzonders aan de hand was.

'Is er nog iets gebeurd op school vandaag?'

'Niet echt.'

Had hij iets opgevangen? Waarschijnlijk niet. En zou hij het hebben gezegd als dat wel zo was? Marcus had geen idee. Had Nathan zijn gen voor huichelen geërfd? Dat was een verontrustende gedachte.

Het gezin at die avond samen en hoewel Marcus Lenore een compliment maakte voor het eten, proefde hij het amper. Later keken hij en Jan naar het nieuws op Channel 9. Na een update over het vuur in het Angeles National Forest verscheen de knappe Iers-Latijns-Amerikaanse nieuwslezeres weer in beeld, met een plaatje achter zich waarop stond POOIERPA en ze las ademloos voor: 'Marcus Ripps uit Van Nuys is gisteren aangehouden vanwege het runnen van een callgirlservice.' Jan gaf hem een kneepje in zijn hand en wierp hem een blik toe om aan te geven dat ze medelijden met hem had. Marcus probeerde zich niet te ergeren aan haar medelijden terwijl hij dieper in de bank wegzakte. Toen zijn politiefoto achter de nieuwslezeres verscheen, zette hij de televisie uit en ging naar boven om te gaan liggen. Na een paar minuten voelde hij dat hij door zijn zenuwen niet rustig kon blijven liggen. Dus hij ging weer naar beneden om met Jan te bepraten wat ze moesten doen nu de situatie publiek bekend was. Hij trof haar aan in de hobbykamer, waar ze op internet naar strafrechtadvocaten zocht.

'Voordat we iets anders gaan doen,' zei ze, 'moet je het aan Nathan vertellen.'

Marcus was het daarmee eens en ging weer naar boven, waar hij zachtjes op Nathans slaapkamerdeur klopte en hem openduwde. Nathan zat achter zijn computer met een koptelefoon op muziek te luisteren terwijl hij aan het laboratoriumverslag voor zijn wetenschapsproject werkte. Marcus tikte hem op zijn schouder en Nathan zette zijn koptelefoon af.

'Het kan zijn dat je op school iets over me zult horen, Nate, iets niet zo goeds.' Nathans gezicht bleef uitdrukkingsloos. 'Ik ben aangehouden en als we de zaak niet kunnen laten seponeren, dan komt er een rechtszaak.'

'Waarvoor hebben ze je aangehouden?' Marcus haalde diep adem en vertelde een enigszins opgepoetste versie van het verhaal, waarin hij de baas was van een datingservice waar de mensen soms met elkaar naar bed gingen. 'Moet je naar de gevangenis?'

'Misschien wel.' Marcus wachtte even om zijn zoon de kans te geven om dit in zich op te nemen. 'Je weet dat ik van je hou, toch?'

'Ben je dan een soort pooier of zo?'

'Dat zeggen ze.' Nathans gezichtsuitdrukking bleef neutraal. Marcus had geen idee wat hij dacht, kon niet uitmaken hoe zijn jonge hersens deze informatie verwerkten. Marcus voelde dat Nathan naar hem keek alsof hij hem voor het eerst zag.

'Wat gebeurt er met mij als je naar de gevangenis moet?'

'Er gaat helemaal niemand naar de gevangenis, oké?'

Nathans zenuwachtige halve glimlach gaf Marcus niet de indruk dat hij erg gerustgesteld was. De stilte werd doorboord door het rinkelen van de telefoon.

Jan riep vanuit een andere kamer: 'Marcus, Atlas voor je.'

De wetenschapstentoonstelling van Winthrop Hall, een van de grootste gebeurtenissen van het schooljaar, vond de volgende avond plaats. Nathan had ijverig aan zijn project gewerkt, een schaalmodel van een windmolen dat daadwerkelijk genoeg energie opwekte om een klein lampje te laten branden en hij verwachtte dat zijn ouders zouden komen. Marcus verontschuldigde zich, maar Jan wilde Nathan niet alleen laten gaan. Het kostte haar meer tijd dan normaal voordat ze weg kon, omdat dit de eerste keer was dat ze in het openbaar verscheen als de vrouw van een beschuldigde misdadiger. Ze trok verschillende outfits aan voordat ze er een vond die ze leuk vond: een spijkerbroek, een getailleerde witte blouse en een gebreide groene blazer. Ze had haar make-up zeer nauwgezet aangebracht en na nog een blik in de passpiegel in de slaapkamer was ze er klaar voor om haar nieuwe leven onder ogen te zien.

De wetenschapstentoonstelling vulde elke centimeter van de ruime gymzaal van de school. De projecten van de leerlingen waren in rijen opgesteld en de ouders en kinderen bestudeerden ze met een plechtstatigheid die de jury van de Nobelprijs niet zou misstaan. Jan vroeg zich af of iemand een praatje met haar zou maken, terwijl ze langs de rijen liep en naar het handwerk van de kinderen keek. Ze was er al een kwartier voordat iemand haar begroette. Een experiment van een meisje uit groep acht over het verwijderen van haarverf had haar aandacht getrokken en toen ze opkeek van de met de hand geschreven uitleg over de opdracht zag ze Corinne Vandeveer. Jan glimlachte naar Corinne, die net deed alsof ze haar niet zag; ze draaide zich om en fluisterde iets tegen haar metgezel, een mede-turbomoeder. Jan ging naar hen toe.

'Hoi, Corinne.' Corinne glimlachte zuinigjes en begroette haar amper. Ze stelde haar metgezel niet voor, wier stralende teint, glanzende haar en sprankelende diamanten oorbellen een krachtveld om haar hoofd creëerden. De vrouw deed net alsof Jan er niet was. 'Wanneer komt de decoratiecommissie bijeen?'

'Nooit.'

'Wat is er gebeurd?' Jan wist precies wat er was er gebeurd: Corinne had over Marcus gehoord en wilde haar ontlopen, maar nu wilde ze alleen nog maar dat haar vroegere vriendin zich opgelaten zou voelen. 'Ik keek er zo naar uit.'

'Het is allemaal al geregeld,' zei Corinne. 'Leuk je weer te zien.' Corinne en haar vriendin glipten weg en lieten Jan bij een project staan met de aankondiging WORD JE DOM VAN COMPUTERSPEL-LETJES? De ouders en leerlingen wervelden om Jan heen, kronkelend tussen de uitstallingen door, hun stemmen een dof gegons op de achtergrond. Ze voelde haar temperatuur oplopen. Haar mond was droog. Jan snelde eerst de ene kant op, toen de andere, zag de verwende gezichten, zorgeloos, lachend, de paar uitverkorenen voor wie de zon schijnt, de wind waait en de wolken uiteengaan. Wie kon zeggen dat wat zij deden om deze geprivilegieerde omgeving te betreden beter te verdedigen was? Ze moest zich erop concentreren dat ze de gymzaal niet uit rende. Langzaam, statig, liep ze naar de deur. In de gang zag ze een fonteintje waar ze uit dronk. Daarna ging ze naar buiten om een luchtje te scheppen. Jan was boos om de stuitende oneerlijkheid in het gedrag van haar vroegere vriendin. Corinnes man Dewey Vandeveer, vorst der arbitrageanten in zijn blauwe spijkerbroek, verdiende zijn geld door op hoog financieel niveau dingen te manipuleren, en terwijl hij en zijn vennoten, respectabele struikrovers, hun vrachtwagens voor de kluis zetten en de fonkelende schatten roofden, zorgden ze voor hausses en baisses op de wereldeconomieën. Maar Marcus en Jan waren immoreel en moesten worden buitengesloten?

Na vijf minuten was ze in staat de gymzaal weer in te gaan en tegen Nathan te zeggen dat het tijd was om te vertrekken. Hij en vijf van zijn vrienden waren teksten van een rapnummer aan het uitwisselen. Hij protesteerde heel even, maar toen hij de blik op zijn moeders gezicht zag, ze knipperde niet met haar ogen en keek ernstig, liep hij achter haar aan naar buiten.

Die avond wilde Marcus zijn gedachten op een rijtje zetten door Aristoteles te lezen, maar de *Ethica Nicomachea* was geen tegenhanger voor zijn imploderende gevoel van stabiliteit en orde. Alles was gierend uit de klauwen gelopen. Het leek net alsof al zijn lichaamscellen het uitschreeuwden. Toen hij Jans auto de oprit op hoorde komen, deed hij de voordeur open en bleef daar staan wachten.

'Hoe ging het?'

Nathan liep langs Marcus het huis in. Marcus en Jan keken hem na toen hij de trap op liep.

'Nathan, je vader vroeg je iets.'

Marcus keek toe hoe Nathan de trap op liep, bij hem vandaan, en overwoog hem weer naar beneden te roepen.

'Goed hoor,' zei hij voordat hij zijn kamer in ging.

Marcus keek naar Jan en daarna naar Nathans kamerdeur. Hij vroeg zich af of hij de jongen achterna de trap op en zijn kamer in zou gaan.

'Corinne Vandeveer heeft me volledig buitengesloten.'

'Wat?' vroeg Marcus. Hij concentreerde zich op zijn zoon en hoe hij wat op een moeilijke fase in hun relatie begon te lijken moest aanpakken. Hij had niet verwacht dat Jan een ander onderwerp zou aansnijden.

'Ze had duidelijk over je gehoord en...'

'Corinne Vandeveer zal me een zorg zijn, oké?'

Er kwam geen antwoord de eerste keer dat Marcus aanklopte, of de tweede. Toen hij de deur opendeed zat Nathan aan zijn bureau met een koptelefoon op. Marcus raakte zijn rug aan. Nathan keek naar hem, maar zei niets.

'Ik weet dat het moeilijk voor je is.' Marcus wilde dat hij iets minder nietszeggends kon bedenken, maar hij had niets voorbereid. Hij zag ook wel dat Nathan daar ook niet voor in de stemming was. En wat moest hij tegen de jongen zeggen? Ik heb het vanwege mijn opa gedaan? Mijn broer? Mijn slechte beoordelingsvermogen? Een hypocriete wereld? Een verziekte maatschappij? De behoefte om niet te worden verpletterd, een plekje te veroveren, mijn brood te verdienen? Het leek allemaal absurd en op dit moment, nu Marcus daar stond met zijn hand op zijn zoons schouder, telde dat allemaal niet.

'Nate, ik hou van je. Dat is belangrijk.'

'Mijn vrienden vinden je een crimineel.'

'Echt waar?'

Marcus zag dat Nathan probeerde deze ontwikkeling te analyseren. Hij kon er niet helemaal chocola van maken. Hij wilde zijn zoon niet hard aanpakken, hem niet nog een slechter gevoel te geven dan hij al had, dus hij hield zich in en probeerde rustig te worden. Hij moest zich niet haasten. Marcus keek de kamer rond. Er lagen overal kleren en boeken en over het bureau verspreid allerlei papieren, op de vloer naast Nathans open klarinetkoffer lagen een paar mangastrips. De klarinet zelf lag op het bed. Marcus pakte hem, zette zijn vingers op de kleppen en deed alsof hij erop speelde in een poging de sfeer iets minder gespannen te maken. Dat lukte niet. Na een tijdje stilte zei Nathan: 'Prostitutie is een misdrijf.'

'Ten eerste, niet alle wetten zijn logisch. Ik heb een paar meerderjarigen geholpen... wat betekent dat ze dat zelf konden beslissen...'

'Ik weet wat meerderjarig betekent, pap.'

'Dus ik heb meerderjarigen geholpen met elkaar naar bed te gaan, oké?' Marcus legde de klarinet terug op het bed terwijl hij piekerde over de vraag hoe diep hij erop in zou gaan. 'Het is alleen maar seks. Het is een lichamelijk iets, er zijn spieren en zenuwen bij betrokken, mensen vinden het lekker. Heel veel mensen. Maar omdat we in een samenleving wonen met joods-christelijke waarden...' Dit was een heikel onderwerp voor Marcus, omdat Nathan die waarden net in het openbaar had aanvaard, en naar iedereen had aangenomen had zijn vader daarmee ingestemd. Hij wist niet goed hoe hij een religieus leerstuk moest uitleggen voor zover dat betrekking had op de ontwikkeling van de persoonlijke ethiek van een jongen van dertien.

'Ja hoor.'

Maar nu kon hij niet meer terug: 'Sommige van die waarden zijn goed. Oké, heel veel ervan zijn goed. Maar wanneer het seks betreft...'

'Zijn ze dat niet?'

'In een perfecte wereld, Nate, zou je met iemand naar bed gaan van wie je houdt. Maar ten eerste is dit geen perfecte wereld, en ten

tweede zijn er mensen die van niemand houden, of van niemand kunnen houden, of niemand hebben om van te houden en die willen toch seks. Ze zijn eenzaam. Begrijp je dat?'
'Ja hoor.' Dat klonk niet overtuigend.
'Mensen hebben behoeften, die soms ondraaglijk worden. Er zijn andere mensen, wier beroep het is om een veilige uitlaatklep te bieden. Het gebeurt al sinds het begin der tijden.'
'Pooiers en hoeren?'
'Ja. De hoeren... de vrouwen... de dames... Je mag ze geen hoeren noemen. Dat getuigt niet van respect. Moet je horen, er zijn huwelijken waarbij een lelijke rijke vent met een veel jongere vrouw trouwt, die beeldschoon is en seksueel in de bloei van haar leven verkeert. Sommige ouders van klasgenoten van je op Winthrop Hall hebben zo'n huwelijk. En misschien houdt die vrouw niet echt van haar man, maar is hij rijk en kan zij in een mooie auto rijden en in een groot huis wonen en in ruil daarvoor moet ze met hem naar bed. Wat is dan het verschil?'
'Dat ze getrouwd zijn?'
'Ja. Daardoor is het niet erg in de ogen van de maatschappij, maar het is hetzelfde principe.'
'Dus de moeder van Dylan Sussman is een hoer?' vroeg Nathan, die de charmante moeder van een klasgenootje bedoelde, die een paar decennia jonger was dan haar man, die in de zeventig was.
'Ik ken haar niet persoonlijk, maar hier gaat het om: de maatschappij beschuldigt me ervan een crimineel te zijn. Er bestaan allerlei morele waarden en die zijn goed. Maar voor mij komt moraal hierop neer: behandel andere mensen zoals je zelf behandeld wilt worden, oké? De rest draait alleen maar om de vraag hoeveel engelen er op het puntje van een naald kunnen dansen.'
'Hè?'
'De rest is niet te bevatten, Nate. Behandel mensen goed, hou van je familie...'
'Behandel jij mensen goed?'
'Altijd? Nee. Maar ik doe wel mijn best. Ik heb niet gezegd dat het meeviel. Moet je horen, ik weet dat het veel is om te bevatten

als je dertien bent, maar wanneer je alleen bent...' Marcus keek naar Nathan, die weer de andere kant op keek. 'Nate, wil je me even aankijken?' Nathan deed alsof hij het niet hoorde. 'De Dodgers zijn in de stad. Wil je naar een wedstrijd?'

'Ik hou niet van honkbal.'

'Je hebt vorig jaar in de Little League gespeeld.'

'Het is saai.'

'Oké. Misschien verander je nog van gedachten.'

Nathan knikte, zijn gezicht nietszeggend. Hij maakte nog steeds geen oogcontact. Marcus gaf hem een kus op zijn warme voorhoofd en trok zich terug. Toen hij later die avond alleen in de woonkamer zat, met op zijn schoot een boek dat hij niet las, bedacht hij wat hij zou hebben gedaan als zijn vader in een soortgelijke situatie had gezeten. Hij kwam tot de conclusie dat zijn eigen reactie waarschijnlijk niet heel veel had verschild van die van Nathan en dus vond hij dat hij naar omstandigheden geluk had.

22

Atlas had willen golfen, maar Marcus had er helemaal geen zin in en stelde voor in plaats daarvan iets te drinken. Nu zaten ze tegenover elkaar in een zitje in de Paradise Room whisky te drinken. Het was net voor de avonddrukte, dus het was er lekker rustig. Uit de toon vallende technopop uit de jaren tachtig galmde uit de speakers door de in rode tinten uitgevoerde bar. Als eerste wilde Atlas weten waarom Marcus hem niets had verteld over het bedrijf dat hij runde. Toen Marcus alleen maar een wenkbrauw optrok en quasi-zielig zijn hoofd schudde, ging Atlas er niet verder op in. Hij dacht dat hij er waarschijnlijk ook niets over zou hebben gezegd. Marcus probeerde een manier te vinden om hem over Plum te vertellen, maar had geen idee hoe hij dat ter sprake moest brengen. Ze zaten er een kwartier toen Atlas een gesuikerde pinda in zijn mond stak, kauwde, slikte en zei: 'Ik wil je advocaat zijn.'

Dit kwam als een verrassing voor Marcus, hij had het niet overwogen. Hij was al op zoek naar een gepast dure advocaat om hem te verdedigen en uit de gevangenis te houden. Toen zei Atlas tegen hem dat hij het zelfs pro Deo wilde doen. Marcus was even van slag door het voorstel.

'Ik maak dan misschien van mijn privéleven een rommeltje, maar ik weet hoe ik een jury moet bewerken. Wat ik voor Cricket Bulger heb gedaan, kan ik ook voor jou doen,' zei Atlas. 'Met dat gokken ben ik volledig uit de bocht gevlogen. Daar zijn geen uitvluchten voor. Dat was helemaal mijn eigen schuld. Maar ik ben al zes maanden clean. Geen casino's, geen internetpoker, niets. Ik ga elke week naar drie bijeenkomsten.' Marcus zat nog steeds naar een manier te zoeken om het onderwerp van zijn ex-vrouw aan te snijden, maar Atlas was lekker op dreef. 'Jouw zaak zal heel veel publiciteit krijgen. Dat is een enorme stimulans. Het is een geweldige comeback en ik kan je uit de gevangenis houden.' Hier zweeg hij en hij keek Marcus in de ogen. 'Ik heb dit nodig en ik zal aan je verwachtingen voldoen. Ik weet al hoe we je handelingen gaan verdedigen.'

'O, ja? Hoe dan?'

'Ik ga een volksheld van je maken.'

'Plum werkte voor me.'

De glimlach verdween van Atlas' gezicht. Marcus keek hem aan, wachtend op een reactie. Hij was niet blij met de onhandige manier waarop hij deze mededeling had gedaan. De muziek dreunde hardnekkig door de warme, muffe bar.

'Wat zei je?' Atlas wist niet zeker of hij Marcus goed had verstaan. 'Plum, wat...?'

'Ze werkte voor me.'

'Wat deed ze... wat was ze... wat?'

'Als meesteres. Ze werkte voor ons bureau.'

Atlas had zijn hoofd weggedraaid en keek Marcus nu aan vanuit zijn ooghoeken. 'Ben je godverdomme helemaal... wat?'

Er hing een lange stilte, gevuld met het geluid van metaalachtige synthesizers en een zanger wiens stem ontdaan was van alle gevoel. 'O, man...' zei Atlas. Zijn geestdrift van zojuist verdween en hij leek leeg te lopen. Toen pakte hij zonder een woord te zeggen zijn glas, liep naar de bar en bestelde nog een whisky. Marcus wist niet wat er nu zou komen. Hoewel hun huwelijk op niets was uitgelopen, was ze toch zijn vrouw geweest en Marcus was in elk geval deels verantwoordelijk voor haar nieuwe leven. Misschien zou dit nieuws een tot nu toe verborgen ridderlijke aandrang tot leven wekken, en zou Atlas zijn glas kapotslaan en de gekartelde rand in Marcus' gezicht drukken. Misschien was zijn pas ontdekte zelfbeheersing geveinsd en zou hij over tafel springen, Marcus de nek omdraaien en hem dood achterlaten op de plakkerige vloer van de Paradise Room. Maar toch vond Marcus dat hij het zijn vriend moest vertellen.

Atlas staarde naar zijn eigen reflectie in de spiegel achter de bar. De barkeeper, een jonge vent met de snor van een countryzanger uit de jaren zeventig, schonk nog een whisky in en schoof hem naar Atlas toe, die onmiddellijk een teug nam. En nog een. Marcus bleef toekijken hoe hij het glas leegde, het op de bar zette en op de rand tikte. De snor vulde het weer bij. Atlas legde een twintigje op de bar en pakte het drankje. Hij ging weer in het zitje zitten.

'Een meesteres?'

'Ze zette veel om.'

'Meen je dat?'

'Ja. Maar ze wilde het zelf en...'

'Eindelijk heeft ze iets gevonden wat prima bij haar past.'

'Atlas, moet je horen, ik kan...'

Voordat Marcus zijn spijt kon betuigen, hief Atlas zijn hand op om aan te geven dat hij moest zwijgen. 'Het maakt niet uit,' zei Atlas.

'Vergeef je me?'

'Ten eerste valt er niets te vergeven. Ze moet natuurlijk haar geld verdienen en als ze de huur betaalt door een vent met een zweep op zijn blote kont te slaan, wie ben ik dan om te zeggen dat je dat in Amerika niet mag doen?'

'Ik ben blij dat je zo ruimdenkend bent.'

'Zulke juryleden willen we ook hebben. Rechtszaken zijn eigenlijk net boeken, of films. Het zijn verhalen waar de juryleden verslaafd aan moeten raken.' Een jaar eerder zou Marcus verbaasd zijn geweest over de snelheid waarmee Atlas deze nieuwe informatie in zich had opgenomen en eroverheen stapte, maar nu wist hij zelf veel meer van overlevingstactieken. 'Jij bent een fantastische verdachte. Je baan verhuist naar China, je hebt een jonge zoon, een schoonmoeder met gezondheidsproblemen en je wilde alleen maar voor je gezin zorgen. Dit is een verhaal van verlossing, man. Het leven zadelt je met slechte kaarten op en jij maakt er het beste van. Ik zorg ervoor dat de overheid je niet te pakken neemt.' Marcus overdacht het. Atlas was absoluut gemotiveerd. En Marcus had niemand die meer op een vriend leek, wat ook belangrijk was. Hij vond het prettig dat Atlas hem niet in het minst leek te veroordelen. Ze toostten. Atlas voorspelde: 'Je zult een vrij man zijn.'

Toen Marcus naar huis reed, vroeg hij zich af of hij te snel was gevallen voor de verlokkende woorden van zijn vriend. Hij kon zich iedere advocaat veroorloven, misschien moest hij eerst even rondshoppen. Maar die gedachte werd al snel verdrongen door de vraag wie hem had verraden. Marcus was al verscheidene uren bezig geweest dit uit te zoeken en terwijl hij zijn oprit op reed, viel het hem ineens in. Malvina had tegen hem gezegd dat hij naar China had moeten gaan. Voor zover hij wist, waren de enige mensen die ze gemeen hadden de vrouwen die voor het bedrijf werkten. Marcus had het maar aan één persoon verteld. Hij was ontzet, maar niet verbaasd.

Er was niemand thuis toen Marcus terugkwam. Terwijl hij de post sorteerde zag hij een pakje van Dominic Festa. Het was een bruin doosje, van twintig bij twintig centimeter, gemaakt van golfkarton en dichtgeplakt met verpakkingstape. Hij pakte een mes uit een keukenla en sneed het open. Bovenop lag een briefje van Festa, met de hand geschreven, in schuine letters met grote lussen, op een blaadje briefpapier van kantoor. Er stond op:

Beste Marcus,

Wat naar voor je wat je allemaal meemaakt. Dit lag in een la van mijn bureau en ik had het je al eerder willen sturen. Toen ik je gisteravond op televisie zag, drong het tot me door dat het er nu de tijd voor was. Veel succes!

Met vriendelijke groet,
Dominic Festa

Marcus stak zijn hand in de doos en haalde er een kleine, blauwe aardewerken urn uit waarin de as van zijn broer Julian zat. Wat moest hij hier precies mee doen? De urn voelde koel aan en was verrassend licht. Marcus had nog nooit een urn met menselijke resten vastgehouden. Hij zou de as moeten uitstrooien of begraven, of wat je ook deed met as, maar dat was iets waar hij nu niet aan kon denken. Waar zou hij de urn in de tussentijd neerzetten? Niet in de keuken en zeker niet in de slaapkamer. Hij kon hem ook niet in de woonkamer zetten, waar hij Julians boosaardige aanwezigheid zou oproepen. En de kast in de gang? Of vertoonde hij dan een gebrek van respect voor de doden? Hij zette hem op een plank in het kantoor in de garage, naast een vergeeld exemplaar van *Het zijn en het niet* en probeerde het bestaan ervan te vergeten.

Die avond kreeg Marcus een e-mail van Atlas waarin hij hem vertelde dat het OM in deze zaak slechts één getuige had, een voormalige Slimme Sirene.

Kostya belde de volgende dag en vroeg of ze die middag bij Pink konden afspreken. Hij at een worstenbroodje toen Marcus aankwam en zat het verkeer te bekijken met de blik van een dompteur. Ze schudden elkaar de hand en Marcus kocht een beker frisdrank. Kostya stelde voor om te gaan wandelen. Ze liepen naar het noorden, langs een winkel die veel te duur antiek meubilair verkocht.

'Ik ken vent, Tsjetsjeen, kwam naar Hollywood om te worden stuntman, lukt niet, man...' Kostya keek Marcus in zijn ogen. Marcus zei niets. 'Vijfduizend dollar, vijfentwintighonderd van tevoren, rest wanneer klaar. Jij wilt trut niet praten?' Marcus was geschokt. En daarna was dat gevoel helemaal verdwenen. Dacht hij soms dat hij nog steeds in de speelgoedbranche zat? Hij had het recht verspeeld om ontzet te zijn door Kostya's aanbod. Water toevoegen, roeren en de zaak zou verdwenen zijn. Dat soort mensen vond elke dag de dood. Het zou moeilijk zijn een verband aan te tonen. Hij had zijn geld al verdiend, het bedrijf was al opgedoekt. Het was verleidelijk. Hieruit bestond zijn wereld nu. En zijn vingerafdrukken stonden toch allang op een moordwapen. Wanneer zou die bom ontploffen? 'Het is kut, man... je zorgt voor pensioen en zo.'

'Ik moet erover nadenken.'

Kostya knikte. Marcus vroeg hem hoe het ging met de Jesus

Loves 2 Barbecue. Kostya zei tegen hem dat hij met zijn gezin moest komen eten wanneer het restaurant openging. Ze omhelsden elkaar en gingen uiteen. Terwijl Marcus over Laurel Canyon terugreed naar de Valley dacht hij na over de oprukkende schaduwen, de onderwereld waarvan hij de koude greep had aanvaard. Hij keek naar zijn gsm en dacht erover om Kostya direct te bellen, om het af te handelen. Om de Tsjetsjeen los te laten. Hij zou zijn gezin beschermen. Waarom zou hij naar de gevangenis gaan?

Het was na middernacht en Marcus en Jan waren in de opgeknapte keuken de was aan het opvouwen. Ze konden allebei niet slapen. Hij had niet verteld over zijn ontmoeting met Kostya, omdat hij zijn eigen mening wilde vormen over welke weg hij moest nemen, maar daar was hij tot nog toe niet in geslaagd. Marcus rolde een paar zwarte sokken tot een bolletje. Jan vouwde een T-shirt van Nathan op.

'Als ik naar de gevangenis moet, denk je dan dat je je zult redden?'

'Je gaat niet naar de gevangenis.'

'Maar als dat wel zou gebeuren?'

'Het zou moeilijk zijn. Niet vanwege het geld. We hebben genoeg om het een tijdje uit te zingen, maar... Nate, je weet wel...' Jan hoefde de zin niet af te maken. Ze legde het T-shirt in de wasmand, boven op een stapel opgevouwen kleding.

'Stel dat ik je zou vertellen dat ik een manier heb gevonden om ervoor te zorgen dat de zaak zou worden geseponeerd?' Toen ze hem vroeg wat hij bedoelde, vertelde hij wat Kostya had voorgesteld. Ze keek hem aan alsof hij gek geworden was.

'Daar zit je toch niet echt over te denken?'

'Het lijkt me duidelijk dat ik erover nadenk. Ik wil niet naar de gevangenis.'

'Marcus, nee. Is het allemaal niet al verkeerd genoeg gegaan? Als je bij zoiets betrokken raakt... dat kan ik niet... dat kan ik niet! Jezus, ben je gek geworden? Dat kun jij ook niet.'

Hij gooide de sokken in de mand, waar ze naast de T-shirts belandden, en pakte nog een paar om op te rollen. Marcus was blij met de eenvoudige bevestiging van zijn vrouw, maar even later merkte hij dat hij wenste dat de Tsjetsjeense stuntman kon garanderen dat zijn werk geen sporen naliet. Plotseling geschokt door zijn gedachten liep Marcus naar een keukenkastje, hij pakte er een glas uit en schonk sinaasappelsap in. Zenuwachtig dronk hij het glas leeg en zei toen tegen Jan dat hij ging proberen te slapen. Boven ging hij in bed liggen, zijn hersens malend.

Tien minuten later werden zijn gloedvolle overdenkingen verstoord door een zacht geklop.

'Marcus?' Het was Lenore. Hij zei dat ze kon binnenkomen. De deur ging open en ze kwam binnen, met een joint in haar hand. Marcus keek zwijgend naar haar vanuit zijn liggende positie, hij bewoog niet. Ze inhaleerde en liet de rook uit haar neus komen. 'Wil je ook een trekje? Misschien slaap je er beter door.'

'Nee, bedankt.' Hij had de energie noch de aandrang om tegen haar te zeggen dat ze hem uit moest maken.

Lenore had een gele pyjama aan met paarse strepen in de lengte, waardoor ze eruitzag als een uitzonderlijk dunne commedia dell'arte-clown. Het gedimde ganglicht wierp een zacht aureool om haar kleine lichaam.

'Ik kan ook niet slapen.' Ze nam nog een trek, terwijl Marcus wachtte totdat ze verderging. 'Ik heb er eens over nagedacht.'

'Waarover?' Hij had niet echt zin om nu met iemand te praten, maar het was beter dan met zijn gedachten te worstelen.

'Ik wil me opofferen voor het team.'

Marcus ging op zijn zij liggen en steunde op een elleboog. 'Lenore, ik heb geen idee waar je het over hebt.'

'Ik ben bereid om naar de politie te gaan en te vertellen dat ik degene was die het bureau runde.'

Hoewel hij stomverbaasd was door haar aanbod, formuleerde hij snel een antwoord, dat luidde: 'Geen sprake van.'

'Marcus, jij kunt niet naar de gevangenis.' Lenore nam nog een trekje. 'Je hebt een vrouw en kind. Van mij is niemand afhankelijk. Ik kan best een paar jaar zitten, met gemak.'

'Nee. Vergeet het maar.'

'Ik mocht hier komen wonen toen Shel overleed, je hebt mijn behandelingen betaald...'

'Je hoeft geen beroep te doen op mijn sentimentele kant, Lenore, want die heb ik niet meer. Dus, moet je horen, ik stel je aanbod op prijs en ik ben erdoor geroerd, maar ik zeg het je nog een keer... Er is absoluut geen sprake van dat ik je dat laat doen. Geen sprake van. Ga maar weer slapen.'

'Zeg in elk geval dat je erover zult nadenken.'

'Geef me eens een trekje voordat je weggaat.'

Hij zag dat haar teleurstelling niet geveinsd was. Ze gaf hem de joint en Marcus inhaleerde diep. Het was jaren geleden sinds hij wiet had gerookt en toen de rook zijn longen bereikte moest hij hoesten. De aanval duurde bijna dertig seconden en belastte zijn longen zodanig dat hij zich zo uitgeput voelde dat hij een paar seconden nadat Lenore hem welterusten had gewenst in een onrustige slaap viel.

23

Op een stralende ochtend in mei, twee jaar nadat Marcus uit de speelgoedbranche was gestapt, anderhalf jaar nadat hij met zijn tweede carrière was begonnen en zes maanden nadat die ruw tot een einde was gekomen, zat de man die door Channel 9 News 'Pooierpa' werd genoemd aan de tafel van de verdediging in de rechtszaal van het gerechtsgebouw van Van Nuys West, met het donkere pak aan dat hij voor de bar mitswa van zijn zoon had gekocht. De ongerustheid die hij de dagen voor de rechtszaak had gevoeld, had invloed op zijn eetlust gehad en het jasje hing los om zijn lijf. Atlas zat naast hem, klaar om de rechter, de openbaar aanklager, de media en iedereen die dacht dat hij het verhaal over verlossing dat hij wilde ophangen de kop kon indrukken, aan te vallen. Jan zat achter hem, ze was niet aangeklaagd en was bang voor de uitkomst waarin Marcus minimaal drie jaar naar de gevangenis moest, zoals in het Californische wetboek van strafrecht was verordend. Lenore zat naast haar, gekweld dat ze moest toezien hoe de man die volgens haar altijd goed was geweest de openbare vernedering van een strafrechtszaak moest ondergaan.

Rechter Ruth Wu was een kleine vrouw van in de zestig. Haar grijze haar zat in een streng knotje en ze had een grote zwarte bril op haar neus. Haar toga leek haar bijna te verzwelgen. Ze leunde naar voren, met haar ellebogen op haar tafel, en riep de eerste getuige op, rechercheur Victor Jarvis van de LAPD, een laconieke man die zijn pak-voor-in-de-rechtbank droeg, dat ongemakkelijk op zijn pens rustte. Hij legde de eed af.

De officier van justitie was Maria Mendoza. Ze zag er keurig verzorgd uit en droeg een donker krijtstreeppak en zwarte pumps.

Marcus keek naar haar en probeerde haar seksualiteit te negeren. De onmiskenbare minachting die ze voor hem had, maakte haar pervers genoeg nog aantrekkelijker. Hij wist dat er mannen waren die een bom duiten wilden betalen voor dat soort laatdunkendheid, en nog meer als ze er de juiste outfit bij zou dragen. Plum had precies dat type man uitgemolken. Hij probeerde die gedachte snel van zich af te zetten terwijl ze naar Jarvis toe liep.

'Rechercheur Jarvis, wie heeft het stoffelijk overschot van Mahmoud Ghorbinifar in het Angeles National Forest ontdekt?'

'Brandweerlieden die daar aan het werk waren.' Zijn stem was monotoon. Hij had net zo goed uit een handleiding kunnen voorlezen.

'En was u de eerste rechercheur die op de plek aankwam?'

'Ja.'

'Waarom dacht u dat het stoffelijk overschot was verplaatst?'

'Niemand gaat naakt in het bos wandelen.'

'En het kon niet zo zijn dat iemand anders de kleren van het slachtoffer had meegenomen?'

'Bezwaar!' zei Atlas. 'Vooringenomenheid. De overledene in kwestie is geen slachtoffer. Dit is geen moordzaak.'

Marcus was blij dat Atlas zo snel bezwaar had gemaakt. Hij zou niets over zijn kant laten gaan. De rechter stond het bezwaar toe en zei tegen Maria Mendoza dat ze verder kon gaan.

'Had niemand de kleren van meneer Ghorbinifar kunnen meenemen?'

'Het stoffelijk overschot is in een afgelegen gebied aangetroffen. Het is onwaarschijnlijk dat iemand het zou hebben gevonden en dan de kleren zou hebben meegenomen.'

'Bezwaar. Speculatief,' zei Atlas.

'Toegestaan,' zei de rechter.

'Toen u het stoffelijk overschot naar het lab had gebracht, wat is er toen ontdekt?'

'Er zat schaamhaar in zijn mond.'

'Wilt u het hof alstublieft vertellen wat er daarna is gebeurd?'

'Dat hebben we door de DNA-database gehaald.'

'En wat hebt u ontdekt?'

'Dat het van Lenka Robich was.'

'Wat?'

'Het schaamhaar.'

'En waarom stonden haar gegevens in de DNA-database?'

'Ze was in Londen voor winkeldiefstal veroordeeld. Daar nemen ze altijd DNA af en die informatie stoppen ze in het internationale systeem.'

Aangezien het fysieke bewijs onomstotelijk was, hoefde Atlas de getuige geen kruisverhoor af te nemen. Rechter Wu stelde een korte pauze voor. Jan en Lenore gingen naar buiten, maar Marcus wilde de media ontlopen. Atlas en hij gingen bij een raam staan achter in een lange gang buiten de rechtszaal. Marcus keek uit over de parkeerplaats toen Atlas zei: 'Ik heb nog eens nagedacht over hoe ze je in de media noemen, Pooierpa.'

'Wat is daarmee?' Marcus haatte die naam gewoon.

'Ik vind dat je hem moet laten vastleggen. Het is een pakkende naam.'

'Pakkend? Wanneer dit allemaal voorbij is, wil ik alles vergeten.'

'Ik doe het wel voor je. Je weet maar nooit.'

Marcus schudde verbijsterd zijn hoofd. Hoe kon hem door die naam nou ooit iets goeds ten deel vallen?

Maria Mendoza zei: 'Het OM roept Lenka Robich op.'

Toen Amstel in de getuigenbank plaatsnam, keek ze niet naar Marcus. Hij keek wel naar haar, zich er ten volle van bewust dat ze zijn leven in haar gemanicuurde handen hield. Als altijd de betoverende vrouw had ze een heel nieuw personage gecreëerd voor haar huidige rol als getuige voor het OM. Nu droeg ze een kokerrok en een witte zijden blouse, waardoor ze eruitzag alsof ze een zakenvrouw was. In antwoord op de vriendelijke vragen van Maria Mendoza vertelde Amstel hoe ze in contact was gekomen met Marcus en wat er was gebeurd op de avond van het overlijden van meneer Ghorbinifar. Evenwichtig en beheerst putte ze uit haar acteerervaring om een meeslepend verhaal te vertellen over een vriendelijke, tot vleselijke lusten geneigde immigrant die in het web van een spin verstrikt was geraakt. De juryleden gingen op het puntje van hun stoel zitten, wachtend op iets smeuïgs. Ze hoefden niet lang te wachten.

Atlas had geld geleend om zijn op maat gemaakte pak te kopen. Nu stond hij vol zelfvertrouwen op twee meter afstand van Amstel en keek haar indringend aan. Ze keek naar hem alsof hij iets was wat ze van de voorruit van haar Escalade zou schrapen.

'We zullen het even verduidelijken voor de jury, mevrouw Robich. De avond waarop meneer Ghorbanifar overleed en de avond waarop u werd aangehouden, dat waren twee verschillende avonden, toch?'

'Ja.'

'Ik wil het even hebben over de avond waarop u werd aangehouden. Hoe lang was u in de hotelkamer voordat er iets gebeurde?'

'Tien minuten.'

'En u had uw kleren al uitgetrokken?'

'Ja.'

'Hoe lang was u ontkleed voordat u werd onderbroken?'

'Een paar seconden misschien.'

'En wat gebeurde er toen?'

'De politie stormde binnen.'

'Met hoeveel man?'

'Ik moet gokken, ik weet niet... vijf misschien?'

'En wat gebeurde er toen? En trouwens, waren het allemaal mannen?'

'Dat denk ik wel. Ik weet niet.'

'Was u bang?'

'Ja.'

'Heeft iemand iets tegen u gezegd?'

'Ze zeggen: "Ophouden. Geen beweging. Blijf op bed liggen."'

'Wat gebeurde er toen?'

'Ze doorzoeken mijn tas.'

'Waar bevond u zich toen?'

'Nog steeds op bed.'

'Wat gebeurde er daarna?'

'Ze zeggen tegen me ik moet mijn kleren aantrekken en spullen pakken en dan gaan we naar politiebureau.'

'Nadat u de kamer was uit gegaan, ging u geloof ik naar de kamer ernaast, is dat juist?'

'Ja.'

'En daar werd u ondervraagd door rechercheur Blaine, B-L-A-I-N-E, van de politie van Los Angeles.'

'Ja.'

'En weet u nog wat er in dat verhoor is besproken?'

'Het spijt me. Ik weet niets meer van verhoor. Ik ben geschokt als dit gebeurt.'

'Weet u niet meer wat u tegen rechercheur Blaine hebt gezegd?'

'Nee.'

'Weet u nog dat u bent meegenomen naar het politiebureau van district 37?'

'Ja.'

'Dat herinnert u zich nog wel?'

'Ja.'

'En u weet nog dat daar het papierwerk is gedaan?'

'Ja.'

'En weet u nog dat ze tegen u zeiden dat u zou worden aangeklaagd voor prostitutie?'

'Ja.'

'En wat was uw reactie toen u hoorde dat u werd aangeklaagd voor prostitutie? Hoe voelde u zich?'

'Naar.'

'Was u bang dat u naar Letland zou worden teruggestuurd?'

'Ja.'

'En daarna vertelde iemand van het OM u dat als u zou getuigen tegen degene die u naar die afspraak had gestuurd, dat niet zou gebeuren, is dat juist?

'Ja.'

'Dus nadat ze u hadden meegenomen naar het bureau zeiden ze

tegen u dat er een aanklacht tegen u zou worden ingediend. En toen verhoorden ze u nog een keer. Weet u dat nog?'

'Ja.'

'En dat gebeurde niet door rechercheur Blaine. Rechercheur Wolfson nam het over, is dat juist?'

'Ja.'

'En hij was degene die tegen u zei dat uw schaamhaar was aange-troffen in de mond van een man wiens stoffelijk overschot in het Angeles National Forest was ontdekt.'

'Ja.'

'En uw DNA zat in een database omdat u al een keer ergens voor was veroordeeld?'

'Bezwaar! Niet relevant,' zei Maria Mendoza.

'Afgewezen,' zei de rechter. Atlas glimlachte. Marcus genoot er bijna van. Zijn advocaat liet geen spaan heel van de getuige. De rechter beval dat ze moest antwoorden, maar ze zei dat ze de vraag was vergeten.

'Uw DNA zat in een database,' herinnerde Atlas haar, 'omdat u al een keer ergens voor was veroordeeld.'

'Ja.'

'Dus toen dat stoffelijk overschot ter sprake was gekomen, maakte u zich nog meer zorgen over wat er met u zou gebeuren?'

'Ja.'

'En toen hebt u het recht ingeroepen om een telefoontje te ple-gen, klopt dat?'

'Dat denk ik wel.'

'U dénkt van wel? Ja of nee.'

'Ja.'

'En wie hebt u gebeld?'

'Dat weet ik niet meer.'

'U was aangehouden, u mocht één telefoontje plegen en weet niet meer wie u hebt gebeld?' Atlas wendde zich naar de jury en sloeg zijn ogen ten hemel. Een paar juryleden lachten. Marcus merkte dat ze zijn advocaat aardig vonden.

'Ik was van slag.'

'Nadat u was aangehouden, was meegenomen naar het bureau, in voorarrest was genomen en nadat u het telefoontje had gepleegd met de persoon die u zich niet meer voor de geest kunt halen, vertelde u dat Marcus Ripps op de hoogte was van uw activiteiten. Weet u dat nog?'

'Ja.'

'Hebt u immuniteit verkregen?'

'Ja.'

'Van wie?'

'De rechtbank van Los Angeles.'

'En daar wordt uw eigen zaak behandeld, is dat juist?'

'Ja.'

'En die immuniteit is verleend in ruil voor een getuigenis tegen mijn cliënt, is dat juist?'

'Ja.'

'En wat ze tegen u zeiden was: "We zullen u immuniteit verlenen," hetgeen betekent dat u niet wordt vervolgd, klopt dat?'

'Ja.'

'Maar Marcus Ripps heeft u helemaal niet naar die hotelkamer gestuurd, toch?' Amstel gaf geen antwoord. Atlas keek haar aan. Marcus schoof heen en weer in zijn stoel en het geschraap van de stoelpoten over de vloer was het enige geluid in de rechtszaal. 'Toch? En denk eraan, mevrouw Robich, u staat onder ede.'

'Hij heeft me wel gestuurd.'

Marcus staarde Amstel aan, maar ze weigerde zijn blik te beantwoorden. Ondanks al zijn ervaring was hij nog steeds verbaasd dat iemand in de rechtbank zo koelbloedig kon liegen. De amoraliteit van meineed stoorde hem, iets wat hij als hoopvol teken voor zijn eigen ziel zag.

'U liegt om iemand anders te beschermen.' Atlas zweeg even, zodat de jury dit kon verwerken. Amstels ogen schoten vergiftigde pijlen naar haar kweller. 'De reden dat u liegt, mevrouw Robich, is dat u bang bent dat die andere persoon u kwaad zal doen als u tegen hem of haar getuigt, maar u bent niet bang voor een vergeldingsactie van meneer Ripps. Klopt dat?'

'Nee.'

'Waarom vertelt u ons de naam van die persoon niet, mevrouw Robich? De naam van degene die u beschermt.' Nu maakte Maria Mendoza bewaar, omdat ze vond dat de advocaat de getuige onder druk zette. De rechter stond het bezwaar toe, maar Marcus was erg onder de indruk van Atlas' optreden. Amstel werd aan stukken gescheurd. Hij keek naar de jury en verscheidene juryleden knikten.

Atlas vouwde een papier open en liet het aan Amstel zien. Ze wierp er een blik op.

'Herkent u dit document?'

'Ja.'

'Ik wil in het verslag opnemen dat dit een contract is dat u hebt ondertekend. Wilt u de alinea die ik heb omcirkeld voorlezen?'

Hij gaf het papier aan Amstel, die naar de rechter keek voordat ze het aanpakte. De rechter knikte naar haar, ze nam het document aan en las het voor: 'Ik, Lenka Robich, stem ermee in dat Marcus Ripps telefonisch afspraken voor me maakt. We hebben besproken en zijn overeengekomen dat hij niet van me verwacht dat ik tegen betaling illegale handelingen verricht. Indien ik wel iets illegaals verricht of eraan deelneem tijdens afspraken die hij voor me heeft gemaakt, ben ik 100% verantwoordelijk voor mijn eigen daden.'

Marcus zag dat Atlas zich een amper zichtbaar glimlachje toestond voordat hij zich tot Maria Mendoza wendde en zei: 'Ga uw gang.'

De zitting werd geschorst voor de lunch. Marcus, Jan, Lenore en Atlas gingen iets eten in een zaakje tegenover het gerechtsgebouw. Het gesprek had de quasi-uitgelatenheid die doodsbange mensen vertonen wanneer ze wanhopig zijn en niet in paniek willen raken. Toen ze op hun eten wachtten, begon Marcus' BlackBerry te trillen. Hij keek om te zien wie hem had gemaild: ManJongen24. Hij kon er geen weerstand aan bieden en klikte hem open: 'gaat het lekker, Breeze?:-)'

Het drong plotsklaps tot Marcus door dat hij, op zijn stoel aan de tafel van de verdediging, door de welgevormde hand van Malvina Biggs als een vlinder was vastgeprikt. Hij vermoedde dat Amstel voor haar was gaan werken en toen door de politie was opgepakt. In plaats van te worden gestraft door Malvina had Amstel de man opgeofferd die haar pensioen had geregeld. En daar kon hij helemaal niets aan doen. Marcus zwoer in stilte dat dit de laatste keer zou zijn dat hij zich door iemand liet ringeloren. Hij dacht even aan Tommy de Samoaan, aan de dode Memo in de bergen en het pistool. Toen drukte hij die beelden weg.

Het OM kon niemand anders vinden om tegen Marcus te getuigen en de zaak hing volledig af van Amstels getuigenis. De kranten en lokale televisiestations besteedden veel aandacht aan het verhaal en verschillende verslaggevers die aan een nabijgelegen tafeltje zaten te eten wierpen steelse blikken in zijn richting. Marcus speelde met zijn verlepte salade en lette niet op hen. Ze vonden het prettig als een verhaal hun op een zilveren blaadje werd aangereikt en hij voelde zich op dit moment net een hors d'oeuvre. De vork trilde in zijn hand, maar hij was sinds zijn aanhouding al vijf kilo afgevallen, dus hij dwong zichzelf een hapje te nemen.

Atlas keek naar de jury, hield zijn hoofd scheef en grinnikte. Hij miste het gokken, maar dit voelde bijna net zo fijn aan en hij genoot van de roes van zijn eigen optreden. 'Dames en heren van de jury, leden van deze gemeenschap, belastingbetalers,' begon hij, bijna stuiterend op de ballen van zijn voeten. 'Een van uw medemensen staat hier vandaag terecht en de enige die hem aanklaagt is een prostituee die hier in Amerika is op een verlopen toeristenvisum. Ik zal het u in eenvoudige woorden uitleggen. Een illegale immigrant uit de voormalige Sovjet-Unie beschuldigt mijn cliënt van pooien en het zich op illegale wijze ontdoen van een lijk. Ik zal eerst de tweede aanklacht bespreken. Er is geen schaamhaar van Marcus Ripps aangetroffen in de mond van Mahmoud Ghorbinifar, het was schaamhaar van de aanklaagster. Er is niets waardoor meneer Ripps in verband kan worden gebracht met de plaats delict; geen getuigen, geen indirect bewijs, niets anders dan het woord van een vrouw die over haar criminele verleden heeft gelogen om illegaal Amerika binnen te komen en haar brood verdient in de seksindustrie. En nu ik het er toch over heb, wil ik even zeggen dat ik geen waardeoordeel vel over het werk dat mevrouw Robich doet. Ik wil haar niet veroordelen, belasteren of kwaad over haar spreken omdat ze haar brood verdient met seksuele diensten. Dat moet ze zelf weten. Ik spreek wel kwaad over haar omdat ze een leugenaar is. Ik vind niet eens dat Lenka Robich slecht is. Ze is bang. Ze is bang dat degene die haar naar dat hotel heeft gestuurd – haar pooier – haar kwaad zal doen als ze de waarheid vertelt en dat is de reden waarom ze liegt. Lenka Robich, die uit Letland komt, wier moedertaal Russisch is, denkt dat ze in ons land kan blijven, terwijl Marcus Ripps, een toegewijde echtgenoot, man en schoonzoon, een vooraanstaand lid van de zakelijke gemeenschap van Los Angeles en iemand die veel voor diverse goede doelen doet, naar de gevangenis moet? Ik denk dat ze zich vergist. Ik denk dat er aan haar logica iets ontbreekt en ik hoop dat u haar leugen kunt doorzien. Mijn cliënt was productiemanager bij Wazoo Toys, een baan die hij vijftien jaar heeft gehad. De fabriek waarover hij de leiding had is twee jaar geleden naar China verhuisd en mijn cliënt wilde niet meegaan, maar bleef hier, in Amerika, waar iedereen het recht heeft zijn eigen inkomen te verdienen. Marcus Ripps heeft altijd zijn rekeningen betaald, altijd voor zijn gezin gezorgd, dus toen zijn schoonmoeder, die onlangs weduwe is geworden, bij hem kwam wonen, dames en heren, gaf hij geen krimp. Nee, hij verwelkomde haar in zijn bescheiden huis in Van Nuys. Niet lang daarna stierf plotseling zijn broer, zijn enige broer, een man van wie hij hield, en liet hem een bedrijf na dat in de problemen verkeerde. Mijn cliënt heeft dat bedrijf overgenomen en heeft ervoor gezorgd dat het als een zonnetje ging lopen, heeft banen gecreëerd en zijn gezin onderhouden. Sommige zakenmannen die Internationale Vriendschappen inhuurden zijn misschien naar bed geweest met de vrouwen die voor het bureau werkten. Ik hoef u er niet aan te herinneren dat seks tussen meerderjarigen nog steeds geen misdaad is. De aanklaagster heeft haar handtekening gezet op een in het Engels gesteld document dat wanneer het tot seks zou komen, dit niet van tevoren was geregeld. De aanklaagster spreekt goed Engels. Ze wist wat ze ondertekende. Maar in haar vaderland is ze ook actrice en ze kan dus goed toneelspelen. Laat u niet foppen door haar optreden. Ik meen te mogen beweren dat Marcus Ripps geen crimineel is, maar een modelburger van Amerika, iemand die om anderen geeft en niet alleen om zichzelf. Ik vraag u, dames en heren van de jury... nee, ik smeek u, om hem vrij te spreken. U hebt geen andere keus.'

Het was een indrukwekkend optreden en Marcus stond het zich toe een sprankje hoop te koesteren. Hij glimlachte naar de juryleden, maar die keken allemaal naar Atlas, die zich koesterde in de warme gloed van hun aandacht. De rechter instrueerde de jury en de rechtszaal liep leeg.

Marcus stond bij een urinoir in de heren-wc toen hij ineens voelde dat hij niet alleen was. Een ogenblik geleden was hij nog de enige hierbinnen geweest en hij had de deur niet horen opengaan. Hij draaide zich om en zag Tommy de Samoaan bij de wasbakken staan, in een hawaïhemd en een witte broek met een koord in de taille, waarin wel twee mannen hadden gepast. Hoe kon iemand van deze omvang zo heimelijk rondsluipen?

'Dat gaat niet echt lekker, man.' Marcus ritste zijn broek dicht en keek naar de deur. Het had geen zin naar de deur te rennen. Hij betwijfelde het of Tommy hem wilde vermoorden. Gezien het feit dat ze zich op dit moment in het gerechtsgebouw van Van Nuys bevonden, zou dat zelfs een uitzonderlijk slecht idee zijn. Hij wist dat Tommy altijd vooruit dacht. Toch had hij gehoopt deze kerel nooit meer te zien.

'Wat wil je?'

'Ik heb pistool weggemaakt.'

Marcus was overdonderd. Dat was uitstekend nieuws, misschien zelfs een voorbode van betere tijden. Maar hij wist niet wat Tommy hiertoe had gedreven – en of hij überhaupt de waarheid vertelde.

'Waarom?'

'Ik ben getrouwd, Marcus. Kijk dit ring.'

Marcus wist niet precies wat het feit dat hij getrouwd was te maken had met het vernietigen van bewijsmateriaal, maar hij hoefde niet meer te horen. Hij keek nerveus naar de gouden ring, ingelegd met onyx, en probeerde zich te herinneren of Tommy zijn echte naam ooit eerder had gebruikt.

'Mooi.'

'Mijn vrouw en ik verhuizen naar de eilanden, gaan kindjes maken. Los Angeles te gestoord.' Marcus knikte. Hij was het ermee eens. Het leek hem een uitstekend idee om naar de eilanden te verhuizen. 'Je moet Malvina op kop geven.'

Marcus had haar heel graag terugbetaald voor de narigheid die ze had veroorzaakt, maar hij wist dat wraak zonder groter doel zinloos was. Hij had de waarde van vooruitziendheid leren kennen. Malvina Biggs vermorzelen paste niet in zijn nieuwe, verder ontwikkelde filosofische model.

'Zeg maar dat ze me een dienst heeft bewezen.'

'Ik praat niet meer met kreng.' Er kwam een schoonmaker binnen, die een emmer en zwabber voortduwde. Hij begon de vloer te dweilen. Tommy gaf Marcus een klopje op zijn schouder en wenste hem veel succes.

Hoewel het pas mei was, was de zomerse hitte al in de Valley neergedaald. Een troep journalisten ontsproot als champignons aan het gazon van Magdalene Lane 112, maar toen het duidelijk werd dat niemand een verklaring zou afleggen, vertrokken ze. Marcus bleef binnen, met de lamellen dicht en de airco aan. Hij keek geen televisie, maar was druk in de weer met zijn beduimelde exemplaren van de stoïcijnse filosofen Seneca en Aurelius.

Aan het eind van de tweede dag van het juryoverleg zat Marcus in de keuken een kom aardbeienijs te eten. Jan baande zich een weg door een fles chardonnay. Ze hadden tot vervelens toe besproken wat er in het hoofd van de juryleden zou kunnen omgaan en waren tot de overtuiging gekomen dat Marcus zou worden vrijgesproken. Ze wisselden ideeën voor nieuwe bedrijven uit. Ze kletsten om de stilte te vullen. Maar nu was het gesprek bezweken onder het gewicht van hun zenuwen en emotionele uitputting. Marcus bracht de lepel naar zijn mond en nam nog een hap ijs, en de smaak van het koele, zijdeachtige melkproduct kalmeerde hem.

'Ik wil de as van mijn broer uitstrooien.' Marcus had haar over de as verteld op de dag dat de urn was aangekomen, maar had het er daarna niet meer over gehad.

'Nu?'

'Ik wil wel naar het strand.'

Nadat ze hadden vastgesteld dat Nathan genoeg wist over de Depressie om een voldoende te halen voor zijn proefwerk en dat Lenore naar een natuurdocumentaire keek die ze al had gezien, persten de Ripps zich in de suv. Niemand zei iets terwijl ze over de 405 reden. Marcus dacht erover om naar Leo Carillo te gaan, nog steeds zijn favoriete strand in Los Angeles, maar daar had hij goede herinneringen aan, het was de plek waar Jan en hij laatst een weemoedig uur hadden doorgebracht, en hij wilde die plek niet associëren met het uitstrooien van Julians as. Toen hij niet de afrit nam naar Santa Monica of Malibu, vroeg Jan waar ze naartoe gingen.

'Naar Cabrillo Beach.'

'In San Pedro? Ik dacht dat Julian dat vreselijk vond.'

'Julian heeft hier niets over te zeggen.'

Jan knikte. Hij vond het fijn dat ze geen tegenwerpingen maakte. Cabrillo Beach was de plek waar hun ouders hen als kinderen mee naartoe hadden genomen, waar ze op de pier hadden zitten vissen, waar ze, toen ze ouder waren, ieder afzonderlijk naartoe waren gegaan om met vrienden iets te drinken, om met meisjes samen te zijn, om de grenzen te verkennen die hen scheidden van wat voor hen lag. Marcus had zich altijd aangetrokken gevoeld tot de prachtige kustlijn van San Pedro, de oceaan, de onmetelijke hemel. Hij zou zelf beslissen wat er met Julian gebeurde.

De zon raakte de oceaan en de lucht was zalmkleurig, roze en helderrood. Catalina Island schemerde als een spookverschijning aan de horizon, de lichtjes ervan flakkerden als afnemende hoop. Ten zuiden ervan voeren enorme vrachtschepen van de haven van Los Angeles naar open zee. In het noorden doemde de vuurtoren in Point Fermin Park op. Een paar surfers deinden in de blauwe verte, geduldig wachtend op een golf.

Marcus zette de urn op het zand en stroopte zijn broek op tot boven zijn knieën. Toen bukte hij zich, hij pakte de urn en waadde het koude water in. Jan, Nathan en Lenore keken vanaf de kant toe.

'Ik heb geen idee hoe ik dit moet doen,' riep hij achterom. Een windvlaag blies door zijn haar.

'Moet je niet iets over je broer zeggen?' vroeg Jan.

Toen een kleine golf tegen zijn benen brak, zei Marcus: 'Kun je tegen een dode zeggen dat hij moet opflikkeren? En toen: 'Sorry, Nate. Dat heb je niet gehoord.'

'Ik kende het woord al, pap.'

'Wil je iets tegen God zeggen?' Dit kwam van Lenore.

'Niet echt.'

'Ik vind dat iemand iets moet zeggen,' zei Jan.

Als een uitbarsting schreeuwde Nathan naar de donker wordende hemel: 'Dank je wel voor de rode minimotor, oom Julian!'

Terwijl Marcus zich naar de horizon wendde, vielen de vervagende zonnestralen, spelend over het donkere water, uiteen in het ritme van de golven en kwamen weer samen, net als puzzelstukjes, waardoor Marcus zijn ogen moest toeknijpen om iets te kunnen zien. Julian was die dag niet voor Nathan gekomen, hij was voor Marcus gekomen. Het was een poging, hoe ongeplaatst en slecht ingeschat ook, om de verbroken verbinding tussen hen weer te herstellen, om een band tussen hen te smeden, om een scène te spelen waarvan ze allebei niet wisten hoe. En Marcus, die de aanwezigheid van deze losgeslagen broer, die hem zijn leven lang op gezette tijden emotionele pijn had bezorgd, niet kon verdragen, had hem weggestuurd. Julians testament, zo pervers en onverwacht, was het antwoord. Maar wat had zijn broer nu echt met zijn vreemde erfenis bedoeld? Marcus had zich deze vraag de afgelopen twee jaar met tussenpozen gesteld, maar er nooit een bevredigend antwoord op gevonden. Nu, in de schemering, tot aan zijn knieën in de Grote Oceaan, terwijl hij alles wat er van Julian over was in een urn hield, dacht hij dat hij het begreep. Julian had hem uitgedaagd, hem de handschoen toegeworpen. Hun opa had de wereld geaccepteerd zoals hij hem aantrof, had rondgehuppeld op de idiote muziek ervan. Hun vader kon het niet bijhouden, maar Julian had Mickeys teugelloze geest geërfd en op de maat verder gedanst. Wat Marcus betreft, zijn broer had hem een glanzend object in zijn handen gedrukt: een schimpscheut, een grap. Julian had niet kunnen bedenken dat zijn jongere broer de uitdaging zou aannemen. Het was ook eigenlijk belachelijk. Marcus had zich altijd in de schaduwen verstopt, had zich afhankelijk gemaakt van de grillen van anderen. Maar nu had hij eindelijk bewezen dat wanneer de dansvloer schudde en bokte, hij wist hoe hij moest dansen. Ja, Marcus was aangehouden en moest misschien zitten, maar dat zou hij ook wel overleven, en daarna zou hij op een of andere manier zijn leven weer oppakken en weer ergens een succes van maken. Dus hoewel Julians erfenis een vreemde zet was, een plaagstootje, was het ook een intensieve cursus waarbij de doden kennis overdroegen op de levenden.

En Marcus had die kennis in zich opgenomen.

'Pap, waar wacht je nog op?' brulde Nathan. 'Het is koud!'

Marcus schroefde het deksel los. Er kwam een golf aanrollen en hij draaide zijwaarts toen hij tegen zijn dijen brak, waarbij hij de urn op schouderhoogte hield om de inhoud ervan droog te houden. De gedachte aan zijn vader en moeder schoot door hem heen en hij was blij dat ze niet meer leefden en hier geen getuige van waren. Hij keek uit over zee en hield de urn ondersteboven.

Toen de as van Julian uit de urn gleed, kwam er een windvlaag, als een ongenode gast, die de as over Marcus heen blies en zijn schouders en gezicht met zacht grijs poeder overdekte. De as zat in zijn neus, mond en ogen en hij zag niets meer, dus hij hoorde alleen maar dat het gelach aan de kant boven het geluid van de branding uit kwam. Er was de laatste tijd in huis geen gelach meer geweest en het geluid was, ondanks de bizarre omstandigheden waardoor het was opgewekt, zeer welkom, het was bekende troost waarin hij blindelings baadde, al was het maar één kort opwindend ogenblik.

Marcus liet zich in het water vallen, als een afscheid, en toen hij uit de golven oprees was hij gereinigd van zijn zonden. Eerst had hij zijn ogen nog dicht, dus toen hoorde hij zijn gezin alleen maar applaudisseren, maar toen hij ze opendeed en het water eruit knipperde, stonden ze daar op hem te wachten, glimlachend terwijl de laatste stralen van de zon glansden in de ten einde lopende dag.

De volgende middag belde Atlas met de mededeling dat er een vonnis was. Ze reden naar het gerechtsgebouw en wachtten zonder iets te zeggen in de met marmer betegelde hal. Lenore wreef met haar handpalm over Jans rug en Jan hield Marcus' hand vast. Na een paar minuten zei de gerechtsdienaar, een grote zwarte vrouw met vlechtjes met gekleurde kralen, dat ze binnen mochten komen.

Marcus keek toe hoe de jury binnenkwam. Hij kon niets van hun gezichten aflezen. Hij had gehoord dat als de juryleden naar de verdachte keken, ze hem niet zouden veroordelen. Twee van hen, een oudere blanke man en een latino vrouw van ongeveer zijn leeftijd, keken hem recht aan. Hij voelde dat zijn handpalmen zweterig waren en wilde dat hij eraan had gedacht om een papieren handdoekje uit de heren-wc's mee te nemen om ze af te drogen.

Rechter Ruth Wu zei tegen Marcus dat hij moest opstaan om het vonnis aan te horen. Hij kwam omhoog en zette zijn voeten op schouderbreedte neer. Hij vouwde zijn handen achter zijn rug en glimlachte tegen de rechter.

De voorzitter van de jury, een kleine, blonde vrouw van in de dertig, met een bril met een groot montuur en een katoenen jurk met opdruk, stond op en bereidde zich erop voor het vonnis voor te lezen.

'Hoe luidt uw vonnis?' vroeg rechter Wu.

'Met betrekking tot de aanklacht van het transporteren van een lijk achten we de verdachte...' Ze schraapte haar keel. 'Niet schuldig.'

Marcus mocht zich van zichzelf omdraaien en Jan en Lenore aankijken. Jan glimlachte stroef en maakte een vuist, die ze voor zich uitstak als teken van solidariteit. Lenores ogen waren gesloten. Ze bad.

'En de tweede aanklacht?' vroeg rechter Wu.

'Met betrekking tot de tweede aanklacht, pooien, achten we de verdachte schuldig.'

Marcus zakte zichtbaar in en zijn knieën knikten, maar hij beheerste zich en hield een onbeschofte reactie binnen. Hij voelde een hand op zijn schouder. Het was Atlas. Hij wilde zich niet omdraaien om naar Jan en Lenore te kijken. De rechter beval dat hij moest terugkomen om zijn vonnis aan te horen en wenste hem succes.

Ze reden in stilte naar huis. Jan staarde uit het raampje aan de bijrijderskant en Lenore voelde dat het het beste was om haar mond te houden, hoewel ze allerlei troostende dingen wilde zeggen.

Marcus had de aandrang om tegen golfballetjes te meppen. Hij dacht dat de gedachteloze herhaling van een golfswing ontspannend zou zijn, dus toen hij Jan en Lenore thuis had afgezet, reed hij naar de golfbaan van Woodley Lakes en kocht een mandje ballen. Als er al mensen waren die hem herkenden, dan zeiden ze niets. Marcus schakelde zijn gsm uit. Hij was blij dat hij alleen was toen hij de balletjes op de tee legde, de ene na de andere en ze, afwisselend met een houten en ijzeren club, de verte in sloeg. Toen hij zijn mandje leeg had geslagen, in wat hij een ontspannen tempo vond, zag hij dat er pas drie kwartier voorbij waren, dus hij haalde nog een mandje. Allerlei gedachten, angsten en vooruitzichten raasden zo snel door hem heen dat ze elkaar verdrukten. De ene na de andere kwam op als een stroomstoot, flits, en implodeerde dan als een zwart gat, om een nanoseconde later door een andere te worden vervangen. Maar er bleef niets hangen. Tegen de tijd dat hij het derde mandje leeg had, merkte hij dat hij blaren op allebei zijn handen had.

Jan was in de keuken kip aan het braden toen Marcus thuiskwam. Hij begroette haar toen hij binnenkwam en in plaats van iets te zeggen omhelsde ze hem. Er kwam klarinetmuziek aanzweven, van ergens in het huis. Nathans spel werd beter.

'Het komt wel goed met ons,' zei Jan.

'Ja, ja,' zei Marcus. 'Dat weet ik.'

Nathan was in de hobbykamer, waar hij zijn muziekstandaard had neergezet, en ploeterde door een klassiek muziekstuk heen dat Marcus niet herkende. Hij keek even door de deuropening en toen Nathan zijn vader opmerkte, hield hij op met spelen en legde de klarinet neer.

'De Dodgers spelen dit weekend tegen de Mets,' zei Marcus. 'Ik wilde kaartjes gaan halen.'

'Oké,' zei Nathan. En toen: 'Pap, ik wil niet dat je toekijkt als ik oefen.'

Marcus was blij dat hij zo nonchalant werd afgepoeierd. Dat was een onverwachte overwinning. Toen hij twee minuten later onder de douche stond, was zijn verlangen om het uit te schreeuwen verdwenen.

Zes weken later werd Marcus veroordeeld tot een gevangenisstraf van drie jaar in de Chuckawalla Valley State-gevangenis, waar mensen die een middelmatig risico vormden voor langere tijd gevangenzaten. Hij kreeg één maand om zijn zaakjes op orde te krijgen. Atlas, die kapot was van het vonnis, zei hem dat het beste waarop hij kon hopen strafvermindering wegens goed gedrag was.

In de dagen voorafgaand aan zijn opsluiting las Marcus, hij keek televisie en vroeg zich af hoe hij zijn pech in iets positiefs zou kunnen omzetten. Toen hij op een middag een praatprogramma keek met als onderwerp 'Wees de mijne of je gaat eraan: echtgenoten die moorden', hoorde hij het verhaal van een van de gasten, een gezette vrouw die onlangs was vrijgelaten na het uitzitten van haar gevangenisstraf voor het overrijden van haar ontrouwe man met hun camper. Om de lange dagen door te komen had ze de verhalen van haar favoriete films op een innerlijk scherm geprojecteerd. Marcus was als volwassene nooit zo'n grote filmliefhebber geweest, dus terwijl de gast doorratelde dacht hij terug aan films die hij zich herinnerde van toen hij nog jong was. Hij herinnerde zich comedy's, oorlogsfilms en misdaadverhalen. Hij dacht aan de Italiaans-Amerikaanse acteurs die op het scherm maffiosi speelden. Sommigen van die mannen hadden een ruige achtergrond en als het lot anders had beslist, hadden velen van hen net zo goed een leven vol misdaad kunnen leiden. In plaats daarvan stonden ze, door geluk of door een groter plan, voor de camera zinnen op te zeggen, en waren ze helemaal geen gangsters, maar goedbetaalde imitators van het echte leven. Met nagemaakt, stripachtig gevaar zou altijd een goede boterham te verdienen zijn in een wereld waar de daadwerkelijke bedreigingen overweldigend waren. Dat begreep Marcus heel goed. Hij had zijn criminele sporen wel verdiend. Hoewel het hem idioot voorkwam, kon hij dit niet ontkennen.

Laat op een vrijdagmiddag, toen de zon laag aan de hemel stond en het iets koeler was, maakten Marcus en Jan hun tweede wandelingetje van die dag. Ze genoten van de afnemende hoeveelheid tijd die ze nog samen hadden, niet langer bezwaard door het ophouden van de schone schijn. Marcus droeg een korte broek, sandalen en een T-shirt. Hij was weer iets aangekomen en zag er gezond uit. Jan had een wijde witte broek aan en een witte katoenen trui. Marcus vond dat ze er prachtig uitzag, wat er voor hem op wees dat ze zich had verzoend met zijn ophanden zijnde afwezigheid en er zonder al te veel problemen doorheen zou komen. Terwijl ze elkaars hand vasthielen en in stilte wandelden, reed er een grote man voorbij op een Harley Davidson Electra Glide Classic. Hij liet de motor brullen voordat hij de straat uit was. Ze keken nauwelijks naar hem.

Marcus zei: 'Grappig toch, dat mensen met genoeg geld om zo'n motor te kopen zichzelf nog steeds als rebel zien.'

'Hij is waarschijnlijk tandarts.'

'Het is echt geniaal dat het bedrijf dat die motoren maakt weet hoe het rebellie moet verpakken en die aan zo'n kerel verkopen.'

'Jij bent een rebel.'

'Ja, hoor.'

'Echt waar.' Ze wreef hem over zijn rug.

Hij sloeg zijn arm om haar heen en quasi-gewichtig zei hij: 'Ja hoor, dat ben ik, een echte, criminele leider, de *real deal*, met een straatimago, referenties en een gevangenisstraf. Ik ben Pooierpa. Dat zeiden ze op televisie. Ik wilde alleen dat ik daar op een of andere manier nog voordeel van zou kunnen hebben.'

Toen ze weer thuis waren, schonk Marcus een biertje in en ging met Bertrand Russell in de achtertuin zitten, die zich er gelukkig niet bewust van was dat zijn baasje over niet al te lange tijd weg zou gaan. Wat moet het heerlijk zijn om altijd in het nu te leven, dacht Marcus, terwijl hij toekeek hoe het hondje een gat groef. Hij wilde dat hij geloofde. Hij benijdde de mensen die dat deden en wilde het goddelijke leven na de dood dat hun was beloofd ook wel. Intussen was dit de smerige wereld waarin hij zich bevond, het vochtige veld waarop hij speelde; dit rijk van het dierlijke en minerale, zout, ijzer, water, stof, licht, verlangen en duister. Hij had het van dichtbij gezien, het gevoeld, het in zijn poriën gevoeld. Het was de essentie, overvloedig en levengevend, en mensen wilden het aanraken, wilden leven, hun wervelkolom uitrekken, hun rug welven en hun armen spreidden, in de zon kijken met hun vingertoppen omhoog naar de eeuwige hemel gericht. Maar ze moesten naar school, aan het werk, geld verdienen, kinderen opvoeden, de doden begraven. Dat begreep hij. Hij wist het. Door zijn gesprek met Jan was zijn geest gescherpt. In zijn hersens nam een idee vaste vorm aan, en toen hij er verder over nadacht, werd het plan steeds gedetailleerder.

Marcus dronk zijn biertje op en ging terug het huis in, waar hij Jan aantrof, die met Plum aan de telefoon zat. Ze keek op toen Marcus binnenkwam, gebaarde dat hij even moest wachten, nam afscheid van Plum en hing op.

'Plum wil dat we een keertje bij haar komen eten.'

'Dat moet dan wel snel.'

'Is morgenavond goed?'

'Ja hoor, prima. Moet je horen, ik heb een idee...'

Plum was weggegaan uit Reseda en woonde nu in een bungalow in Echo Park. In haar nieuwe huis lagen lichte houten vloeren en de grote ramen boden uitzicht op het zuiden, op de zilverkleurige wolkenkrabbers in het centrum van Los Angeles. Marcus en Jan waren er gepast complimenteus over en spraken hun enthousiasme uit over de architectuur en Plums inrichting tijdens de verplichte rondleiding die ze bij aankomst kregen. Het was moeilijk om Plum de tevredenheid te misgunnen die ze voelde toen ze in staat was geweest haar leven om te gooien. Ze aten aan de picknicktafel onder een pergola in haar achtertuin, omringd door de welriekende bougainville en een in bloemenpracht uitgebarsten tuin. Plum serveerde ragout met knoflookbrood en een salade en ze praatten over alles behalve de plek waar Marcus volgende week op dit tijdstip zou zijn. Er was meer dan genoeg heerlijk eten en ze dronken twee flessen montepulciano.

Marcus had de indruk dat Plum zich altijd een beetje gekrenkt voelde, hij zag haar als iemand die onder een donkere wolk leefde die zelf had gecreëerd. Het was duidelijk dat ze hier redelijk tevreden was en dat kwam tot uiting in haar ontspannen manier van doen, die helemaal nieuw was. Ondanks zijn eigen grimmige lot was hij blij dat iemand in elk geval nog steeds voordeel had van zijn beslissingen. Tegen de tijd dat ze de door haar gebakken perziktaart aten, voelde Marcus zich zo goedgunstig jegens Plum dat hij direct toestemde toen ze vroeg of hij het stuk videokunst wilde zien waar ze aan had gewerkt.

'Het wordt vertoond in een galerie in Tokio,' zei ze. 'De opening is volgende week, en ik ga ernaartoe.'

'Geweldig, zeg.' Marcus deed zijn best het te menen.

'Konden wij maar mee,' zei Jan.

'Ik sta bij jullie in het krijt.'

Jan omhelsde Plum.

Nu zaten ze alle drie in Plums entertainmenthoek in de woonkamer. Ze had bruinleren stoelen gekocht en een bijpassende bank, die mooi afstaken tegen een Scandinavisch tapijt. Het meubilair was zo opgesteld dat het naar een groot televisiescherm was gericht. Marcus zat ontspannen op de bank, genietend van de soepele zachtheid van het leer. Hij wist dat deze mate van comfort al snel slechts een herinnering zou zijn.

Plum drukte op de afstandsbediening en een verbijsterend beeld vulde het scherm: zijzelf in volledige sm-outfit – dijhoge vinyl laarzen met naaldhakken, een leren string en bustier, het ensemble was afgewerkt met zwartleren armbanden en hondenband met sierspijkers – en een gesel. Het duurde even voordat Marcus besefte dat ze voor het gerechtsgebouw in Los Angeles poseerde, als een standbeeld afgetekend tegen de hardblauwe lucht. Daar was ze weer, voor het politiehoofdkwartier van Los Angeles, starend in de verte, als een bondageversie van het schilderij *Washington Crossing the Delaware*. En nog een keer, haar amazoneachtige lijf voor het stadhuis, waarbij het zonlicht glitterde op de zilveren kettingen die over haar gewapende decolleté hingen.

'Het stuk gaat over uiterlijk vertoon van macht versus innerlijk vertoon van macht,' zei Plum die bij hen in de woonkamer zat, betoverd door haar eigen iconische beeld. Marcus en Jan knikten. De camera werd verplaatst naar een groot, donker Chinees restaurant dat leeg was, afgezien van Plum, die hautain aan een tafel zat en werd bediend door twee obers op hoge hakken en met panty's aan.

'Dit is een commentaar op sekserollen in een multiraciale context,' zei ze.

'Aha,' zei Marcus.

Na verschillende close-ups van een stilettohak ondergedompeld in een kom haaienvinnensoep kwam Plums kerker in beeld. Er lag een naakte man op een tafel, die zijn slappe penis streelde. Even later maakte Plum haar entree, ze beende de kamer binnen als een Pruisische officier. In het sidderende ogenblik voor de verwachte gewelddadige gebeurtenis kon je Wagner bijna horen. De man draaide zich om om naar haar te kijken en Marcus zag zijn gezicht.

Nee, dat kon niet.

'Zet hem eens stil,' zei Marcus.

'Wacht! Er komt net een goed stukje,' zei Plum. De man klauterde van de tafel af.

'Zet hem stil, zet hem stil.'

De man was op zijn knieën gevallen.

'Marcus...' zei Jan.

'Zet hem alsjeblieft stil,' zei Marcus.

Ongeduldig drukte Plum op de afstandsbediening en het beeld stond stil, maar pas toen de man de teen van Plums vinyl laars kuste. Jan keek verbaasd naar Marcus. Toen volgde ze zijn blik, naar het scherm.

'O mijn hemel,' zei Jan.

'Weet je wel wie dat is?' vroeg Marcus aan Plum.

'Hij zei dat ik hem Margaret moest noemen.'

'Weet hij dat je hem filmde?'

'Natuurlijk niet. Maar het wordt toch alleen maar in Tokio vertoond. Hoezo? Ken je hem?'

'Ja,' Marcus zei. 'Jazeker.'

Roon zou die middag naar Kuala Lumpur vliegen en was overdonderd toen Marcus belde om een afspraak te maken. Marcus voelde dat Roon hem wilde ontlopen en zei dus dat het een noodgeval was. Roon liet zich vermurwen, maar het gesprek moest niet te veel tijd kosten. Marcus dacht er even over het pak aan te trekken dat hij naar Nathans bar mitswa had gedragen, maar besefte toen dat hij geen indruk hoefde te maken op zijn oude vriend. Hij was de enige in de lift van het gebouw in Century City, gekleed in een vrijetijdsbroek en een blouse met korte mouwen, die in hij niet in zijn broek had gestopt.

Roon huurde het oude kantoor van president Reagan, om altijd een gespreksonderwerp te hebben, en de muren hingen vol met filmmemorabilia. Een biddende versie van de voormalige president nam een ereplaatsje op het enorme bureau in, met het label MADE IN CHINA discreet uit zicht. Het panoramische uitzicht over de heuvels was vandaag zo helder als tequila.

'Pooierpa?' vroeg Roon. Hij droeg een goed gesneden blauwe blazer en een onberispelijke grijze pantalon met omslagen. Zijn witte overhemd stond open. Hij leunde achterover in zijn bureaustoel en keek Marcus aan.

'Het is een merknaam.'

'Zoals Nike, bedoel je?'

'Ik heb een gat in de markt proberen te vinden en ineens viel het me in, waarom zou je een sporter miljoenen dollars betalen om een lijn rotzooi met zijn naam erop te merchandisen wanneer je mij hebt?' Roon grinnikte om de vermetelheid van het idee, maar Marcus bleef onverstoord.

'Iedereen heeft ideeën. Het draait om de uitvoering.'

'Ik heb de naam laten vastleggen.'

Toen pakte Marcus het portfolio dat hij naast zijn stoel had neergezet, ritste het open en spreidde de inhoud uit op Roons bureau.

'Jan heeft de tekeningen gemaakt.' Het waren productontwerpen: kunstzinnige pareltjes voor het oog om een potentiële investeerder te betoveren en dollars uit zijn zakken te kloppen. Roon bladerde erdoorheen. 'Je hebt nog steeds je fabrieken in China. Daar gaan we alles maken. China is niet de toekomst meer, toch? Het is er al. Ik heb een visie, Roon, een Pooierpakeizerrijk. Het begint met T-shirts, daarna komen de slips en boxers, de broeken, jasjes, pyjama's, gympen, mannengeur, verzorgingsproducten, behang, inpakpapier, toiletpapier, woninginrichting, babyproducten, kun je je kleine Pooierpaluiers voorstellen? Je moet ze in de wieg al voor je winnen, nietwaar? En het klapstuk: we openen een hele keten Pooierpawinkels. Dat zou best eens internationale reuzenketen kunnen worden: New York, Los Angeles, Londen, Parijs, Tokio, Sjanghai, en ik wil je een aandeel geven zodra je het geld voor de opstart binnen hebt. Ik denk dat tien procent redelijk is.'

'Heb ik nog wat te kiezen?'

'Je bent in gemeenschap van goederen getrouwd, Roon. Je vrouw zou de helft krijgen.' Marcus glimlachte. Hij had hem. Als hij weigerde, zou Plums videokunst rechtstreeks van de galerie in Tokio naar de rechter in Los Angeles gaan. 'Dingen veranderen. Je moet je aanpassen. Zonnebrandcrème opdoen.'

Roon herinnerde zich niet dat hij een aantal jaar eerder dezelfde woorden onder heel andere omstandigheden had uitgesproken. Hij staarde Marcus sullig aan.

'Er is nog iets.'

'Dat is er altijd.'

'Ik wil niet naar de gevangenis.'

'Niemand wil naar de gevangenis,' zei Roon, tijdelijk geboeid door het beeld van zijn kwelgeest achter tralies. 'Maar je moet je schuld aan de gemeenschap wel betalen.'

'Je laat mijn straf wel omzetten.'

'Ik kan me niet mengen in dat wat een rechter heeft beslist, Marcus. Dat is een misdaad. Ik ben geen crimineel.'

Die schijnheiligheid irriteerde Marcus, maar hij onderdrukte het gevoel.

'Ik wil niet dat je contact opneemt met de rechter, Roon. Ik wil dat je met de gouverneur praat. Dat is toch een goede vriend van je?'

24

Marcus bleek het geweldig te vinden in China. Hij vond het land een fascinerend, zich snel ontwikkelende mix van Oost en West, antiek en modern, taoïstisch en communistisch, boeddhistisch en kapitalistisch. Twee maanden nadat zijn straf was omgezet, zat Marcus tussen Jan en Nathan achter in een riksja, die door het verstikkende verkeer van Guodong reed, een industriestad op vier uur rijden van Sjanghai. Daar zou de lijn met Pooierpaspullen worden gefabriceerd en als mede-eigenaren moesten ze tijdelijk in het land zijn. Nu waren ze met zijn drieën op weg naar de villa waar ze de komende maand zouden verblijven. Marcus keek omhoog en zag enorme billboards met reclame voor mobieletelefoonproviders, televisies met grote schermen, een nieuw vakantieoord voor gezinnen aan de Zuid-Chinese Zee. De bestuurder draaide een zijweg in, weg van het drukke verkeer. Al snel reden ze op een kronkelende weg omhoog, langs door bomen overschaduwde huizen, met lichtvlekken bespikkeld en stralend in de middagzon. Hier woonden de nieuwe oligarchen.

Toen ze de top van de heuvel bereikten, keek Marcus achterom naar het alledaagse beneden. Fabrieken die goedkope goederen uitspuwden die over de hele wereld werden verspreid, strekten zich kilometers ver uit onder de enorme hemel. Op de grote rivier in de verte deinden pramen. Beneden hem werd een indrukwekkende nieuwe weg aangelegd om alle vrachtwagens aan te kunnen die vierentwintig uur per dag voorbij denderden. Hij hoopte zijn plaats in te nemen als belichaming van deze zich supersnel aanpassende economie, waarbij zijn producten een redelijk geprijsde weergave van het Amerikaanse straatleven zouden bieden overal ter wereld. Er was een tijd geweest waarin hij zich tegen deze ontwikkeling zou hebben verzet en zou hebben opgemerkt dat het de verzwakking van dit of het verdwijnen van dat vertegenwoordigde. Maar die tijd was voorbij en de toekomst lonkte.

Drie jaar later, vroeg op een lenteavond, staat Marcus op het terras van zijn nieuwe huis boven op een heuvel met uitzicht over de San Fernando Valley. Gekleed in een lichtgewicht wollen pak dat hij op een recente reis naar Parijs heeft gekocht, neemt hij een slok van zijn wodka met cranberrysap en een schijfje citroen, door de kok voor hem gemaakt. Het huis, opgetrokken van glas en staal, kwam net op de markt toen Jan en hij hun huis in Malibu wilden verkopen en weer terug naar de stad wilden. Ze zijn dol op het strand, maar ze hebben het heel druk met het bedrijf en het werd slopend om voortdurend heen en weer te rijden naar de stad en het vliegveld waar hun geleaste vliegtuig staat. Na bijna twee decennia onder in de vallei is Marcus enorm opgelucht dat hij vanaf dit ijlere perspectief op zijn voormalige domein kan neerkijken. Het maakt het nog leuker dat het terras waarop hij staat van Julian is geweest. Toen het huis van zijn broer op de markt kwam, twijfelde Marcus of hij het wilde kopen. Hij dacht dat Jan het misschien geen prettig idee vond, het ongepast of morbide vond. Maar ze zei tegen hem dat hij in Julians huis moest gaan wonen, al was het maar om zijn broer te verslaan, om de slechte herinneringen te begraven. Marcus dacht erover na en was er zeker van dat Julian deze rare kronkel wel leuk zou hebben gevonden.

Jan is zich aan het aankleden in de ouderslaapkamer, die een onbelemmerd uitzicht op de Grote Oceaan heeft. Nathan is in zijn kamer een aanvraag voor een universiteit aan het invullen. Lenore is getrouwd met een man die ze bij de rechtszaak heeft ontmoet, een man met een goed pensioen en een indrukwekkende collectie oosterse waterpijpen. Ze wonen in Orange County, maar vanavond zitten ze in de woonkamer met Bertrand Russell te spelen. Ze gaan zometeen met zijn allen uit.

Marcus had zich een pientere strateeg betoond en Pooierpa was een grote hit geworden. Door een strategische marketingalliantie met een populaire hiphopzanger die bekend was vanwege het feit dat hij onder een moordaanklacht was uitgekomen, barstte het bedrijf in Amerika uit zijn voegen. Professionele sporters droegen de kleding, modellen werden erin gefotografeerd en op het schoolplein werd om de spullen gevochten. Het bedrijf was aan het eind van het eerste jaar naar de beurs gegaan en was in Europa, Zuid-Amerika en het Verre Oosten uitgerold. Goedkope imitaties kwamen op als papaver in de Afghaanse lente. Marcus wist dat het merk zijn plek had veroverd toen hij een foto zag van een soldaat in een Afrikaanse burgeroorlog met een Pooierpa-T-shirt aan. De foto werd gebruikt in een reclamecampagne en Marcus doneerde een miljoen dollar aan een fonds voor oorlogswezen, dat werd geleid door een beroemde aartsbisschop die genomineerd was voor een Nobelprijs. Op het omslag van het eerste jaarverslag stond een foto van de geestelijke met zijn arm om de schouders van de oprichter van Pooierpa.

Vanavond gaat Marcus naar diner in de vergulde balzaal van het Beverly Hills Hotel, waar hij de titel 'Zakenman van het Jaar van Los Angeles' zal krijgen. Hij weet dat dit soort prijzen onzin is, vindt dat ze niet echt iets betekenen en dat ze drijven op de onzekerheden van mensen die succesvol genoeg zijn om beter te moeten weten. Maar het is belangrijk hoe mensen je bezien en deze gouden gedenkplaat zal zijn rehabilitatie bezegelen. Om de feestvreugde van het reeds glitterende gala te vergroten, heeft Marcus gevraagd of de prijs door zijn oude vriend Roon Primus kan worden uitgereikt.

Marcus peinst wat hij die avond zal zeggen wanneer hij op het podium staat en uitkijkt over een zee van zijn gelijken. Misschien zal hij zijn nederige achtergrond vermelden en vertellen hoezeer zijn hardwerkende vader hem heeft geïnspireerd, of misschien zal hij hen vergasten op verhalen over zijn onversaagde, stelende opa. Hij denkt erover om het te hebben over de grote geesten die hij tijdens zijn filosofiestudie heeft bestudeerd en de jaren waarin hij met gewone mensen omging in de loopgraven van de speelgoedfabriek. Hij bedenkt hoe het zal zijn om in deze balzaal te staan waar Roon hem een paar jaar eerder zo grof had behandeld. Hij overdenkt het verhaal van hoe hij hem behendig buiten spel heeft gezet en nu door zijn eigen vaste hand en onwankelbare oog hoogten heeft bereikt die eerder onbereikbaar leken. Zijn talloze worstelingen en zijn uiteindelijke, inspirerende triomf zijn een inspiratiebron voor de speech die hij na het diner zal houden.

Maar Marcus weet wat de mensen echt willen horen.

DANKWOORD

Met dank aan Bill Diamond, Michael Disend, Drew Greenland, David Kanter, Jeff Rothberg, Leslie Schwartz, Mark Haskell Smith en John Tomko voor het welwillend lezen van de eerdere versies van dit boek.

Met dank aan mijn agenten, Henry Dunow en Sylvie Rabineau.

Met dank aan mijn redacteuren, Colin Dickerman en Benjamin Adams.

Met dank aan mijn vader, Leo Greenland, die een bron van inspiratie blijft.

En tot slot, met dank aan Susan – mijn eerste en beste lezer – en onze kinderen, Allegra en Gabe.